BASTEI
LÜBBE

Barry Bowe
Der Wilde

Ins Deutsche übertragen
von Cécile G. Lecaux

TRUE CRIME
Der wahre Kriminalfall

BASTEI
LÜBBE

BASTEI-LÜBBE-TASCHENBUCH
BAND 13 665

Erste Auflage:
Juli 1995

Deutsche Lizenzausgabe 1995
Bastei-Verlag Gustav H. Lübbe
GmbH & Co., Bergisch Gladbach
Originaltitel: Born to be Wild
Lektorat: Uta Büermann/
Dr. Edgar Bracht
Titelbild: Bilderberg/
Archiv der Fotografen
Umschlaggestaltung:
Quadro Grafik, Bensberg
Satz: KCS GmbH,
Buchholz/Hamburg
Druck und Verarbeitung:
Brodard & Taupin,
La Flèche, Frankreich
Printed in France
ISBN 3-404-13665-9

Der Preis dieses Bandes
versteht sich einschließlich der
gesetzlichen Mehrwertsteuer

Für meine Mutter

in Liebe, Dankbarkeit und Wertschätzung

Etwas da draußen bringt sie um. Etwas Dunkles, Bedrohliches und Konspiratives verdammt sie, jung und schön, in flache Gräber im Morast des Tinicum Marsh. Etwas, das verlockend, mächtig und pervers genug war, um fünfmal zu morden, ist immer noch am Werk, und diese Tötungsmaschine, dieses schrecklich wirkungsvolle Mordinstrument ist immer noch unbekannt.

Mike Mallowe
Philadelphia Magazine
Mai 1976

TEIL 1

DIE SUMPF-MORDE

Dezember 1971 – Dezember 1975

Kapitel 1

Bobby Nauss schlief um zwei Uhr dreißig morgens mit seiner Freundin. Das war in Folcroft, Pennsylvania, zwei Meilen außerhalb der Stadtgrenzen von Philadelphia, und es war Montag, der dreizehnte Dezember. Es war das Jahr 1971. Das Jahr des Wassermanns.

Ein paar Minuten später, noch mit Schweißperlen auf der Stirn, stand er vor der Tür eines Freundes und klopfte so laut, als ginge es um Leben und Tod.

Bis zu Bobbys zwanzigstem Geburtstag waren es noch fünf Monate. Er war ein dürrer Bursche mit einem jungenhaften Gesicht, dem es noch an Substanz fehlte. Er war eins vierundsiebzig groß und wog nur hundertachtundzwanzig Pfund. Er sah zu ordentlich aus für ein Mitglied einer Motorradbande, aber seine schwarze Lederjacke, die schwarzen Lederstiefel und die Blue Jeans verrieten seine Zugehörigkeit.

In der Wohnung schlief einer von Bobbys besten Freunden tief und fest. Sein Name war Bill Standen, wenngleich Bobby ihn immer Stanley nannte.

Standen war einundzwanzig und hatte die Schule nach der achten Stufe verlassen. Er arbeitete für eine Türfertigungsgesellschaft und bohrte die Löcher für Klinken und Schlösser in die Türblätter. Er war fünfzehn Zentimeter größer als Bobby, aber ebenso dürr, und er hoffte, daß Bobby ihn bald als Mitglied in der Motorradgang vorschlagen würde.

Es gelang Bobby, Standen zu wecken, aber er weckte auch dessen Frau, die wütend war, daß jemand mitten in der Nacht an ihre Tür klopfte. »Alles in Ordnung«, brummte Standen. »Leg dich wieder hin.«

Dann ging er den Flur entlang, durch die Küche und öffnete die Tür, um Bobby hereinzulassen.

»Stanley«, sagte Bobby atemlos. »Ich muß dir etwas zeigen.«

»Hat das nicht bis morgen Zeit?« fragte Standen, der hoffte, Bobby rasch loswerden und in sein warmes Bett zurückkehren zu können.

»Nein, du mußt jetzt gleich mitkommen«, entgegnete Bobby, und so wie er das sagte, wußte Standen, daß es ihm ernst war.

»Okay.«

»Draußen in der Werkstatt«, erklärte Bobby.

»Okay, ich bin gleich da.«

Nachdem Bobby gegangen war, kroch Standen zurück ins Bett.

Bill Standen und seine Frau lebten in einer Wohnung in der Chester Pike Nummer 1564. Die Pike (Mautstraße, Anm. des Übers.) war die Hauptstraße, die durch die ganze Stadt führte, und auf ihrer Straßenseite standen zwei Gebäude hintereinander, das eine vier Stockwerke hoch, das andere nur zweigeschossig. In beiden Häusern befanden sich im Erdgeschoß einige Läden. Abgesehen vom Postboten und dem Zeitungsjungen kannten nur wenige Leute in der Stadt die acht oder zehn Familien, die in den Wohnungen über den Geschäften lebten, und kaum jemand achtete auf ihr Kommen und Gehen.

Tagsüber herrschte auf der Mautstraße reger Verkehr. Nachts, wenn die Autohändler, Tankstellen und die Tagesstätte, die in den beiden Gebräuchen untergebracht waren, geschlossen hatten, kehrte Ruhe ein. Eine schmale Zufahrt zwischen den beiden Häusern führte von der Mautstraße zu einer etwas abseits gelegenen Werkstatt etwa fünfzehn Meter hinter den Blocks, und dort wartete Bobby in dieser milden Dezembernacht auf Bill Standen.

Sobald seine Frau wieder eingeschlafen war, schlüpfte Standen aus dem Bett, zog sich an und verließ die Wohnung. Als er durch die mondlose Nacht ging, fragte er sich, was

Bobby so wichtig sein könnte, daß es nicht bis zum Morgen Zeit hatte. Er erreichte die Werkstatt und ging hinein. Im Inneren war es stockdunkel, und Ölgeruch hing schwer in der Luft. Plötzlich flammte in der Dunkelheit über ihm ein kleines Licht auf.

»Hier oben«, rief Bobby ihm zu. Er hielt eine Kerze in der Hand, und die flackernde Flamme tauchte sein Gesicht in ein Spektrum von Gelb- und Schwarztönen. »Komm rauf.«

Eine einziehbare Treppe führte auf den Speicher. Standen zerrte an einem Seil und zog sie herunter. Dann stieg er langsam hinauf. Die Stufen ächzten, wenn er sein Gewicht von der einen auf die nächste verlagerte. Als er oben angelangt war, hatten seine Augen sich an die Dunkelheit gewöhnt.

Bobby stand ein paar Meter entfernt, und die Kerze war die einzige Lichtquelle unter dem Dach.

»Stanley«, sagte Bobby ruhig, »sieh dir an, was ich getan habe.« Während er sprach, entfernte er sich einige Schritte von Standen und drang tiefer in die sie umgebende Dunkelheit ein. Dann hob Bobby die Kerze, so daß Standen sehen konnte, wovon er sprach.

Eine nackte Frau baumelte von einem Dachbalken. Sie hatte eine Schlinge um den Hals, und ihr Kopf hing in unnatürlichem Winkel schräg herab. Lange Strähnen goldblonden Haares umrahmten ihr gespenstisch bleiches Gesicht. Ihr Kiefer war heruntergeklappt, und Speichel rann aus ihrem Mund. Ihre Zehen baumelten einen halben Meter über dem Holzboden. Es war Bobbys Freundin, und Bill Standen war sofort klar, daß sie tot war.

»Ich habe sie getötet«, sagte Bobby selbstgefällig. »Ich habe sie aufgehängt. Jetzt wird sie mich endlich in Ruhe lassen.«

»Ich verschwinde von hier«, sagte Standen.

»Ich will, daß du abhaust!« herrschte Bobby ihn an. »Verzieh dich!«

Standen hastete die Leiter hinunter und zurück zu seiner Wohnung.

Aber Bobby blieb stehen, wo er war, die Kerze in der Hand, den Blick auf die Leiche geheftet. Er grinste.

Kapitel 2

Elizabeth Lande ging samstags immer in den Schönheitssalon. An diesem speziellen Samstag, dem 11. Dezember 1971 kurz nach zwölf Uhr mittags, trat sie mit ihrer Mutter und ihrem Vater aus dem Haus.

Elizabeth – sie wurde allgemein Liz oder Lizzie genannt – war einundzwanzig und lebte mit ihren Eltern im Overbrook-Park-Viertel von Philadelphia. Ihr erstes Semester als Vollzeitstudentin am Philadelphia Community College ging zu Ende, und am Montag begannen die Prüfungen.

»Und versprich mir, daß du am Wochenende lernst«, sagte ihre Mutter. Liz kam es vor, als hätte ihre Mutter diesen Satz während der letzten Stunde eine Million Male wiederholt. Ihre Eltern brachen zu einer einwöchigen Kreuzfahrt auf, und Liz würde zum erstenmal in ihrem Leben ganz auf sich gestellt sein.

»Keine Sorge«, entgegnete Liz. »Das werde ich.«

Liz brachte ihre Eltern zum Wagen. Es war kein sehr herzlicher Abschied, und sie umarmten sich nicht. Liz winkte ihnen nach, als sie losfuhren, dann machte sie sich auf den Weg zum Schönheitssalon.

Sie war eins sechzig groß und wog einhundertzehn Pfund. Sie war perfekt proportioniert, hatte grüne Augen, eine Pfirsichhaut und perlweiße, gerade, ebenmäßige Zähne und ein Gesicht, das so hübsch war, daß sie an einer Handvoll Schönheitswettbewerbe für Teenager teilgenommen hatte. Aber ihr auffälligstes Attribut war ihr langes, glänzendes Haar, das ihr weich über die Schultern fiel und sich an den Enden wellte.

Nachdem sie sich das Haar hatte waschen und schneiden lassen, kehrte Liz zurück nach Hause und schrieb Weihnachtskarten. Sie brachte sie zum Briefkasten und lernte dann eine Weile. Zum Abendessen aß sie einen großen Becher Joghurt.

Sie lud zwei Freunde ein, und sie verbrachten den Abend damit, sich zu unterhalten und fernzusehen. Liz trug ein rosafarbenes Nachthemd, hatte das Haar auf Lockenwickler gedreht und eine Feuchtigkeitsmaske auf dem Gesicht. Auf Channel 10 wurde ein Tierfilm gezeigt, und Venus, die kränkliche Katze, die Liz aus dem Tierheim geholt und gesund gepflegt hatte, sprang auf das Sofa und rollte sich auf Liz' Schoß zusammen.

Gegen Mitternacht klingelte das Telefon. Es war Bobby Nauss, und er fragte Liz, ob sie nicht das Wochenende mit ihm zusammen verbringen wollte. Zum Teufel, sagte er, ihre Eltern wären nicht da, könnten ihr keine Szene machen und würden es auch nie erfahren. Außerdem wären Stanley und seine Frau übers Wochenende weggefahren, so daß sie Stanleys Wohnung benutzen könnten.

Liz entgegnete, sie wäre nicht angezogen, und er müsse ihr etwas Zeit lassen, sich zurechtzumachen.

In Anbetracht von Bobbys Ruf und der späten Stunde machten Liz' Freunde sich Sorgen. Sie versuchten, sie zu überreden, zu Hause zu bleiben, aber vergeblich. Schließlich gaben sie es auf und gingen heim.

Liz ging nach oben. Ihre Räume nahmen den Großteil des ersten Stockwerks ein, das ihre Eltern in eine Zweizimmerwohnung umgebaut hatten. In einem Zimmer standen ein Schreibtisch und einige Bücherregale, das andere war ein Schlafzimmer mit Teddybären auf dem Bett und Postern von Jimmy Hendrix und Janis Joplin an den Wänden. Außerdem hatte Liz ein eigenes Bad und einen eigenen Telefonanschluß.

Liz legte in einigen Dingen eine beinahe zwanghafte Pingeligkeit an den Tag. Sie bewahrte ihre Pflegeprodukte und Kosmetika in einem peinlich ordentlichen Fach auf; sie aß gesunde Kost und nahm Diätpillen, um ihre Figur zu halten. Und sie war akribisch, was ihre Angewohnheiten und ihr

Aussehen betraf. Es schien immer eine Ewigkeit zu dauern, wenn sie sich zurechtmachte, und dieser Abend bildete da keine Ausnahme.

Um zehn vor zwei hörte ein Nachbar, der direkt gegenüber wohnte, draußen ein Geräusch. Er war gerade dabei, sich bettfertig zu machen, hielt jedoch inne, schob den Vorhang zur Seite und sah zum Fenster hinaus. Ein goldfarbener Toronado hatte am Straßenrand gehalten und stand nun mit laufendem Motor da.

Einen Augenblick später sah der Nachbar Liz aus dem Haus kommen. Sie trug einen langen braunen Mantel, Jeans mit weitem Schlag und Schuhe mit Plateausohlen – die Holzsohlen klapperten auf dem betonierten Bürgersteig wie Pferdehufe. Sie öffnete die Beifahrertür des Toronados, stieg ein, und der Wagen fuhr davon.

Um diese Zeit befanden ihre Eltern sich irgendwo inmitten des türkisfarbenen Karibischen Meers, über tausend Meilen von Philadelphia entfernt. Ihre Route beinhaltete einige der romantischsten Reiseziele der nördlichen Hemisphäre – Puerto Rico, St. Thomas, Guadeloupe, Barbados, St. Lucia, Antigua und St. Martin.

Frank Lande war zweiundfünfzig Jahre alt und keine einsachtzig groß, ein stämmiger Mann mit schütterem Haar, selbstsicherem Gang und der Verbissenheit einer Bulldogge. Er war in einem Kinocenter in der Innenstadt für Beschwerden aller Art zuständig. Er bemühte sich, Probleme der Kunden zu lösen und Klagen in Lob umzuwandeln. Frank war gut in seinem Job. Er besaß Geschick, den Dingen auf den Grund zu gehen.

Frances Lande war mit neunundvierzig noch so dunkelhaarig wie ihre Tochter blond und wog einige Pfund mehr, als ihr lieb war. Wenngleich nicht unattraktiv, verbrachte sie keine Stunden mehr vor dem Spiegel, um sich zurechtzumachen und zu stylen.

Frank und Frances heirateten 1942, aber ihre Ehe wurde

fast sofort unterbrochen. Auf Onkel Sams Aufforderung hin zog Frank los, um als Army-Air-Corps-Kampfflieger im Zweiten Weltkrieg gefährliche Einsätze zu fliegen. Einige Jahre später gaben die Japaner auf, und Frank kehrte nach Hause zurück. Da sie nie richtige Flitterwochen gehabt hatten und Liz inzwischen alt genug war, allein zurechtzukommen, hatten sie sich diesen Luxusurlaub gegönnt.

Während der folgenden sechs Tage unter tropischem Himmel cremten sie sich mit Sonnenmilch ein und lagen faul in Liegestühlen am Pool. Jedesmal, wenn sie einen Hafen anliefen, zogen sie sich sommerlich-bunt an und gingen von Bord, um in Duty-free-Zonen einzukaufen und jede Touristenattraktion zu fotografieren, die ihnen vor die Linse kam. An den Abenden warfen sie sich in Schale, spielten in den Kasinos, sahen sich Varietévorstellungen an und tanzten in verschiedenen Nachtclubs. Und ständig gab es diese köstlichen Speisen, über die sie sich genüßlich hermachten, während sie schworen, Diät zu halten, sobald sie wieder zu Hause waren.

Frank und Frances kehrten am Samstag, dem 18. Dezember, so zwischen sechs und sieben Uhr abends nach Hause zurück. Sie wohnten in der Overbrook Avenue 7651, einer von Bäumen gesäumten Allee mit zweigeschossigen Backstein-Reihenhäusern mit gepflegten Rasenflächen davor und gepflasterten Gehwegen dahinter.

Frank sperrte auf, aber die Tür gab nicht nach, als er sie aufzudrücken versuchte. Er stemmte sich dagegen, bis sie schließlich aufging. Post stapelte sich hinter der Eingangstür.

Sobald Frank das Wohnzimmer betrat, kam Venus herbeigelaufen und schlängelte sich durch seine Beine, so daß er beinahe über die Katze gestolpert wäre. Sie miaute kläglich. Für Frank klang es, als wäre Venus am Verhungern.

Währenddessen bückte sich Frances und hob die Post auf. Es handelte sich größtenteils um ungeöffnete Weihnachtskarten, die an Liz adressiert waren.

Frank und Frances gingen sofort nach oben.

Als sie Liz' Schlafzimmer betraten und die Blicke durch den Raum schweifen ließen, fanden sie, es sähe alles noch genauso aus wie eine Woche zuvor. Liz' Schulbücher lagen unangetastet auf dem Nachttisch, das Bett war gemacht, und die glattgestrichene Tagesdecke verriet, daß es die ganze Woche nicht benutzt worden war.

Frances inspizierte Liz' Schminkfach. Es handelte sich um einen flachen, durchlöcherten Kasten, und jeder Gegenstand hatte seinen angestammten Platz. Es war alles da – die falschen Wimpern, Maskara, Make-up, Nagellack. Nur Liz' Lippenstift, den sie immer in ihrem Geldbeutel aufbewahrte, wie Frances wußte, fehlte.

Sie sahen in Liz' Schreibtischschubladen und in den Schränken nach. Es schien alles da zu sein. Die einzigen Kleidungsstücke, die offensichtlich fehlten, waren Liz' Lieblingsschuhe mit den Plateausohlen und ein Mantel, den Frances als langen, braunen Stoffmantel mit lockigem schwarzem Lammfellimitat am Saum und an den Aufschlägen beschrieb.

Als sie wieder nach unten gingen und Frank die Katze fütterte, wurde ihm bewußt, daß es im Haus kalt war. Er drehte den Thermostat auf und ging dann in den Keller hinunter, um zu sehen, ob Liz' Koffer noch da waren. Sie waren da.

Frances hängte sich inzwischen ans Telefon und rief ihre Mutter an, die einige Blocks entfernt wohnte. Ob Liz da wäre? Ob sie sie gesehen hätte? Dann rief sie Bobby Nauss' Mutter an. Ob Liz bei Bobby wäre? Ob sie Liz gesehen hätte?

Neben den von ihr getätigten Anrufen nahm sie vier oder fünf Anrufe von Liz' Freunden entgegen.

Aber keiner von ihnen hatte Liz die Woche über gesehen.

Gegen elf Uhr am Abend gingen Frank und Frances zu Bett, aber die Sorge um ihre Tochter ließ sie sich den Großteil der Nacht unruhig hin und her wälzen.

Liz Lande war ein Kind des ›Baby Booms‹. 1950 geboren, hatte sie nur schöne Erinnerungen an ihre Kindheit. Ihre Eltern liebten sie. Das Leben war unkompliziert.

Während der Jahre auf der Schule war sie eine durchschnittliche Schülerin. Mit dreizehn sprach sie für die Hauptrolle in einer Repertoiretheaterproduktion von ›My Sister Eileen‹ vor. Sie bekam die Rolle, und einige andere folgten. Wenn sie auch nicht unbedingt Kassenschlager gewesen waren, nahmen ihre Auftritte sich doch so ermutigend aus, daß Liz und ihre Eltern begannen, davon zu träumen, daß aus ihr ein Filmstar werden würde.

Attraktiv und beliebt, gehörte sie zu jenen Mädchen, die sich mit beiden Geschlechtern gleichermaßen gut verstehen. Alle Jungen wollten mit ihr ausgehen, und sie hatte mit vierzehn ihre erste Verabredung. Ihre Eltern vertrauten ihr und erachteten es kein einziges Mal als nötig, ihre Kontakte zu Jungen einzuschränken.

Sie ging ernsten Beziehungen aus dem Weg, bis sie siebzehn war. Damals ging sie zum ersten Mal regelmäßig mit einem Jungen aus und verliebte sich bis über beide Ohren. Wie zu erwarten, drängte er sie, mit ihm zu schlafen. Liz weigerte sich, bis sie schließlich aus Furcht, ihn zu verlieren, doch nachgab. Sie schliefen einmal miteinander, und hinterher rief er sie nie wieder an. Die Zurückweisung war ein Schock für sie, und Liz erlitt ein seelisches Trauma. Der Zeitpunkt hätte nicht schlechter sein können.

Martin Luther King war damals auf dem Höhepunkt seiner Freiheitsmärsche durch den Süden. Er aß in ›Weißen-Lokalen‹ zu Mittag, nahm in Bussen vorne Platz, benutzte Toiletten, die Weißen vorbehalten waren, und integrierte junge Schwarze in bis dahin Rassentrennung praktizierende Schulen. Zwischen Weißen und Schwarzen herrschte Hochspannung. Sehr bald erreichten die Unruhen alle größeren Städte von Los Angeles bis Philadelphia und beeinflußten auch das öffentliche Schulsystem.

Die Jugendlichen aus Liz' Nachbarschaft besuchten die Overbrook High School in West Philadelphia, wo siebzig

Prozent der dreitausend Studenten Schwarze waren. Ganz offensichtlich war dies der falsche Ort für ein hübsches weißes Gesicht, lange blonde Haare und ein unsicheres Ego. Liz war verunsichert und fühlte sich bedroht. Sie fing an, nach der Schule zu erzählen, daß schwarze Mitschüler sie an den Haaren gezogen und verspottet hätten. Sie beklagte sich bei ihrem Vater.

»Laß dir das Haar abschneiden, und die *Schwartzes* lassen dich in Ruhe«, entgegnete der.

»Bist du verrückt?« schrie sie ihn an. »Ich werde mir niemals das Haar abschneiden lassen. Warum kann ich nicht einfach auf die kirchliche Privatschule gehen?«

»Weil du nicht katholisch bist.«

»Heutzutage dürfen auch Juden katholische Schule besuchen, Daddy«, konterte Liz.

»Nur über meine Leiche«, sagte ihr Vater, und damit war die Diskussion beendet.

Liz fühlte sich im Stich gelassen und fing an, sich zurückzuziehen. Sie gab die Schauspielerei auf. In ihrer Rebellion tat sie sich mit einer Clique von Mitschülern zusammen, Teenagern, die ihr Vater als ›Problemkinder‹ bezeichnete. Sie fing an, Hasch zu rauchen und Pillen zu schlucken. Nach der High-School wurde es schlimmer. Ihren ersten und einzigen Job hatte sie bei einer Versicherungsgesellschaft angetreten und nach drei Tagen bereits wieder aufgegeben. Anstatt zu arbeiten, blieb Liz den ganzen Tag zu Hause und ging nachts mit ihren neuen Freunden aus. Die Beziehung zu ihrer Mutter verschlechterte sich zusehends. Sie stritten über alles und jeden. Wortgefechte. Beschimpfungen und Drohungen. Ohrfeigen. Zum erstenmal in ihrem Leben fühlte Liz sich völlig ungeliebt.

Kapitel 3

Bobby Nauss' Gesichtszüge waren feingeschnitten und sein Bart noch dürftig. Sein Haar war dunkel und dick, und wie alle anderen aus seiner Familie sah er gut aus. Er lebte mit seinen Eltern in Darby, eine Meile östlich von Folcroft. Mit fünfzehntausend Einwohnern bildete der Ort eine Art Übergang zwischen der Stadt und den Vororten. Nach städtischen Maßstäben bestand Darby nur aus Hinterhöfen und Barbecues; nach Vorortmaßstäben war es ein rustikales Anhängsel der Stadt. In Wahrheit war Darby beides, nur ein Punkt auf der Landkarte, eins der langweiligen Arbeiterviertel, die es im Südosten von Delaware County zuhauf gibt.

Da es bis zu den Ferien nur noch eine Woche war, herrschte im Haus der Nauss' Feststimmung. Der Baum war geschmückt, die Flure mit Mistel- und Stechpalmenzweigen verziert, und die Gespräche drehten sich hauptsächlich darum, wer sich was zu Weihnachten wünschte. Die Familie lebte keineswegs im Überfluß, aber sie alle waren zufrieden. Jedes Jahr lagen reichlich Geschenke unter dem Baum, und das würde auch 1971 nicht anders sein. Bobby, der Liebling unter den Geschwistern, wurde damit geneckt, daß er in seinem Strumpf nur Briketts finden würde.

Obwohl sich herumgesprochen hatte, daß Bobby sich einer Motorradgang angeschlossen hatte, wurde am Familientisch nicht darüber gesprochen. Sein Vater war der Überzeugung, daß Bobby anständig erzogen worden war, und seine Mutter wies es weit von sich, daß Bobby auch nur im Traum daran denken würde, etwas Unrechtmäßiges zu tun.

Aber Bobbys Tätowierungen waren ein unübersehbares Zeichen seiner Bandenzugehörigkeit. Mit der Zeit würden es fünf Tattoos werden: Ein Hakenkreuz und eine nackte Frau auf dem linken Unterarm, ein riesiger Papagei und ein Kranz auf dem rechten Oberarm, ein Totenschädel auf dem linken Bizeps mit dem prophetischen Spruch *BORN TO LOSE* darunter.

Die Familie Nauss zog um 1950 herum von Philadelphia nach Darby. Bob Nauss, Bobbys Vater, hatte einige Jahre zuvor eine ebenso hübsche wie kluge junge Frau namens Pauline Schladensky geheiratet.

Er war Mechaniker. Sich auf seine geschickten Hände verlassend, eröffnete er seine eigene Werkstatt – Bob's Automobile Shop – und spezialisierte sich auf Getriebeschäden. Er arbeitete fünf, sechs Tage die Woche, je nachdem, was eben notwendig war, um seine Familie zu ernähren. Bob und Pauline waren anständige Leute. Der Polizeichef von Darby bezeichnete Bob als einen der am meisten respektierten Männer der Gegend, und die Nachbarn sahen sie regelmäßig in der Kirche.

Robert T. Nauss Junior wurde in einer normalen, komplikationslosen Geburt am 10. Mai 1952 geboren, als drittes Kind von Bob und Paulines fünf Mädchen und drei Jungen. Nancy und Carol waren die ältesten, dann kam Bobby, gefolgt von Marianne, Mike, Vinnie, Karen und Sharon.

Während der ersten neun Jahre seines Lebens lebte Bobbys Familie in einem der schäbigeren Stadtteile von Darby. Aber 1961 blühte das Geschäft, und im April jenes Jahres erwarb Bob das Haus Nummer 1315 in der Main Street für vierundzwanzigtausendfünfhundert Dollar – ein für damalige Verhältnisse stolzer Preis. In einem Viertel voller grüner Rasenflächen, ausladender Bäume und gepflegter Häuser, das sich deutlich vom Rest der Stadt abhob.

An einem Ende des Blocks befand sich das Fitzgerald Mercy, ein Krankenhaus, das von den Sisters of Mercy geführt wurde und wo Pauline sonntags nachmittags in der Kapelle an der Messe teilnahm. Am anderen Ende befand sich die Church of the Blessed Virgin Mary (die Kirche der Heiligen Jungfrau Maria, Anm. des Übers.), die von den

Gemeindemitgliedern nur kurz BVM genannt wurde – graue Steinmauern, Buntglasfenster, ein Turm, der majestätisch in den Himmel aufragte – und wo Bob gewöhnlich sonntags morgens in die Messe ging. Hinter der Kirche befand sich die Grundschule, die alle Kinder besuchten.

Ihr Haus gehörte zu den imposantesten Wohnhäusern der Stadt. Es war zweieinhalbgeschossig, aus grauem Stein mit weißen Holzverzierungen, fünf bis sechs Schlafzimmern und einem halbrunden, von vier weißen Säulen getragenen Portikus. An einer Seite befand sich ein dem Stil des Hauses angepaßter Anbau, der mal dem einen, mal dem anderen Familienmitglied als Wohnung diente. Auf der Rückseite befand sich eine Dreiergarage mit einem Speicher darüber.

Bob Nauss brachte als einziges Familienmitglied Geld nach Hause. Das war seine Aufgabe innerhalb der Familie. Er kam von der Arbeit heim, duschte, aß und sah sich im Fernsehen Sportsendungen an. Er trank bei gesellschaftlichen Anlässen ein, zwei Bier, aber zu Hause rührte er keinen Alkohol an. Und so waren nur selten, sofern überhaupt, Bier oder Spirituosen im Haus.

Pauline führte den Haushalt und zog die Kinder groß.

Bobbys Schulkameraden auf der Grundschule bezeichneten ihn als netten Kerl, als jemanden, der für einen Freund alles tat. Er war beliebt, witzig, alberte zuweilen herum, gehörte aber dennoch zu den ruhigeren Vertretern.

Bobby war intelligent. Er trat den Pfadfindern bei, spielte in der Little League, und da er der älteste Sohn war, gingen alle davon aus, daß er eines Tages das Geschäft seines Vaters übernehmen würde. Mit zwölf Jahren fing Bobby an, nach der Schule und an den Wochenenden in der Werkstatt zu arbeiten. Er lernte von seinem Vater und holte sich Ölränder unter den Fingernägeln.

Als er auf die High-School kam, hätte Bobby seine Schulausbildung nicht gleichgültiger sein können. Anstatt Hausaufgaben zu machen, half er seinem Vater in der Werkstatt oder reparierte die Wagen seiner Freunde. Und doch blieb ihm genügend Zeit, ein Mädchen kennenzulernen, das in der Nähe der Werkstatt wohnte, und mit ihm auszugehen. Sie gingen gemeinsam auf Partys, ins Kino, kurz taten all das, was normale Teenager eben so tun. Ehe Bobby sich versah, hatte er sich verliebt. Für ihn war sie die Frau, die an seiner Seite in einem langen weißen Kleid vor den Altar treten und die Mutter seiner Kinder werden würde. Drei oder vier wären nett.

Im Sommer vor seinem Abschlußjahr war Bobby bereits ein hervorragender Mechaniker. Er bekam einen ausrangierten Grand-Prix-Wagen in die Hände und zerlegte ihn. Er setzte ihn wieder instand und begann, Rennen zu fahren. Das war im Sommer 1969, dem Woodstock-Sommer, als viele Teenager begannen, mit Drogen herumzuexperimentieren. Bobby war da keine Ausnahme. Er rauchte gern Marihuana.

1970 machte er seinen Abschluß an der Monsignor Bonner High School. In seinem Jahrgang war Bobby einer der unauffälligsten unter sechshundertneun Jungen. Nach vier Jahren High-School stand nicht ein bedeutendes Ereignis unter Bobbys Foto im Jahrbuch.

Nach seinem Abschluß arbeitete er ganztags für seinen Vater und verdiente einhundertfünfzig bis zweihundert Dollar die Woche. Er war d

er Ansicht, sein Leben liefe in den richtigen Bahnen, als sich einer der bedeutendsten Vorfälle in seinem Leben ereignete: Seine Freundin machte Schluß mit ihm.

Wenn man in einer Kleinstadt wie Darby lebt, erst achtzehn Jahre alt ist und die Freundin einem wegen eines anderen den Laufpaß gibt, kommt es einem vor, als wäre das das Ende der Welt. Man zweifelt an seiner Männlichkeit. So schien es jedenfalls Bobby zu empfinden.

Eine Zeitlang erging er sich in Selbstmitleid. Er wollte nur lieben und geliebt werden, heiraten, eine Familie gründen und glücklich sein. War das denn ein so unrealistischer Traum?

Dann begann er, mit dem Finger auf andere zu zeigen: Er gab seiner Ex-Freundin die Schuld. Er gab seiner Mutter die

Schuld, weil sie zu Hause die Hosen anhatte. Und er gab seinem Vater die Schuld, weil er zuließ, daß seine Mutter die Hosen anhatte.

Bobby begann übermäßig zu trinken und wechselte von Marihuana zu Amphetaminen. Anfangs schnupfte er, dann spritzte er sie sich. Er kaufte sich eine Harley-Davidson und fing an, mit dunklen Gestalten herumzuhängen.

Er hatte geliebt und verloren. Jetzt schwor sich Bobby, daß es lange dauern würde, ehe er sich wieder verliebte oder einer Frau traute.

Kapitel 4

Anderthalb Jahre vor ihrem Verschwinden hatte Elizabeth Lande einen sehr heftigen Streit mit ihren Eltern. Gegen zehn Uhr vormittags am 2. Juli 1970 schloß sie sich im Badezimmer ein und weigerte sich, die Tür zu öffnen.

»Ich schlucke das ganze Röhrchen Tabletten« schrie Liz durch die Badezimmertür.

Als ihr Vater Wasser laufen hörte, geriet er in Panik. Er lief hinunter in den Keller, holte Hammer und Schraubenzieher, rannte zurück nach oben und brach die Scharniere aus dem Türrahmen.

»Haha, reingelegt«, spottete Liz. »Das ist nur Aspirin.«

Am darauffolgenden Tag ging Frank Lane mit seiner Tochter zu einem Psychiater. Während der folgenden fünf Wochen sollte Liz eine Therapie machen, aber sie kam entweder zu spät oder gar nicht.

Am 10. August ließ Frank, der seine Tochter als durcheinander und gestört beschrieb, Liz, nachdem ihr Zustand sich nicht gebessert hatte, in die psychiatrische Klinik von Philadelphia einweisen.

Liz' Psychiater stellte zwei Diagnosen: Erstens stellte er eine schizophrene, paranoide Tendenz fest und erklärte, ihre Persönlichkeit wäre zwischen der Realität des Erwachsenenlebens und kindlicher Abhängigkeit gespalten. Zweitens glaubte er, sie habe möglicherweise Schwierigkeiten, mit dem Eintritt ins Jugendlichenalter klarzukommen. So oder so fliehe sie zurück in die Kindheit. Nach umfassenden Untersuchungen kam er zu folgendem Schluß:

»Jedes Wort, das Elizabeth Lande von sich gab, jeder ihrer Gedanken, jede Handlung richtete sich gegen ihre Eltern.

Sie hätte alles nur erdenkliche getan, um ihrer Mutter weh zu tun.

Elizabeth Lande geht selbstzerstörerische Beziehungen ein.«

Nach ihrem High-School-Abschluß im Jahre 1967 hatte Liz zwei Beziehungen sexueller Art. Die erste hielt etwa ein Jahr. Ihr zweiter Freund war heroinsüchtig und verließ sie, als er im Oktober 1970 nach Florida ging, um zu versuchen, von der Droge loszukommen.

Vier Monate später, im Februar 1971, lernte Liz Bobby kennen, und damit fingen ihre ernsthaften Probleme an.

»Ich fuhr eines Abends mit meinem Wagen in der Gegend der Neunundsechzigsten Straße herum«, beschrieb Bobby ihre Begegnung später. »Und da sah ich vor der Bowlero Bowling Alley ein Mädchen am Straßenrand sitzen. Als ich anhielt, sah ich, daß sie weinte. Ihre Kleider waren zerrissen, und sie war völlig durcheinander. Wir unterhielten uns, und sie stieg zu mir in den Wagen. Ich brachte sie zu einer Tankstelle, und sie machte sich auf der Damentoilette frisch. Es war etwa zehn Uhr. Wir gingen in Kostick's Bar, tranken und redeten, bis die Bar dichtmachte.«

Bobby nahm sie mit in seine Wohnung, wo sie miteinander schliefen. Keiner von ihnen war mehr Jungfrau – sie hatte vorher bereits drei sexuelle Beziehungen gehabt, er nur die eine. Für Liz, die unter fehlender emotionaler Zuwendung litt, war es Liebe auf den ersten Blick. Für Bobby, der den Schmerz der Trennung von seiner großen Liebe noch nicht überwunden hatte, war Liz nicht mehr als ein Sexualobjekt. Liz verbrachte die Nacht bei ihm, und Bobby fuhr sie am nächsten Morgen nach Hause.

Die ganze Woche über prahlte Liz vor ihrer Mutter mit ihrem neuen Freund, erzählte, wie lieb er wäre und wie gern sie ihn hätte. Am darauffolgenden Wochenende hatten sie ihre erste offizielle Verabredung.

»Ich erinnere mich daran, wie er das erstemal hier war«, sagte Liz' Mutter später. »Er klopfte an die Tür, und ich bat ihn ins Wohnzimmer.«

Liz, die noch oben war, um sich zurechtzumachen, kam heruntergelaufen.

»Mommy«, sagte sie, »das ist Bobby.« Liz gab ihm einen Kuß auf die Wange und ging dann zurück nach oben, um sich fertig anzuziehen.

»Hallo«, sagte Frances. »Setz dich doch.«

Bobby setzte sich, und sie unterhielten sich kurz.

Er schien Frances okay zu sein.

Kapitel 5

In den späten vierziger Jahren hatte in Südkalifornien eine Gruppe von Veteranen des Zweiten Weltkriegs Schwierigkeiten, sich wieder ins Zivilleben einzufügen. Aus ihrer Frustration heraus gründeten sie die erste Motorradgang von Gesetzlosen im Lande und nannten sich Hell's Angels. 1967 hatten die Angels die Produktion und Verteilung von LSD in den Vereinigten Staaten in ihrer Hand und begannen, nach Großbritannien, in die Niederlande, nach Deutschland, Dänemark und Australien zu expandieren.

In den siebziger Jahren hatten sich in den Vereinigten Staaten über achthundert kriminelle Motorradgangs gebildet – alle nach dem Vorbild der Hell's Angels: Ihre illegalen Tätigkeiten waren konspirativ, sie benutzten Gewalt oder Androhung von Gewalt, um ihre Ziele zu erreichen, sie schirmten ihre Anführer ab, ihr Hauptziel war wirtschaftlicher Profit, und sie zahlten Schmiergelder an Polizisten, Regierungsbehörden und Privatpersonen. All dies geschah im Rahmen krimineller Aktivitäten wie Drogen- und Waffenhandel, Prostitution, organisiertem Diebstahl, Schmuggel und organisierter Erpressung. Auch führte es zu Geldwäscherei über Investitionen in legale Unternehmen wie Motorradgeschäfte, Werkstätten, Abschleppdienste, Überwachungsgesellschaften, Versorgungsfirmen, Buchläden für Erwachsene, Oben-Ohne-Bars, Unterhaltungs- und Begleitagenturen und Schlüsseldienste.

Im Sommer 1967 saßen einige Freunde in einem Café in Philadelphia zusammen. Als ihr Gespräch auf Motorräder kam, schlug einer von ihnen vor, einen eigenen Club zu gründen – Motorradfahrer bezeichnen ihre Banden immer als Clubs und niemals als Gangs. Damals hatte bereits fast jedes Viertel in Philadelphia seine eigene Motorradgang.

Drei Monate später, im Oktober, gründeten siebenunddreißig Mitglieder den Warlocks Motorcycle Club, die größte Motorradgang der Gegend. Sie wählten einen Präsidenten, einen Vizepräsidenten, einen Sekretär, einen Kassenwart und einen Ordnungsbeamten. Sie hielten einmal wöchentlich Treffen ab und zahlten wöchentlich einen Mitgliedsbeitrag. Sie hielten sich strikt an einen Code des Schweigens und aufgestellte Regeln:

> Wir sind Warlocks, und alle Mitglieder befolgen entweder unsere Regeln oder treten aus. Alle Mitglieder sind Brüder und eine Familie. Niemand stiehlt einem Bruder, was ihm gehört, sei es Geld, die Frau oder die Ehre. Bei Verstoß gegen die Regel hat der Bruder das Recht, den Betreffenden zu töten.

Das Motto der Gang lautete ›Einer für alle und alle für einen‹. Wenn sich Uneinigkeiten ergaben, wurde die Angelegenheit mit den Fäusten ausgetragen. Es herrschte das Recht des Stärkeren. Der Gewinner hatte immer recht, der Verlierer unrecht. Wenn ein Außenstehender oder *Bürger* mit einem Warlock aneinandergeriet, erklärten die anderen Gangmitglieder ihn für vogelfrei, jagten den Außenseiter wie ein hungriges Rudel Wölfe, schlugen ihn nieder und traten ihm an den Kopf und ins Gesicht – eine Technik, die *Stomping* genannt wurde (Niedertrampeln, Anm. des Übers.).

Wenn ein Mitglied gegen die Gesetze der Gang verstieß, wurde es von der Gang bestraft. Die Strafen rangierten von Geldbußen über Prügel bis hin zur Exekution.

Das Wappen der Warlocks, oder ihre *Fahne,* bestand aus einer Jeansweste, auf die in fünf Zentimeter großen roten Lettern WARLOCKS gemalt war. Darunter befanden sich das Zeichen ›1%‹ und eine bunte Karikatur einer Harpyie. In der griechischen Mythologie ist eine Harpyie ein geflügeltes Ungeheuer mit Kopf und Rumpf einer Frau und Schwanz, Beinen und Krallen eines Vogels. Ein gieriges und schmutziges Ungeheuer, das als Inbegriff göttlicher Rache gilt. Das eine Prozent symbolisierte, daß die Warlocks sich von den neunundneunzig Prozent Motorradfans unterschieden, die als gesetzestreue Bürger galten.

Die Fahnen waren für Motorradfahrer dasselbe wie Flaggen für Länder: Heilig. Der Diebstahl der Fahne einer Gang durch eine rivalisierende Bande galt als Kriegserklärung.

Die Mitglieder trugen deutsche Wehrmachtshelme, Eiserne Kreuze und legten sich exotische oder abstoßende Spitznamen zu. Langes Haar, buschige Koteletten, satanische Schnäuzer und Spitzbärte gehörten zum üblichen Erscheinungsbild. Drei Tätowierungen waren vorgeschrieben: Ein Hakenkreuz, eine nackte Frau und die Worte BORN TO LOSE.

Die Biker schlangen sich Ketten um den Leib, die sie benutzten, um ihre Motorräder gegen Diebstahl zu sichern –

es sei denn, es kam zu einer Schlägerei. Dann gaben die Ketten hervorragende Waffen ab, mit denen man jemanden windelweich prügeln konnte, obwohl sie von der Obrigkeit nicht als Waffen eingestuft wurden. Und sie schlugen Hufnägel in die Sohlen ihrer Lederstiefel, die beim ›Stomping‹ grausame Wunden verursachten.

Die Warlocks bauten ihre Motorräder um und nannten sie *Chopper.* Der Fahrer saß tief im Sattel, an eine Rückenstütze gelehnt, als sitze er auf einem Thron. Die Chopper hatten keine Schalldämpfer, so daß ein einziges Motorrad einen Lärm machte wie Donnergrollen. Das Auftauchen einer Horde Warlocks wirkte sowohl optisch als auch akustisch wahrhaft einschüchternd.

Mitglied wurde man ausschließlich durch Empfehlung. Potentielle Mitglieder, die *Anwärter* genannt wurden, mußten männlich, zwischen achtzehn und fünfunddreißig sein, eine Harley-Davidson von mindestens sechshundert Kubik besitzen und eine Straftat begehen – einen Diebstahl, eine Vergewaltigung oder einen Mord.

Kurz nachdem Bobby Liz kennengelernt hatte, luden die Warlocks ihn in ihr Clubhaus ein. Es war ein Reihenhaus auf der Woodland Avenue im Südwesten Philadelphias, etwa eine Meile von der Werkstatt seines Vaters entfernt.

Als Bobby das Clubhaus betrat, sah er als erstes einen Pool-Billard-Tisch, der in der Mitte des Raumes stand. An einer Wand stand ein Schreibtisch, und an einer anderen eine Bar und ein Kühlschrank. Hier und da standen Stühle herum. Eine Fahne mit einem Hakenkreuz und gekreuzten Säbeln war über dem Schreibtisch an die Wand genagelt. Vergrößerte Fotografien der Gangmitglieder waren an die Wände gepinnt, zusammen mit einem Filmposter von *The Wild One:* Marlon Brando in einer Motorradjacke auf einer Harley. Unter der Decke war ein riesiges Fischernetz gespannt, in das einige Dutzend leere Bierdosen hineingeworfen worden waren.

Für Bobby war dies die Verwirklichung seiner Kindheitsträume von Robin Hood über Bonnie and Clyde zu James Dean.

An diesem Abend wurde Bobby als Mitglied vorgeschlagen. Sein Charakter änderte sich sofort. Er begann, die Gefahr zu suchen und überschritt die schmale Grenze zwischen Recht und Unrecht.

Bei ihrer zweiten oder dritten Verabredung schlug Bobby Liz. Sie saßen mit einer Gruppe von Freunden in einer Bar. Sie hatte Bobby nur leicht oder gar nicht provoziert, aber das spielte keine Rolle. Bobby war bis zur Halskrause mit Amphetaminen vollgestopft und ihm war einfach danach. Also schlug er Liz mit solcher Kraft, daß sie hinfiel.

»Es tut mir leid«, sagte sie, als sie sich hochrappelte und mühsam gegen die aufsteigenden Tränen ankämpfte.

Bobby beugte den Ellbogen und täuschte einen zweiten Schlag vor. Er lachte, als Liz zusammenzuckte. Anstatt sie zu schlagen, gab er eine weitere Runde aus.

Um drei Uhr nachts lagen Bobby und Liz im Bett und liebten sich.

So sah ihre Beziehung aus.

Bobby und Liz sahen einander regelmäßig. Sie waren ein Paar. Liz liebte Bobby und nahm seine Brutalität hin. Er ließ sich gern mit ihr sehen und benutzte sie zur Befriedigung seiner Lust. In regelmäßigen Abständen sagte sie ihm, daß sie genug von ihm hätte, und machte Schluß. Aber schon wenige Stunden später oder am nächsten Tag rief sie ihn an, sagte ihm, es täte ihr leid, und das Spiel begann von vorn.

Als Anwärter auf die Mitgliedschaft bei den Warlocks nahm Bobby den ganzen Frühling und Sommer über an den Treffen der Gang teil. Er begleitete sie auf *Runs,* ausgedehnten Motorradfahrten durch die Kleinstädte im Norden Pennsylvanias, runter an die Küste von Jersey und in die ländlichen Gegenden der Nachbarstaaten Delaware und New York. Es war ein Prozeß der Zusammenführung und des Testens: Die Warlocks wollten herausfinden, ob sie Bobby mochten, und prüften ihn auf seine Loyalität und seinen Mumm.

Mitte September wurde er offiziell anerkannt und das Datum seiner Aufnahme festgesetzt. Hierbei handelte es sich um ein heiliges Ritual, das die Loslösung Bobbys von der Gesellschaft und seine neue Identität symbolisierte. Bobby nahm die Spitznamen ›Mattress‹ und später ›Mumford‹ an, benutzte jedoch beide nur selten.

Der erste Teil seiner Aufnahme fand im Clubhaus statt und bestand darin, daß er von den anderen Gangmitgliedern ins Gesicht geschlagen und getreten wurde und sie auf ihn urinierten. Mitglieder einer rivalisierenden Gang behaupteten, Bobby wäre außerdem gezwungen worden, homosexuelle Handlungen an anderen Bandenmitgliedern vorzunehmen.

Nach dem ersten Teil stand ein zweiter an.

Für die Warlocks waren Frauen Leibeigene. Für sie waren Frauen nur für Sex zu gebrauchen, und sie verlangten, daß jedes Mitglied die Gang über seine Frau oder Freundin stellte. Darum mußte jeder Anwärter, um seine Loyalität der Gang gegenüber unter Beweis zu stellen, seine Frau oder Freundin zum *Training* bringen.

An diesem Abend holte Bobby Liz zu Hause ab und fuhr mit ihr an einen abgelegenen Ort im Tinicum Marsh, hinter dem Philadelphia International Airport. Er ließ sie auf der Fahrt eine Handvoll Barbiturate schlucken, und als sie dort eintrafen, war sie völlig benebelt.

Kaum daß Bobby den Motor abgestellt hatte, knöpfte er ihr die Bluse auf und öffnete den Reißverschluß ihrer Jeans. Er half ihr, ihren BH auszuziehen und ihren Slip abzustreifen.

Einen Augenblick später fühlte Liz, die flach auf dem Rücken lag, wie ein harter Gegenstand in sie eindrang. Sie war nicht in der Lage, sich zu wehren oder zu zählen, wie viele der Warlock-Mitglieder sie während der nächsten zwei Stunden vergewaltigten.

Anfangs sprach Liz mit niemandem über die Vergewaltigung, aber ihr Vater spürte instinktiv, daß sie etwas bedrückte. Als er sie fragte, was los sei, brach sie weinend zusammen und erzählte ihm in allen abstoßenden Einzelheiten, was vorgefallen war.

Wieder suchten ihre Eltern professionelle Hilfe. Sie wandten sich an einen anderen Psychiater, der begann, Liz zu behandeln. Diesmal erschien Liz zu den Therapiesitzungen und sie schien auch in jeder Hinsicht Fortschritte zu machen – mit einer Ausnahme: Sie traf sich weiter mit Bobby.

Kapitel 6

Frank Lande lag am Sonntag morgen, dem Tag, nachdem er und seine Frau von der Kreuzfahrt zurückgekehrt waren und festgestellt hatten, daß Liz verschwunden war, wach im Bett. Er war nicht sicher, wie spät es war, aber die Sonne war noch nicht aufgegangen. Sein Kopf dröhnte, und sein Herz hämmerte.

Es war eine schlimme Nacht gewesen. Er hatte kaum geschlafen. Das Ticken des Weckers war ihm unerträglich laut erschienen, und seine Phantasie hatte ihm quälende Bilder vorgegaukelt. Die halbe Nacht hatte er an die Decke gestarrt und an die vielen schönen Augenblicke zurückgedacht, die sie im Laufe der Jahre mit Liz verlebt hatten – zuzusehen, wie sie groß wurde, gemeinsame Kinobesuche, ihre Freunde, die herüberkamen, Gesellschaftsspiele, die sie miteinander gespielt hatten. Die restliche Zeit machte er sich

Sorgen. Wo war sie? Was war mit ihr geschehen? Lebte sie noch?

Um halb sieben konnte er es nicht länger ertragen. Er stieg aus dem Bett und bereitete den Frühstückskaffee. Noch bevor die Kaffeemaschine zu gurgeln begann, gesellte seine Frau sich zu ihm. Auch für Frances war es keine leichte Nacht gewesen. In ihren Morgenmänteln saßen sie im Wohnzimmer und tranken Kaffee. Sie redeten nur wenig und versuchten, durch reine Willenskraft zu erzwingen, daß die Zeit schneller verging.

Gegen zehn Uhr zog Frank sich an und verließ das Haus. Er ging zum Polizeirevier Ecke Einundsechzigste und Thompson Street, um Liz als vermißt zu melden.

Ein Sergeant hörte sich Franks Geschichte an, sagte ihm jedoch, es käme jeden Tag vor, daß Teenager von zu Hause wegliefen und nach Kalifornien zogen, um Hippies zu werden. Vielleicht war seine Tochter auch dort. In San Francisco.

Der Polizist fragte Frank: Ist Ihre Tochter von zu Hause weggelaufen, um einer Strafe zu entgehen? Um Ärger zu Hause zu entgehen? Um unabhängig zu sein? Hatte sie finanzielle oder persönliche Probleme? Wollte sie sich vielleicht einer Verhaftung oder anderen polizeilichen Maßnahmen entziehen?

»Nein«, entgegnete Frank. »Liz würde nie von zu Hause weglaufen. Ihre sämtlichen Kleider hängen noch in ihrem Schrank, und sie ist auch nicht in irgendwelchen Schwierigkeiten.«

»Was haben Sie für Beweise für ein Verbrechen?«

Frank war gezwungen zuzugeben, daß es abgesehen von seinem väterlichen Instinkt keinerlei Hinweise auf ein Verbrechen gäbe.

»Tut mir leid«, entgegnete der Sergeant, »ohne Beweise für ein Verbrechen können wir nichts tun. Ihre Tochter ist über einundzwanzig und kann gehen, wohin sie will.«

Als Frank nach Hause kam, war seine Frau gerade dabei, sämtliche Freunde und Bekannte von Liz anzurufen, um herauszufinden, ob von ihnen vielleicht jemand wußte, wo sie steckte – ohne Erfolg. Genaugenommen war das einzige, das sie im Laufe des Tages erfuhren, daß jemand Liz in einem goldfarbenen Toronado abgeholt hatte. Daraufhin verbrachten beide Eltern eine weitere rastlose Nacht.

Auf dem Weg zur Arbeit schaute Frank am Montag im Philadelphia Community College im Stadtzentrum vorbei. Er sprach mit dem Dekan und erfuhr, daß Liz ihre Semesterprüfung versäumt hatte, was bedeutete, daß sie zwischen dem Zeitpunkt, als sie in der Nacht, in der er und Frances zu ihrer Kreuzfahrt aufgebrochen waren, um zwei Uhr von dem Toronado abgeholt worden war, und dem Montag morgen, als ihre Prüfungen begonnen hatten, verschwunden war.

Zwei Wochen verstrichen. Die Weihnachtsferien kamen und gingen, ohne daß bei den Landes groß gefeiert wurde. Ein neues Jahr, 1972, war angebrochen. Inzwischen riefen sämtliche Freunde von Liz an und fragten Frank und Frances, ob sie etwas von Liz gehört hätten. Sämtliche Freunde außer einem.

Es dauerte eine Weile, ehe es Frank auffiel. Vor Liz' Verschwinden hatte Bobby Nauss Liz ein bis zweimal am Tag angerufen. Manchmal sogar noch öfter. Seit ihrem Verschwinden kein einziges Mal. Warum? Weil, sagte sich Frank, Bobby wußte, daß Liz nicht nach Hause kommen würde.

Frank wußte, daß Bobby in Darby lebte, und so wandte er sich an das dortige Polizeirevier. Inzwischen war die dritte Januarwoche angebrochen, und drei Beamte standen zusammen, unterhielten sich und lachten, als Frank die Wache betrat. »Kennt einer von Ihnen Bobby Nauss?« fragte Frank.

Einer der Beamten fragte, warum.

»Er hat durch das Schlafzimmerfenster meiner Tochter geschossen.« Frank erklärte, der Vorfall habe sich im vergangenen Sommer ereignet. Im Juli. Er sagte, er und seine Frau hätten im Wohnzimmer gesessen und ferngesehen, während Liz sich in ihrem Schlafzimmer im ersten Stock, im rückwärtigen Teil des Hauses, aufgehalten habe. Es wäre irgendwann nach zweiundzwanzig Uhr gewesen. Sie hätten oben Liz'

Telefon klingeln hören, was nicht ungewöhnlich gewesen wäre. Sie war beliebt und bekam viele Anrufe.

»Fünf bis zehn Minuten später«, erzählte Frank, »kam sie die Treppe heruntergerannt und schrie: ›Bobby hat versucht, mich zu erschießen! Er hat versucht, mich zu töten!‹«

Er sei in ihr Zimmer hinaufgelaufen, fuhr Frank fort, und habe in der Fensterscheibe ein Einschußloch entdeckt. Später habe er die Kugel in der Zimmerdecke gefunden.

»Warum haben Sie so lange gewartet, den Vorfall zu melden?«

»Sie wollte es nicht«, entgegnete Frank und hob in einer hilflosen Geste die Hände. »Sie sagte, sie wäre es Bobby schuldig, keine Anzeige zu erstatten.«

»Und warum dann der plötzliche Sinneswandel?«

»Meine Tochter wird vermißt, und ich glaube, daß Bobby Nauss etwas mit ihrem Verschwinden zu tun hat.«

»Hören Sie«, sagte der Beamte, »auch wenn Sie Beweise hätten, wären uns die Hände gebunden. Wenn der Vorfall sich in Philadelphia ereignet hat, müssen Sie auch dort Anzeige erstatten.«

Frank war inzwischen so verzweifelt, daß er am nächsten Tag ins Zentrum fuhr und das Büro des FBI aufsuchte. Zum dritten Mal erzählte er die Geschichte von Liz' Verschwinden.

»Können Sie mir helfen?« fragte er hoffnungsvoll.

Ein Spezialagent schüttelte den Kopf. So wie er das sähe, gäbe es keinen Beweis für eine Entführung oder einen Verstoß gegen ein Bundesgesetz. »Genaugenommen gibt es keinen Beweis dafür, daß überhaupt irgend etwas passiert ist«, sagte der Spezialagent.

Er sagte Frank, das beste wäre, er würde sich an das Polizeipräsidium von Philadelphia wenden, und nannte ihm den Namen eines Captains, den er aufsuchen solle. Als Frank zur Achten, Ecke Race Street fuhr, wurde er das Gefühl nicht los, daß man ihn von Pontius zu Pilatus schickte, zur einen Tür rein, zur anderen raus, von einer Polizeiwache zur nächsten. Aber sofern er nicht selbst nach Liz suchen wollte, blieb ihm keine andere Wahl.

Auf dem Polizeipräsidium sprach Frank mit dem Captain, und etwas in Franks Stimme überzeugte diesen, daß möglicherweise tatsächlich ein Verbrechen vorlag. Der Captain tätigte einen Anruf und forderte Frank dann auf, in die Fünfundfünfzigste und Pine Street in West Philadelphia zu fahren. Ein Detective der West Detective Division würde den Fall übernehmen.

Raleigh Witcher war achtundzwanzig Jahre alt, schwarz, seit sieben Jahren bei der Polizei und seit zwei Jahren Detective.

»Meine Tochter ist verschwunden«, sagte Frank. »Sie hat kein Bankkonto, keine Kreditkarten und hatte nur fünfundzwanzig Dollar, als wir in Urlaub fuhren.«

Frank erklärte, daß Liz ihren Gewohnheiten und ihrer Einstellung nach niemals das Haus verlassen würde, ohne zu hinterlassen, wo sie hinginge. Sie rief vier- oder fünfmal täglich an, ganz gleich, wo sie war. Frank erklärte, seine Frau hätte beinahe ihren Job verloren, weil Liz sie so oft auf der Arbeit angerufen habe. Wegen nichts Besonderem. Einfach nur so. Bildlich gesprochen hätte sie sich nie von ihrer Mutter abgenabelt.

»Liz könnte niemals Tage wegbleiben, ohne ihre Mutter anzurufen«, sagte Frank. »Nicht, wenn sie noch lebte.«

Raleigh Witcher unterhielt sich am 30. Januar 1972 das erstemal mit Bobby im Haus der Familie Nauss.

Witchers erster Eindruck war der, daß Bobby aussah wie ein Chorknabe. Bobby trug Jeans und ein Sportshirt. Er war gepflegt und sauber. Sein Haar war kurz geschnitten, und er war glatt rasiert.

»Es war ein hübsches Haus, und die Leute waren sehr nett«, sagte Witcher später. »Seine Mutter, sein Vater und eine Schwester waren ebenfalls anwesend. Er war in jeder Hinsicht höflich und wohlerzogen.«

Bobby sagte Witcher, er würde ihm alles erzählen, was er

wüßte. Er hätte Liz vor drei Monaten das letzte Mal gesehen, Ende Oktober, spätestens Mitte November. Er habe sie nur zweimal zu Hause abgeholt. Das erstemal im letzten Winter, vor beinahe einem Jahr, als er mit ihr in einem Nachtklub am MacDade Boulevard gewesen sei. Das zweitemal im vergangenen Sommer, da habe er sie ins Clubhaus der Warlocks mitgenommen.

Witcher fragte Bobby gezielt, ob er Liz am elften Dezember angerufen habe, in der Nacht, in der sie verschwunden war.

Bobby entgegnete, er hätte sie im Dezember kein einziges Mal angerufen, aber um den achtzehnten herum eine Weihnachtskarte von ihr bekommen. Er wüßte nichts von familiären Problemen, die Liz möglicherweise gehabt habe, und hätte auch keine Ahnung, wo sie sein könnte.

Witcher war beeindruckt von Bobbys Gelassenheit, und auch von den anderen Familienmitgliedern war keiner unruhig oder nervös.

An diesem Abend schrieb Raleigh Witcher auf dem Revier gerade an seinem Bericht über sein Gespräch mit Bobby, als Frank Lande an seinen Schreibtisch trat.

»Wie ist es gelaufen?« fragte Frank.

»Zusammengefaßt hat er gesagt, daß er keine Ahnung habe, wo Ihre Tochter wäre«, entgegnete Witcher.

»Das ist gelogen«, sagte Frank und hieb mit der Faust auf den Schreibtisch des Polizisten.

Phil Formicola wuchs in Süd-Philadelphia auf und wollte schon als kleiner Junge Polizist werden. 1962 trat er dem Philadelphia Police Department bei und wurde sechs Jahre später zum Detective befördert.

Formicola machte die Tagesschicht bei der West Detective Division. Seine Aufgabe bestand darin, Fälle aufzuarbeiten, die Detectives der Nachtschichten übertragen worden waren. Liz Lande war einer von diesen Fällen.

Als erstes las er Raleigh Witchers Bericht. Dann sah er die Liste der unbekannten Toten durch, die in letzter Zeit außerhalb der Stadt aufgefunden worden waren. Dann sprach er mit Frank und Frances Lande.

Liz' Eltern erzählten ihm von dem Vorfall mit dem Schuß durch das Fenster, und dann erwähnte Frank etwas, das er Witcher vorenthalten hatte. Es fiel ihm schwer, aber Frank brachte es dennoch heraus: Liz war nur drei Monate vor ihrem Verschwinden von den Warlocks vergewaltigt worden, und Bobby Nauss hatte die Gruppenvergewaltigung arrangiert.

»Von diesem Punkt an«, sagte Formicola später, »war ich persönlich überzeugt, daß Liz Lande etwas zugestoßen war.«

Er schickte per Telex eine Beschreibung von Liz an alle fünfzig Staaten. Er ließ tausend Vermißten-Flugblätter mit einem Bild von Liz drucken, schickte sie an jedes Polizeirevier der weiteren Umgebung von Philadelphia und brachte sie in Geschäften jener Viertel an, die Liz frequentierte. Dann setzte er sich hin und versuchte dahinterzukommen, was vorgefallen sein könnte. Schließlich kam er auf drei Möglichkeiten:

Erstens konnte sie tot sein, hatte unbeabsichtigt eine Überdosis genommen, Selbstmord begangen oder war umgebracht worden. Zweitens zog er die Möglichkeit in Betracht, daß sie als Oben-Ohne-Tänzerin oder Prostituierte für Bobby Nauss arbeitete. Oder aber – und das war die dritte Möglichkeit – sie wurde von Bobby Nauss gefangengehalten.

»So oder so«, sagte Formicola später, »war ich überzeugt, daß Nauss über Informationen verfügte, die uns helfen konnten herauszufinden, was mit Liz Lande geschehen war.«

Formicola ging auf die Straße, um seine Theorien zu überprüfen. Er ging in die Innenstadt und sah sich in jeder Bar und jedem Restaurant um, da Liz einer seiner Theorien zufolge möglicherweise als Go-Go-Tänzerin, Prostituierte oder Bedienung arbeitete. Er sprach mit den Inhabern, Angestellten und Stammgästen und zeigte ihnen ein Foto von Liz.

Als er in der Innenstadt keinen Erfolg hatte, weitete er seine Suche auf Süd-, West- und Südwest-Philadelphia aus.

Frank Lande suchte am 15. März die West Detectives auf und fragte, welche Fortschritte gemacht worden wären. Ihm schien es, als wäre die Polizei auch nach sechs Wochen noch keinen Schritt weiter. Wie sollte er der Polizei vertrauen, wenn sich nichts tat?

Er erwartete von der Polizei, daß sie den Fall aufklärte. Er wurde bereits ungeduldig. Warum verhafteten sie Bobby Nauss nicht einfach?

Raleigh Witcher entgegnete, er solle gegen neun zurückkommen. Sie würden sich noch einmal mit Bobby unterhalten.

»Inzwischen hatten wir einige Erkundigungen eingeholt«, erklärte Witcher später, »und wir alle waren überzeugt, daß Bobby Nauss etwas mit dem Verschwinden des Mädchens zu tun hatte.« Witcher hatte auf der Straße einiges über Bobby erfahren, was in krassem Widerspruch zu dem Eindruck stand, den Bobby bei ihrer ersten Begegnung auf ihn gemacht hatte. So hatte man ihm beispielsweise erzählt, daß Bobby Drogen nehme und eine Waffe bei sich trage. Außerdem hieß es, Bobby habe einen Hang zur Grausamkeit.

»Wir begannen, Mitglieder der Warlocks zu befragen«, erinnerte er sich. »Manchmal redeten sie, wenn auch widerstrebend, mit uns, und manchmal lehnten sie es rundheraus ab, auch nur ein Wort zu sagen. Also wandte ich mich an den Anführer der Warlocks, erklärte ihm die Situation und bat ihn, Bobby Nauss aufs Revier zu bringen.«

Kurz nach einundzwanzig Uhr traf Bobby bei den West Detectives ein. Phil Formicola, der Bobby bis dahin noch nicht begegnet war, machte Überstunden. Er brachte Bobby in eins der Verhörzimmer.

Frank Lande und Raleigh Witcher sahen durch einen falschen Spiegel vom Nebenzimmer aus zu. Als Witcher ihn das erstemal gesehen hatte, hatte Bobby ausgesehen und sich benommen wie ein Chorknabe. Diesmal war das anders. Er trug das Haar länger und gab sich großspurig.

»Weißt du, wo Elizabeth Lande sich im Augenblick befindet?« fragte Formicola Bobby in sachlichem Tonfall.

»Nein.«

»Läßt du Elizabeth Lande in der Innenstadt als Prostituierte für dich anschaffen?«

»Blödsinn.«

»Hast du am elften Dezember letzten Jahres bei Elizabeth Lande angerufen und mit ihr gesprochen?«

»Nein«, entgegnete Bobby und sah an Formicola vorbei.

»Hast du sie zu Hause abgeholt?«

»Nein.«

»Hast du in einem Wagen vor dem Haus auf sie gewartet?«

»Nein.«

»Ist Elisabeth Lande aus dem Haus gekommen und zu dir in den Wagen gestiegen?«

»Ist sie nicht.«

»Fährst du einen goldfarbenen Oldsmobile Toronado?«

»Nein«, entgegnete Bobby und sah Formicola scheinbar gelangweilt an.

»Hast du Zugang zu einem goldfarbenen Toronado?«

Bobby schüttelte den Kopf und verneinte.

»Kannst du dir irgendwo einen ausleihen?«

»Nein.«

»Hast du einen goldfarbenen Buick Riviera?«

»Ich habe nur eine sechsundfünfziger Harley«, entgegnete Bobby mürrisch, »und die ist blau.«

»Ist Elizabeth Lande ein Junkie?«

»Sie nimmt Pillen«, erwiderte Bobby, »aber ich weiß nicht, was sie sonst so alles treibt.«

»Hast du in der Vergangenheit auf ihr Schlafzimmerfenster geschossen?«

»Ich habe davon gehört, aber ich weiß nichts darüber.«

»Hattest du jemals zusammen mit anderen Männern Geschlechtsverkehr mit ihr?«

Bobby verneinte.

»Du hast Elizabeth Lande also nie zum ›Training‹ zu den Warlocks gebracht?«

»Niemand hat Elizabeth je zu etwas zwingen müssen«, entgegnete Bobby grinsend. »Sie war leicht zu haben. Wenn man sie bumsen wollte, brauchte man es ihr nur zu sagen.«

Als Phil Formicola das Verhör beendete, war Frank Lande bereits draußen auf dem Gang. Er trat vor Bobby und versperrte ihm den Weg.

»Bobby«, sagte Frank herausfordernd, »ich weiß, daß du lügst. Ich fordere dich auf, dich einem Lügendetektortest zu unterziehen.«

»Reden Sie mit meinem Anwalt«, entgegnete Bobby. Dann lachte er Frank ins Gesicht und verließ das Revier.

»Auch wenn wir diesen Fall hätten vergessen wollen«, erklärte Raleigh Witcher, »war Frank Lande so fest entschlossen, seine Tochter zu finden oder herauszubekommen, was mit ihr geschehen war, daß er uns ständig daran erinnerte. Jedesmal, wenn ich zur Arbeit kam, stand er mit neuen Informationen in der Tür, schickte mir einen Privatdetektiv vorbei oder rief mich an – er habe dies oder jenes erfahren.

In Fällen wie diesem, wenn alle Spuren im Sande verlaufen sind, wenden wir uns anderen Prioritäten zu. Wir lassen die Angelegenheit ruhen, bis sich ein neuer Hinweis ergibt. Dann verfolgen wir diesen Hinweis so weit wie möglich. Wenn wir gegen eine Mauer laufen, ziehen wir uns zurück, bis wir auf eine neue Information stoßen.

Es ist also verständlich, daß Frank Lande den Eindruck hatte, wir würden in diesem Fall nichts unternehmen. Aber was das Philadelphia Police Department betraf, wurde der Fall nie zu den Akten gelegt.

Aber wie ich schon sagte, Frank Lande sorgte dafür, daß wir ihn nicht vergaßen. Und da wir seine Tochter nicht finden konnten, war er mit allem, was wir taten, unzufrieden.«

»Ich wußte die ganze Zeit, daß ich Liz selbst würde finden müssen«, sagte Frank Lande später.

Ende März setzte er Suchanzeigen in die Zeitung und ließ Plakate drucken, auf denen er eine Belohnung versprach. Anfangs bot er eintausend Dollar für Hinweise zum Verbleib seiner Tochter, aber bald schon hob er die Summe auf zweitausend Dollar an.

Frank nagelte in der Umgebung des Warlock-Clubhauses in Südwest-Philadelphia Plakate an Telefonmasten, klebte sie an Schaufensterläden und klemmte sie unter die Scheibenwischer von geparkten Fahrzeugen auf der Woodland Avenue. Einige Handzettel hinterlegte er auch im Polizeirevier von Darby. Und von Anfang an notierte er jeden seiner Schritte in einem schwarzen Notizbuch.

Er fand nachts keinen Schlaf und begann, durch die Straßen zu wandern und die Gegenden abzusuchen, in denen Liz verkehrt hatte. Er wünschte sich verzweifelt, herauszufinden, wo sie war, und jeden ausfindig zu machen, der sie gesehen hatte. Überall, wo er hinging, verteilte er die Plakate, die die Belohnung versprachen.

Seine Suche führte ihn in die Go-Go-Bars in der Locust Street von Philadelphia, in die Kneipen von Delaware County und die Oben-Ohne-Clubs jenseits des Flusses am Admiral Wilson Boulevard in Camden, New Jersey. Vor allem konzentrierte er sich auf Lokale, die als Treffpunkte für Motorradfahrer bekannt waren.

»Alle behaupteten, sie könnten mir helfen«, erinnerte er sich. »Und alle sahen in mir ein leichtes Opfer. Es war immer dasselbe, wenn ich ihr Bild herumzeigte und fragte, ob jemand etwas über sie wüßte. Der Barkeeper schwor, er habe sie in seiner Bar gesehen. Ein paar Minuten später rief er mich an einen Seitentisch, behauptete zu wissen, wo ihre Leiche wäre, und versah das Ganze mit einem Preisschild. Anfangs gab ich jedem Geld. Dann wurde mir klar, wie sinnlos das war. Sie wußten nicht mehr als ich.

Manchmal wußte ich nicht, was ich überhaupt dort machte. Wen suchte ich eigentlich? Was konnte ich schon tun, was die Polizei nicht viel besser tun konnte? Aber ich dachte, daß, wenn ich nur ihre Leiche fände, ich meiner Frau beweisen könnte, daß Liz tatsächlich tot war. Meine Frau weigert sich immer noch, es zu akzeptieren. Aber ich denke, ich wäre schon damit zufrieden, sie anständig begraben zu wissen.

Also engagierte ich einen Privatdetektiv. Ich konnte ihn mir nicht leisten, aber ich engagierte ihn trotzdem. Ich glaube, er verlangte pro Tag hundert Dollar plus Spesen. Er gab sich überzeugt, Liz finden zu können.

Um diese Zeit herum beschloß ich, mich an die Warlocks zu wenden. Eines Tages fuhr ich mit dem Privatdetektiv zu ihrem Clubhaus. Ich wollte nur mit ihnen reden und einige Plakate an sie verteilen. Wir parkten auf der anderen Straßenseite. Wir saßen einfach da und versuchten, den Mut aufzubringen hineinzugehen. Es dauerte nicht lange, und sie kamen heraus und umringten den Wagen. Ehe ich mich versah, brauste dieser hartgesottene Detektiv in Todesangst wie eine Rakete die Woodland Avenue hinunter.

Das war das letzte Mal, daß ich einen Privatschnüffler engagiert habe.«

Frank Lande kehrte wenige Minuten später zum Clubhaus der Warlocks zurück und stürmte wie ein Irrer durch die Tür. Die Warlocks waren so geschockt, daß sie einfach dasaßen und ihn anhörten.

»Ich sagte ihnen, daß ich Liz Landes Vater wäre und eine Belohnung biete. Ich dachte mir, sie wüßten, daß Bobby Nauss meine Tochter getötet hatte, und für zweitausend Dollar würde einer von ihnen ihn verraten. Ich weiß nicht, was es ist, aber so funktioniert das bei denen nicht. Man kann sie nicht dazu bewegen, einen der ihren zu verraten. Ich glaube, sie wären auch für zwei Millionen Dollar nicht bereit gewesen, mir zu helfen.

Aber ich werde nie vergessen, wie Bobby Nauss mir ins Gesicht gelacht hat, als ich ihn bat, mir bei der Suche nach Liz zu helfen.«

Kapitel 7

»Bobby hatte im Grunde nie ein starkes männliches Vorbild«, sagte ein Familienmitglied später streng vertraulich. »Und es fehlte ihm an Selbstbewußtsein. Er fühlte sich nicht als Mann und versuchte ständig, ein bestimmtes Macho-Image zu verkörpern. Aber er war faul, er suchte immer nach einer Möglichkeit, dem System ein Schnippchen zu schlagen, und er hielt immer Ausschau nach jemandem, der ihn zu etwas machte, was er nicht war.«

In seiner Jugend stützte Bobby sich auf seine Freundin. Als diese sich von ihm trennte, war sein Selbstwertgefühl gleich Null, und in ihm entstand eine große Leere. Deswegen schloß er sich den Warlocks an. Die Gang wurde seine Krücke.

Sobald Bobby Mitglied war, wurde er zum Berufsverbrecher. Autodiebstähle gehörten zu seinen ersten Straftaten, und gewöhnlich arbeitete er mit Bill Standen zusammen, der immer noch versuchte, in die Gang aufgenommen zu werden.

»Viele Leute sehen sich die Elf-Uhr-Nachrichten an und gehen dann mit ihrem Hund spazieren«, erklärte Bobby später. »Also warteten wir bis nach den Nachrichten. Dann zogen wir los, fuhren nach West Philadelphia, sahen uns in der Gegend der City Line um und fuhren dann den Expreßway entlang in Gegenden, in denen Stanley sich besser auskannte als ich. Wir waren oft in einer Gegend in Bucks County, dem Gebiet von Neshaminy – wir haben da oben haufenweise Wagen geklaut. Dann fuhren wir über die I-95 zurück, über die Delaware Avenue nach Süd-Philadelphia.

Manchmal, wenn wir nach einem bestimmten Wagen suchten und dieses Modell schwer zu finden war, brachten wir in Umlauf, daß jeder, der einen Wagen dieses Typs sah, sich das Kennzeichen merken sollte. Wir überprüften das dann und bekamen so heraus, wo der Besitzer wohnte. Ich parkte in der Nähe, an einer Stelle, von der aus ich den Wagen im Auge behalten konnte. Stanley stieg aus, baute das Türschloß aus und brachte es mir.

Ich hatte immer einen Apparat zum Anfertigen von Schlüsseln bei mir. Ich nahm die Codenummern, die auf das Schloß gestanzt waren, und sah in einem Buch nach, in dem dann eine Zahlenfolge stand, die ich eingeben mußte, um den Schlüssel anzufertigen. Dann machte ich den Schlüssel für den Wagen. Stanley ging zurück und fuhr los, als gehöre der Wagen ihm.

Ich konnte nur Schlüssel für Wagen mit Lenkradschloß anfertigen, vor allem Modelle von General Motors. Bei älteren Modellen entfernten wir das Zündschloß mit Hammer und Schraubenzieher. Wenn der Motor lief, nahm man den Schraubenzieher heraus und fuhr los.

Dann zerlegten wir die Wagen und verkauften die Einzelteile.«

Das Lansdowne Police Department erwischte Bobby am 1. Mai 1972 auf frischer Tat. Er wurde des Autodiebstahls, der ungesetzlichen Lagerung von Diebesgut und der Beschaffung von Fahrzeugen mittels betrügerischer Machenschaften angeklagt.

Zu dieser Zeit waren die Politiker in Delaware County besonders korrupt. Ein Schmiergeld wurde bezahlt, und Bobbys Fall wurde niedergeschlagen, noch ehe er vor Gericht kam. Aber die Verhaftung war ein großer Anreiz für Bobby, einen besseren Weg zu finden, schnelles Geld zu machen und gleichzeitig ein geringeres Risiko einzugehen.

In dieser Zeit kontrollierten vier Motorradgangs beinahe fünfzig Prozent sämtlicher gefährlicher Drogen, die in den Vereinigten Staaten hergestellt, verkauft und konsumiert wurden. Die Gangs konzentrierten sich hierbei auf fünf illegale Drogen: LSD, PCP, Methaqualone, Amphetamine und Methamphetamine.

Jahre zuvor hatten die Hell's Angels die Westküste für sich beansprucht. Der Rest des Landes war unter drei anderen Gangs aufgeteilt:

- Die *Outlaws* wurden in den späten fünfziger Jahren in Chicago gegründet und hatten den Ruf, die ›schlimmste‹ Verbrecherbande zu sein. Nachdem sie die Great Lake-Staaten monopolisiert hatten, dehnten die Outlaws ihren Wirkungskreis nach Süden, bis hinunter nach Florida, aus. Die Gang erreichte eine Mitgliederzahl von dreitausend.

  Der Großteil des Einkommens der Outlaws stammte aus dem Handel mit LSD, Meth, Kokain und Diazepam (Valium), aber die Outlaws befaßten sich außerdem mit Prostitution, Autodiebstahl, Erpressung, dem illegalen Handel mit Waffen und Sprengstoff sowie Mord auf Bestellung.

- Die *Bandidos* wurden 1966 in Texas gegründet und breiteten sich in den Staaten im Mittleren Süden und im Zentrum der Vereinigten Staaten aus, bis dreihundert Bandidos schließlich dreiunddreißig Ortsgruppen unterhielten. Meth war die einträglichste Droge, mit der die Gang handelte. Außerdem handelten sie mit Kokain und Heroin und stiegen in die Prostitution ein, in Brandstiftung, Erpressung, Hehlerei mit Diebesgut und Waffen, Sozialhilfe- und Bankbetrug sowie Auftragsmord.

Die Vorgehensweise aller vier Gangs war die gleiche. Sie kauften die notwendigen Chemikalien und schafften sie in geheime Labors, gewöhnlich auf abgelegenen Farmen, in Wüsten- oder Berggegenden. Dort verarbeiteten *Chemiker,* oder *Köche,* die Rohstoffe zum fertigen Produkt.

Einmal fertiggestellt, wurden die illegalen Drogen über ein enggestricktes Verteilernetz von Bikern an den Mann gebracht, wobei sie durch mehrere Hände gingen. Wenn die Drogen schließlich auf die Straßen gelangten, waren sie bis zu fünfhundertfach verschnitten und ihr Preis um eintausend Prozent gestiegen. Aufgrund des strengen Codes, der alle Gangmitglieder zum Schweigen verpflichtete, bargen die Transaktionen nur ein äußerst geringes Risiko.

Im Vergleich hierzu zählten die Warlocks zu dieser Zeit weniger als hundert Mitglieder und waren weit weniger durchorganisiert. Der durchschnittliche Warlock war eher Konsument als Dealer. Er kaufte für gewöhnlich kleine Mengen Meth für den Eigengebrauch, versteckte sie unter der Batterie seines Motorrads und brauste gen Sonnenuntergang, um sich eine Dröhnung zu verpassen.

Die Gang war berüchtigt für Schlägereien, Vergewaltigungen, Autodiebstähle und Mord. Aber die Warlocks hatten kein Drogenfertigungs- und Verteilernetz aufgebaut – was eine Lücke schuf, die einzelne für sich nutzen konnten, um auf eigene Rechnung zu arbeiten.

Sechs Monate nach Liz Landes Verschwinden erreichte Bobby Nauss einen Wendepunkt in seinem Leben. Wenn er mehr Meth kaufte, als er für den Eigengebrauch benötigte, fragte er sich, konnte er dann den Rest verkaufen und seinen Konsum aus dem Gewinn finanzieren?

Als er sich Mitte des Sommers einen brandneuen Cadillac kaufte, hatte er seine Antwort: Drogen waren seine Zukunft.

Zur gleichen Zeit beschloß er, sich mit drei anderen Warlocks zusammenzutun, die dasselbe Ziel vor Augen hatten. Sie schworen einander Treue bis in den Tod, bildeten eine Gang innerhalb der Gang und machten sich mit empirischen Methoden daran, sich ein Königreich aufzubauen.

Die anderen waren:

Eric ›Rick‹ Martinson, zweiundzwanzig, der eine Meile von Bobbys Zuhause entfernt in Drexel Hill aufgewachsen war. Er schien der unauffälligste der vier zu sein, und doch war er über ein Jahrzehnt inoffiziell Anführer der Gang. Mit der Zeit brachte er es zum Millionär.

Bobby Marconi war mit neunundzwanzig der älteste. Er war ein gutaussehender Casanova mit schwarzem lockigem Haar und dunklem Teint. Wenngleich nur mittelgroß, hatte er muskulöse Oberarme und die Art von Körper, dem enge Kleidung schmeichelt. Seine Garderobe war stilvoll, und er trug immer eine Sonnenbrille. Er hatte einen teuren Geschmack, was ebenso für seinen weißen Rolls Royce galt wie für gutaussehende Frauen.

Steve DeMarco, untersetzt und stämmig, hatte eine Schwäche für minderjährige Mädchen. Wenngleich er erst einundzwanzig war, war er bereits wegen Motorrad- und Autodiebstahls, Drogenbesitzes, Verführung einer Minderjährigen und Körperverletzung mit und ohne Schußwaffe angeklagt worden. Ein vom Gericht bestellter Psychiater bezeichnete ihn als ›asozialen Typ‹, und Gangmitglieder nannten ihn einen ›Nadelfreak‹. Nach eigener Aussage beabsichtigte er, der Meth-König von Delaware County zu werden.

Für den durchschnittlichen jungen Weißen aus der Umgebung von Philadelphia ist es ganz selbstverständlich, die Sommermonate an der Küste von Jersey zu verbringen. Er liegt tagsüber am Strand, arbeitet an seiner Bräune und sieht sich die Frauen an, die im Bikini am Wasser entlangschlendern. Nachts vergnügt er sich in Bars und Nachtclubs und versucht, Mädchen aufzureißen. Wenn er bis zum Feierabend noch keinen Anschluß gefunden hat, geht er in einen der Clubs, die die ganze Nacht geöffnet haben, und versucht es weiter. Das ist ein Ritual, das sich seit Menschengedenken jeden Sommer vom Memorial Day bis zum Labor Day wiederholt. Und es wird sich wiederholen, solange es Sonne und Strand, das Meer, Jungen und Mädchen gibt.

In dieser Hinsicht bildete Bobby Nauss keine Ausnahme. Er liebte die Küste. Im Juni 1972 lernte Bobby in Margate, New Jersey, die nächste wichtige Frau in seinem Leben kennen.

Sie nannte sich Cookie und war siebzehn. Ihr voller Name lautete Mary Ciglinsky, und sie war einige Blocks vom Clubhaus der Warlocks in der St. Barabas Gemeinde im Südwesten

Philadelphias aufgewachsen. Sie hatte die West Catholic Girls High absolviert und stammte wie Bobby aus einer großen Familie: Vier Brüder und zwei Schwestern. Obwohl in ihrer Familie rotes Haar vorherrschte, war Cookie eine attraktive eins sechzig große Blondine mit blauen Augen.

»Cookie war wasserstoffgebleicht«, beschrieb sie ein Mitglied der Nauss-Familie. »Schlank, gut gebaut, mit schönen Zähnen. Aber sie hatte etwas Hartes an sich, als gehöre sie als Sozia auf eine Harley. Sie trug hautenge Tops und Jeans und war noch mehr in die Bikerszene verliebt als Bobby.«

Bobby und Cookie gingen miteinander. Im Jargon der Küste von Jersey bedeutete das, daß sie regelmäßig miteinander schliefen.

In einer schwülen Julinacht 1972 geriet Bobby unweit von zu Hause in einer Kneipe in Darby mit einem anderen Biker wegen seiner Gangzugehörigkeit aneinander. Um der Prügelei ein Ende zu machen, zog Bobby seine Waffe und drückte zweimal ab. Eine Kugel zerfetzte seinem Gegner die Leber, die zweite durchschlug einen Lungenflügel. Als der verwundete Biker zu Boden ging, zielte Bobby auf seinen Kopf und drückte erneut ab. Aber der Abzug klemmte.

Hastig trugen Bobby und zwei andere Warlocks den Blutenden nach draußen und warfen ihn hinten in einen Lieferwagen. Sie gingen davon aus, daß er sterben würde, und so rasten sie in Richtung Tinicum Marsh, um die Leiche verschwinden zu lassen. In ihrer Eile fuhren sie in falscher Fahrtrichtung durch eine Einbahnstraße und wurden von einem Polizisten gestoppt.

Der Beamte fand das Opfer hinten im Wagen – der Mann lebte noch, wenn er auch dem Tod näher war als dem Leben. Außerdem fand der Polizist eine .25er Automatik und einen .32er Revolver. Er beschlagnahmte die Waffen und rief einen Krankenwagen.

»Als Bobby Nauss verhaftet wurde«, erklärte der Polizist Tom Salerno später, »erinnerte ich mich daran, wie Mr.

Lande mit einem Flugblatt aufs Revier gekommen war, auf dem stand, daß er eine Belohnung für sachdienliche Hinweise zum Verbleib seiner Tochter ausgesetzt habe.«

Der Polizeibeamte hatte keine Veranlassung zu glauben, daß dem Verschwinden von Liz Lande ein Verbrechen zugrunde lag, aber er beschloß dennoch, die Gelegenheit zu nutzen und zu versuchen, es herauszufinden.

»Kennen Sie Elizabeth Lande?« fragte er Bobby.

»Ja, ich kenne sie«, entgegnete Bobby.

»Wissen Sie, wo sie ist?«

»Keine Ahnung«, entgegnete Bobby ärgerlich. »Ich wüßte nicht, daß ihr etwas zugestoßen wäre. Glauben Sie mir, sie läuft irgendwo quicklebendig herum.« Bobby wurde der schweren Körperverletzung mit einer Schußwaffe und des versuchten Mordes angeklagt sowie der kriminellen Konspiration und des Verstoßes gegen das Bundesschußwaffengesetz.

Frank Lande erfuhr über seine Kontakte bei der Polizei von der Schießerei. Am darauffolgenden Tag fuhr er zum Krankenhaus.

»Er lag im Fitzgerald Mercy«, erinnerte sich Frank. »In einem angeblich streng bewachten Zimmer. Ich nahm eine Schachtel Pralinen mit, erzählte dem Polizisten vor der Tür, ich wäre ein Verwandter, und man ließ mich anstandslos hinein. Ich kannte den Mann nicht und wußte nicht, wie ich mit ihm umgehen sollte. Aber ich sagte mir, daß, wenn er so schwer verwundet war, er keine Gefahr darstellte und mir vielleicht sogar helfen würde.«

Der Biker, der in dem bewachten Zimmer lag, war sehr blaß. Ein Schlauch steckte in seiner Brust und pumpte Luft in die kollabierte Lunge. Ein zweiter Schlauch steckte in seinem Arm und versorgte ihn intravenös mit Medikamenten, und über einen dritten Schlauch in seinem anderen Arm erhielt er eine Bluttransfusion. Seine Augen waren glasig von den starken Schmerzmitteln.

Frank stellte sich vor und zeigte ihm ein Bild von Liz.

»Nie gesehen«, sagte der Biker, so leise, daß Frank Mühe hatte, ihn zu verstehen.

»Sie ist meine Tochter«, sagte Frank. »Ihr Name ist Liz.«

»Nie von ihr gehört.«

»Sie war Bobby Nauss' Freundin, und ich glaube, daß er sie umgebracht hat.«

Bei der Erwähnung von Bobbys Namen blitzten die Augen des Bikers zornig. Seine Stimme wurde sofort kräftiger. Einmal, erzählte er Frank, habe Bobby damit geprahlt, daß er seine kleine blonde Freundin abgeknallt habe. Sie hätten gerade ferngesehen. Herumgealbert. Sie habe ihn in den Hintern getreten, und da sei er ausgerastet. Er versuchte, sie sich zu schnappen, aber sie schloß sich im Badezimmer ein.

Bobby habe ihm erzählt, er hätte fünf Kugeln durch die Badezimmertür gejagt, von denen zwei seine Freundin getroffen hätten. Er habe sie in einen alten Teppich gewickelt und am üblichen Ort verschwinden lassen. Im Tinicum Marsh. Aber er konnte nicht mit Sicherheit sagen, wo die Schießerei stattgefunden hatte. In einer Wohnung irgendwo in Delaware County, mehr wußte er nicht.

»Würden Sie das unter Eid aussagen«, fragte Frank.

»Einen Dreck werde ich«, entgegnete er lachend. »Die Warlocks bringen mich um, wenn ich Bobby verpfeife. Aber ich sage Ihnen was. Schmuggeln Sie mir eine Waffe rein, und sobald ich wieder etwas kräftiger bin, schleiche mich nachts hier raus, erschieße den Schweinehund für uns beide.«

»Bitte«, flehte Frank ihn an, »Sie müssen mit mir zur Polizei gehen und ihnen sagen, was Sie wissen.«

Der Biker schüttelte langsam den Kopf und schlief dann ein.

Einige Tage später, einen Tag vor der Operation, bei der die beiden Geschosse entfernt werden sollten, die noch in seinem Körper steckten, schlich sich der Biker nachts aus dem Krankenhaus. Kurz nach seinem Verschwinden wurde die Anklage gegen Bobby fallengelassen.

Von diesem Punkt an ging Frank bei seinen Ermittlungen

davon aus, daß Bobby Liz erschossen hatte. Und er begann, seine Energien auf die Suche nach der geheimnisvollen Wohnung zu konzentrieren.

Fünf Wochen später, am 17. August 1972, rastete Bobby erneut im Drogenrausch aus und zog die Waffe. Es war kurz nach zwei Uhr früh auf dem Parkplatz des Anvil Inn, einer Rock-'n'-Roll-Kneipe dreißig Meilen außerhalb, auf dem Baltimore Pike in Chester County.

Er raubte zwei Stammgäste, die auf dem Weg zu ihrem Wagen waren, mit vorgehaltener Waffe aus. Die Opfer waren ein Pflichtverteidiger aus Chester County und seine Freundin.

Bobby kam nicht weit. Er wurde verhaftet und wegen Raubs, Besitzes von Marihuana, Schußwaffenbesitzes, Besitzes von Angriffswaffen, Besitzes eine Gewehrs, Erpressung und Bedrohung mit einer tödlichen Waffe angeklagt.

Er wurde auf Kaution freigelassen, fand aber im Rechtssystem von Chester County niemanden, der sich bestechen ließ. Also floh Bobby nach New Jersey, um sich dem Zugriff der Justiz zu entziehen. Er bezog eins der Summit Ridge Apartments in Glassboro, einer College-Stadt in New Jersey, zwanzig Minuten von der Walt Whitman Bridge entfernt. Sein Mitbewohner war Steve DeMarco, der die Wohnung unter falschem Namen gemietet hatte.

Bobby Marconi hatte inzwischen einige Kontakte zu Lieferanten von Marihuana und Methamphetaminen hergestellt. Hinzu kam, daß die Warlocks im Süden Jerseys eine Ortsgruppe gegründet hatten. Während der folgenden sechs Wochen konzentrierten Bobby Nauss und Steve DeMarco sich also darauf, eine Drogenpipeline zwischen Delaware County und South Jersey zu organisieren.

Zu diesem Zeitpunkt galt Bobby als verdächtig, in das Verschwinden von Liz Lande verwickelt zu sein, hatte ein Mitglied einer rivalisierende Motorradgang angeschossen und beinahe getötet, ein Dutzend Autos gestohlen, einen bewaffneten Raubüberfall begangen und handelte mit Drogen. Wegen dieser Straftaten war er insgesamt dreimal verhaftet worden. Er war kein einziges Mal verurteilt worden, hatte noch nie im Gefängnis gesessen, und niemand hatte sich ihm an die Fersen geheftet, als er sich aus Chester County abgesetzt hatte. Er fing an zu glauben, er stünde über dem Gesetz.

Am 4. Oktober 1972 beobachteten Beamte des Rauschgiftdezernats die Wohnung H-114 in Summit Ridge – also Bobbys Wohnung. Während der vergangenen zwei Wochen waren mehrfach Beschwerden über Rocker eingegangen, die zu jeder Tages- und Nachtzeit dort ein und aus gingen.

Den Polizisten fiel ein in Pennsylvania zugelassener Cadillac Baujahr 72 auf, der vor der beobachteten Wohnung parkte. Sie überprüften das Kennzeichen und erfuhren, daß der Wagen auf einen gewissen Robert T. Nauss zugelassen war. Daraufhin setzten sie sich mit der Pennsylvania State Police in Verbindung, um nachzufragen, ob gegen den Fahrzeughalter etwas vorläge.

Eine Stunde später traf ein Telex auf der Polizeiwache von Glassboro ein. Robert T. Nauss wurde wegen bewaffneten Raubüberfalls in Chester County gesucht.

Zwei Stunden später näherte sich einer der Beamten der Wohnung. Die Tür stand offen, und das einzige, was ihn von Bobby Nauss trennte, war ein Fliegengitter. Bobby saß auf dem Sofa im Wohnzimmer und hantierte mit etwas herum. Der Polizeibeamte zog seine Dienstwaffe.

»Polizei!« rief er und trat die Fliegengittertür auf. »Runter auf den Boden! Gesicht nach unten! Hände hoch!«

Während Bobby gehorchte, sah der Beamte sich eine Plastiktüte auf dem Fußboden genauer an. Sie enthielt zwei Briefchen. Für ihn sah es nach Meth aus. Ein zweiter Beamter betrat die Wohnung und legte Bobby Handschellen an. Dann durchsuchten die Polizisten gemeinsam die Wohnung.

Der Geruch von Marihuana schlug ihnen entgegen, als sie

die erste Schlafzimmertür öffneten. Auf dem Nachttisch lagen mehrere verschweißte Plastikpäckchen, und gleich daneben stand eine weiße Waage. Auf der Waage befanden sich winzige braune Flocken, und daneben lag eine Schachtel mit kleinen Tütchen. Auf einem Bücherregal lag ein knapp achtzehn Zoll langes PVC-Rohr, das in eine Pfeife umfunktioniert worden war. An einem Nagel hing ein Polizeiknüppel, dessen Griff ausgehöhlt worden war und der ebenfalls als Haschpfeife diente.

Einer der Beamten schnupperte daran.

»Eindeutig Marihuana«, sagte er.

Im zweiten Schlafzimmer hing ein Halfter an einem der Bettpfosten. Darin steckte ein geladener Revolver. Außerdem fanden sie im Schrank einen geladenen Karabiner und einen grünen Müllsack, der eine Substanz enthielt, die wie Marihuana aussah.

Bobby wurde wegen des Verdachts auf Drogenbesitz festgenommen. Später wurde er dann der Gerichtsbarkeit von Chester County überstellt. Diesmal wurde er bis zum Prozeß wegen bewaffneten Raubüberfalls in die Obhut seiner Eltern überstellt. Zur gleichen Zeit wurde das Beweismaterial, das in Bobbys Wohnung in Glassboro sichergestellt worden war, zur Untersuchung an ein staatliches Labor in New Jersey geschickt. Der Laborbericht kam zwei Tage später und bestätigte, daß es sich um zweihundertneunundachtzig Gramm Marihuana und viereinhalb Gramm Methamphetamine handelte. Sheriff Deputies verhafteten Bobby einen Tag später auf Anklage einer Grand Jury von Gloucester County hin wegen Drogenbesitzes. Die Kaution wurde auf fünfzehntausend Dollar festgelegt.

Die Hell's Angels hatten schon lange ein Dreistufen- System im Umgang mit dem Gesetz entwickelt, und dieses hatten die Warlocks sich abgeguckt. Es bestand darin, Anwälte zu engagieren, die dafür bekannt waren, das Gesetz bis an die Grenzen zu dehnen, einen Fonds einzurichten, um Mitglieder auf Kaution aus dem Gefängnis zu holen, und dafür zu sorgen, daß der Angeklagte rasiert, mit gepflegtem Haarschnitt und im Anzug vor Gericht erschien.

Und somit verbrachte Bobby Nauss fünfundfünfzig Tage im Gloucester-County-Gefängnis, ohne Kaution zu beantragen. Der Gedankengang war etwas verworren. Belassen wir es dabei, daß er versuchte, die Anklage wegen Drogenbesitzes zu untergraben. Hierfür mußte er den Eindruck erwecken, kein Mitglied der Warlocks zu sein. Und so saß Bobby seine Zeit hinter Gittern ab, während sein Anwalt das System bearbeitete.

Am 8. Dezember 1972 wurde die Kaution auf zweitausend Dollar gesenkt. Bobby hinterlegte zehn Prozent der Summe und ging nach Hause. Einige Tage später, ziemlich genau ein Jahr nach Liz Landes Verschwinden, erzählte Cookie Ciglinsky Bobby, daß sie im fünften Monat schwanger wäre.

Am 15. Februar 1973, drei Monate vor seinem dreiundzwanzigsten Geburtstag, heiratete Bobby Cookie, und die Frischverheirateten bezogen die Wohnung im Anbau des Hauses der Familie Nauss in der Main Street.

»Die Beziehung zwischen Cookie und dem Rest der Familie war gespannt«, erzählte ein Familienmitglied später vertraulich. »Sie war Abschaum. Keiner in der Familie mochte sie, aber wir mußten uns ihren ganzen Mist anhören und so tun, als könnten wir sie gut leiden. Unsere Mutter sagte, wir müßten Cookie akzeptieren und nett zu ihr sein. Es war, als hätte Cookie etwas gegen Bobby in der Hand.

Aber Cookie interessierte sich nur für eins – das nächste Saufgelage, den nächsten Drogentrip, den nächsten Sex.

Ich habe nie erlebt, daß Bobby Cookie mißhandelt hätte. Ich habe nie erlebt, daß er ihr gegenüber laut oder aggressiv geworden wäre. Aber ob er sie liebte? Sagen wir, wir waren Katholiken, und damals brauchte er sie.«

Robert Thomas Nauss III., genannt Tommy, wurde am 6. April 1973 im Fitzgerald Mercy Hospital geboren. Für jemanden, der wegen Drogenbesitzes unter Anklage stand, war das ein entscheidender Pluspunkt. Ebenso wie die Tatsache, daß Bobby wieder für seinen Vater arbeitete.

Acht Monate lang durchkämmte Frank Lande das Delaware County auf der Suche nach der Wohnung, in der, wie er glaubte, Bobby Nauss seine Tochter erschossen hatte. Im März 1973, einen Monat nach Bobbys und Cookies Hochzeit, fand er sie.

»Ich bekam den Tip von einem Ladeninhaber«, erklärte Frank. »Ich hatte jede Stadt abgeklappert, war in den Geschäftsvierteln von Tür zu Tür gegangen, hatte Liz' Foto gezeigt und nach einer Wohnung gefragt, die möglicherweise als Treffpunkt für Rocker gedient haben könnte. Der Ladeninhaber erzählte mir, daß es ein Haus gäbe, wo die Warlocks mit ihren Motorrädern durch die Flure gefahren wären.«

Frank hielt die Luft an, als er das Gebäude betrat. Halbtot vor Angst suchte er die verlassene Wohnung auf und inspizierte das Badezimmer. Er konnte sein Glück kaum fassen: Die Badezimmertür war voller Löcher.

Frank stieg in seinen Wagen und fuhr nach Media, der County-Hauptstadt, um seine Entdeckung bei der Criminal Investigation Division, kurz CID genannt, zu melden.

Kapitel 8

Vierhunderttausend Menschen besuchten am 9. Dezember 1969 das Konzert der Rolling Stones auf der Rennstrecke von Altamont, in der Nähe von San Francisco in Kalifornien.

»Hey, Leute«, sagte Mick Jagger flehend ins Mikro, »wer prügelt sich da und weswegen? Wir brauchen uns doch nicht zu schlagen.«

Derweil prügelten wildgewordene Mitglieder der Hell's Angels Motorradgang mit Stahlrohren, Schraubenschlüsseln, Messern, Ketten und bleibeschwerten, abgesägten Pool-Queues wahllos, wie besessen und unglaublich brutal auf wehrlose Konzertbesucher ein, die so dicht vor der Bühne standen, daß ihr Blut beinahe bis auf Jaggers Stiefel spritzte.

»Hey ... wir müssen sofort damit Schluß machen« stammelte Jagger. »Wißt ihr ... wir können nicht ... es ist sinnlos.«

Als schließlich ein Hubschrauber Jagger und den Rest der Stones in Sicherheit brachte, waren bereits Hunderte von Fans brutal zusammengeschlagen worden, und auf dem Boden vor der Bühne lagen vier Tote: Einer war in einem Abflußgraben ertrunken, zwei waren niedergetrampelt und einer war niedergestochen und zu Tode getreten worden.

Millionen von Fernsehzuschauern im ganzen Land verfolgten die Höhepunkte dieser häßlichen, brutalen und blutigen Nacht an den Bildschirmen und kamen nur zu einem Schluß. Rocker waren äußerst gefährlich. Aber dreitausend Meilen weiter östlich sagten sich die fünfhunderttausend Bewohner von Delaware County, daß so etwas nur in Kalifornien möglich wäre, aber niemals in Pennsylvania. In den Augen der Ortspolizei waren die Warlocks zwar Punks, aber nicht mit den Hell's Angels vergleichbar und ganz sicher keine Bedrohung für Recht und Ordnung.

Jede Gemeinde in Delaware County hatte ihre eigene kleine Polizeieinheit. Die Beamten schrieben Strafzettel wegen Mißachtung von Stoppschildern und roten Ampeln, kümmerten sich um Verkehrsunfälle, beendeten Kneipenschlägereien, untersuchten Diebstähle und schlichteten Auseinandersetzungen zwischen Eheleuten. Wenn sich etwas Schwerwiegenderes ereignete, wie zum Beispiel ein Mord, übergaben sie den Fall dem County CID.

In jenen Tagen waren die County Detectives Männer, die ihre Posten Politikern verdankten, die sich auf diese Weise dafür erkenntlich zeigten, daß der eine oder andere ihnen geholfen hatte, in dem streng republikanischen, durch und durch korrupten County wiedergewählt zu werden. Erfahrung im Gesetzesvollzug war nicht erforderlich. Demzufolge wurde der CID hinter vorgehaltener Hand als ›ein Haufen von Schuh- und Eisverkäufern‹ bezeichnet, ›die als Detectives verkleidet herumlaufen‹. Einzige Ausnahme schien der Leiter des CID zu sein.

Rocco ›Rocky‹ Urella war Mitte Fünfzig, eins achtzig groß, weißhaarig und ehemaliger Trainer der High-School-Ringermannschaft. Wie ein Atavismus von Elliot Ness, hatte er sich der Staatspolizei bereits 1937 angeschlossen und sich den Ruf eines furchtlosen Gesetzeshüters erarbeitet, der einmal mit gezückter Waffe eine Tür eingetreten hatte, um einen Polizistenmörder zu verhaften.

Gouverneur Milton Shapp ernannte Urella 1971 zum State Police Commissioner. Aber inzwischen war Urella frustriert von einem neumodischen System, das sich plötzlich mehr für juristische Spitzfindigkeiten und die Rechte der Angeklagten interessierte als dafür, daß der Beschuldigte schuldig war. Er wurde mißtrauisch Juristen gegenüber und zapfte das Telefon des Justizministers an. Aber Ende 1972 wurde er erwischt. Als die Presse von seiner Abhöraktion Wind bekam, verlangten Politiker von Philadelphia bis Pittsburg Urellas Kopf.

In der Neujahrsnacht 1973, auf dem Heimweg vom Sugar Bowl, den die Penn State's 14:0 gegen Oklahoma verloren, feuerte der Gouverneur Urella. Zwei Tage später übertrug der Staatsanwalt von Delaware County ihm den Posten des Leiters des CID.

Zwei Monate später saß Frank Lande Rocky Urella an dessen Schreibtisch gegenüber und erzählte seine Geschichte. Für Urella klang der Vater überzeugend. Die Informationen, die er in seinem kleinen, schwarzen Buch notiert, alphabetisch sortiert und aufgelistet hatte, deuteten auf ein Verbrechen hin. Urella betraute einen Detective mit dem Fall.

›Cowboy Lou‹ D'Iorio unterhielt sich mit Frank Lande und fuhr dann nach Folcroft zu einem dreigeschossigen roten

Backsteinhaus mit Flachdach in der Elmwood Avenue Nummer 1528. Ironischerweise lag das Gebäude nur einen Block vom Folcroft-Polizeirevier entfernt.

D'Iorio, der seinen Spitznamen dem Umstand verdankte, daß er Cowboystiefel trug, betrat das Haus. Das erste, was ihm auffiel, waren die schwarzen Bremsspuren in den mit Teppichboden ausgelegten Fluren. Diese führten ihn zu der leerstehenden Wohnung, die Frank Lande ihm beschrieben hatte. D'Iorio trat ein.

Wer um alles in der Welt hatte dort gehaust? Die Wohnung war ein Schweinestall. Ölflecken auf dem Teppich. Schmierige Handabdrücke überall. Löcher in den Wänden. Und die Badezimmertür! Sie sah aus wie Schweizer Käse. Sie mußte als Zielscheibe gedient haben. Das Holz wies Löcher von Dartspielen, Pfeilen und Messerklingen auf. Aber Einschußlöcher? Er vermochte es nicht mit Sicherheit zu sagen, aber er bezweifelte es.

Das war der Teil von Frank Landes Geschichte, den zu glauben ihm schwergefallen war. Es war undenkbar, daß fünf Schüsse in einem ruhigen Apartmenthaus in einer friedlichen Wohngegend nur einen Block vom Polizeirevier entfernt gefallen sein sollten, ohne daß dies gemeldet worden war. Andererseits war es schwer zu glauben, daß es hier überhaupt eine Rocker-Enklave gegeben hatte.

Er verließ die Wohnung und begann, bei den Nachbarn zu klopfen.

Eine Nachbarin verlangte, seinen Dienstausweis zu sehen, bevor sie ihn hereinließ. Nervös identifizierte sie Liz Lande auf einem Foto. Die Nachbarin erzählte D'Iorio, daß die hübsche Blondine regelmäßig gekommen wäre, sich dann aber von einem Tag auf den anderen nicht mehr hätte blicken lassen. Wann das gewesen wäre? So um Weihnachten herum – nicht letzte Weihnachten, sondern im Jahr davor, 1971.

Steve DeMarco, erzählte sie D'Iorio, habe damals die Wohnung gemietet. Sie hätten alle Angst vor ihm gehabt. Er wäre die meiste Zeit betrunken, high und laut gewesen. Hätte ständig lärmende Partys gefeiert. Aber niemand habe sich beschwert. Alle hätten sich zu sehr vor Repressalien seitens der Warlocks gefürchtet. Und so hatten sie weggesehen und gebetet, daß er bald ausziehen würde. Es lebten immer noch einige Biker im Haus, aber die wären nicht mit DeMarco und seien Freunden zu vergleichen.

Auf dem Weg zurück ins Präsidium begann Lou D'Iorio, seine eigene Theorie aufzustellen: Steve DeMarco und nicht Bobby Nauss hatte das Lande-Mädchen umgebracht, und sie war erstochen oder erdrosselt worden, nicht erschossen.

Aber es gab keine Beweise, keine Leiche. Und so verlor er das Interesse an dem Fall.

Während die Polizei die wachsende Bedrohung durch Motorradgangs in Delaware County weiter leugnete, entstand eine Gefechtslinie zwischen den Banden.

Auf der einen Seite waren die Pagans, die ihr nationales Hauptquartier, oder *Mutterhaus*, vier Jahre zuvor in den winzigen Ort Marcus Hook verlegt hatten. Die Lage dort war weit besser geeignet, die fünfzehn Millionen Dollar Jahresumsatz der Gang aus ihrem Drogenimperium im Nordöstlichen Quadranten der USA zu kontrollieren.

Auf der anderen Seite standen die Warlocks, die neue Ortsgruppen gegründet hatten und deren Mitgliederzahl auf knapp zweihundert angewachsen war. Die Warlocks waren inzwischen mit AK-1-Automatik-Gewehren, abgesägten M-1-Karabinern, abgesägten Schrotflinten, Thompson- Maschinenpistolen, Handgranaten, Rohrbomben und Plastiksprengstoff ausgerüstet.

Objektiv gesehen waren die Pagans immer noch viel stärker und besser vereint. Einem vertraulichen Polizeimemo aus New York zufolge hatten die Pagans Verbindung zum organisierten Verbrechen:

> Suffolk County Police Department
> Mai 1973
> In den vergangenen Monaten wurden uns Informatio-

nen zugetragen, denen zufolge Outlaw-Biker von einigen Verbrechersyndikaten angeheuert wurden, um gestohlene Trucks von New York City nach Long Island zu überführen. Außerdem wurden sie von diesen Verbrechersyndikaten und Kredithaien als Geldeintreiber oder ›Gorillas‹ eingesetzt.

Uns wurde berichtet, daß deshalb diese Leute rekrutiert werden, weil sie verschwiegen sind und im Falle einer Verhaftung durch die Polizei den Mund halten, wodurch die Gefahr, daß ein Mitglied des Syndikats belastet und verhaftet wird, gering gehalten wird.

Darüber hinaus unterhielten die Pagans in Marcus Hook ein Mordkommando und ließen sich gegen Bares anheuern. Die Verbindung zwischen der Mafia und den Pagans war bis zu einem Pagan zurückverfolgt worden, der der Neffe eines berüchtigten Mafia-Dons aus Pittsburgh war.

Als der Sommer 1972 anbrach, rückte, während die Polizei weiter den Kopf in den Sand steckte, der territoriale Krieg zwischen Pagans und Warlocks immer näher.

Bobby Nauss' Vater war bei schlechter Gesundheit – ein chronisches Herzleiden –, was dazu beitrug, daß Bobby als Härtefall eingestuft und nie zum Wehrdienst eingezogen wurde.

Die meisten Biker waren jedoch Militär-Veteranen – ehemalige Army- und Marine-Corps-Soldaten, die Hitler, Hirohito, Korea und Vietnam überlebt hatten –, alle überzeugte Machos. Sie wollten, daß der Rest der Welt sie als Superpatrioten betrachtete, und verstanden jene nicht, die einfach nur gern Motorrad fuhren. Wenn man sie in Ruhe ihr Ding machen ließ, ließen sie einen auch in Frieden. Aber in Wahrheit waren sie Rassisten und rangierten irgendwo zwischen dem Ku Klux Klan und Skinheads. Sie waren Neonazis auf Rädern mit wenig oder gar keiner Moral. Sie waren Gewaltverbrecher, die unter der Woche ihrer Wege gingen und sich nur in der Gruppe stark fühlten.

Eine Motorradgang war ein Umfeld, in dem Gewalt nicht nur toleriert, sondern unterstützt und anerkannt wurde. Es war eine Atmosphäre, in der Frauen mißhandelt, mißbraucht und für emotionslosen Sex benutzt wurden. Damals war es das perfekte Medium für Bobby.

In dieser Welt verwandelte er sich von einem duckmäuserischen, sanften Kind mit rosigen Wangen in einen Hooligan, dem niemand in einer dunklen Gasse begegnen wollte. Er legte sich einen wiegenden Gang mit hochgezogenen Schultern zu, der verriet, daß er sich ständig angegriffen fühlte und nur darauf wartete, daß ihn jemand provozierte. Er rastete oft und anscheinend grundlos aus und trug immer eine Waffe bei sich. Meistens war für den Notfall eine zweite Pistole an seinem Bein befestigt.

In der Nacht vom 28. Juni 1972 betraten ein halbes Dutzend Warlocks die Mohawk Bar am MacDade Boulevard, um ein Bier zu trinken und sich die Zeit zu vertreiben. Als Feierabend war, gingen sie und stolperten geradewegs in einen Hinterhalt.

Von der Esso-Tankstelle auf der anderen Straßenseite wurden Schüsse abgefeuert, und drei Warlocks wurden verwundet. Wenngleich sie die Schützen nicht zu Gesicht bekamen, verdächtigten die Warlocks die Pagans, und die Situation spitzte sich den ganzen Sommer über zu.

Damals gehörte Bobby der Selbstschutzgruppe an. Diese Gruppe, auch *Inner Circle* genannt, bestand aus ausgewählten Gangmitgliedern, deren Aufgabe es war, Unstimmigkeiten innerhalb der Gang aus der Welt zu schaffen und Rachefeldzüge gegen Outsider durchzuführen. Sie schreckten auch vor Mord nicht zurück.

Am 10. September betraten Mitglieder des Inner Circle die Palace Bar auf der Chester Pike. An der Bar saß ein Pagan, und ein Wort ergab das andere. Es kam zu einer Schießerei, und der Pagan wurde verwundet.

Was die Warlocks betraf, waren sie hiermit quitt. Aber Tatsache war, daß einige unabhängige Biker für die vorangegangene Schießerei verantwortlich gewesen waren. Anstatt eine Rechnung zu begleichen, hatten die Warlocks einen nicht provozierten Angriff gestartet. Jetzt war es an den Pagans, Rache zu nehmen.

Elf Tage später, am 21. September, verließ ein Warlock um neun Uhr abends die MacDade Mall. Als er auf dem Weg zu seinem Wagen war, wurde mit einer Maschinenpistole das Feuer auf ihn eröffnet. Der Warlock wurde in Brust, Unterleib und am Arm getroffen. Ein Krankenwagen brachte ihn ins Krankenhaus, aber er starb auf dem Operationstisch.

Zwei Nächte später war Bobby Nauss unter den fünfzig Warlocks, die von ihrem im McCausland-Bathhurst Funeral Home an der Chester Pike aufgebahrten Kumpel Abschied nahmen. Von dort aus gingen sie auf direktem Weg zur Palace Bar.

An der Bar saßen zwei Pagans und tranken Bier. Die Warlocks umringten sie. Einer der Warlocks kippte einem der Pagans sein Bier ins Gesicht, und es kam zum Handgemenge. Bierflaschen flogen durch die Luft. Ketten und Eisenrohre wurden geschwungen. Schüsse fielen. Als der Rauch sich verzog, lagen die beiden Pagans zusammengeschlagen, verwundet und blutüberströmt auf dem Boden.

Polizisten trafen am Schauplatz des Geschehens ein, gefolgt von zwei Krankenwagen, einigen Pagans und einem Zeitungsreporter.

»Ich schwöre«, sagte einer der Anführer der Pagans dem Reporter, »daß wir schon bald blutige Rache üben werden.«

Weniger als eine Stunde später, um dreiundzwanzig Uhr, stand Bobby Nauss mit drei anderen Bandenmitgliedern auf dem Bürgersteig vor dem Clubhaus der Warlocks. Wagen fuhren vorbei. Plötzlich machte ein Wagen mit quietschenden Reifen halt, und Pagans eröffneten das Feuer. Bobby ließ sich fallen und schoß zurück. Einer der Warlocks wurde von einer Kugel am Oberschenkel getroffen.

Zur gleichen Zeit sah zwanzig Meilen westlich des Clubhauses ein Warlock bei seiner Freundin zu Hause fern. Es war sehr warm, und die Fenster waren geöffnet. Plötzlich hörte er Schritte auf der Kiesauffahrt. Als er durch die Fliegengittertür blickte, sah er draußen drei schattenhafte Gestalten, die sich dem Haus näherten. Er schnappte sich ein Gewehr und ging nach draußen, um nachzusehen, wer die drei waren.

Exakt drei Schritte vor der Haustür traf ihn die erste Maschinengewehrsalve. Er stürzte, schoß jedoch mit seinem Gewehr auf die Angreifer. Dann bemerkte er, daß er stark blutete, und fuhr ins Krankenhaus. Eine Stunde später wurde er in der Notaufnahme verhaftet. Bei einer Durchsuchung der Wohnung seiner Freundin wurden mehrere Waffen sowie Diebesgut gefunden. Aber noch war die Nacht nicht vorüber.

Um vier Uhr früh, geographisch gesehen zwischen den beiden vorangegangenen Vorfällen, ging ein Motorradgeschäft, das einer Ortsgruppe der Warlocks gehörte, in die Luft.

Die Scharmützel setzten sich während der folgenden Tage fort. Warlocks schossen im Vorbeifahren am hellichten Tage einen Pagan nieder. Eine Explosion vor einem Wohnblock am frühen Morgen zerstörte den Wagen eines Pagans. Bei einer Schießerei am Nachmittag an einem Hot-dog-Stand am Straßenrand wurden Mitglieder beider Gangs verwundet.

Am 8. Oktober berief Rocky Urella eine Pressekonferenz ein:

»Wir ergreifen Notstandsmaßnahmen«, verkündete er, »weil diese Typen sich den Krieg erklärt haben. Unser Hauptanliegen ist es, so viele Waffen wie möglich zu beschlagnahmen.« Und genau dies geschah dann auch. Die Polizei reagierte rasch auf jede Schießerei, verhaftete die Überlebenden, durchsuchte ihre Wagen und Wohnungen und beschlagnahmte Waffen und Munition.

Tags darauf trafen sich Anführer beider Gangs auf dem Polizeirevier von Ridley Township, um eine interne Pressekonferenz abzuhalten.

»Keine Seite gewinnt etwas dabei«, sagte der Sprecher der Pagans. »Der einzige, der davon profitiert, ist die Polizei.«

»Ob es sich nun um ein Land handelt, das in den Krieg zieht, oder um etwas wie das hier«, sagte der Repräsentant der Warlocks. »Es müssen vor allem die Kosten berücksichtigt werden. Letzte Woche mußten wir fünfundsiebzigtausend Dollar Kaution aufbringen, um drei Warlocks aus dem Gefängnis zu holen.«

Später an diesem Tag wurde ein Waffenstillstandsabkommen unterzeichnet – gerade noch rechtzeitig, was Bobby betraf. Seine Prozesse würden in Kürze verhandelt werden.

Bobby wurde des bewaffneten Raubes in Chester County für schuldig befunden, ging jedoch in Berufung und blieb bis zur Berufungsverhandlung auf Kaution auf freiem Fuß. Und so jährte sich Liz Landes Verschwinden zum zweitenmal, ohne daß sich etwas Neues ergeben hatte, und ein weiteres Jahr zog ins Land.

Am 3. Januar 1974 schickte Bobbys Verteidiger einen Brief an das Büro der Staatsanwaltschaft in Gloucester County. Hier ein Ausschnitt:

> Wie ich Ihnen bereits mitgeteilt habe, befindet sich mein Mandant, Mr. Nauss, in einer Notlage, die eine bedingte Niederschlagung der Anklage wegen Drogenbesitzes erforderlich macht, da er derzeit allein die KFZ-Werkstatt seines Vaters führt und auch als einziger für die Familie seines Vaters sorgen kann, die aus einer Ehefrau und sieben Kindern besteht, die alle noch zu Hause wohnen, sowie für die Familie des Angeklagten selbst, die aus seiner Ehefrau und einem Kleinkind besteht.

Fünf Monate später, am 24. Juni, erzählte Bobby bei einer *Plea-Bargaining*-Anhörung (inoffizielle Absprache, nach der ein Angeklagter durch Schuldbekenntnis dem Gericht Prozeßzeit erspart und dafür eine milde Strafe zugesichert bekommt, Anm. des Übersetzers) seine Version der Geschichte. Glatt rasiert, das Haar kurz geschnitten, in Anzug und Krawatte, wandte Bobby sich an den Staatsanwalt.

»Ein paar Monate bevor das passiert ist«, sagte er demütig, »fuhr ich durch Glassboro und hatte eine Motorradpanne. Diese Typen kamen auf ihren Motorrädern vorbei – ich hatte sie noch nie vorher gesehen – und hielten an, um mir zu helfen. Sie haben mein Motorrad repariert und mich zu sich eingeladen. Da erst habe ich erfahren, daß sie dem Warlock-Motorradclub angehörten.

Ich bin ab und an bei ihnen vorbeigefahren, und wir haben uns angefreundet. So kam es auch, daß ich in der Nacht der Razzia in der Wohnung war.«

Bobby gab zu, daß sich an diesem Abend Marihuana und Methamphetamine in seinem Besitz befunden hätten. Dann ergriff sein Anwalt das Wort.

»Der Angeklagte«, teilte der Verteidiger dem Staatsanwalt mit, »ist in den beinahe zwei Jahren seit diesem Vorfall erheblich reifer geworden. Er ist verantwortungsbewußter, höflicher und kooperativer.

Nach eigener Aussage hat der Angeklagte sich vor zwei Jahren dem Motorradclub angeschlossen. Aber rückblickend hat es ihm nicht gefallen, gezwungen worden zu sein, sein Verhalten zu ändern und mit Drogen in Kontakt zu kommen. Offenbar haben die zwei Monate, die der Angeklagte im Gefängnis verbracht hat, ihm Gelegenheit gegeben, über sein Leben nachzudenken und auf den richtigen Weg zurückzufinden.«

Er sagte, Bobby habe Milde verdient.

Nach der Anhörung kam der Staatsanwalt zu folgendem Schluß:

> Offenbar führte eine Verkettung unglücklicher Umstände dazu, daß der Angeklagte sich in Glassboro aufhielt und mit Leuten zusammenkam, die des Drogenhandels verdächtigt werden.

Weil er sich schuldig bekannt hatte, wurde Bobby zu nur sechs Monaten auf Bewährung und einer Geldstrafe von fünfhundert Dollar verurteilt. Bobby zahlte die Hälfte der Summe sofort und verließ den Gerichtssaal als freier Mann. Während der nächsten fünf Monate überwies er jeweils weitere fünfzig Dollar.

Monate verstrichen.

Niemand bei der Polizei verschwendete nach all dieser Zeit noch einen Gedanken an Liz Lande oder arbeitete gar an dem Fall. Ihr Verschwinden schien dazu bestimmt, ein ungelöstes Rätsel zu bleiben. Tatsächlich war Frank Lande der einzige, der immer noch versuchte zu beweisen, daß Bobby Nauss seine Tochter entführt und erschossen hatte. Aber während ein quälender Monat in den nächsten überging, war ein weiteres Jahr, 1974, beinahe schon Geschichte. Liz war nun bereits seit drei Jahren verschwunden, und abgesehen davon, daß er die Wohnung gefunden hatte, in der seiner Überzeugung nach das Verbrechen stattgefunden hatte, hatte Frank nicht mehr Hinweise oder gar Beweise als am ersten Tag. Und die Jagd auf den Mörder seiner Tochter begann sich auch körperlich auf ihn auszuwirken.

Franks Leben war nur noch eine Tretmühle, die aus seiner Arbeit bestand, der Suche nach Hinweisen nach Feierabend und an den Wochenenden, und aus Nächten, in denen er meist Stunden wach lag und sich sorgte. Er war nervlich am Ende, und sein Blutdruck und sein Cholesterinspiegel waren erhöht.

»Es war die reinste Folter«, erzählte er einem Reporter, der an einer Schicksalsstory schrieb. »Liz' Mutter begann, sich in sich zurückzuziehen, und ich habe immer weiter nach Hinweisen gesucht, nur um zu verhindern, daß sie den Verstand verlor.

Mein Kind gehörte zu dieser Generation, die plötzlich rebellierte. Ihr wurde zum Verhängnis, daß sie außergewöhnlich hübsch war, und ich habe nicht mehr den geringsten Zweifel daran, daß Liz tot ist.

Ich wußte drei Jahre lang, daß Bobby Nauss und die Warlocks in ihren Tod verwickelt waren. Ich habe die Polizei immer wieder gewarnt, daß weitere junge Mädchen ermordet werden würden, aber sie haben mich nur ausgelacht.«

Aber Frank Landes Warnung erwies sich als akkurate Prophezeihung, und 1975 häuften sich in Delaware County die Morde an jungen Mädchen.

Kapitel 9

Am Abend des Gründonnerstags, dem 27. März 1975, verließen Mary Ann Lees, fünfzehn, und Layne Spicer, sechzehn, gegen achtzehn Uhr dreißig das Haus ihrer Eltern, um auszugehen.

Sie galten als unzertrennlich und lebten in gegenüberliegenden Häusern in der Clinton Road im Stonehurst-Hills-Viertel von Upper Darby. (Darby, Upper Darby und Darby Township sind drei verschiedene Gemeinden in Delaware County). Beide waren attraktiv und hatten langes dunkles Haar.

Mary Ann Lees und Layne Spicer gingen an diesem Abend eine Pizza essen und fuhren dann per Anhalter zum etwa zwei Meilen entfernten Haus eines Freundes. Sie hörten sich im Partykeller Schallplatten von David Bowie an und gingen gegen dreiundzwanzig Uhr fünfzehn wieder. Sie kamen nie nach Hause zurück.

Um sieben Uhr dreißig am nächsten Morgen meldeten die Mütter der beiden Mädchen ihre Töchter als vermißt.

Das Osterwochenende verging, aber die Mädchen blieben spurlos verschwunden.

Am Ostermontag, dem 31. März, erhöhte Frank Lande die

Belohnung für Hinweise zum Verbleib seiner Tochter auf fünftausend Dollar.

»Ich sollte wohl sagen, für Hinweise, die zu ihrem Auffinden führen, tot oder lebendig«, sagte er dem Reporter. »Ich habe schon soviel investiert, daß ich nicht über soviel Geld verfüge, aber wenn mir irgend jemand sagen kann, wo Lizzie begraben liegt, verkaufe ich das Haus.«

Am ersten April lautete die Schlagzeile in der *Daily Times* von Delaware County: ›Zwei Mädchen aus dem County erschossen; Leichen im Fluß gefunden‹. In dem Artikel stand, die Leichen von Mary Ann Lees und Layne Spicer wären am Ostermontag gegen vierzehn Uhr dreißig im Schuylkill River von einem Mann entdeckt worden, der das Dach von Jerry's Corner Market, in der Nähe der Einundsechzigsten und Passyunk Street in Südwest-Philadelphia, reparierte.

Eine der Leichen war von der Hafenpolizei am Westufer des Flusses geborgen worden, die andere von der Mannschaft eines Löschbootes.

Der Gerichtsmediziner erklärte, Layne Spicer wäre mit drei Schüssen in Kopf und Hals getötet worden, Mary Ann Lees mit zwei Schüssen in den Kopf und in den Rücken. Alle fünf Kugeln stammten aus derselben Waffe, einer Pistole Kaliber zweiunddreißig. Der Tod war zwischen vierundzwanzig und achtundvierzig Stunden vor Bergung der Leichen eingetreten.

Eine Sonderkommission, die sich aus Polizeibeamten aus Philadelphia, Upper Darby und dem CID zusammensetzte, übernahm die Ermittlungen in dem Fall. Die Untersuchungsbeamten spekulierten, daß die Mädchen vermutlich getrampt und zu jemandem in den Wagen gestiegen wären, der sie vergewaltigt und getötet hatte. Aber die Ermittler fanden keinen einzigen Hinweis auf den oder die Täter, und zwei Wochen später wurden die Ermittlungen eingestellt.

Frustriert von den erfolglosen Bemühungen der Polizei,

tat Frank ›Sonny‹ Lees, Mary Anns Vater, es Frank Lande gleich und suchte auf eigene Faust nach dem Mörder seiner Tochter.

Vielleicht war es das Auffinden der Leichen der beiden Teenager aus Upper Darby, das Cowboy Lou D'Iorio bewog, den Fall Lande wieder aufzugreifen. Anfang April, nachdem der Fall Elizabeth Lande über ein Jahr geruht hatte, kehrte er in den Wohnblock in der Elmwood Avenue in Folcroft zurück.

In aller Ruhe ging er in Steve DeMarcos ehemaliger Wohnung von Zimmer zu Zimmer. Die Wohnung war zwischenzeitlich renoviert und neu vermietet worden, stand jedoch inzwischen wieder leer.

Irgend etwas zog D'Iorio ins Badezimmer. Er vermochte nicht zu sagen, was es war, aber irgend etwas stimmte nicht. Dann ging ihm ein Licht auf. Im Gegensatz zu den restlichen Armaturen sah das Medizinschränkchen neu aus. Warum?

Er nahm das Einbauschränkchen aus der Wand. In der Nische sah er zwei Stellen, an denen Füllspachtel aufgetragen worden war. Vorsichtig kratzte er den Gips fort. Darunter befanden sich zwei Löcher. D'Iorio sagte sich, daß es sich aufgrund von Frank Landes Geschichte um die Einschußlöcher der Kugeln handeln könnte, die das Opfer verfehlt hatten. Aber wie sollten hier Schüsse abgefeuert worden sein, ohne daß jemand die Polizei verständigte?

Cowboy Lou zog seine .25er Automatik und zielte auf die Nische. Er betätigte den Abzug und feuerte zweimal. Dann wartete er darauf, daß Nachbarn angelaufen kamen. Aber es kam niemand. Niemand klopfte an die Tür. Und als er die Wohnung kurz darauf verließ, traf er auf dem Flur keine Schaulustigen an.

D'Iorio fuhr zurück zum Präsidium und rief auf der Polizeiwache von Folcroft an. Hatte jemand in der Umgebung der Elmwood Avenue Schüsse gemeldet? Nein?

Er kam zu dem Schluß, daß die Menschen in dem betreffenden Wohnblock immer noch zu große Angst vor den Warlocks hatten, um zu reagieren. Aber eins wußte er jetzt. Es war tatsächlich möglich, daß jemand in eben dieser Wohnung fünf Schüsse abgefeuert und Liz Lande umgebracht hatte.

Da er spürte, daß er etwas gefunden hatte, rief er das Darby Police Department an und ordnete an, daß die .25er Automatik und der .32er Revolver, die Bobby Nauss im Juli 1972 abgenommen worden waren, zum Ballistiklabor des ATF (Federal Bureau of Alcohol, Tobacco, and Firearms) in Philadelphia geschickt wurden. Vielleicht hatte Frank Lande ja doch recht.

Die .25er traf wohlbehalten ein, allerdings mit dem Etikett der .32er versehen. Die .32er war irgendwo auf dem Weg von der Polizeiwache in Darby ins ATF-Labor verschwunden. Cowboy Lou D'Iorio sagte sich, daß an der Sache etwas faul wäre, suchte Rocky Urella auf und überredete ihn, Steve DeMarco zum Verhör vorzuladen.

Ja, sagte DeMarco dem Leiter des CID, er habe Liz Lande gekannt. Und? Ja, er habe gehört, daß sie ermordet worden wäre. Er habe auf einer Party der Warlocks aufgeschnappt, daß jemand Liz getötet hatte – aber Namen seien nicht gefallen –, und nach allem, was er gehört habe, hätte der Killer sie im Kiefernödland von Jersey verscharrt, mit gespreizten Beinen und so, daß die Knie aus der Erde hervorschauten.

War Bobby Nauss dort? fragte Urella. Wo? *Auf der Party.* Welcher Party? *Auf der Party, von der du mir gerade erzählt hast.*

DeMarco erwiderte, er könne sich nicht erinnern, das wäre lange her. Außerdem habe er Liz Lande und Bobby Nauss kaum gekannt. Wieder einmal endete die Suche nach Liz Lande in einer Sackgasse.

Die fünfzehn Jahre alte Susan Jamison kam am 3. Mai nicht von der Schule nach Hause. Sie wohnte in der South Fifth Street in Colwyn, einer winzigen Gemeinde gleich neben Darby, etwa vier Blocks von Bobby Nauss' Arbeitsplatz entfernt.

Drei Tage blieb sie spurlos verschwunden.

Am 7. Mai um dreizehn Uhr fünfzig klingelte auf dem Polizeirevier von Marcus Hook das Telefon. Der Anrufer hatte gerade ein junges Mädchen die Geleise der Penn Central unterhalb der Market-Street-Brücke entlangstolpern sehen.

Einige Minuten später fanden die Beamten Susan Jamison. Sie lag zerschunden und bewußtlos neben den Geleisen. Um den Hals hatte sie eine Plastikschlinge.

Später am Abend befragten Detectives vom CID sie im Krankenhaus.

Sie sagte, sie wäre an dem Abend ihres Verschwindens in der MacDade Mall gewesen. Als sie an der Bushaltestelle gewartet habe, um nach Hause zu fahren, habe ein Wagen gehalten, und zwei Männer hätten sie gefragt, ob sie sie irgendwohin bringen könnten. Sie habe sich bedankt und sei eingestiegen. Aber anstatt sie nach Hause zu bringen, wären sie in die entgegengesetzte Richtung gefahren. Sie hatte keine Ahnung, wohin sie sie gebracht hätten. Aber sie erinnerte sich, daß sie nach einer Injektion Methamphetamine geschlagen und vergewaltigt worden sei. Danach habe sie das Bewußtsein verloren.

Susan Jamison erzählte den Detectives, daß sie sich an sonst nichts erinnern und auch die Täter nicht identifizieren könne.

Am 10. Mai beobachteten Nachbarn, wie Denise Seaman auf der Veranda des Doppelhauses mit ihrem Freund stritt. Sie lebte in Colwyn, in der South Fifth Street, nur einige Häuser vom Haus der Jamisons entfernt.

Ihr Freund schrie, daß er allein ausgehen würde, und Denise flehte ihn an, sie mitzunehmen. Er stieg allein in seinen Pickup und fuhr los.

Denise Seaman war knapp ein Meter sechzig groß, einhundertfünf Pfund schwer und attraktiv, mit dunklem Teint, großen braunen Augen und langem schwarzem Haar. Sie war siebzehn und hatte eine Woche zuvor die Upper Darby High School verlassen, um einen Job als Bedienung in einem Fastfoodrestaurant anzunehmen.

Als ihr Freund ohne sie losfuhr, lief sie seinem Wagen bis zum Stoppschild am Ende der Straße hinterher. Als er anhielt, ließ er sie einsteigen, und sie fuhren gemeinsam weiter.

Denise Seaman kam an diesem Abend nicht nach Hause.

Ihre Mutter verständigte am nächsten Morgen die Polizei. Zwei Tage lang befragten Beamte der Polizei von Colwyn Denise Seamans Freunde, Nachbarn und Schulkameraden, aber ohne Erfolg.

Also baten sie das CID um Hilfe.

Denise Seamans Mutter erzählte den Detectives vom CID, daß sie die entsetzlichen Geschichten über Susan Jamison gehört habe – die Entführung, die Vergewaltigung, der versuchte Mord – und fürchte, mit ihrer Tochter wäre das gleiche geschehen. Sie lebten erst seit anderthalb Jahren in Colwyn, und Susan und Denise wären befreundet. Und was noch schlimmer wäre, vor ihrem Umzug nach Colwyn hätten sie im Viertel Stonehurst Hill in Upper Darby gewohnt, etwa einen Block von dort entfernt, wo Mary Ann Lees und Layne Spicer vor ihrer Ermordung gelebt hatten. Die drei Mädchen wären eng befreundet gewesen. Auch nach dem Umzug nach Colwyn wäre Denise mit Mary Ann und Layne in Verbindung geblieben. Sie verkehrten in denselben Lokalen und besuchten dieselben Freunde. Und jetzt, sagte die Mutter, fürchte sie, daß Denise etwas Schreckliches zugestoßen wäre.

Die Detectives teilten diese Ansicht, was sie jedoch für sich behielten. Statt dessen baten sie Denises Mutter um Namen, Adresse und Telefonnummer des Freundes ihrer Tochter.

Sie wären zum MacDade House gefahren, sagte der Junge den Detectives. Sie wären so gegen halb sieben dort angekommen. Sie hätten sich gestritten, und Denise wäre immer noch wütend gewesen, so daß er sie allein im Pickup habe sitzen lassen. Er selbst wäre reingegangen und habe mit einigen Freunden ein paar Bier getrunken.

Nach einer Weile, fuhr der Freund der Vermißten fort, wäre Denise hereingekommen und hätte ihn zum Gehen aufgefordert. Er habe ihr gesagt, sie solle sich ›verpissen‹, und sie wäre beleidigt gegangen. Sie habe noch gesagt, daß sie zur MacDade Mall wolle. Gegen neun Uhr habe er die Bar verlassen und sei zur Mall gefahren, um nach Denise zu suchen. Als er sie nicht habe finden können, sei er nach Hause gefahren.

»Es besteht Grund zu der Annahme, daß Denise Seaman entführt wurde«, teilte ein Sprecher des CID der Presse mit. Seinen Kollegen gegenüber äußerte er allerdings eine etwas krassere Sicht der Dinge: »Ich denke, wenn sie weggelaufen ist, wird sie bis Ende des Sommers zurück sein. Kommt sie nicht zurück, wird ihre Leiche auftauchen, wenn die Jäger in der nächsten Jagdsaison auf die Pirsch gehen.«

Gegen sechs Uhr dreißig am 28. Mai fuhr Sonny Lees auf der Powell Road in Springfield in östlicher Richtung. In der Stadt hieß es, Sonny käme besser voran als die Polizei und stünde kurz davor herauszufinden, wer seine Tochter ermordet habe.

Plötzlich schien sein Lieferwagen zu schlingern. Er streifte ein entgegenkommendes Fahrzeug, kam von der Straße ab und blieb zwischen einem Baum und einem Telefonmast stecken.

Einen Augenblick später erschütterten mehrere Explosionen den Lieferwagen. Er fing Feuer, während Sonny Lees hinter dem Steuer eingeklemmt war.

Als die Feuerwehr schließlich eintraf und das Feuer löschte, hatte er sich an achtzig Prozent seines Unterkörpers Verbrennungen dritten Grades zugezogen. Ein Krankenwagen brachte ihn mit Blaulicht in die Abteilung für Verbrennungen am Crozer-Chester Medical Center, aber sein Zustand war äußerst kritisch.

Über Nacht verschlechterte sich Sonny Lees Zustand. In dem Versuch, sein Leben zu retten, amputierten Chirurgen ihm beide Beine.

Sonny Lees starb vier Tage später um Viertel vor sechs am Morgen.

Seine Frau begrub ihn auf dem Saints-Peter-and-Paul-Friedhof gleich neben ihrer Tochter.

Um elf Uhr am Samstag vormittag, dem 17. August, klingelte auf der Polizeiwache von Collingdale das Telefon. Am Apparat war eine verzweifelte Mutter.

Der Beamte begann, so wie er bei jeder Vermißtenanzeige vorging. Er schlug den Ordner auf, der mit Berichten über vermißte junge Mädchen vollgestopft war – über fünfzig in einem Ort mit nur zehntausend Einwohnern –, und fragte: »Name?«

Als die *Daily Times* am Sonntag morgen erschien, lautete die Schlagzeile auf der Titelseite: ›Junge Frau, zwanzig Jahre alt, aus Collingdale verschwunden‹. Darunter war das Bild einer lächelnden Debbie Delozier abgedruckt.

In dem Artikel wurde Rocky Urella zitiert, demzufolge das vermißte Mädchen am Samstag einige Minuten nach Mitternacht das letzte Mal von einer Freundin gesehen worden war, als es sich auf den Heimweg machte, um zu packen. Debbie Deloziere wollte am nächsten Morgen zu Verwandten nach Nashville fliegen, um dort Urlaub zu machen. »Sie wurde einen Block von zu Hause gesehen«, sagte Urella, »kam jedoch nie zu Hause an, und sie machte am nächsten Morgen auch keinen Gebrauch von ihrem Flugticket.«

Urella beschrieb Debbie Delozier als knapp ein Meter sechzig groß, einhundertfünfzehn Pfund schwer mit schulterlangem dunkelbraunem Haar. Auch wies er darauf hin, daß Detectives des CID ihre Nachbarn und Bekannten befragten.

Am darauffolgenden Tag fanden die Deloziers einen

anonymen Brief in ihrem Postkasten. Kein Absender. Poststempel aus Philadelphia. In dem Umschlag befand sich eine einzelne, mit einfachem Zeilenabstand getippte Seite:

> Herr und Frau Delozier:
> Debra Jean wird nicht nach Hause kommen. Sie wußte zuviel über Dinge, die viele Leute in Schwierigkeiten hätten bringen können. Wir werden Ihnen noch mitteilen, wo Sie die Leiche finden, damit Sie sie anständig begraben können.
> Zu schade, daß es so kommen mußte. Sie war so wunderschön.

Debbies Eltern brachten den Brief zum CID. Ihre Mutter hielt den Brief für echt, aber Rocky Urella glaubte an einen makabren Scherz.

Am nächsten Tag teilte ein anonymer Anrufer der Polizei von Collingdale mit, Debbie Deloziers Leiche befände sich im Tinicum-Marsh. Hubschrauber suchten das Gelände zwei Stunden lang aus der Luft ab, jedoch ohne Erfolg.

Ein Polizeibeamter war am 13. September in den frühen Morgenstunden in Darby Township auf Streife, als ihm zwei Wagen auffielen, die mitten auf der Straße standen. Bei einem der Wagen handelte es sich um eine Cadillac-Limousine. Der Streifenpolizist stoppte, um zu sehen, ob es irgendein Problem gäbe.

Er näherte sich den Fahrzeugen zu Fuß und hatte etwa die Hälfte des Weges zur Limousine zurückgelegt, als er sah, wie das Fenster auf der Fahrerseite herabglitt und der Lauf einer .45er in seine Richtung zielte.

Er duckte sich, als auch schon ein Schuß fiel. Dann rasten beide Wagen davon.

Der Beamte forderte über Funk Verstärkung an und machte sich an die Verfolgung. Gut zwanzig Minuten dauerte die wilde Jagd in halsbrecherischem Tempo, kreuz und quer durch Delaware County, wobei sich unterwegs ein halbes Dutzend Streifenwagen anschlossen.

Als die Limousine ein Nobelviertel im Außenbezirk von Media erreicht hatte, bog sie in eine Auffahrt ein und kam vor einem unheimlich anmutenden Herrenhaus schlitternd zum Stehen.

Der Fahrer zögerte keine Sekunde. Den Kugeln der Polizisten ausweichend, rannte er geduckt auf das Haus zu. Auf der Veranda fand er ein offenes Fenster und kletterte hindurch.

Mit Ausnahme zweier Beamter schwärmten die Polizisten aus und umstellten das Haus. Die beiden Beamten näherten sich der Limousine, in der ein minderjähriges Mädchen saß. Die Beamten setzen sich über Funk mit dem Revier in Verbindung und gaben Anweisung, die Eltern des Mädchens zu verständigen. Dann durchsuchten sie die Limousine. Sie fanden weder Waffen noch Drogen, aber statt dessen ein Foto der vermißten Denise Delozier auf dem Vordersitz. Auf der Rückseite der Aufnahme befand sich ein Stempel: CID VERTRAULICHE AKTE.

Rasch überprüften die Beamten das Kennzeichen der Limousine und erfuhren, daß sie auf einen gewissen Robert Marconi zugelassen war. Der Name war den Polizisten bekannt. Bobby Marconi hatte den Ruf eines Hehlers, aufstrebenden Drogendealers und Frauenhelden – und das hier war sein Zuhause. Die Beamten traten an die Tür des Herrenhauses und klopften.

Es war eine Uhrzeit, zu der die meisten Menschen der östlichen Zeitzone tief und fest schliefen, aber Bobby Marconi öffnete vollständig angezogen. Und hellwach. Trotz der Dunkelheit, und obwohl auch das Licht auf der Veranda nicht eingeschaltet war, erkannten die Officer auf den ersten Blick, daß Marconi die Limousine nicht gefahren hatte. Bobby Marconi stand in der Tür und weigerte sich, die Beamten ins Haus zu lassen – jedenfalls noch.

»Hören Sie«, sagte der Beamte, der die Verfolgung als erster aufgenommen hatte. »Ich habe jemanden von Darby

Township bis hierher verfolgt, und der Betreffende ist durch ein Fenster in Ihr Haus eingestiegen. Wir würden gern hereinkommen und uns nach ihm umsehen.«

»Haben Sie einen Durchsuchungsbeschluß?« fragte Marconi.

Der Beamte schüttelte den Kopf und erklärte dann, daß bei dringendem Tatverdacht keiner notwendig wäre.

Bobby Marconi verhielt sich, als wären ihm die gesetzlichen Regelungen, Durchsuchungen und Festnahmen betreffend, vertraut, als beabsichtige er jedoch, die Beamten so lange wie möglich aufzuhalten. Schließlich trat er zur Seite.

Drei Polizisten durchsuchten das Haus, während der Beamte, auf den aus dem Cadallic heraus geschossen worden war, Marconi einige Fragen stellte.

Limousine? Ja, er besäße einige Limousinen – auch einen Rolls Royce. Er führe einen Limousinenverleih. Aber in dieser Nacht wäre keiner seiner Wagen vermietet, und er persönlich habe das Haus den ganzen Abend nicht verlassen – dafür gäbe es Zeugen. Wenn eine seiner Limousinen in irgendeinen Vorfall verwickelt war, mußte sie jemand für eine Spritztour geklaut haben.

Debbie Delozier? Nein, er kannte niemanden dieses Namens. Einen Augenblick. War das nicht der Name des Mädchens aus Collingdale, das von zu Hause weggelaufen war? Ihr Foto? Nein, er habe keine Ahnung, wie ihr Foto in seine Limousine gekommen sei oder wer es dorthin gelegt haben könnte. Im übrigen, teilte er dem Beamten mit, wolle er seinen Anwalt anrufen, bevor er weitere Fragen beantworte.

Das sei nicht nötig, entgegnete der Beamte. Er habe keine weiteren Fragen an ihn.

Der Verdächtige wurde bei der Hausdurchsuchung nicht gefunden. Unter den gegebenen Umständen konnten die Polizeibeamten nicht mehr tun, als die Limousine für eine gründlichere Untersuchung zu beschlagnahmen und die Fahndung nach dem unbekannten Fahrer einzuleiten.

Das war nicht das erste Mal, daß Bobby Marconis Residenz in der Plush Mill Road durchsucht worden war.

Das Haus wurde auch als ›das Schloß‹ bezeichnet. Es war im gotischen Stil aus Granitstein erbaut und hatte vierzig Zimmer. Marconi hatte es zwei Jahre zuvor für achtzigtausend Dollar in bar erworben. Ironischerweise bezog er zum Zeitpunkt des Kaufes Sozialhilfe.

Das Schloß hätte aus einem Roman von Agatha Christie stammen können. Es war um die Jahrhundertwende von einer wohlhabenden Familie aus Philadelphia gebaut worden und verfügte über Geheimgänge, Geheimtüren, drehbare Bücherregale und einen unterirdischen Gang, der irgendwo ins Freie führte. Marconi hatte es seit seinem Einzug seinem Geschmack entsprechend herrichten lassen. Zur Unterhaltung hatte er dem Spielzimmer einen Billardtisch, eine Bowlingbahn und verschiedene Flippergeräte hinzugefügt. Hinter dem Haus hatte er einen beheizbaren Swimmingpool bauen lassen.

Bobby Nauss war häufiger Gast im Schloß, Steve DeMarco lebte dort, und junge Mädchen gingen Tag und Nacht ein und aus.

Es war ein nobles Viertel, und die Anwohner riefen regelmäßig bei der Polizei an und beschwerten sich über nächtliche Ruhestörungen in Form von Frauenschreien und Schüssen. Darüber hinaus hatten Polizeibeamte auf Tips von Informanten hin bereits zweimal eine Razzia im Schloß durchgeführt.

Freitag, den 17. Oktober, legte kurz vor Sonnenaufgang ein kleines Boot am Westufer des Delaware River an. Drei Jäger gingen an Land. Dies war ihre Lieblingsstelle, ein Sumpfgebiet mit umgestürzten Bäumen, hohem Schilf und Brackwasserteichen im Tinicum Marsh, perfekt für die Entenjagd. Es lag direkt in der Einflugschneise des Philadelphia International Airport, unmittelbar südlich des Flughafens.

Die Luft war kalt und frisch. Sie setzten sich hin und warteten. Sie beobachteten den Sonnenaufgang – eine flammende gelb-orangefarbene Kugel, die auf der einen Seite des Flusses über der Ebene von Jersey aufstieg. Als kurz nach Sonnenaufgang eine Schar Enten aufflog, knallten Schrotflinten, und mehrere Tiere fielen vom Himmel.

Es war sieben Uhr, als die Jäger sich aufmachten, ihre Beute einzusammeln. Einer der Schützen stapfte gut fünfzehn bis fünfundzwanzig Meter vom Flußufer und an die fünfzig Meter vom nächsten Weg entfernt durch das Gestrüpp.

Als er über einen Haufen verwitterter Lumpen stolperte, bog er das Unkraut beiseite und trat gegen ein altes rotes T-Shirt. In diesem Augenblick entdeckte er die Beinknochen, die aus dem Kleiderhaufen ragten.

Die *Daily Times* verkündete am nächsten Tag auf der Titelseite: ›Wenn die Jäger auf die Pirsch gehen, werden wir die Leiche finden: Prophezeihung des Detectives hat sich erfüllt.‹

Unter der Schlagzeile, auf der linken Seite des Artikels, befand sich ein Bild zweier Kriminalbeamter, die den High-School-Ring betrachteten, der einen ersten Hinweis auf die Identität der skelettierten Überreste lieferte. Zur Rechten des Artikels war ein Foto der lächelnden Denise Seaman abgedruckt, die seit fünf Monaten vermißt wurde.

In dem Artikel wurde Rocco Urella zitiert, der der Presse mitgeteilt hatte, Ermittler des CID hätten Übereinstimmungen beim Verschwinden von Denise Seaman und Debbie Delozier, der Entführung Susan Jamisons und dem Mord an Mary Ann Lees und Layne Spicer festgestellt. Aber um welche Parallelen es sich handelte, weigerte er sich zu sagen.

An der Stelle, an der die Jäger die Überreste von Denise Seaman entdeckt hatten, ließ Urealla von der Spurensicherung den Boden rund um den Fundort absuchen. Er wies die Beamten an, fünfzehn bis zwanzig Zentimeter tief zu graben, den Aushub ins Labor zu schaffen und gründlich auf Spuren zu untersuchen.

Am darauffolgenden Tag ergab die Autopsie, daß zwei Kugeln des Kalibers zweiundzwanzig, die im Schädel des Opfers gefunden worden waren, den Tod herbeigeführt hatten. Darüber hinaus stellte der Gerichtsmediziner fest, daß dem Opfer vor dem Tod der rechte Unterkiefer gebrochen worden war.

Nach der Autopsie berief Urella eine weitere Pressekonferenz ein.

»Das ist ein weiteres Teil des Puzzles«, sagte er den Reportern. »All diese Mädchen verbindet ein Drogenproblem. Einige ihrer Bekannten konsumieren regelmäßig Drogen, und die Mädchen hatten alle Kontakt zu einer örtlichen Motorradgang.

Ich behaupte nicht, daß ein einziger Täter für die verschiedenen Verbrechen verantwortlich ist, aber durch die Orte, an denen diese Mädchen verkehrt haben, sind wir bei unseren Ermittlungen immer wieder auf dieselben Personen gestoßen. Wir sind der Überzeugung, daß hier eindeutig ein Zusammenhang besteht.

Derselbe Personenkreis könnte ebenfalls für das Verschwinden von Elizabeth Lande verantwortlich sein, die das letzte Mal im Dezember einundsiebzig in Folcroft gesehen wurde.«

In diesem Jahr wurden Wahlen abgehalten. Eines der Ämter, für die Neuwahlen angesetzt waren, war das des Bezirksstaatsanwalts.

Seit die Leichen von Mary Ann Lees und Layne Spicer sechs Monate zuvor im Schuykill River treibend aufgefunden worden waren, berichteten die Zeitungen regelmäßig über die verschwundenen Mädchen – und die Stagnierung der laufenden Ermittlungen.

Einwohner im ganzen County wurden unruhig, vor allem die Eltern junger Mädchen.

Nun, da es bis zu den Wahlen nur noch wenigen Wochen waren, wurden die Stimmen, die verlangten, daß seitens des Gesetzes schärfer durchgegriffen würde, immer lauter. Die Kandidaten befanden sich mitten im Wahlkampf und versuchten, mit den üblichen Versprechungen Wähler einzufangen.

Aber die Wähler forderten Resultate.

Am 5. November, einen Tag nach den Wahlen, sprachen Detectives des CID in den frühen Abendstunden ein weiteres Mal mit Susan Jamison.

Sie war die einzige Überlebende einer Reihe von Morden, zwischen denen Rocco Urellas Überzeugung nach ein Zusammenhang bestand, und er hatte das Gefühl, daß sie mehr wußte, als sie sagte.

An diesem Abend erzählte sie den Detectives, daß Steve DeMarco einer der Männer gewesen sei, die sie sechs Monate zuvor, im vergangenen Mai, entführt hatten. Der Grund für ihre Entführung sei der gewesen, daß sie Zeugin des Mordes an Mary Ann Lees und Layne Spicer gewesen wäre.

Sie erzählte den Beamten, daß DeMarco sie damals zum Schweigen bringen wollte.

Rocco Urella ließ das Mädchen rund um die Uhr bewachen und schickte zwei Teams von Detectives aus, DeMarco zu suchen.

Sie suchten drei Tage, ohne ihn jedoch zu finden. Gleichzeitig gingen andere Detectives Susan Jamisons Aussage immer wieder mit ihr durch. Aber sie änderte ihre Aussage von einem zum anderen, woraufhin Rocco Urella ihre Eltern um Erlaubnis bat, sie einem Lügendetektortest zu unterziehen.

Freitag, den 8. November, fiel sie beim Polygraphentest durch. Rocco Urella blies die Fahndung nach Steve DeMarco ab und zog die Männer ab, die er zu Susan Jamisons Schutz abgestellt hatte.

Am darauffolgenden Montag kam Susan Jamison nicht von der Schule nach Hause.

Detectives sahen Steve DeMarco mit einem jungen Mädchen in einem Schuhladen in der MacDade Mall. Sie brachten ihn zum Verhör ins CID-Präsidium.

Nein, teilte er den Detectives mit, er habe nichts mit Susan Jamisons Verschwinden zu tun – weder mit dem ersten noch mit dem zweiten. Er kenne das Mädchen nicht einmal. Da sie nichts gegen ihn in der Hand hatten, mußten sie DeMarco wieder laufen lassen.

Um zwanzig nach sieben am nächsten Morgen wurde Susan Jamison auf einem Parkplatz in der Nähe von Marcus Hook gefunden. Sie lag unter einem Traktoranhänger auf einem Kiesbett. Ein Seil war dreifach um ihren Hals gewickelt.

»Sie war beinahe tot«, sagte der Polizeibeamte, der sie gefunden hatte. »Ich habe das Seil durchgeschnitten und sie sofort beatmet.«

Susan Jamison überlebte den Mordversuch. Nachdem sie sich jedoch erholt hatte, weigerte sie sich strikt, weitere Fragen der Detectives vom CID zu beantworten.

Als das Jahr 1975 näher rückte, waren im Polizeiregister folgende Fälle aufgelistet: Drei junge Mädchen waren entführt und ermordet worden; ein junges Mädchen war entführt, vergewaltigt und gleich zweifach Opfer eines versuchten Mordes gewesen; ein Autounfall, der den Vater eines der Mordopfer das Leben gekostet hatte; ein junges Mädchen, das seit vier Monaten vermißt wurde und vermutlich ebenfalls tot war. Hinzu kam der Fall Elizabeth Lande, deren Verschwinden und mutmaßliche Ermordung auch nach vier Jahren noch ein Rätsel waren.

Ganz offensichtlich waren ein oder mehrere Killer am Werk, die skrupellos und kaltblütig junge Mädchen ermordeten. Schlimmer noch, alles deutete darauf hin, daß es weitere Morde geben würde.

Im neuen Jahr ergriff Frank Hazel, der die Wahl zum Bezirksstaatsanwalt von Delaware County gewonnen hatte, die Initiative.

TEIL 2

JAGD AUF DEN MÖRDER

Januar 1976 – Dezember 1979

Kapitel 10

Als er sein Amt antrat, sah Bezirksstaatsanwalt Frank Hazel sich drei Hauptproblemen gegenüber: Der weit verbreiteten Korruption unter Vertretern der Politik und Staatsbeamten in Delaware County, den Motorradgangs und den ungelösten Morden. Außerdem stapelten sich dreitausendzweihundert noch nicht verhandelte Kriminalfälle auf den Schreibtischen der Staatsanwaltschaft, die innerhalb von 270 Tagen nach ihrer Anzeige vor Gericht gebracht werden mußten – danach war die gesetzliche Frist zur Anklageerhebung verstrichen.

Er wußte nichts von Polizeiarbeit und Ermittlungen. Alles, was er wußte, war, daß das Problem mit den Warlocks und den Pagans sowie die Morde in Zusammenhang standen und wenig oder gar keine Zusammenarbeit zwischen der örtlichen, der countyeigenen und der staatlichen Exekutive bestand. All diese vorab bestehenden Bedingungen läuteten gemeinsam den gleichzeitig frustrierendsten und aufregendsten Abschnitt seines Lebens ein.

Mit vierunddreißig Jahren, Bürstenhaarschnitt und gewandtem Auftreten bewegte er sich mit der geschmeidigen Selbstsicherheit des CYO All-Star-Footballfängers, der er gewesen war, bevor eine Knieverletzung seiner Sportlerkarriere in der High-School ein Ende gemacht hatte. Ironischerweise graduierte er, wenn auch zehn Jahre früher, an Bobby Nauss' Alma Mater, Monsignor Bonner.

Integrität prägte seinen Charakter. Nachdem er neun Jahre als Rechtsanwalt mit eigener Kanzlei praktiziert hatte, war er einer der respektiertesten Strafrechtler in ganz Delaware County, jemand, der sich im Gerichtssystem auskannte. Und doch fiel, wenn man ihn beschrieb, am häufigsten das Wort ›sauber‹. Die Partei der Republikaner, deren Ansehen damals stark angekratzt war, stellte ihn als Kandidaten für das Amt des Bezirksstaatsanwaltes auf, weil seine Reputation der Partei sofort Glaubwürdigkeit verlieh. Außerdem lag ihm das Wohl der Gemeinde am Herzen, in der er aufgewachsen war und immer noch lebte.

»Mein Hauptanliegen ist die Aufklärung dieser Morde und des Verschwinden dieser Mädchen«, erklärte er, als er am 5. Januar 1976 als Bezirksstaatsanwalt vereidigt wurde.

Der 17. Januar, ein Samstag, brach als sonniger Tag an. Zwei Jäger auf Kaninchenjagd stapften in der Nähe von Cargo City, unmittelbar im Süden des Flughafens, durch Schlamm und Schlick des Tinicum Marsh. Bis zu den Knöcheln im Schlamm, entdeckten sie Knochen, die aus dem Wasser ragten.

Die Knochen waren so sauber abgenagt, daß der Gerichtsmediziner sich nicht einmal die Mühe machte, Gummihandschuhe überzuziehen, ehe er sie sicherstellte. Statt dessen langte er in das eisige Wasser und tastete mit bloßen Händen umher, während er bei der Arbeit in sein Aufnahmegerät sprach:

»Der Leichnam lag völlig verborgen im Wasser. Der Wasserspiegel ist gesunken … ungleichmäßige, mit Wasserpflanzen bedeckte, gefrorene Erdoberfläche … von Nagetieren stammende Gänge unter der Leiche … Jeans, Büstenhalter und Sweatshirt – kein Slip … drei Ringe, ein Kreuz an einer Kette … keine Strümpfe, keine Schuhe, das Shirt über den Kopf gezogen.«

Mit großer Sorgfalt befreite er die Knochen aus dem Schlamm und förderte ein vollständiges Skelett zutage. Für ihn war offensichtlich, daß Nager die Knochen blankgefressen hatten.

Die *Daily Times* machte eine Riesenstory aus dem Fund. Die Schlagzeile auf der Titelseite lautete: ›Leiche des Delozier-Mädchens im Sumpf gefunden; Geschoßanalyse – besteht ein Zusammenhang zwischen den Morden?‹. Unter der Überschrift war ein Photo von Rocco Urella und zwei

Detectives abgedruckt, die in einem Urwald von Riedgras nach Spuren suchten. In dem Artikel stand, die Leiche habe nur anhand einer Gebißuntersuchung identifiziert werden können.

Die Autopsie nannte als Todesursache eine Schußwunde links am Hinterkopf, verursacht von einem Geschoß Kaliber zweiundzwanzig. Darüber hinaus stellte der Gerichtsmediziner durch einen stumpfen Gegenstand herbeigeführte Verletzungen am Kopf und im Gesicht fest, sowie eine Fraktur des rechten Wangenknochens. Seiner Überzeugung nach hatte das Opfer noch einige Stunden gelebt, nachdem es zusammengeschlagen und angeschossen worden war. Er stellte fest, daß der Tod irgendwann im vergangenen Sommer eingetreten war, was mit den bekannten Fakten dieses Falles übereinstimmte – Debbie Delozier war am 6. August des vergangenen Jahres verschwunden.

Auf einer Pressekonferenz am darauffolgenden Tag erklärte Rocco Urella: »Es ist ziemlich sicher, daß Denise Seaman und Debbie Delozier von derselben Person umgebracht wurden. Sie wurden nur eine knappe Meile voneinander entfernt gefunden, beide wurden aus einer Waffe Kaliber zweiundzwanzig in den Kopf geschossen, bei beiden war der Kiefer gebrochen, sie lebten in Nachbargemeinden und hatten gemeinsame Bekannte, die Mitglieder einer örtlichen Motorradgang sind.«

Darüber hinaus bestätigte Urella erneut die Richtung der Ermittlungen: Das CID war der Überzeugung, daß dieselbe Person – oder dieselben Personen – für die Morde an Mary Ann Lees und Layne Spicer, die Entführung von Susan Jamison und das Verschwinden von Liz Lande verantwortlich war.

Bobby Nauss arbeitete inzwischen nicht mehr in der Werkstatt seines Vaters. Er, Cookie und der kleine Tommy waren aus dem Haus der Familie Nauss ausgezogen und lebten jetzt in einer Zweizimmerwohnung in Brookhaven, einer

Gemeinde, die etwas weiter außerhalb gelegen war, etwa sechs Meilen westlich von Darby.

Im Alter von dreiundzwanzig Jahren hatte Bobby einen Punkt in seinem Leben erreicht, an dem eine ganz normale Arbeit seinem höchsten Ziel, Reichtum und Ruhm zu erlangen, im Wege stand. Auch brauchte er für seine Geschäfte größere Anonymität. Er und seine engsten Geschäftspartner hatten eine direkte Verbindung zu einer Meth-Küche hergestellt und bezogen ihre Ware direkt. Sie kauften reines Meth und verkauften es zum doppelten Preis an Straßen-›Pusher‹ wie Billy ›Feathers‹ Turner weiter.

Billy Turner kannte Bobby seit beinahe fünf Jahren, noch aus der Zeit, da Turner Mitgliedschaftsanwärter der Warlocks gewesen war. Tatsächlich hatte er schon drei Jahre zuvor, 1972, Meth von Bobby gekauft. Aber damals war Turner wegen Motorraddiebstahls verhaftet worden und in den Staat New York geflohen, um sich der Gerichtsbarkeit zu entziehen. Turner sah Bobby erst wieder, als er zwei Jahre später nach Delaware County zurückkehrte.

Als Turner zurückkam, lief er Bobby eines Tages auf der Straße über den Weg. Da er eine Unterkunft suchte, fragte er Bobby, ob er ihm helfen könne, und so zog Billy Turner zu Bobby, Cookie und dem Baby in die Wohnung im Anbau des Hauses der Familie Nauss in Darby. Turner blieb, bis er genug gespart hatte, sich eine eigene Wohnung zu nehmen.

Zu dieser Zeit verlor Bobby das Berufungsverfahren im Zusammenhang mit seiner Verurteilung wegen bewaffneten Raubes und verbrachte beinahe ein Jahr im Gefängnis von Chester County. Da seine Meth-Quelle hinter Gittern saß, begann Billy Turner, sich seine Drogen anderswo zu beschaffen. Aber sobald Bobby wieder draußen war und seine alten Geschäfte wiederaufgenommen hatte, suchte Turner ihn auf.

Für Bobby Nauss war das Timing perfekt. Er war gerade dabei, sich neu zu etablieren, und suchte nach Pushern. Da er Billy Turner immer getraut hatte, bot Bobby ihm einen besonderen Deal an.

»Nauss hat mir das Zeug gegeben«, gestand Turner später, »und ich habe es ihm dann später, nachdem ich es verkauft hatte, bezahlt.«

Turner sagte, er habe das ›Crank‹ an einige Warlocks und deren Freundinnen verkauft. Es dauerte nicht lange, und er kaufte täglich bei Bobby und setzte eine beträchtliche Menge um, von fünfzehn-Dollar-Tütchen, die Quarter-Ts genannt wurden (Viertelgramm), bis hin zu ganzen Unzen. Noch wichtiger aber war für Bobby, daß Billy Turner ihn mit weiteren Pushern in Kontakt brachte.

So stellte Turner, einige Monate nachdem er begonnen hatte, seinen Stoff wieder bei Bobby zu beziehen, diesen einem Freund namens Norm Hansell vor. So wie Billy Turner war auch Hansell knapp bei Kasse. Und so fragte Hansell Bobby, ob er ihm den Stoff ebenfalls auf Kommissionsbasis überlassen würde. Billy und er hätten die Sache schon besprochen: Billy würde die größeren Mengen übernehmen und er selbst kleinere Einheiten an den Mann bringen.

Bobby erklärte sich einverstanden, fügte jedoch hinzu, daß außer ihnen niemand Ware auf Kommissionsbasis bekommen würde.

Norm Hansell rief Bobby an, wann immer er neuen Stoff brauchte. Gewöhnlich bestellte er jeweils zwanzig Quarter-Ts. Ein Viertelgramm kostete Bobby fünf Dollar. Er berechnete Hansell zehn Dollar pro Tütchen, und dieser verkaufte die Einheit mit fünf Dollar Gewinn weiter. Hatte Hansell dann alle zwanzig verkauft, rief er Bobby an und bestellte Nachschub. Wenn Hansell die neue Ware übernahm, zahlte er Bobby die zweihundert Dollar, die er ihm von der letzten Transaktion schuldete. Bobby strich hundert Dollar Profit ein, und der Zyklus begann von vorn. Auf diese Art tätigte Norm Hansell zwei bis drei Einkäufe die Woche.

Wenn Hansell anrief, hatte Bobby die zwanzig Quarter-Ts gewöhnlich schon fertig abgepackt. Bobby brachte sie zu Hansell in die Wohnung, oder aber die Übergabe fand an einem neutralen Ort statt. Aber es kam auch hin und wieder vor, daß das Meth noch nicht fertig war, wenn Hansell anrief. Bei diesen Gelegenheiten kam Hansell zu Bobby und wartete im Schlafzimmer, während Bobby die Methportionen abwog und in kleine Tüten abfüllte – Bobby hatte immer einen großen Klumpen Meth im Haus, den er in einem Müllbeutel aufbewahrte.

Billy Turner machte Bobby mit einem weiteren Freund bekannt. Zu diesem Zeitpunkt kaufte Gary ›Weasel‹ Warrington Fünfundzwanzig- und Fünfzig-Dollar-Einheiten Meth von Turner. Aber Warrington wollte selbst ins Geschäft einsteigen. Und so fragte Warrington-Bobby, ob er direkt von ihm kaufen könne.

Als Warrington Bobby erklärte, er würde die Waren cash bezahlen, war der Deal perfekt.

»Ich rief Nauss an und sagte ihm verschlüsselt, was ich brauchte«, erklärte Gary Warrington später. »Wir trafen uns dann irgendwo, und er übergab mir das Zeug.« Warrington kaufte gewöhnlich einmal die Woche, meistens Viertel-Pfund-Päckchen, die ihn das Stück dreihundertfünfundsiebzig Dollar kosteten und Bobby Nauss beinahe zweihundert Dollar Profit pro Einheit einbrachten.

Auf diese Weise schuf Bobby sich ein Netz von Drogen-Pushern. Das Geschäft lief schon bald auf Hochtouren, und es kamen große Summen herein. Auf der einen Seite war Bobby erfreut über seinen Erfolg. Auf der anderen Seite wurmte es ihn, daß ihm immer noch eine Gelegenheit entging, maximale Profite einzustreichen. Wenn er nur selbst Meth herstellen könnte …

Nachdem Bezirksstaatsanwalt Frank Hazel das CID in Aktion gesehen hatte, kam er zu folgendem Schluß: Aus dem einen oder anderen Grund traten sie auf der Stelle. Alle taten immer sehr geschäftig, aber im Grunde passierte gar nichts. Viele Spuren, von denen die meisten zu Beginn eines Falles bereits bestanden hatten, waren inzwischen erkaltet, weil ihnen niemand nachging.

Er machte vor allem den Chef des CID, Rocco Urella, für die ausbleibenden Ermittlungserfolge und die nachlässige

Polizeiarbeit verantwortlich. Frank Hazel setzte sich mit Urella zusammen, aber die beiden Männer konnten sich nicht einigen.

»An diesem Punkt«, erklärte Hazel später, »beschloß ich, das CID zu reorganisieren und wieder auf Vordermann zu bringen. Mir wurde klar, wie mangelhaft die Polizei ausgerüstet war, um gegen die Warlocks und die Pagans vorzugehen. Man kann reden, soviel man will, aber wenn man nicht die technischen Möglichkeiten besitzt, konkrete Ermittlungen durchzuführen, erreicht man gar nichts. Und über diese technischen Möglichkeiten verfügten wir nicht.«

Frank Hazel kam zu dem Schluß, daß der einzige Weg, das Rocker-Problem anzugehen und die Morde aufzuklären, der war, ein mehrdimensionales Einsatzkommando ins Leben zu rufen. Während seiner beruflichen Laufbahn als Strafrechtler hatte er einige örtliche Beamte kennengelernt, die er als hervorragende Ermittler betrachtete und deren Charakter über jeden Zweifel erhaben war. Ganz offen warb er diese Männer für sein Sonderdezernat ab.

Als erstes setzte er sich mit der Staatspolizei in Verbindung und überredete den Commissioner, dem CID zwei seiner Beamten auf Vollzeitbasis zu überlassen – George Ellis vom Büro in Lima, außerhalb von Media, und Bill Davis aus Belmont in Philadelphia. Als nächstes organisierte er staatliche Zuschüsse, sprach mit verschiedenen Polizeirevieren im ganzen County und sagte zu, die Gehälter der Beamten, die er haben wollte, zu übernehmen. Sein erster Erfolg war der, Upper Darby dazu zu bewegen, Paul Schneider für das Sonderdezernat abzustellen.

Einen nach dem anderen wählte Hazel sechs Männer aus – die beiden Staatspolizisten Ellis und Davis, Paul Schneider und einen weiteren Polizisten von einem örtlichen Revier, einen Beamten vom Philadelphia Police Department und einen Detective vom CID. Hazel beauftragte seine Männer mit der Untersuchung und Verfolgung des ›organisierten Verbrechens‹, wie er es nannte und womit er die Pagans und die Warlocks meinte. Sein Sonderdezernat für Schwerverbrechen erhielt nur zwei Direktiven: Die Welle der von Bikern verübten Verbrechen einzudämmen und die Sumpf-Morde aufzuklären.

»Wir betrachteten es als Kampf Gut gegen Böse«, erinnerte Frank Hazel sich später. »Ein Kampf auf Leben und Tod. Es war ein konzentrierter Einsatz der Polizei gegen jene, die den Frieden der Bürger von Delaware County störten.«

Damals gab es nur sehr wenig Informationen innerhalb des traditionellen Polizeinetzes, was die Pagan-Warlock- Organisationen betraf. Niemand wußte so genau, was die Gangs taten oder wie sie es taten, und von wenigen Ausnahmen abgesehen waren die meisten Gangmitglieder unbekannt.

»Der erste Schritt bestand darin, den Feind zu identifizieren«, führte Frank Hazel seine Erklärung fort. »Alles, was wir hatten, war diese amorphe Pagan-Warlock-Bande. Aber wer zum Teufel war das eigentlich?

Wir mußten herausfinden, wer ein Warlock war und wer ein Pagan, wer mit den Warlocks zu tun hatte und wer mit den Pagans, und was für eine Verbindung, sofern überhaupt, zwischen all diesen Leuten bestand.«

Er war der Überzeugung, daß die einzige Möglichkeit, sein Ziel zu erreichen, darin bestand, Gangmitglieder ›umzudrehen‹, sie als Spitzel zu gewinnen. Um dies zu erreichen und sie dazu zu bewegen, interne Informationen preiszugeben, brauchte er ein schlagkräftiges Werkzeug.

Die Beamten seines Sonderdezernats ließ Frank Hazel wissen, daß alle Warlocks und Pagans sowie deren Kontakte für jeden Gesetzesverstoß, ganz gleich wie unbedeutend er auch sein mochte, verhaftet werden sollten – ob einfacher Raub, Scheckbetrug, die Mißachtung eines Stoppschildes oder sonst etwas; sie sollten von der Straße geholt werden, damit sie versuchen konnten, Informationen aus ihnen herauszuholen.

Alle Staatsanwälte im Büro des Bezirksstaatsanwalts wies er an, daß in diesen Fällen keine Strafminderung wegen Schuldeingeständnisses bewilligt werden sollte. Ohne sein Einverständnis sollte keinerlei Handel mit diesen Straftätern geschlossen werden. Bei den Bikern sollte jeweils das höchste vom Gesetz zugelassene Strafmaß gefordert werden. Und in Zusammenarbeit mit den Richtern des County würden möglichst lange Gefängnisstrafen verhängt werden – es sei denn, die Angeklagten waren bereit, zwecks Strafminderung wichtige Informationen preiszugeben.

Kapitel 11

Wenngleich er auf dem Gebiet der Kriminologie noch neu war, wußte Frank Hazel, daß handfeste Beweise für die Auflösung eines Falles unabdingbar waren. Und doch waren die CID-Beweisakten zu sämtlichen ungelösten Morden praktisch leer.

Weniger als einen Monat nach seinem Amtsantritt, am 31. Januar, stieß Frank Hazel Rocco Urella vor den Kopf, indem er John Reilly die Leitung des Sonderdezernats übertrug. Reilly war stellvertretender Bezirksstaatsanwalt. Zwanzig Jahre älter als sein Vorgesetzter, war John Reilly körperlich Hazels Ebenbild – mit ergrautem Haar. Die Art, die er vor Gericht an den Tag legte, erinnerte Mitarbeiter an einen freundlichen Gemeindepfarrer, und er war als deduktiver Denker bekannt. Er besaß Hazels uneingeschränktes Vertrauen.

Frank Hazel beauftragte John Reilly als erstes damit, sich mit den CID-Akten vertraut zu machen, die Mitspieler kennenzulernen und jede Akte mit größter Sorgfalt zu studieren. *Suchen Sie nach Mustern,* sagte Hazel. *Ziehen Sie Schlüsse. Prüfen Sie, ob etwas übersehen wurde.*

Reilly fielen gleich zu Anfang einige Übereinstimmungen auf – die MacDade Mall, das Schloß, Drogen, Angst, Gewalt, Vergewaltigung und Mord – sowie einige Namen, die immer wieder auftauchten: Bobby Nauss, Bobby Marconi und Steve DeMarco.

Als John Reilly sich Debbie Deloziers Akte ansah, stieß er auf den anonymen Brief, der kurz nach ihrem Verschwinden an Debbies Eltern geschickt worden war. »Hier steht, sie hätte zuviel gewußt«, sagte er zu den Untersuchungsbeamten, die ihm an diesem Tag halfen. »Bei Liz Lande war es ein Verbrechen aus Leidenschaft, die anderen wurden hingerichtet. Vielleicht wußten sie alle zuviel. Aber zuviel worüber?«

Das war eine gute Frage – zu gut –, weil sie keiner der Ermittler beantworten konnte. Statt dessen stellten sie Mutmaßungen an.

Einer der Untersuchungsbeamten erwähnte, daß die Warlocks am Wochenende gern ›Partys‹ feierten, worunter sie verstanden, mit einem Vorrat an Bier, billigem Wein und Drogen in einem Kleinbus durch die Gegend zu fahren und nach jungen Anhalterinnen Ausschau zu halten. Wenn sie erst ein, zwei Mädchen im Wagen hatten, fuhren die Warlocks an einen abgeschiedenen Ort und erklärten den Mädchen, daß sich alle ausziehen und bumsen würden. Er erklärte Reilly, die Warlocks würden diese Praktik als ›Training‹ bezeichnen. Wenn die Mädchen sich weigerten, wurden sie an einen Baum gestellt, und die Warlocks warfen Messer um sie herum wie im Zirkus, oder aber sie stellten sie vor einem Felsen auf und schossen mit ihren Handfeuerwaffen um sie herum. Wenn die Mädchen sich dann immer noch weigerten, zu tun, was die Warlocks von ihnen verlangten, lag Mord durchaus im Bereich des Möglichen.

Die beiden Mädchen, Lees und Spicer, zum Beispiel. Es war bekannt, daß sie häufig per Anhalter fuhren. Tatsächlich hatten sie an eben dem Abend ihres Verschwindens geplant zu trampen. Sie konnten zu einigen Warlocks – warum nicht zu Bobby Nauss und Steve DeMarco? – in den Lieferwagen gestiegen und schließlich ermordet worden sein.

Ein zweiter Untersuchungsbeamter sagte, er habe gehört, Steve DeMarco wäre um die Zeit ihres Verschwindens herum mit Debbie Delozier befreundet gewesen. Somit hätte

DeMarco ganz sicher Gelegenheit gehabt, sie zu töten. Aber was war das Motiv?

Einer der Ermittler beschloß, Steve DeMarcos Namen durch den BMV-Computer laufen zu lassen. Er stellte fest, daß DeMarco derzeit nach einer Verurteilung wegen Autodiebstahls auf Bewährung draußen war, aber noch unter Polizeiaufsicht stand. Darüber hinaus war ihm der Führerschein abgenommen worden.

»Geben Sie das an alle Streifenpolizisten durch«, wies John Reilly die Beamten des Sonderdezernats an. »Sie sollen den Scheißkerl bei der ersten sich bietenden Gelegenheit einlochen.«

Einige Wochen später, in der Nacht des 3. März, fuhr Steve DeMarco an einer Tankstelle auf der Chester Pike vor. Ehe er weiterfahren konnte, wurde er verhaftet. Frank Hazel nutzte einige Kontakte bei Gericht und erreichte, daß DeMarcos Bewährung aufgehoben wurde – er würde die zwei restlichen Jahre seiner Strafe absitzen.

Nachdem Steve DeMarco aus dem Verkehr gezogen war, gingen die Beamten des Sonderdezernats zum nächsten Namen auf ihrer Liste über: Bobby Marconi. Sie brachten ihn ins Präsidium und fragten ihn: Wie kommt es, daß Debbie Deloziers Foto auf dem Vordersitz der Limousine gefunden worden war? Was wußte er über ihr Verschwinden?

Hinterher wurde Bobby Marconi vor dem Gerichtsgebäude von Zeitungsreportern bestürmt. Aber er gab keinen Kommentar ab. Statt dessen sprach sein Anwalt mit der Presse.

»Rocco hat Bobby Marconi das Foto gegeben, damit er es unter seinen Bekannten herumzeigt«, sagte er. »Er sollte herumfragen, ob jemand sie gesehen habe. Mein Mandant hat mit dem Verschwinden des Mädchens nicht das geringste zu tun gehabt. Das ist alles nur ein Vorwand. Die Polizei hat keinerlei Beweise. Das ist alles nur Theater, damit es so aussieht, als täten sie etwas.«

Einen Monat später nippte Frank Hazel an einem Kaffee, während er im Büro des Sonderdezernats auf und ab ging.

Es war wirklich erstaunlich, was alles passierte. Hazel hatte nicht nur das Sonderdezernat gegründet und das CID auf Trab gebracht, sondern er reorganisierte außerdem das Büro der Bezirksstaatsanwaltschaft und machte aus Staatsanwälten, die als Teilzeitkräfte eingestellt waren, Ganztagskräfte. Außerdem sorgte er dafür, daß neben den täglich hereinkommenden Fällen auch die liegengebliebenen Akten schnellstmöglich bearbeitet wurden. Und er erreichte Verurteilungen.

Die Staatsanwälte arbeiteten im Obergeschoß des Gerichtsgebäudes in einem konventionellen Büroambiente. Sonnenlicht strömte durch riesige Fenster herein, und an der Decke strahlten Neonröhren. Das Sonderdezernat war hingegen im Keller des Anbaus untergebracht. Es war dunkel und unheimlich und erhielt schon bald den Spitznamen ›Fledermaushöhle‹.

In den Augen der Beamten des Sonderdezernats, die dort ein und aus gingen, glich ihr unterirdisches Heiligtum eher einem Bienenstock als einer Fledermaushöhle. Neben ihrer Arbeit an den fünf ungelösten Mordfällen bemühten sich die Beamten, Informationen über die Pagans und die Warlocks zusammenzutragen. Dies bedeutete manchmal, Informanten einzuschleusen und zu versuchen, die bereits inhaftierten Biker zum Reden zu bewegen. Gleichzeitig bewachten sie die Zeugen, die bereit waren, gegen die Warlocks auszusagen, und schützten sie, indem sie sie entlang der Schnellstraße zwischen Philadelphia und Harrisburg ständig von einem Motel ins andere verlegten.

Kapitel 12

An einem heißen, schwülen Nachmittag Ende Juli 1976 stemmte Bobby Nauss Gewichte im klimatisierten Fitneßstudio ›Don's Gym‹ auf der Chester Pike in Glenolden. Er war zweieinhalb Zentimeter größer und vierzig Pfund schwerer als in jener Nacht, in der er Liz Lande vier Jahre zuvor erhängt hatte. Die körperliche Veränderung war einerseits der normalen Entwicklung vom Jungen zum Mann zu verdanken und andererseits regelmäßigem Muskeltraining.

Er fügte dem Trimmgerät gerade zwei fünfundzwanzig-Pfund-Gewichte hinzu, als Billy Turner und Gary Warrington hereinkamen. Sie schwitzten von der Hitze draußen. Turner hatte Bobby vormittags zu Hause angerufen und Meth bestellt. Bobby legte sich auf die Bank und stemmte die Gewichte einige Male. Dann ging er mit Turner und Warrington nach draußen.

Bobby schlug glühende Hitze entgegen, kaum daß er den Parkplatz betrat. Als er seinen Wagen erreichte, rann ihm der Schweiß in Strömen den Rücken hinunter. Er sah sich nach allen Richtungen um. Als er sicher war, daß niemand sie beobachtete, öffnete er den Kofferraum seines neuen Cadillacs. Im Inneren befand sich das von Billy Turner bestellte Meth.

Zu diesem Zeitpunkt war Frank Hazel knapp sechs Monate im Amt, ohne daß sich bis dahin ein Anlaß ergeben hätte, Bobby Nauss zum Verhör aufs Revier zu bringen. Tatsächlich war Hazel ungewollt zu Bobbys Wohltäter geworden. Aufgrund der drastisch angewachsenen Zahl von Verhaftungen wurden auch viele Warlocks eingesperrt, die mit Drogen dealten, so daß die Nachfrage bei Bobby stetig gestiegen war. Er machte Rekordumsätze.

Vor Ende des Sommers waren Bobby und Cookie in der Lage, sich ein Haus auf einem eintausend Quadratmeter großen Grundstück in der Merionville Road in Aston zu kaufen. Aston lag ziemlich weit außerhalb und ein wenig weiter westlich als ihre bisherige Wohnung in Brookhaven, nicht weit von der Staatsgrenze von Delaware entfernt. Das Haus hatte eine Backsteinfassade, Seitenwände aus Asbest und eine freistehende Garage und kostete Bobby einundvierzigtausendfünfhundert Dollar. Er legte elfeinhalbtausend Dollar bar auf den Tisch und gab weitere siebeneinhalbtausend für einen beheizbaren Swimmingpool aus, kurz nachdem er mit seiner Familie eingezogen war.

Neben dem brandneuen Cadillac hatte Bobby sich außerdem für fünftausend Dollar eine Harley angeschafft. Cookie fuhr eine fünf Jahre alte Chevelle.

Der Sommer 1976 war eine schwere Zeit für Frank Lande. Seine Tochter war seit viereinhalb Jahren verschwunden, und er hatte die Hoffnung, daß sie möglicherweise noch lebte, längst aufgegeben. Aber er wollte immer noch ihren Mörder fassen.

An einem heiß-schwülen Tag erlitt er einen Schlaganfall, an dem er beinahe starb. Er behielt eine halbseitige Lähmung zurück und mußte frühzeitig in den Ruhestand gehen.

Für Frank Hazel war der Sommer 1976 jedoch ganz besonders ertragreich. Wie eine Kette aufgestellter Dominosteine begannen die Warlocks umzukippen – über ein Dutzend waren bereits von den Beamten des Sonderdezernats verhaftet worden.

Nachdem er jeden einzelnen erfolgreich angeklagt hatte, machte Frank Hazel einen mutigen Schritt, einen Schritt, der ihm indirekt die nötige Handhabe geben würde, Bobby Nauss aus dem Verkehr zu ziehen.

»Ich habe von Anfang an vergeblich versucht, das FBI in unsere Ermittlungen mit einzubeziehen«, erklärte Hazel. »Wir verfügten über keine ermittelnden Grand Jurys, besaßen keine elektronischen Überwachungs- und Abhöranlagen und hatten nicht die Macht, Immunität oder Zeugenschutz zu gewährleisten.

Das FBI verfügte über alles Nötige, und wir brauchten das alles, um effektiv arbeiten zu können. Und so wurde das zu meinem nächsten Ziel: Das FBI als Mitstreiter im Kampf gegen die Motorradgangs zu gewinnen.«

Als Resultat der Verhaftungen und Verurteilungen im Laufe des Sommers hatte das Sonderdezernat eine beträchtliche Menge interner Informationen über die Warlocks und die Pagans zusammengetragen: Wer sie waren, was sie taten, wie sie es taten und wie weit ihre Fangarme reichten. Aber ein Problem bestand auch weiterhin.

Die Pagans hatten ihr nationales Hauptquartier in Marcus Hook aufgeschlagen und lähmten die winzige Ortschaft förmlich durch Einschüchterungsmethoden. Also wurde es zu Frank Hazels nächster Priorität, Marcus Hook aus dem Würgegriff der Pagans zu befreien. Gegen Ende des Sommers, bei einer Razzia kurz vor Morgengrauen, stürmten Beamte des Sonderdezernats das Clubhaus der Pagans. Hierbei wurden Motorräder, Waffen, Akten, Unterlagen, neuere Fotos der Gangmitglieder und Diebesgut sichergestellt.

»Wir besaßen inzwischen mehr Informationen über Motorradgangs als jede andere Polizeibehörde des Landes«, erinnerte sich Frank Hazel. »Und wir besaßen jetzt Informationen von der Art, wie das FBI sie brauchte, um sich einzuschalten. Also setzte es sich mit uns in Verbindung, und wir schlossen einen Handel.«

Der Bundesstaatsanwalt für den Distrikt Philadelphia verkündete es am 21. September offiziell:

»Die örtliche Polizei kann mit dem Motorradgang-Problem nicht allein fertig werden. Veröffentlichte Berichte haben deutlich gemacht, daß Drogenhandel, illegaler Waffenbesitz und Hehlerei zu den Routineaktivitäten dieser Gangs gehören. Hierbei handelt es sich ausnahmslos um

Bundesvergehen, und ich werde sämtliche geeigneten Dezernate der Staatspolizei im Kampf gegen diese Verbrechen einsetzen.«

Von diesem Zeitpunkt an waren DEA, ATF, FBI und IRS angewiesen, alle Dienststellen auf staatlicher, County- und lokaler Ebene nach Kräften zu unterstützen.

Zwei Wochen später zog Bobby Marconi aus dem Schloß aus und bot es zum Verkauf an.

Disco war 1976 das Größte.

Seine Freunde sagen, Bobby Nauss wäre begeisterter Disco-Fan gewesen und hätte sich weder durch seine Heirat noch durch seine Vaterschaft davon abhalten lassen, sich zu amüsieren. Die modernen High-Tech-Lichtanlagen, dröhnenden Soundanlagen und die zum Klang der Musik herumwirbelnden, gestylten Mädchen hätten ihn angeturnt. Er wurde zum Stammgast in den diversen Nightclubs des County. Darüber hinaus schmissen die Warlocks regelmäßig Partys in ihrem Clubhaus, bei sich zu Hause oder in gemieteten Motelzimmern. Diese Partys arteten regelmäßig in wilde Alkohol-, Drogen- und Sexorgien aus. Es gab einen Vorfall, der in Warlockkreisen zur Legende wurde und dessen sich die Beteiligten immer noch brüsteten. Ein sechzehnjähriges Mädchen hatte so viele Warlocks oral befriedigt, daß man ihm im Krankenhaus das Sperma aus dem Magen pumpen mußte.

Obwohl Bobby sich amüsierte wie ein König und mehr Geld verdiente als je zuvor, hatte er auch weiterhin mit Problemen zu kämpfen. Er bekam seinen Alkohol- und Drogenkonsum nicht in den Griff. Er trank, bis er betrunken war, und ›schoß‹ sich dann den Alkohol mit Meth aus dem Organismus, wodurch er in eine andere Art von Rausch verfiel, während dessen er sich unbesiegbar fühlte. Dann fing er wieder an zu trinken, und die Berg- und Talfahrt begann von neuem.

In diesem Zustand war Bobby manisch und völlig überdreht. Um Spaß zu haben, war er zu allem bereit, handelte rein impulsiv und stand ständig kurz davor, die Kontrolle über sich zu verlieren.

Mehrere Jahre lang liefen die Geschäfte von Bobby Nauss und den Warlocks bestens.

»Genaugenommen haben die Warlocks sich selbst ans Messer geliefert«, sagte Paul Schneider, einer der Beamten des Sonderdezernats, später. Junge Mädchen verschwanden und tauchten tot im Tinicum Marsh wieder auf – Opfer der Warlocks.

»Die Presse machte einen bundesweiten Fall daraus, und zum erstenmal wurde eine Spezialeinheit ins Leben gerufen, den Kampf gegen sie aufzunehmen.

Als ich begann, mich mit dem Fall zu befassen, ging ich die ersten drei Tage mit Kopfschmerzen nach Hause … allein davon, daß ich las, wozu sie fähig waren. Ich hätte nie geglaubt, daß Menschen fähig wären, anderen so etwas anzutun.

Die Warlocks waren eine Gruppe von Individuen. Einige waren gut, einige schlecht und andere noch schlimmer. Haben Sie schon mal das Wort amoralisch gehört?«

Kapitel 13

Als es am 30. Oktober 1976 um vier Uhr dreißig nachmittags an der Tür einer Wohnung im Hause 408 West State in Media klingelte, stand Charlotte Illingsworth gerade unter der Dusche. Ihre Mitbewohnerin öffnete und ließ die Besucher herein – Billy Turner, Norm Hansell und Bobby Nauss. Sie setzten sich und warteten, während Charlotte sich anzog.

•

Eine Viertelstunde später betrat Charlotte das Wohnzimmer. Sie erkannte Turner und Hansell – die drei hatten gemeinsam an einem Drogenrehabilitationsprogramm im Haverford State Hospital teilgenommen –, während sie Bobby noch nie zuvor gesehen hatte. Mit weicher Stimme fragte sie: »Was gibt's?«

»Wie geht's dir?« entgegnete Turner.

»Ganz gut.« Sie blickte auf Bobby, als warte sie darauf, daß sie miteinander bekannt gemacht wurden, aber weder Turner noch Hansell machte sich die Mühe, sie einander vorzustellen. Bobby sagte kein Wort.

Charlotte trug Jeans und ein enganliegendes Oberteil. Sie war einundzwanzig Jahre alt, etwa eins sechzig groß und schlank. Sie hatte hellbraunes Haar und einen hellen Teint.

»Ist hier in der Nähe ein State Store?« fragte Turner.

»Nur ein Stück weiter die Straße rauf.«

Billy Turner sagte, sie würden sich in Media nicht auskennen. Ob sie ihnen den Weg zeigen würde, wenn sie versprachen, sie zurückzubringen, sobald sie sich mit Spirituosen versorgt hatten.

Sie fuhren in Bobbys Cadillac die State Street hinunter. Charlotte saß vorn zwischen Bobby und Norm Hansell, Billy Turner im Fond. Es war nur eine kurze Fahrt zu dem State Store, wo Bobby und Turner zwei Flaschen Orange Driver kauften, ein fertiggemixtes Getränk aus Wodka und Orangensaft.

Als nächstes machten sie an einem Fastfood-Restaurant halt, um sich Pappbecher zu besorgen, und kauften an einer Tankstelle einen Beutel Eis. Nachdem sie alles Notwendige beschafft hatten, schenkten sich die Männer ein – Charlotte lehnte den Drink ab – und fingen an zu trinken. Aber anstatt Charlotte zurück zu ihrer Wohnung zu fahren, lenkte Bobby den Wagen aus der Stadt.

»Hey«, protestierte sie, »ich muß zurück. Ich muß babysitten.«

»Wir müssen erst noch wohin«, entgegnete Turner. »Anschließend fahren wir dich nach Hause.«

Der Barmann der Maximilian's Bar in Chichester Township, acht Meilen außerhalb von Media, trat an diesem Abend seinen Dienst um sieben Uhr an.

Er war seit etwa einer halben Stunde bei der Arbeit, als Turner, Hansell, Bobby und Charlotte die Bar betraten. Sie hatte er noch nie zuvor gesehen, aber die drei Männer kannte er. Sein Bruder war mit einer von Bobbys Schwestern verheiratet.

Die drei Männer setzten sich eine gute Dreiviertelstunde an die Bar und tranken Bier. Charlotte trank nichts. Dann ging sie ohne ein Wort nach draußen.

Einen Augenblick später folgte ihr Norm Hansell.

Es war etwa halb neun, als Billy Turner den Barmann herüberwinkte. »Können wir deine Wohnung benutzen?« fragte ihn Turner.

»Wozu?«

»Um uns mit der Kleinen zu amüsieren, Norm und ich haben es schon mal mit ihr getrieben, und sie ist wirklich scharf. Wir lassen dir was übrig.«

Charlotte glaubte, sie würden sie nach Hause fahren. Statt dessen fuhr Bobby noch weiter raus, über dunkle, abgelegene Straßen. Sie hatte keine Ahnung, wo sie waren.

Die drei Männer schnupften Meth.

»Steig nach hinten«, befahl ihr Turner.

»Wozu?«

»Du weißt schon.«

»Hör zu«, sagte sie, »ich muß zurück. Ich habe heute abend einen Job als Babysitter.«

»Mach, daß du nach hinten kommst, aber dalli«, herrschte Turner, packte ihr Shirt und zog sie über den Sitz. Er zog ein Messer, hielt es ihr an den Hals und drohte: »Und jetzt zieh dich aus, oder ich schlitze dir die Kehle auf.«

Charlotte zog sich aus.

Billy Turner legte sich auf sie und drang in sie ein. Als er sich nicht länger zurückhalten konnte, zog er den Penis aus ihrer Vagina, steckte ihn ihr in den Mund und ejakulierte.

»Und jetzt geh wieder nach vorn«, befahl er.

Charlotte kletterte über den Sitz und setzte sich wieder zwischen Bobby und Norm Hansell.

Während er mit der Linken den Wagen steuerte, legte Bobby Charlotte die Rechte in den Nacken. Als er ihren Kopf auf seinen Schoß zog, befriedigte sie ihn oral.

Als sie mit Bobby fertig war, tat sie das gleiche bei Norm Hansell.

Bobby war inzwischen von der Straße abgefahren. Er und Hansell stießen Charlotte auf den Sitz, schoben ihre Beine auseinander und nahmen nacheinander Cunnilingus an ihr vor. Als sie mit ihr fertig waren, reichten sie Charlotte wieder an Billy Turner weiter.

Er lehnte sich in eine Ecke des Sitzes zurück. Sie beugte sich auf allen vieren über ihn und versuchte, ihn oral zum Orgasmus zu bringen. Plötzlich fühlte sie, wie etwas Eiskaltes in sie eindrang, und stieß einen spitzen Schrei aus.

Bobby lachte und versuchte, ihr einen weiteren Eiswürfel in den After zu schieben.

»Mach bei Billy weiter!« fuhr Bobby sie an. Dann wartete er darauf, daß sie sich abwandte und sah zu, wie sie Turners Penis wieder in den Mund nahm. Darauf nahm Bobby eine der Flaschen in die Hand, beugte sich über den Sitz und stieß ihr den Flaschenhals in die Vagina.

Charlotte schrie auf vor Schmerz.

»Hör auf! Bist du irre?!«

»Halt verdammt noch mal die Klappe!« brüllte Bobby. Und da verlor er die Beherrschung. Er begann, ihre Schenkel und ihren Po mit Fäusten zu bearbeiten. »Tu verdammt noch mal, was man dir sagt, oder ich bringe dich um!«

Bobby parkte den Cadillac vor Haus E der Trimble Run Apartments in Brookhaven. Er war etwas ruhiger als vorhin, aber sein Verlangen war bei weitem noch nicht gestillt.

Sie führten Charlotte in das Apartment E-11. Geradewegs ins Schlafzimmer. Billy Turner befahl ihr, sich auszuziehen und aufs Bett zu legen.

Die drei Männer schnupften wieder Meth.

Bobby zog seine Hose aus und legte sich auf dem Rücken auf das Bett. Als er Charlotte sagte, sie solle ihm wieder einen blasen, gehorchte sie. Aber Bobby hatte Mühe, seine Erektion beizubehalten. Also zog er seinen Penis aus ihrem Mund und rollte sich auf den Bauch.

»Ich hab' Schwierigkeiten, in Fahrt zu kommen«, sagte er zu ihr. »Leck mir das Arschloch, bis ich wieder 'nen Steifen habe.«

Wieder tat Charlotte, was ihr befohlen wurde, aber es half nichts.

»Sie ist miserabel«, klagte Bobby. »Schlag sie. Bring sie dazu, es besser zu machen.«

Billy Turner zog seinen Gürtel aus und schlug Charlotte mit dem Riemen über den nackten Po.

»Gib dir etwas Mühe!« brüllte er.

Aber für Bobby war es zu spät. Er rollte sich aus dem Bett und stürmte aus dem Schlafzimmer.

Billy Turner stieß Charlotte vom Bett und in den Flur, wo Bobby stand. Bobbys Hose hing noch immer unten. »Runter auf die Knie«, befahl Turner Charlotte. »Blas ihm einen, aber diesmal richtig.«

Sie nahm Bobbys schlaffen Penis wieder in den Mund und tat ihr Bestes, ihn zu erregen. Wenn ich das nur hinter mich bringe, wird alles wieder gut, dachte sie.

»Sie ist immer noch miserabel!« schrie Bobby einen Augenblick später, woraufhin Billy Turner sie wieder mit dem Gürtel schlug.

Aber nichts schien Bobby zu helfen. Also zog er den Penis aus Charlottes Mund und ging ins Wohnzimmer, wo er erneut Meth schnupfte. Währenddessen brachten Billy Turner und Norm Hansell Charlotte zurück ins Schlafzimmer, wo sie sie erneut nacheinander vergewaltigten. Turner war der erste und wechselte zwischen Geschlechtsverkehr und oralem Sex. Und während sie ihn ein weiteres Mal oral befriedigte, führte Norm Hansell einen Vibrator in ihre Vagina ein.

Als sie mit Billy Turner fertig war, zog Norm Hansell den Vibrator heraus, legte sich aufs Bett und spreizte die Beine. Er befahl Charlotte, seine Hoden mit dem Vibrator zu massieren, während sie oralen Sex an ihm vornahm. Als er in ihren Mund ejakulierte, glaubte sie, es wäre endlich vorbei.

Sie irrte sich.

Bobby Nauss kehrte mit einer Erektion ins Schlafzimmer zurück. Er rollte Charlotte auf den Bauch, drückte ihr Gesicht auf die Matratze und drang in ihren After ein. Nachdem er einen Orgasmus gehabt hatte, ging Bobby zurück ins Wohnzimmer und rief seinen Schwager an. Er sagte ihm, er solle herüberkommen.

Inzwischen vergingen sich Bill Turner und Norm Hansell erneut im Schlafzimmer an Charlotte.

Irgendwann nach Mitternacht klingelte es an der Tür. Norm Hansell öffnete. Es war Bobbys Schwager. Sein Name war Bob D'Alonzo.

»Komm rein«, sagte Norm Hansell. »Billy hat eine Überraschung für dich. Sieh mal ins Schlafzimmer.«

Bob D'Alonzo ging ins Schlafzimmer. Billy Turner und Charlotte waren beide noch im Bett – nackt.

»Das ist ein Freund von mir«, sagte Turner zu Charlotte. »Kümmere dich um ihn.«

Während er sich auszog, erwähnte D'Alonzo Charlotte gegenüber, daß er Bob hieße. Dann stieg er ins Bett und hatte oralen und genitalen Sex mit ihr.

Kurz nach zwei Uhr früh fuhren Bobby Nauss, Bob D'Alonzo und Norm Hansell nach Hause.

Charlotte lag im Schlafzimmer und schlief.

Nachdem die anderen gegangen waren, weckte Billy Turner sie auf. Er führte sie ins Wohnzimmer und hatte auf dem Sofa Sex mit ihr. Danach verlor sie das Bewußtsein.

Als sie die Augen wieder aufschlug, war es hell draußen, und der Barmann aus dem Maximilian's stand über sie gebeugt. Als sie ihn sah, brach sie in Tränen aus.

»Entspann dich«, sagte er. »Ich bin müde und will nur ins Bett. Soll ich dich irgendwohin fahren?«

Es war acht Uhr morgens am 31. Oktober, als Charlotte Illingsworth ihre eigene Wohnung wieder betrat. Um zehn nach acht duschte sie. Um halb neun saß sie schluchzend auf dem Sofa im Wohnzimmer.

Ihre Mitbewohnerin kam aus ihrem Zimmer und fragte, was los sei.

Sie mußte ihren angestauten Gefühlen Luft machen, und erzählte Charlotte, was sich während der vergangenen vierzehn Stunden ereignet hatte.

»Komm«, sagte ihre Mitbewohnerin und nahm ihre Hand.

»Wohin?«

»Ich bringe dich zur Polizei.«

»Niemals.« Charlotte lachte gezwungen und zog ihre Hand zurück. »Ich bin nur froh, daß ich noch lebe.«

Sie erhob sich, ging in ihr Zimmer und legte sich aufs Bett. Aber sie konnte nicht schlafen, und die Morgenstunden zogen sich endlos in die Länge. Währenddessen stiegen langsam Zorn und Empörung in ihr auf.

Zehn Minuten vor zwölf betrat Charlotte Illingsworth das Polizeirevier von Media und sagte, sie wäre von vier Männern vergewaltigt worden.

Sie zeigte Billy Turner und Norm Hansell als zwei der Täter an, konnte die beiden anderen jedoch nicht namentlich benennen – und sie wußte auch nicht, daß Bobby Nauss Mitglied der Warlocks war.

So kam es, daß die Anzeige, als der Sergeant des Media Police Departments das County CID anrief, über die üblichen Kanäle weiterwanderte. Das Sonderdezernat wurde nicht verständigt.

Am frühen Nachmittag wurden vier Haftbefehle ausgestellt: Jeweils einer für Billy Turner und Norm Hansell, und zwei auf Unbekannt.

Um drei Uhr an diesem Nachmittag wurde Charlotte Illingworth im Crozer Hospital von einem Arzt untersucht, während ein Detective des CID in der Halle der Notaufnahme wartete.

Im Anschluß an die Untersuchung sprach der Detective mit dem Arzt.

Der Arzt teilte dem Beamten mit, er hätte in der Vagina des Opfers nur geringe Mengen Sperma gefunden und im After gar keins.

»Scheiße«, sagte der Detective. In beinahe jedem Vergewaltigungsfall ist die erste Handlung des Opfers zu duschen, um sich psychologisch zu säubern. In diesem Fall war das nicht anders. Charlotte Illingworth hatte die Beweise unmittelbar nachdem sie nach Hause zurückgekehrt war, den Abfluß hinuntergespült.

Außerdem, sagte der Arzt, habe er keinerlei Verletzungen an der Vagina oder am After der jungen Frau feststellen können.

Für den Detective gab es, so wie die Dinge lagen, nur zwei Möglichkeiten, eine Anklageerhebung zu erwirken: Einen Augenzeugen finden oder einen der Täter dazu zu bewegen, ein Geständnis abzulegen.

Bei Einbruch der Dunkelheit machten sich Detectives vom CID auf die Suche nach Billy Turner und Norm Hansell.

Ohne Erfolg.

Turner und Hansell hatten ihre Sachen gepackt und befanden sich bereits auf dem Weg nach Süden, wo sie bei Turners Bruder bleiben wollten, bis Gras über die Sache gewachsen war. Der Bruder lebte mehrere hundert Meilen entfernt in Savannah, Georgia.

Kapitel 14

Bobby Nauss machte Anfang Februar 1972 – beinahe vier Monate nach der Vergewaltigung von Charlotte Illingsworth – einen Abstecher nach Savannah.

Billy Turners Bruder war zurück nach Delaware County gezogen und hatte Billy und Norm Hansell in ihrem Versteck in Georgia zurückgelassen. Aber er hatte sein Motorrad nicht mitnehmen können und fragte Bobby, ob er sich seinen Pickup leihen könne, um nach Savannah zu fahren und das Motorrad zu holen. Bobby war sofort einverstanden. Er erbot sich sogar, ihn zu begleiten, um mit anzupacken.

Hin- und Rückfahrt dauerten drei Tage und verliefen ereignislos. Aber als Bobby auf dem Heimweg war, machte die Polizei die ersten Fortschritte bei ihren Ermittlungen im Fall Charlotte Illingsworth.

Die Beamten des Sonderderzernats hatten ihre Informanten ausgequetscht und versucht, Bobby Nauss wegen irgendeiner Sache festzunageln. Da hörten sie zum erstenmal, daß er an der Vergewaltigung von Charlotte Illingsworth beteiligt gewesen war. Also quetschten sie ihre Informanten noch ein wenig mehr aus und erfuhren Einzelheiten über die Vergewaltigung. Außerdem fanden sie heraus, wo Billy Turner und Norm Hansell sich versteckt hielten. Wenn die Information stimmte, hatten sie Bobby Nauss auf dem Silbertablett.

Bill Davis und George Ellis trafen am 17. Februar in Savannah ein.

Ellis war groß, an die ein Meter neunzig groß, knochig und gutaussehend. In seiner üblichen Aufmachung – Hemd, Krawatte, Sportsakko, Jeans und Sonnenbrille – sah er aus wie der Marlboro-Mann auf dem Weg zu einer Hochzeit. Er war dreiunddreißig und seit sechs Jahren bei der Staatspolizei. Von seinen Vorgesetzten und Kollegen wurde er gleichermaßen geschätzt.

Davis, zweiunddreißig, war mit neun Jahren Dienstzeit ein Staatspolizei-Veteran. Er war ein dunkler Typ, kantig und attraktiv. Er und George Ellis ergänzten sich perfekt. Während Ellis reserviert war und sich väterlich und mitfühlend gab, war Bill Davis humorvoll, gesprächig und Meister des Sarkasmus.

Davis redete bei Turner und Hansell nicht lange um den heißen Brei herum. Er kam direkt auf den Punkt und fragte sie, warum sie Charlotte Illingworth vergewaltigt hätten.

Sie stellten sich ahnungslos. Vergewaltigung? Welche Vergewaltigung?

Und ich wette, jetzt wollt ihr mir erzählen, daß ihr das Mädchen nicht einmal kennt, stimmt's?

Natürlich würden sie sie kennen. Also gut, sie hätten Sex mit ihr gehabt. Sie hätten oft Sex mit ihr gehabt. Aber immer nur, wenn sie es wollte. Sie wäre eine Nymphomanin.

Bill Davis hakte nach.

»Wer war bei euch, als ihr sie abgeholt habt?«

Keine Antwort.

An Turner gewandt: »Warum hast du sie mit einem Messer bedroht?«

»Hey, Mann, ein Messer. Niemals. Ich bin in meinem ganzen Leben noch nicht mit einem Messer rumgelaufen.«

»Drehen wir die Zeit zurück zu diesem Tag. Es war der dreißigste Oktober. Kurz vor Halloween. Drei Typen haben sie in ihrer Wohnung in Media abgeholt und sind mit ihr ins Maximilian's gefahren. Zwei von diesen Typen wart ihr beide. Wessen Wagen habt ihr benutzt? Es war ein Cadillac, stimmt's? Wessen Cadillac? Bobby Nauss' Cadillac?«

»Ich weiß nicht, wovon Sie reden.«

»Ach nein? Dann wechseln wir doch das Thema. Reden wir über Drogen.«

»Ich weiß nichts von Drogen.«

»Blödsinn. Du hast das ganze letzte Jahr Meth von Bobby

Nauss gekauft. Willst du, daß ich dir aufzähle, wann du wem was verkauft hast?«

Schweigen.

»Ihr blöden Arschlöcher. Ihr habt keine Ahnung, stimmt's? Wir wissen, daß ihr sie verprügelt habt. Ich weiß, wo es passiert ist, und ich weiß, daß Bob D'Alonzo rübergekommen ist, um sie ebenfalls zu bumsen. Habt ihr überhaupt eine Ahnung, wie viele Jahre ihr euch damit eingehandelt habt?« Davis warf die Haftbefehle auf den Tisch. »Klär sie auf, George.«

Ellis faltete die Haftbefehle auseinander und las den beiden vor, daß ihnen Körperverletzung, sexuelle Nötigung, erzwungener Geschlechtsverkehr, Verabredung zur Verübung einer Straftat, Vergewaltigung und Entführung zur Last gelegt würden.

Bill Davis und George Ellis ließen sie eine Weile schmoren. Dann ging Davis nach draußen, und Ellis bot Turner und Hansell Zigaretten an.

»Unter uns«, sagte Ellis in väterlichem Tonfall, »kein Schwein schert sich um euch beide.« Dann legte er eine kurze Pause ein, damit sie diese Eröffnung verdauen konnten. »Frank Hazel hat es auf Bobby Nauss abgesehen. Er ist nicht hinter euch her, sondern hinter ihm.«

»Hört zu, ich weiß, daß ihr Angst habt. Die hätte ich an eurer Stelle auch. Aber ich verspreche euch, wenn ihr mit uns zusammenarbeitet, wenn ihr uns Nauss in der Vergewaltigungs- *und* in der Drogensache ausliefert, seid ihr beide aus dem Schneider. Ihr werdet weder wegen der Vergewaltigung noch wegen Drogenhandels angeklagt. Wir verschaffen euch eine neue Identität und bringen euch auf Staatskosten irgendwo anders unter.«

An diesem Punkt blickte Billy Turner, der bis dahin seine Stiefelspitzen angestarrt hatte, zu Hansell auf. Dann sah er Ellis an.

»Okay«, sagte er. »Ich tu's.«

George Ellis musterte Hansell fragend.

Norm Hansell nickte zustimmend.

Turner und Hansell wurden somit ins Zeugenschutzprogramm aufgenommen.

»An diesem Punkt«, erklärte George Ellis, »wußten wir auch, daß Nauss das Lande-Mädchen umgebracht hatte, aber uns fehlten die Beweise. Aber wir wußten, daß Nauss im Drogengeschäft war, und wir wußten, daß, wenn wir lange und hart genug arbeiteten, uns ganz auf Nauss konzentrierten und die Warlocks immer weiter infiltrierten, die Chance bestand, daß wir den Mordfall lösten.«

Aus strategischen Beweggründen wurden Turner und Hansell eingesperrt. Das vergangene Jahr über hatte das Büro der Bundesstaatsanwaltschaft massive Ermittlungen durchgeführt, im Laufe derer Bobby Nauss und Steve DeMarco als zentrale Figuren einer Drogenorganisation identifiziert worden waren. Der Bundesstaatsanwalt stand dicht davor, zum entscheidenden Schlag auszuholen, aber noch war er nicht soweit. Bobby Nauss zu diesem Zeitpunkt zu verhaften hätte die gesamte Untersuchung gefährdet, und eine Unmenge Zeit und Mühe wären sinnlos gewesen. Außerdem wollte er die Schlinge um Bobbys Hals noch ein wenig enger ziehen. Und so wurden die Haftbefehle für Bobby Nauss und Bob D'Alonzo einstweilen zurückgestellt.

Knapp einen Monat später, am 13. März, rief ein Informant das ATF-Büro in Philadelphia an. Er arbeitete seit beinahe einem Jahr mit Spezialagent Gil Amoroso zusammen und erzählte diesem, er habe gerade bei Bobby Nauss in Aston Meth gekauft.

»Du mußt mir einen Gefallen tun«, sagte Amoroso zu seinem Informanten.

»Schieß los.«

»Kannst du einen weiteren Kauf von Nauss organisieren?«

»Kein Problem. Als ich ging, sagte er, wenn ich neues

Meth brauchte, sollte ich einfach rüberkommen, er hätte immer etwas da.«

Zwei Tage später meldete der Informant sich wieder und sagte, der Deal wäre arrangiert.

Drei Tage später, am 18. März, saß der ATF-Beamte einen halben Block von Bobbys Haus entfernt in seinem Wagen, während sein Informant Bobbys Haus betrat.

Bobby und der Informant saßen eine Weile im Haus zusammen. Sie unterhielten sich über Banalitäten und schnupften einige Streifen Meth. Dann machten sie einen Deal.

Eine halbe Stunde später sah Gil Amoroso seinen Informanten Bobbys Haus verlassen. Amoroso fuhr los und traf sich mit seinem Informanten an einem vorher vereinbarten Treffpunkt. Sobald der Informant Amoroso den Stoff übergeben hatte, fuhr der Beamte auf direktem Wege zum ATF-Büro.

Gil Amoroso wog die Ware: 40,2 Gramm.

Er prüfte sie: Reines Meth.

Beinahe einen Monat lang versuchten die Beamten des Sonderdezernats, Charlotte Illingsworth ausfindig zu machen, um zu sehen, ob sie Bobby Nauss eindeutig als einen der Männer identifizieren konnte, die sie vergewaltigt hatten. Aber sie lebte nicht mehr in der Wohnung in Media und hatte keine neue Adresse hinterlassen.

Schließlich, am 20. März, spürten sie sie in Cape May, New Jersey, auf. Am darauffolgenden Tag pickte sie aus einer Reihe von Fotos, die ihr vorgelegt wurden, ohne zu zögern Bobby heraus.

Sechs Wochen später, am 4. Mai um vier Uhr früh versammelte sich eine Sondereinheit, die sich aus insgesamt einhundertfünfunddreißig Beamten vom DEA, der Staatspolizei, örtlichen Revieren und dem Sonderdezernat zusammensetzte, im Präsidium der Staatspolizei außerhalb von Media. Parallel hierzu versammelten sich zwölfhundert Meilen südlich, in Miami, Florida, weitere zwölf Beamte.

Um fünf Uhr führte Bill Davis ein fünf Mann starkes Team zu Bobby Nauss' Haus in Aston.

Bobby und Cookie schliefen in einem Schlafzimmer im Obergeschoß, auf der rückwärtigen Seite des Hauses. Der vier Jahre alte Tommy schlief in einem anderen Zimmer.

Um zwanzig nach fünf waren die Polizisten in Position.

»Aufmachen, Polizei!« rief Bill Davis, während er an die Haustür hämmerte.

Rechts von der Tür stand George Ellis, mit dem Rücken zur Wand. Paul Schneider stand links von der Tür. Gil Amoroso und ein Beamter der Polizei von Aston behielten die Rückseite des Hauses im Auge.

Bill Davis wartete exakt eine Minute. Als sich im Haus nichts rührte, schlug er mit einem Vorschlaghammer auf die Tür ein. Das war ein völlig vorschriftsmäßiges Vorgehen, und gewöhnlich gelang es auf dieses Weise, Türen schnell und sauber einzuschlagen. Nicht so diesmal. Er konnte nicht wissen, daß Bobby die Originaltür durch eine siebeneinhalb Zentimeter dicke Eichentür ersetzt und mit drei schweren Sicherheitsscharnieren auf der einen und drei Stahlriegeln auf der anderen Seite versehen hatte.

Davis fuhr fort, den Hammer zu schwingen, aber die Tür gab keinen Millimeter nach.

»Sie brauchen sie nicht einzuschlagen«, rief Bobby von drinnen mit verschlafener, ärgerlicher Stimme.

Kaum daß Bobby geöffnet hatte, stürmten die Beamten ins Haus. Sie richteten die Dienstwaffen auf Bobby und brüllten: »POLIZEI ... KEINE BEWEGUNG ... HÄNDE HOCH ... SIE SIND VERHAFTET.«

Sie legten ihm Handschellen an und klärten ihn über seine Rechte auf. Zwei Beamte führten ihn nach draußen, verfrachteten ihn auf den Rücksitz eines neutralen Wagens und brachten ihn auf direktem Wege zum Präsidium der Staatspolizei.

Zur gleichen Zeit ereigneten sich ganz ähnliche Szenen in ganz Delaware County sowie in Florida.

In Miami nahmen die Beamten sechs Verhaftungen vor, stellten sechs Pfund kolumbianisches Kokain und zweihundert Pfund südamerikanisches Marihuana sicher.

In Delaware County wurden einundvierzig Mitglieder, ehemalige Mitglieder und Kontaktpersonen der Warlocks und Pagans festgenommen. Darunter befanden sich Steve DeMarco, der bereits im Gefängnis saß, Billy Turner und Norm Hansell. Es war nicht so, daß die Polizei ihr Versprechen gebrochen hätte. Viel eher war es so, daß es verdächtig ausgesehen hätte, wenn Turner und Hansell nicht zusammen mit den anderen verhaftet worden wären. Hätte man sie verschont, hätte sie das in Gefahr gebracht, und dann wären sie möglicherweise aus dem Weg geräumt worden, ehe sie gegen Bobby Nauss aussagen konnten.

Bei den örtlichen Razzien wurden außerdem große Mengen Meth, PCP und Kokain sichergestellt, sowie sieben Schrotflinten, elf abgesägte Schrotflinten, neunundzwanzig Rohrbomben, einundvierzig Sprengkapseln, vierzehn Handfeuerwaffen, neun Gewehre, vier Füllfederhalter mit eingebauter Schießvorrichtung, sechs Schalldämpfer und dreißig weitere diverse Waffen.

Es war gerade sechs Uhr morgens, als die Beamten mit der Durchsuchung von Bobbys Haus begannen, was vom rechtlichen Standpunkt aus ein Fehler war. Der richterliche Durchsuchungsbefehl lag noch nicht vor.

Cookie Nauss saß mit dem kleinen Tommy im Wohnzimmer. Sie war mit den Nerven am Ende.

Im Obergeschoß fanden zwei Beamte ein geladenes Remington-1100-Gewehr in einer Ecke von Bobbys und Cookies Schlafzimmer. Unter dem Bett lag eine graue Aktentasche, und zwischen Matratze und Sprungfedern war ein Notizbuch versteckt. Die Eintragungen schienen sich auf Drogengeschäfte zu beziehen.

Außerdem fanden die Beamten in einem anderen Zimmer eine Schrotflinte von Sears and Roebuck, Modell einundzwanzig. Als sie die Durchsuchung im Wohnzimmer im Erdgeschoß fortsetzten, fanden sie eine Motorradjacke mit dem Wappen der Warlocks auf dem Rücken. In der Küche fanden sie unter der Spüle eine Drei-Balken-Waage und im Abfalleimer Marihuana-Rückstände. Aber sie fanden weder eine größere Menge Drogen noch einen großen Geldbetrag.

Um acht Uhr, als der Durchsuchungsbefehl endlich eintraf, fragte Cookie Bill Davis, warum Bobby verhaftet worden wäre.

Er entgegnete, hierfür gäbe es gleich mehrere Gründe. Ihm würden Verstöße gegen Artikel 64 des Bundesbetäubungsmittelgesetzes und des Bundeswaffengesetzes vorgeworfen. Hinzu käme die Vergewaltigung.

Vergewaltigung? Was für eine Vergewaltigung?

Im vergangenen Jahr an Halloween.

Unmöglich, behauptete Cookie, Bobby habe nur mit ihr Sex. Und Vergewaltigung? Lächerlich!

Bill Davis entgegnete, er wolle ja nicht in ihre Privatsphäre eindringen, aber das Vergewaltigungsopfer habe sehr detailliert ein Mal, eine Warze oder was auch immer an Bobbys Penis beschrieben. Er persönlich, fuhr Davis fort, glaube, daß die Frau lüge, aber er wolle sich Bobbys Penis selbst ansehen, um sich davon zu überzeugen, ob sie die Wahrheit gesagt habe.

»An diesem Punkt hat Nauss' Frau Bill Davis die Beweise geliefert«, erklärte George Ellis später. »Ich glaube, man könnte sagen, daß sie damals in einer familiären Krise steckten.«

»Sie gab uns Bill Standens Namen und die Adresse der Wohnung, die er auf der Chester Pike in Folcroft gemietet hatte und in der Liz Lande ermordet worden war.«

Endlich hatten sie den Namen einer Person erfahren, die Bobby Nauss mit Elizabeth Landes Verschwinden und mutmaßlicher Ermordung in Verbindung bringen konnte.

Inzwischen erfuhr Bobby auf dem Präsidium, daß er nicht nur des Drogenhandels bezichtigt wurde, sondern außerdem der Vergewaltigung an Charlotte Illingsworth.

Er wurde an diesem Nachmittag zur Anklage vernommen und ins Delaware County-Gefängnis überstellt. Der Antrag auf Kaution wurde abgelehnt.

Eine Woche später, am 11. Mai, erschien Charlotte Illingsworth, um bei Bobbys Anhörung auszusagen. Sie war in der Zwischenzeit telefonisch bedroht worden. Sie wirkte verängstigt und verunsichert.

Der Staatsanwalt beantragte, die Anhörung um eine Woche zu vertagen.

Am 15. Mai erschien sie wieder vor Gericht. Diesmal war sie viel ruhiger, sagte aus, und der Richter entschied, daß Bobby vor Gericht gestellt werden würde.

Die Kaution für die Vergewaltigungsklage wurde auf einhunderttausend Dollar festgelegt, die Kaution für die Anklage wegen Drogenhandels war bereits auf fünfzehntausend Dollar festgelegt worden. Bobby zahlte die Summe und wurde auf freien Fuß gesetzt. Der Drogenprozeß sollte im Juli stattfinden, der Vergewaltigungsprozeß im August.

Nachdem sie festgestellt hatten, daß Bill Standen längst aus der Wohnung an der Chester Pike ausgezogen war, begannen die Beamten des Sonderdezernats, das Haus seiner Mutter in Philadelphia zu observieren. Sie konnten nicht wissen, daß Standen 1971, kurze Zeit nach dem Mord an Liz Lande, nach Florida Keys gezogen war.

Den Mai und Juni über fuhren Polizeibeamte regelmäßig am Haus seiner Mutter vorbei, aber vergebens. Dann, am 2. Juli, irgendwann nach Mitternacht, hatten sie Glück: Ein Fahrzeug mit Kennzeichen aus Florida parkte vor dem Haus.

»Bill Standen war dort«, sagte George Ellis später. »Wir weckten ihn auf, brachten ihn aufs Revier und stellten fest, daß gegen ihn noch ein Haftbefehl wegen einer alten Schießerei lief.«

Somit hatten sie etwas in der Hand, ihn festzuhalten und in die Mangel zu nehmen.

George Ellis erklärte ihm, daß er die Wahl habe: Entweder wurde er mit Bobby Nauss vor Gericht gestellt und verbrachte den Rest seiner Tage hinter Gittern, oder aber er lieferte ihnen Beweise gegen Nauss und würde einer Anklage entgehen.

Objektiv gesehen war es eine simple Entscheidung. Subjektiv gesehen war sie jedoch qualvoll – und das nicht nur im Hinblick auf seine Freundschaft mit Nauss oder den althergebrachten Ehrenkodex unter Kriminellen.

Einige der Outlaw-Biker erinnerten eher an Randfiguren aus *Der Pate* als an die fiktive Person des Paten selbst. Sie waren nicht nur dafür, die Zeugen eines Verbrechens zu beseitigen, sondern darüber hinaus mutmaßliche Zeugen. Einige von ihnen waren durchaus in der Lage, völlig grundlos einen Menschen zum Tode zu verurteilen. Und diesen Ruf hatte Bobby Nauss in seinem Bekannten- und Freundeskreis.

Bill Standen überlegte sich seine Entscheidung sehr gründlich.

»Er gab auf und packte aus«, sagte George Ellis später.

Was Frank Hazel jetzt brauchte, um Bobby Nauss erfolgreich des Mordes anzuklagen, war Liz Landes Leiche.

Am 12. Juli führte Bill Standen George Ellis und seinen Suchtrupp zu einer Stelle im Kiefernödland, wo er nach eigener Aussage Bobby Nauss geholfen hatte, Liz Lande zu verscharren. Das Gelände befand sich außerhalb von Williamstown, sechzehn Meilen südöstlich von Philadelphia. Zum Zeitpunkt des Mordes war es ein unberührtes, kiefernbewachsenes Stück Land gewesen. Inzwischen, sechs Jahre später, war das Gelände bebaut.

Es sah völlig verändert aus, und Bill Standen war völlig irritiert.

Bis zur Abenddämmerung zeigte er auf eine Stelle nach der

anderen. Die Beamten gruben und gruben, ohne jedoch Liz Landes Leiche zu finden.

»Wir mußten uns entscheiden«, erklärte Frank Hazel später. »Entweder versuchten wir, den Mordfall mit dem, was wir hatten, vor Gericht zu bringen, oder aber wir mußten ihn aufgeben.«

Er berief eine Besprechung der Beamten des Sonderdezernats ein.

»Ein Teil war der Ansicht, daß wir weiter ermitteln und versuchen sollten, die Leiche oder Leichenteile zu finden«, erinnerte er sich. »Aber ohne Corpus delicti standen unsere Chancen bei einer Anklage wegen Mordes ersten Grades denkbar schlecht – vor allem in Anbetracht des Leumundes unserer Zeugen, von denen keiner eine weiße Weste hatte und die alle mit den Warlocks in Kontakt standen. Von denen wäre keiner beim Bischof von Boston zum Tee eingeladen worden.

Andere meinten, wir würden die Leiche nie finden, und wenn wir nicht sofort handelten, würden unsere Zeugen es sich möglicherweise anders überlegen. Dafür gab es zwei Gründe. Erstens würden wir kein Druckmittel mehr gegen sie haben, zweitens würden sie ihre Aussagen vielleicht abändern oder derart terrorisiert werden, daß wir uns nicht mehr darauf würden verlassen können, daß sie überhaupt aussagten.

Eine dritte Gruppe war der Überzeugung, daß wir in diesem Fall nicht weiterkommen und auch die Leiche niemals finden würden. Und auch wenn wir sie fanden, würde das dazu führen, daß wir unsere eigenen Zeugen kompromittierten, die wir immer noch an verschiedenen Orten versteckt hielten.«

Nach der Besprechung fuhr Frank Hazel nach Hause, um sich die verschiedenen Möglichkeiten durch den Kopf gehen zu lassen.

Kapitel 15

Kurz nach achtzehn Uhr am Freitag, dem 15. Juli, verhaftete Bill Davis Bobby Nauss in einem Supermarkt in der Nähe seines Zuhauses.

Um neunzehn Uhr fünfzehn wurde Bobby vor einem Bezirksgericht des Totschlags und des Mordes angeklagt. Eine Kaution wurde verweigert, und Bobby wurde ins Delaware-County-Gefängnis überstellt.

»Wir haben Beweise dafür, daß Miss Lande erhängt und ihr Leichnam im Staat New Jersey verscharrt wurde«, verkündete Frank Hazel auf einer Pressekonferenz am darauffolgenden Montag.

»Haben Sie die Leiche gefunden?« fragte einer der Reporter Hazel, aber der Bezirksstaatsanwalt gab hierzu keinen Kommentar ab.

Die Schlagzeile im Philadelphia *Bulletin*: ›Warlock des Frauenmordes angeklagt‹. In dem Artikel unter Liz Landes Foto wurde Bobby als Vizepräsident der Gang bezeichnet.

Im Folgeartikel am nächsten Tag wurden Mitglieder der Warlocks zitiert, die sagten, sie hätten erfahren, daß es zwei Zeugen gäbe. Der eine werde aussagen, daß er Augenzeuge der Erhängung gewesen sei, und der andere, daß er die Leiche gesehen habe, nachdem sie heruntergeholt worden wäre. Aber Frank Hazel weigerte sich, die Gerüchte zu bestätigten oder zu dementieren, und wahrte auch im Hinblick darauf, ob die Leiche nun gefunden worden wäre oder nicht, Stillschweigen.

Einer der Reporter fuhr jedoch nach New Jersey, um sich vor Ort umzuhören. Die Schlagzeile im Philadelphia *Inquirer* vom nächsten Tag lautete: ›Suche nach der Leiche des Mädchens aus Delco erfolglos, sagt Detective‹. Er zitierte als Quelle einen Detective aus Gloucester County, der bei der Suche geholfen hatte. Weiter schrieb der Journalist, Detectives aus Delaware County hätten Anfang des Monats erfolglos ein Gelände in Monroe Township abgesucht und sich seither nicht mehr blicken lassen.

In jedem Zeitungsartikel der Woche und in beinahe sämtlichen Fernsehnachrichten wurde Bobby Nauss als Warlock, Drogenhändler, Vergewaltiger und Mörder bezeichnet.

Das Bezirksgericht im Gemeindehaus von Tinicum Township war ein kleiner holzgetäfelter Raum mit gefliestem Fußboden und Klappstühlen.

Gewöhnlich ist eine Anhörung in einem Mordfall eine Routineangelegenheit. Sheriff Deputies liefern den Angeklagten bei Gericht ab, der Staatsanwalt ruft die Zeugen auf und legt einige Beweise vor, und die Bezirksjustiz übergibt den Fall an ein ordentliches Gericht, damit Richter und Geschworene über das weitere Schicksal des Angeklagten entscheiden. Es ist die Regel, daß es in jedem Mordfall ein Corpus delicti gibt – das macht für gewöhnlich den Tatbestand des Mordes aus.

Frank Hazel wußte, daß es ohne Leiche keine routinemäßige Anhörung werden würde. Es bestand durchaus die Möglichkeit, daß die Anklage niedergeschlagen wurde, noch ehe es zum Prozeß kam.

An diesem Freitag, dem 22. Juli 1977, erklärte der Bezirksrichter die Anhörung um zehn Uhr am Vormittag für eröffnet. Sein Name war Tony Truscello, und er war genau die Art von Richter, wie Frank Hazel ihn sich, wenn er ihn sich hätte aussuchen können, ausgewählt hätte, um zu bestimmen, ob in diesem konkreten Fall die Beweislast ausreichte, Bobby Nauss wegen Mordes vor Gericht zu stellen.

»Ich bemühe mich, den ganzen Quatsch zu übergehen und mich an die Fakten zu halten«, beschreibt Truscello seinen Stil. Er war vierzig Jahre alt und lebte in Folcroft. Er hatte einen Sohn und eine Tochter im Teenageralter und ein Gespür für die Gemeinde, in der er zu Hause war.

Es war eine emotionale Szene. Dicht gedrängt sahen die

Familien zu. Frank und Frances Landes kamen, mit anzusehen, wie der Mörder ihres einzigen Kindes endlich für sein Verbrechen zur Verantwortung gezogen wurde. Sie saßen ganz vorn in der ersten Reihe. Bobbys Mutter und seine Frau sowie zahlreiche andere Angehörige erschienen, um Bobby zu unterstützen, weil sie ihn für unschuldig hielten. Sie saßen etwas weiter hinten. Hinzu kamen Reporter, die die ungelösten Morde seit über einem Jahr verfolgten.

Bobby saß an einem Tisch, keine drei Meter vom Zeugenstand entfernt. Er wirkte völlig ruhig und unbeteiligt. Neben Bobby saß Malcolm Berkowitz, sein Anwalt, der von seinen Kollegen als fähig, aber nicht übermäßig beeindruckend eingestuft wurde. Aber für die Warlocks war er ein Superstar. Schon früher hatte er erfolgreich andere Gangmitglieder vertreten. Und so kam es, daß, wenn ein Biker in Schwierigkeiten war, diesem spontan der Name Berkowitz einfiel.

Was Bobby betraf, wollte Malcolm Berkowitz ihn in allen drei Fällen vertreten, aber die Anklagen wegen Drogenhandels und Vergewaltigung machten ihm weit größere Sorgen als der Vorwurf des vorsätzlichen Mordes. Welcher Staatsanwalt, der noch ganz bei Trost war, würde einen Mordfall vor Gericht bringen, wenn er keine Leiche hatte? Und dann noch erwarten, zu gewinnen?

Tausende Arbeitsstunden waren auf die Strafverfolgung und Überführung von Bobby Nauss verwandt worden, und dies war einer der brisantesten Fälle, mit denen des County sich jemals hatte befassen müssen. Wenngleich Frank Hazel von Bobbys Schuld überzeugt war, war ihm die Entscheidung, den Fall ohne Leiche vor Gericht zu bringen, schwergefallen. Die Wahl des Staatsanwaltes war eine ebenso haarige Angelegenheit gewesen.

»Dadurch, daß sie im selben Gebäude untergebracht waren wie wir«, erklärte Hazel später, »waren die Männer vom Sonderdezernat einzigartig. Sie waren ein Teil von uns und doch auch wieder nicht. Sie erstatteten weder den Leitern ihrer eigentlichen Dienststellen noch dem Leiter des CID Bericht. Sie berichteten nur mir und sonst niemandem. Und so entstand das Gefühl – so wie es intern in jeder Organisation entsteht –, daß diese Leute wie sonst niemand einen Draht zum Boß hatten.

Niemand kann sich eine Vorstellung davon machen, welche Energie sie in diese Sache gesteckt haben. Es war kein Job, es war ein Kreuzzug. Und somit war eine gute Beziehung zwischen den Beamten des Sonderdezernats und dem Vertreter der Anklage überaus wichtig. Die Mitarbeiter des Sonderdezernats mußten ihn respektieren – und mehr als das. Und er mußte den Drohungen und Einschüchterungsversuchen, die mit der Anklage eines Warlocks einhergingen, gegenüber immun sein.

Wir setzten uns alle zusammen und wählten Jim DelBello, weil er genau das richtige Temperament für den Job hatte. Und den Mumm.«

Frank Lande war, als er im Zeugenstand saß, kaum etwas von dem Schlaganfall anzumerken, den er im vergangenen Sommer erlitten hatte. Er hatte keinerlei Sprachschwierigkeiten.

Während seiner Aussage vermied Bobby Nauss jeden Blickkontakt mit ihm. Bobby saß da und hörte völlig passiv zu, wie Liz' Vater die Umstände ihres Verschwindens und ihre Beziehung zu Bobby beschrieb.

Über die Informationskanäle im Gefängnis hatte Bobby erfahren, daß Bill Standen ausfindig gemacht worden war und gegen ihn aussagen würde. Aber obwohl er vorgewarnt gewesen war, wurde Bobby leichenblaß, als sein Kumpel Stanley die rechte Hand hob und schwor, die Wahrheit, die ganze Wahrheit und nichts als die Wahrheit zu sagen.

In einem offenen Monolog erzählte Bill Standen dem Gericht, wie Bobby ihn mitten in der Nacht aus dem Bett geholt hatte, wie er selbst zur Werkstatt gegangen und auf den Speicher gestiegen war, dort Liz' Landes nackten Leichnam an einem Strick hatte hängen sehen und Bobby am nächsten Morgen geholfen hatte, sie im Ödland von New Jersey zu verscharren.

Nachdem die zwei Zeugen gehört worden waren, trug Jim DelBello seine Darstellung des Falles vor.

Dann erhob sich Malcolm Berkowitz und trat vor Bill Standen.

»Es ist unglaublich«, begann Berkowitz in herausforderndem Tonfall, »daß ein Mensch dieses Wissen all diese Jahre mit sich herumschleppt, ohne ein Wort darüber zu verlieren, und sich dann plötzlich entschließt zu reden.«

Er beugte sich vor und bombardierte Standen mit rasch aufeinanderfolgenden Fragen. »Warum werden Sie nicht des Mordes angeklagt? Was für einen Handel haben Sie mit dem Bezirksstaatsanwalt abgeschlossen? Streichen Sie die Belohnung ein, dafür, daß Sie diese Information preisgeben? Stimmt es nicht, daß Sie die Leiche nicht finden konnten?«

Das war die Frage, auf die alle im Gerichtssaal gespannt gewartet hatten. Alle glaubten, die Antwort darauf zu kennen, aber niemand war sich ganz sicher. Vielleicht hatte Frank Hazel die Leiche ja doch gefunden und diese Information bis jetzt, als Trumpfkarte für eben diesen Augenblick, zurückbehalten.

Aber Bill Standen saß nur da und schwieg. Man hatte ihn vorgewarnt, daß ihm diese Frage gestellt werden würde, und er war angewiesen worden, sie nicht zu beantworten.

»Einspruch«, sagte Jim DelBello.

Bezirksrichter Truscello gab dem Einspruch statt.

Malcolm Berkowitz wirbelte herum und wandte sich an den Richter.

»Ein Mord, gleich welchen Grades«, schäumte er, »erfordert Beweise, daß jemand vorsätzlich getötet wurde. Hier wurde kein einziger Beweis dafür vorgebracht. Sie haben eine erhängte Frau, aber nichts, was darauf hindeutet, daß Mr. Nauss sie getötet hat.

Die Tatsache, daß er und Mr. Standen die Leiche beiseite geschafft und vergraben haben, beweist in keiner Weise, daß Mr. Nauss etwas mit dem Tod der jungen Frau zu tun hatte.

In der Anklageschrift heißt es, Mr. Nauss habe eine Frau an einem Strick erhängt, aber hierfür gibt es nicht den geringsten Beweis. Dem Gericht wurden keine unwiderlegbaren Beweise dafür vorgelegt, daß Mr. Nauss in einen Mord verwickelt wäre – sofern es überhaupt einen gegeben hat.«

Nun war es an Jim DelBello, sich an den Richter zu wenden.

»Euer Ehren«, sagte er fest. »Der Zeuge hat ausgesagt, daß er, als er in den Speicher der Werkstatt hinaufstieg, dort Elizabeth Landes Leichnam habe hängen sehen. Nauss habe grinsend erklärt, er habe das getan.

Mich auf den Fall ›Der Staat versus Burns‹ berufend, Aktenzeichen vier null neun Pennsylvania sechs eins neun, verhandelt neunzehnhundertdreiundsechzig, und auf das sehr mutige und weise Urteil des Ehrenwerten Richters O'Brien in einem Fall, der diesem hier sehr ähnlich war und in dem ebenfalls weder eine Leiche noch Leichenteile als Beweismittel angeführt wurden, möchte ich hiermit behaupten, daß die vorliegenden Beweise nicht nur ausreichen, einen eindeutigen Fall zu belegen, sondern außerdem, einen Schuldspruch zu fällen.«

Tony Truscello hatte den Fall ein paar Tage vorher mit Frank Hazel besprochen.

»Wo ist die Leiche?« hatte er den Bezirksstaatsanwalt gefragt.

»Wir brauchen keine Leiche«, hatte Hazel erwidert und die Verurteilung von Burns als Präzedenzfall angeführt, woraufhin Truscello in seiner Bibliothek den Fall nachgeschlagen hatte. Aus dem Prozeßbericht erfuhr er, daß das weibliche Opfer mit einer Freundin von einer Bar zu Fuß nach Hause gegangen war. Das Opfer betrat ein Haus, das es gemeinsam mit seinem Freund bewohnte, während die Freundin ihren

Heimweg fortsetzte. Dann hörte die Freundin plötzlich Lärm aus dem Haus. Sie kehrte um und klopfte an die Tür. Sie wurde eingelassen und sah das Opfer mit blutiger Stirn auf dem Fußboden liegen. Die Freundin verließ das Haus und verständigte die Polizei. Als die Beamten eintrafen, war die Leiche jedoch verschwunden und tauchte auch nie wieder auf.

Der Angeklagte wurde aufgrund der Aussage der Freundin des Opfers vor Gericht gestellt und verurteilt. Der Angeklagte ging in Berufung und durch mehrere Instanzen bis vor den Obersten Gerichtshof von Pennsylvania, der das Urteil bestätigte.

Es war elf Uhr dreißig. Bezirksrichter Truscello hatte beide Seiten gehört und war bereit, seinen Entschluß bekanntzugeben.

»Die Faktoren, die dem Fall Staat gegen Burns zugrunde lagen«, sagte er nüchtern, »sind auch hier von der Staatsanwaltschaft erbracht worden. Außerdem sind die Beweise ausreichend, den Angeklagten bis zum Prozeß in Haft zu belassen.«

Die Kaution wurde auf eine Million Dollar festgelegt.

Ein Deputy legte Bobby Handschellen an. Während seine Familienangehörigen zusahen, wie Bobby durch die Hintertür abgeführt wurde, betrachtete Frank Lande ihre Gesichter und erkannte ihren Schmerz. Er wußte, was es bedeutete, einen geliebten Menschen zu verlieren, und empfand nichts als Mitleid mit Bobbys Familie.

Wenngleich Bobbys Kaution noch am selben Tag auf siebenhundertfünfzigtausend Dollar gesenkt wurde, war er angesichts der gewaltigen Prozeßkosten, die ihn erwarteten, nicht in der Lage, die Summe aufzubringen, und auch keiner der Warlocks erbot sich, die Kaution zu stellen.

Drei Tage später begann der Prozeß, den die Presse gemeinhin als ›Warlock Drogenprozeß‹ bezeichnete.

Malcolm Berkowitz erschien am 25. Juli mit Zeitungsartikeln, Abschriften von Radiokommentaren und Videoaufzeichnungen von Fernsehnachrichten bewaffnet im Bundesgericht von Philadelphia. Er beantragte eine Niederschlagung der Anklage wegen Drogenhandels aufgrund der ›erdrückenden Negativpresse‹. Richter Alfred Luongo lehnte den Antrag ab.

Daraufhin beantragte Bobbys Anwalt eine Verlegung des Verhandlungsortes.

Obwohl der Richter Frank Hazel öffentlich wegen des Zeitpunktes der Verhaftung wegen Mordes so kurz vor Beginn des Drogenprozesses tadelte, weigerte er sich, den Gerichtsstand zu verlegen.

Berkowitz versuchte als nächstes zu erreichen, daß die Beweise, die am Tag der Razzia bei Bobby zu Hause sichergestellt worden waren, für unzulässig erklärt wurden, weil die Durchsuchung anderthalb Stunden vor Ausstellung des richterlichen Durchsuchungsbeschlusses durchgeführt worden wäre. Auch diesem Antrag gab Richter Luongo nicht statt.

Schließlich verlangte Malcolm Berkowitz eine Vertagung von dreißig Tagen vor Auswahl der Geschworenen, damit die Wogen sich ein wenig glätten. Der Richter gewährte ihm eine Woche.

Frank Hazel wollte nicht ohne Leiche vor Gericht gehen.

»Wir beschlossen, verschiedene Abschnitte des Geländes umzugraben, um die Leiche zu finden«, erklärte er später.

Am 28. Juli fuhr Bill Standen mit George Ellis und einem weiteren Suchtrupp erneut nach New Jersey. Diesmal war Ellis besser ausgerüstet.

»Ich weiß noch, daß ich an der Küste von New Jersey Urlaub machte und irgendein Beamter wissen wollte, warum diese Vorderlader aus Delaware County, Pennsylvania, den Kieferngrund umpflügten«, erinnerte sich Frank Hazel.

»Wir hatten alle notwendigen Genehmigungen eingeholt, aber es war Sonntag morgen, und dieser Typ wußte nichts davon. Er wollte schon acht unserer Leute verhaften.«

Nach dem Anruf wurde die Suche fortgesetzt.

George Ellis und seine Männer konzentrierten sich auf dieselbe Fläche, die sie drei Wochen zuvor bereits abgesucht hatten. Aber diesmal verdreifachte er den Umfang des Aushubs.

»Wir haben an die achttausend Quadratmeter umgegraben und alles versucht, die Leiche zu finden«, sagte er später. »Wir haben sogar Bulldozer eingesetzt, aber das Resultat war dennoch negativ.«

Die Suche wurde am darauffolgenden Tag, dem 29. Juli, fortgesetzt.

»Wir liehen uns einen speziell ausgebildeten Hund von der New Yorker Staatspolizei«, fuhr Ellis fort. »Der Hund war darauf abgerichtet, unterirdisch verwesendes Fleisch aufzuspüren. Der Hund suchte die gesamte Gleisanlage entlang der Lakedale Road ab – vor allem die Fläche, die wir am Vortag mit den Bulldozern umgegraben hatten. Der Hund fand einiges an totem Fleisch, aber nicht das, was wir suchten.

Wir konnten die Leiche einfach nicht finden«, erklärte Frank Hazel. »Wir glaubten, daß der Leichnahm zerstückelt und über das ganze Gelände verteilt worden war, und wir konnten einfach nichts finden.

Wir fürchteten nicht, daß das Fehlen der Leiche die Geschworenen irritieren würde. Aber es war ein rechtliches Problem. Würde unser Fall ohne Leiche vor Gericht standhalten?«

Kapitel 16

Bobbys einziges Bundesvergehen waren seine Drogengeschäfte, der Prozeß, eine relativ nüchterne, routinegemäße Angelegenheit, begann am 1. August.

Um den Fall nicht zu gefährden, verzichtete der Bundesstaatsanwalt darauf, Beweise vorzulegen, die vor der Erstellung des Durchsuchungsbeschlusses in Bobbys Haus sichergestellt worden waren. Statt dessen stützte er seinen Fall auf die Zeugenaussagen von Billy Turner, Norm Hansell und Gary Warrington und untermauerte diese mit Beweisen, die von verschiedenen Beamten des ATF, der DEA und des Sonderdezernats zusammengetragen worden waren.

Die Beweise belegten, daß Bobby Nauss und Steve DeMarco zwischen Mai 1972 und Februar 1977 Turner, Hansell und Warrington mit Methamphetaminen versorgt hatten. Diese hatten die Drogen dann an andere Personen weiterverkauft.

Die Geschworenen brauchten nur drei Tage, um zu einer Einigung zu gelangen und Bobby und Steve DeMarco schuldig zu sprechen.

Das Verbrechen, das Bobby zur Last gelegt wurde, konnte mit maximal fünf Jahren Gefängnis und einer Geldbuße von fünfzehntausend Dollar geahndet werden. Die Verkündung des Strafmaßes wurde auf einen späteren Zeitpunkt verlegt.

Malcolm Berkowitz legte beim U.S. Third Circuit Court of Appeals, dem Obersten Berufungsgericht, Revision ein.

Kapitel 27

Acht Tage später, am 12. August, brachten Deputies Bobby zum Gericht von Delaware County, wo der Mordprozeß stattfinden sollte.

Wenngleich er Bobby weiter im Vergewaltigungsfall und bei dem Berufungsverfahren in der Drogensache vertreten würde, stand Malcolm Berkowitz beim Mordprozeß zum letzten Mal an Bobbys Seite. Bobby teilte dem Richter mit, daß er sich nicht länger einen Anwalt leisten könne. Also mußte das Gericht einen Pflichtverteidiger für ihn bestellen.

Der Richter stimmte einer einwöchigen Vertagung zu, um alles Nötige zu veranlassen.

»Ich hatte mein Jurastudium sechs Jahre zuvor abgeschlossen«, sagte Jim Flick, »und arbeitete seit drei Jahren im Pflichtverteidigerbüro.«

Ironischerweise war er in Block Eintausendfünfhundert in der Glen Avenue in Folcroft aufgewachsen, keine zwei Blocks von dort entfernt, wo Bobby Liz Lande erhängt hatte. Jim Flick hatte an der Penn State und der Temple Law School graduiert und war ein vielversprechender, aufsteigender Anwalt.

»Ehrlich gesagt, hat man mich ausgewählt, weil ich gerade frei war«, erklärte er. »Aber ganz offensichtlich handelte es sich um einen hochbrisanten und publicityträchtigen Fall, den das Büro der Pflichtverteidiger keinem Neuling anvertrauen wollte. Ein Verteidiger frisch von der Uni hätte sich in die Hosen geschissen. Nauss hätte ihn fertiggemacht.«

Am 19. August wurde Bobby formell vor Gericht gestellt und offiziell nach Punkt 3770-A der Tagesordnung der ›vorsätzlichen, kaltblütigen und geplanten Körperverletzung und des Mordes an Elizabeth Lande‹ angeklagt.

Bobby plädierte auf nicht schuldig.

Der Prozeßbeginn wurde auf den 29. September festgesetzt.

Kapitel 18

Malcolm Berkowitz bat um eine Vertagung des Vergewaltigungsprozesses. Er sagte dem Richter, daß er seinen Mandanten in einem anderen Prozeß vertrete, in dem er des Verstoßes gegen das Betäubungsmittelgesetz angeklagt war, und die Zeit habe nicht gereicht, die Verteidigung in dieser Sache umfassend vorzubereiten.

Berkowitz verlangte zu wissen, warum sein Mandant, wo doch die angebliche Vergewaltigung im Oktober 1976 stattgefunden habe, erst im darauffolgenden Mai verhaftet worden wäre. Zu welchen Zeitpunkt hatten die Ermittlungen sich auf seinen Klienten konzentriert? Und warum?

Der Richter vertagte den Prozeß auf den 19. September.

Die Verurteilung von Bobby Nauss war zur Vendetta geworden, und Frank Hazel war nicht gewillt zu riskieren, den Vergewaltigungs- oder den Mordfall aufgrund mangelhafter Vorbereitung oder zu dünn gesäter Beweismittel zu verlieren. Und so betraute er einen zweiten Staatsanwalt mit dem Vergewaltigungsfall. Während Jim DelBello der perfekte Anklagevertreter in der Mordsache war, war Ed Weiss die ideale Besetzung für den Vergewaltigungsfall.

Ed Weiss war ein ehrlicher, sehr religiöser und rechtschaffener Mann. Er hatte als Bester seines Jahrgangs die High-

School abgeschlossen, mit einem Stipendium die University of Pennsylvania besucht und an der NYU Law School graduiert. Er sprach fließend Hebräisch und kannte das Gesetz in- und auswendig.

Ed Weiss saß Frank Hazel an seinem Schreibtisch gegenüber, während er ihm erklärte, welche Art von Ankläger Charlotte Illingsworth abgeben würde. Er hatte ihre Krankenakte gelesen sowie ihre Vergangenheit und ihren gesellschaftlichen Background recherchiert. Ganz offensichtlich würde es Probleme geben.

Von Angesicht zu Angesicht wirkte sie hart und kalt. Sie war in der zehnten Klasse von der Schule abgegangen, hatte geheiratet, ein Baby bekommen und sich scheiden lassen. Das Kind gab sie in die Obhut ihrer Eltern, damit sie mit einer Freundin zusammenziehen konnte. Sie war zweimal wegen Einbruchs verurteilt und eines dritten Einbruchs angeklagt. Sie war wegen exzessiven Drogen-, Alkohol- und Sexmißbrauchs im Krankenhaus gewesen. Wenn sie Drogen und Alkohol vermischte, litt sie an ernsten Halluzinationen und verfiel häufig in hypnoseartige Trancen. Wenn sie wieder zu sich kam, konnte sie sich meist nicht erinnern, was sie während dieser Blackouts getan hatte.

Ihr Arzt stufte sie als krankhafte Lügnerin ein und sagte, sie würde beinahe alles mitmachen. Sie war jemand, der über Gruppensex phantasierte, offen über diese Phantasien sprach und sie auch mit häufig wechselnden Partnern auslebte.

Während ihrer Zeit im Haverforde State Hospital hatten die Schwestern sie mehrmals beim Sex erwischt, mit ihrem Freund, Medizinalassistenten und – schlimmer noch – mit Billy Turner und Norm Hansell.

Die Bedeutung ihrer sexuellen Kontakte mit den beiden fiel besonders ins Gewicht. In Pennsylvania ist die Anführung vorangegangener sexueller Handlungen zwischen Kläger und Angeklagtem rechtens und vor Gericht zulässig. Wenn es der Verteidigung gelang, zu beweisen, daß Charlotte Illingsworth zuvor bereits freiwillig Sex mit einem der vier Angeklagten gehabt hatte, wäre ihre Glaubwürdigkeit damit sofort zunichte gemacht, wodurch eine Verurteilung entsprechend unwahrscheinlich wurde. In Anbetracht der Krankenhausberichte, in denen vermerkt war, daß das Opfer ebenso mit Billy Turner wie auch mit Norm Hansell Sex gehabt hatte, sah Ed Weiss förmlich vor sich, wie Malcolm Berkowitz Charlotte Illingsworth' Glaubwürdigkeit in Zweifel zog und die Geschworenen Bobby Nauss nicht schuldig sprachen.

Frank Hazel lehnte sich vor und sagte: »Wir tun folgendes ...«

Der erste Punkt seiner Taktik bestand darin, die Angeklagten zu trennen. Bobby Nauss und Bob D'Alonzo würden der Verabredung zur Verübung einer Straftat, der Freiheitsberaubung, der Nötigung, der Körperverletzung, der sexuellen Nötigung, der rücksichtslosen Gefährdung, der Nötigung zur Durchführung abartiger sexueller Handlungen und der Vergewaltigung angeklagt und gemeinsam vor Gericht gestellt werden. Ihr Fall würde als erster verhandelt werden.

Billy Turner und Norm Hansell, die der gleichen Vergehen beschuldigt werden würden, sollten zu einem späteren Zeitpunkt gemeinsam vor Gericht gestellt werden. Nur Frank Hazel, John Reilly, Ed Weiss, Jim DelBello, die Beamten des Sonderdezernats sowie Billy Turner und Norm Hansell selbst würden wissen, daß Turner und Hansell Straffreiheit zugesichert worden war und es nie zum Prozeß kommen würde.

Im September war es sonnig und warm. Kanadische Luftmassen zogen von Norden über das Land und machten dem Sommer mit den schwülen Nachmittagen ein Ende. Die Vormittage waren kühl. Das Laub verfärbte sich.

Der Vergewaltigungsprozeß begann am 18. September.

»Ich hatte Todesangst«, sagte Charlotte Illingsworth mit schwacher Stimme gegen Ende ihrer Zeugenaussage. »Ich wäre lieber tot gewesen, als das durchzumachen, was mir in dieser Nacht angetan wurde.«

Die meisten der neun Männer und drei Frauen der Jury waren in den drei Stunden, die sie im Zeugenstand verbracht hatte, unruhig auf ihren Stühlen herumgerutscht, während Charlotte, oft unter Tränen, berichtet hatte, wie sie gezwungen worden war, fünfundzwanzig sexuelle Handlungen an den vier Angeklagten vorzunehmen. Indem sie jede einzelne dieser Handlungen plastisch beschrieb, zeichnete Charlotte Illingsworth ein Bild, das bei den Geschworenen immer größeres Unbehagen weckte. Die Geschworenen waren hart arbeitende Amerikaner der Mittelschicht, und sie waren entsetzt über das, was sie zu hören bekamen.

Dennoch machte Malcolm Berkowitz, als er sich zum Kreuzverhör erhob, einen selbstsicheren Eindruck. Er hatte die Krankenhausakten eingesehen und wußte von den vorangegangenen sexuellen Kontakten zwischen Charlotte Illingsworth, Billy Turner und Norm Hansell. Seine Verteidigung lief darauf hinaus, zu erreichen, daß dies ins Protokoll aufgenommen wurde, und er erwartete diesbezüglich keine Schwierigkeiten.

»Hatten Sie vorher jemals sexuellen Kontakt zu William Turner und Norman Hansell?« begann er.

Ed Weiss stand auf, um Einspruch zu erheben, aber noch ehe er ein Wort herausbringen konnte, platzte Charlotte Illingsworth mit einer Antwort heraus.

»Nein«, sagte sie.

»Einspruch«, sagte Weiss.

»Einspruch stattgegeben«, entschied Richter Edwin Lippincott.

Berkowitz bat um eine interne Unterredung am Richtertisch.

»Sie lügt«, zischte Berkowitz an den Richter gewandt.

Der Richter entgegnete, das wäre möglich, aber für eine solche Frage bestünde keine Veranlassung. Die Klägerin stünde hier nicht vor Gericht, und die Frage wäre unangebracht.

Da einer der Anklagepunkte der der Verabredung zur Verübung einer Straftat wäre, argumentierte Berkowitz, bestünde eine direkte Verbindung zwischen seinem Klienten, Turner und Hansell. Aus diesem Grund wäre seine Frage ebenso relevant wie zulässig.

»Euer Ehren«, sagte Ed Weiss sofort, »die Staatsanwaltschaft zieht die Anklage wegen Verabredung zur Verübung einer Straftat gegen Mr. Nauss und Mr. DÁlonzo hiermit zurück.«

Auf diesen Schachzug war Malcolm Berkowitz nicht vorbereitet.

Berkowitz protestierte, daß der Staatsanwaltschaft die Anklage nur zurückziehe, damit die vorangegangenen sexuellen Kontakte zwischen der Klägerin, Turner und Hansell nicht bekannt würden. Die Unterdrückung dieser Information, argumentierte er, wäre in bezug auf die Verteidigung seines Mandanten unfair. Darüber hinaus handle die Staatsanwaltschaft arglistig. Und schlimmer noch, die Klägerin habe soeben unter Eid gelogen, und das wisse Ed Weiss sehr wohl, was ein Amtsvergehen seitens der Staatsanwaltschaft darstelle.

»Ich weiß nicht, was ich tun soll«, beklagte sich Berkowitz beim Richter, »oder wie ich damit umgehen soll, daß ich die vorangegangenen sexuellen Kontakte zwischen dem Opfer, Turner und Hansell zur Sprache gebracht habe und jetzt gezwungen bin, es bei der Verneinung der Klägerin zu belassen.«

Das, sagte der Richter, wäre sein Problem. Er blieb dabei, daß dem Einspruch stattgegeben werde, und die Anklage wegen Verabredung zur Verübung einer Straftat gegen Mr. Nauss wurde fallengelassen (In den Vereinigten Staaten ist schon der Tatbestand der Planung eines Verbrechens strafbar, Anm. des Übers.).

Kurz darauf verließ Charlotte Illingsworth den Zeugenstand, und Ed Weiss schloß den Beweisvortrag ab.

Der Richter entschied, daß die Staatsanwaltschaft nicht genügend Beweise erbracht habe, die Anklagen wegen Entführung und Körperverletzung gegen beide Angeklagten sowie den Vorwurf der Vergewaltigung gegen Bob D'Alonzo aufrechtzuerhalten. Diese Anklagepunkte würden somit gestrichen.

Ed Weiss teilte dem Richter mit, daß die Staatsanwaltschaft außerdem die Anklage wegen rücksichtsloser Gefährdung in beiden Fällen zurückziehen wolle.

Somit blieben Bobby Nauss betreffend folgende Anschuldigungen bestehen: Nötigung zur Durchführung abartiger sexueller Handlungen, Nötigung und sexuelle Nötigung sowie Vergewaltigung.

Malcolm Berkowitz blieb nur eine Möglichkeit, die vorangegangenen sexuellen Kontakte zwischen dem Opfer und zwei der Angeklagten zur Sprache zu bringen: Er mußte Billy Turner und Norm Hansell als Zeugen der Verteidigung aufrufen.

Nachdem die Sitzung für den Tag geschlossen worden war, sprach Berkowitz mit Turner und Hansell.

Nein, entgegneten sie, sie würden nicht freiwillig aussagen. Und wenn er sie zwangsweise aufrufen ließ, würden sie sich auf Rat ihres Anwalts hin eher auf ihr Recht der Aussageverweigerung berufen, als zu riskieren, sich selbst zu belasten.

Am nächsten Tag wurde Bobby Nauss in den Zeugenstand gerufen.

Er gab zu, Billy Turner und Norm Hansell zu Charlotte Illingsworth' Wohnung begleitet zu haben. Aber, sagte er, sie wären sich schon früher am Tag begegnet und sie hätte sich mit ihnen verabredet, um ›einen draufzumachen‹.

Nachdem sie die Wohnung verlassen hatten, erzählte Bobby, hätten sie etwas zu trinken und Eis besorgt und dann eine Spritztour gemacht. Im Wagen habe sie freiwillig sexuelle Handlungen an Turner und Hansell vorgenommen. Da er selbst habe fahren müssen, hätte er nicht teilgenommen.

Dann wären sie zu Maximilian's gefahren. Bobby sagte, er und Billy Turner hätten an der Bar gesessen und Bier getrunken, während Hansell und das Mädchen nach draußen gegangen seien, um im Wagen Sex miteinander zu machen. Dann wären sie alle vier in die Wohnung des Barmanns gegangen, weil sie noch nicht genug gehabt habe.

Bobby erklärte, er wäre nicht an Sex mit ihr interessiert gewesen, und so hätte er sich ins Wohnzimmer gesetzt, während Turner und Hansell mit ihr im Schlafzimmer verschwunden wären. Nach einer Weile habe Billy Turner gerufen: ›Komm und sieh dir das an‹. Also wäre er ins Schlafzimmer gegangen. Sie wären alle nackt gewesen und Turner hätte das Mädchen mit seinem Gürtel geschlagen. »Aber ich habe das Mädchen nicht angerührt«, schwor Bobby.

Ed Weiss erhob sich, um den Zeugen ins Kreuzverhör zu nehmen. Er baute sich vor Bobby auf und startete eine Großoffensive. »Da standen Sie also im Schlafzimmer«, begann er, »jung und männlich, vor dem Bett, in dem Ihre Freunde sich mit dem nackten Mädchen amüsierten. Aber Sie weigerten sich mitzumachen?«

»Sie forderte mich zum Sex auf«, entgegnete Bobby, »und ich sagte, sie solle mir höchstens einen blasen. Aber ich kam nicht so richtig in Fahrt. Sie roch komisch und war ungeschickt. Sie hat sich ziemlich dumm angestellt.«

»Also haben Sie Turner befohlen, sie zu schlagen«, sagte Weiss, und es klang eher nach der Feststellung einer Tatsache als nach einer Frage.

»Nein, ich habe meinem Freund gegenüber nur erwähnt, daß sie mies wäre, und daraufhin hat er sie mit seinem Gürtel geschlagen.«

»Nachdem Turner sie geschlagen hatte, war sie besser, oder?« meinte Weiss.

»Nein, sie war immer noch miserabel, und ich habe es aufgegeben.«

»Sie haben ihn aufgefordert, sie wieder zu schlagen, ist das richtig?«

»Nein.«

»Sie wurden erst erregt, als er sie schlug, ist das richtig?«

»Nein, es tat sich immer noch nichts. Ich bin nicht mal gekommen.«

»Sie war nur Dreck für Sie«, sagte Ed Weiss, »also haben Sie sie wie Dreck behandelt. Darum haben Sie sie geschlagen.«

»Ich habe sie nicht geschlagen.«

»Und darum haben Sie die Flasche in ihre Vagina eingeführt!«

»Das habe ich nicht!«

»Und die Eiswürfel!«

»Auch das habe ich nie getan!«

»Und sie gezwungen, diese anderen Handlungen an Ihnen vorzunehmen!«

»Nein!«

»Sie alle haben Ihnen nichts bedeutet, nicht wahr?«

»Einspruch!« rief Malcolm Berkowitz.

Der Richter gab dem Einspruch statt, aber Bobbys Schicksal war bereits besiegelt.

Am 21. September berieten sich die Geschworenen knapp fünf Stunden lang. Bob D'Alonzo wurde der Nötigung zur Durchführung abartiger Sexpraktiken schuldig gesprochen. Bobby Nauss wurde der Nötigung, der sexuellen Nötigung, des erzwungenen Geschlechtsverkehrs und der Vergewaltigung für schuldig befunden. Die Verkündung des Strafmaßes wurde bis nach Beendigung seines Mordprozessen vertagt.

Kapitel 19

Am 2. November änderte Bobby seine Strategie für den bevorstehenden Mordprozeß.

»Ich hatte mich mit Nauss getroffen«, erklärte Jim Flick, »und bereitete die Verteidigung vor. Ich wollte die Tatsache anführen, daß die Leiche nie gefunden worden war, und immer wieder darauf pochen. Ich wollte leugnen, leugnen, leugnen.

Der Schlüssel war der Informant. Vom Standpunkt der Staatsanwaltschaft aus besteht immer ein potentielles Problem, wenn man einen zwielichtigen Charakter als Quelle anführt – und dieser Typ war ganz offensichtlich ein solcher zwielichtiger Charakter. Er war eine Ratte, ein mieser Ganove, und das war unsere Chance. Vergessen Sie nicht, die Schuld muß zweifelsfrei erwiesen werden. Also versucht man, genügend Zweifel aufkommen zu lassen, um die Jury zu verunsichern.

Aber je näher der Prozeß rückte, desto nervöser wurde Nauss. Er wollte es anders versuchen. Also stellte die Familie oder sonstwer ihm Geld zur Verfügung, und Nauss engagierte Ed Savastio und Roy DeCaro als Verteidiger.

Und die schlugen einen völlig anderen Kurs ein.«

Am 17. November um fünfzehn Uhr siebenundvierzig begann die Vorverhandlung unter Vorsitz von Richter Bill Toal Jr.

Roy DeCaro brachte gleich mehrere Anträge ein. In Delaware County geboren und aufgewachsen, war er achtundzwanzig Jahre alt, hatte kurzes, dunkles Haar, trug eine Brille und war ein umgänglicher Mensch – bis er einen Gerichtssaal betrat. Als erstes kritisierte er Richter Truscellos Entscheidung bei der Voranhörung.

»Wenn man den Fall Burns sorgfältig studiert«, teilte DeCaro dem Richter in höflichem Tonfall mit, »wird deutlich, daß er völlig anders gelagert ist als der vorliegende Fall. Also sagen wir, kein Corpus delicti, kein Mord.«

»Euer Ehren«, mischte Jim DelBello sich ein, »Sinn und Zweck einer Anhörung ist es, festzustellen, ob ein Fall überhaupt besteht und vor Gericht gebracht werden soll. Es handelt sich keineswegs um einen Prozeß, der sich mit allen Aspekten des Falles befaßt. Meiner Ansicht nach hat der Bezirksrichter aufgrund der ihm vorgelegten Beweise völlig korrekt entschieden.«

»Ich schließe mich der Staatsanwaltschaft an, Mr. DeCaro«, entgegnete Richter Toal. Dann entschied er nacheinander über die anderen Anträge, die Bobby Nauss' Verteidiger vorbrachte.

Der Richter forderte Jim DelBello auf, der Verteidigung die Liste seiner Zeugen und Beweisstücke vorzulegen. Er befragte jeden Polizeibeamten, der Bobby Nauss vernommen hatte, um festzustellen, ob gegen seine verfassungsmäßigen Rechte verstoßen worden war. Er entschied, daß jede Bezugnahme auf Motorradgangs im allgemeinen, die Warlocks im besonderen, Bobbys Verurteilungen in den vorangegangenen Drogen- und Vergewaltigungsprozessen oder einen der ungelösten Sumpfmorde als Prozeßfehler gewertet werden würde, der zur Einstellung des Verfahrens führen würde.

Angesichts dieser Zugeständnisse zog Roy DeCaro seinen Antrag auf Verlegung des Verhandlungsortes zurück.

Richter Toal ließ daraufhin den Gerichtssaal räumen. Es gab da noch eine unerledigte Angelegenheit.

»Der Name meiner Sekretärin ist Marion Delozier«, teilte der Richter den Vertretern der Anklage und der Verteidigung mit.

»Sie ist die Mutter von Debbie Delozier, einem der Opfer der ungelösten Mordfälle. Da Mr. Nauss' Name als der eines möglichen Verdächtigen im Zusammenhang mit den laufenden Ermittlungen genannt wurde, biete ich an, den Vorsitz abzugeben, wenn eine der beiden Parteien der Ansicht ist, ich wäre befangen.

Mr. Nauss, ich wüßte gern, wie Sie dazu stehen.«

Bobby überlegte eine Weile und sagte schließlich: »Wenn Sie der Ansicht sind, diesen Fall fair und unvoreingenommen verhandeln zu können, genügt mir das.«

»Ist Richter Toal für Sie akzeptabel?« fragte Ed Savastio seinen Mandanten.

»Ja, das ist er.«

Die Auswahl der Geschworenen begann acht Tage später.

Es dauerte anderthalb Tage, die einhundertfünfzig zur Auswahl stehenden Geschworenen zu prüfen und auszuwählen. Die Verteidiger lehnten jeden ab, der in Folcroft oder Ridley Township lebte, eine Tochter im Teenageralter hatte oder ehemaliger Polizeibeamter war.

Um zwölf Uhr mittags des zweiten Tages waren vierzehn Personen als Geschworene ausgewählt worden, acht Männer und vier Frauen sowie zwei weibliche Ersatzgeschworene. Die Geschworenen waren zwischen Anfang Zwanzig und Ende Fünfzig und würden für die Dauer des Prozesses von der Außenwelt abgeschnitten sein.

Kapitel 20

Mittwoch, der 30. November, war ein trüber Tag. Die Bäume hatten ihr Laub abgeworfen, und der Himmel war schiefergrau.

Saal Drei im Gerichtsgebäude war brechend voll. Es war ein großer Gerichtssaal mit hoher Decke und Marmorböden. Sämtliche Holzbänke im Zuschauerraum waren voll besetzt.

Bobbys Brüder und Schwestern, Schwager und Schwägerinnen, seine Mutter, Cookie und Söhnchen Tommy – inzwischen viereinhalb – saßen ganz vorn, gleich hinter dem Tisch der Verteidigung. Juristen, die darauf gespannt waren, wie dieser ungewöhnliche Fall sich entwickeln würde, saßen, wo immer sie einen Platz hatten ergattern können. Frank und Frances Lande saßen in der vordersten Reihe, gleich hinter dem Tisch des Staatsanwaltes.

Bobby trug Anzug und Krawatte und hatte sich das Haar schneiden lassen. Er sah eher aus wie ein aufstrebender junger leitender Angestellter als wie ein verurteilter Drogenhändler und Vergewaltiger. Sein Gesicht war viel schmaler als bei seiner Verhaftung im Juli und hatte die typische Gefängnisblässe angenommen. Deputies führten ihn durch eine Hintertür herein und zum Tisch der Verteidigung, wo er Platz nahm. Bobby hielt den Kopf hoch und versuchte, Selbstsicherheit zu demonstrieren.

Um vierzehn Uhr erhoben sich alle Anwesenden. Richter Toal betrat den Gerichtssaal und wies den Gerichtsdiener an, die Sitzung für eröffnet zu erklären.

Nach einigen internen Gesprächen zwischen Richter und Anwälten am Richtertisch betraten die Geschworenen zum ersten von vielen Malen, die noch folgen sollten, den Saal. Während der nächsten zwei Stunden belehrte Richter Toal die Geschworenen. Jeder der Geschworenen nutzte früher oder später die Gelegenheit, einen Blick auf Bobby zu werfen, und begann sich zu fragen, ob dieser gutgekleidete, gepflegte junge Mann tatsächlich eines Mordes fähig sein sollte.

Als das Gericht sich vertagte, stürmten Reporter die Flure und drängten sich, so nah die Deputies es gestatteten, um Bobby, bombardierten ihn mit Fragen und flehten um einen Kommentar. Aber der sagte weder bei dieser noch bei einer späteren Gelegenheit während der Dauer des Prozesses ein Wort. Statt dessen verschwand er mit seinen Anwälten in einem kleinen Beratungszimmer.

Jim DelBello fing an. Er war eine düstere, verwegene Erscheinung, trug einen blauen Dreireiher, und seine Rede war so glatt wie seine Seidenkrawatte.

»Die Leiche wurde nie gefunden«, sagte er, vor den Geschworenen stehend. »Aber das bedeutet nicht, daß kein Mord begangen wurde.« Während er sprach, stellte er Blickkontakt zu jedem einzelnen Mitglied der Jury her und untermauerte seine Worte mit ausholenden Armbewegungen, die ihn aussehen ließen wie einen Dirigenten, der im Tempo eines Militärmarsches ein Orchester dirigiert. »Meine Damen und Herren Geschworenen, ich versichere Ihnen, daß die Staatsanwaltschaft genügend Beweise erbringen wird, zweifelsfrei zu belegen ...« An dieser Stelle legte Jim DelBello eine Pause ein und warf quer durch den Gerichtssaal einen Blick auf den Tisch der Verteidiger. Er hob den rechten Arm und deutete mit dem Zeigefinger direkt auf Bobby, ehe er fortfuhr, » ... daß Robert Nauss Elizabeth Lande ermordet hat.«

Dann war Ed Savastio an der Reihe. Er war zehn Jahre älter als DelBello und weniger spektakulär. Er hatte ein Jahr als Pflichtverteidiger gearbeitet, sich ohne Erfolg für das Amt des Bezirksstaatsanwaltes beworben und Hunderte von Strafprozessen hinter sich. Er stand am Tisch der Verteidigung.

»Es stimmt«, sagte er, »daß Elizabeth Lande am dreizehnten Dezember neunzehnhunderteinundsiebzig gestorben ist. Der Tod ist durch Erhängen eingetreten.«

Einige der Juristen im Zuschauerraum hoben bei diesen Worten von Savastio die Brauen. Es ging hier um einen ungewöhnlichen Fall, der Geschichte machen konnte, um einen Mordprozeß ohne Corpus delicti, und die ersten Worte des Verteidigers bestätigten Liz Landes Tod. Was ging da vor?

»Aber Sie müssen sich fragen«, fuhr Savastio fort, »ob Mr. Nauss – der damals nur einhundertachtundzwanzig Pfund wog – körperlich überhaupt in der Lage gewesen wäre, eine gesunde und kräftige junge Frau, die in der Vergangenheit wegen emotionaler Störungen und Gewaltausbrüchen in Behandlung war, zu erhängen.« Er legte des dramatischen Effekts wegen eine Pause ein und beantwortete sich dann seine Frage selbst.

»Nein«, sagte er zu den Geschworenen, »das wäre er nicht. Elizabeth Lande starb in der Nacht des dreizehnten Dezember neunzehnhunderteinundsiebzig.« Wieder legte er eine Pause ein. »Aber sie starb nicht durch die Hände von Mr. Nauss.« Eine weitere Pause. »Sie beging Selbstmord.«

Das Gericht zog sich zur Mittagspause zurück.

Frank Lande war der erste Zeuge der Staatsanwaltschaft nach der Unterbrechung. Für seine Frau Frances war es erschütternd, mit anzusehen, wie er sich langsam, das gelähmte linke Bein hinter sich herziehend, auf den Zeugenstand zubewegte. Als er die rechte Hand hob und schwor, die Wahrheit zu sagen, füllten ihre Augen sich mit Tränen. Sechs Jahre lang hatte er versucht, Bobby Nauss' Schuld zu beweisen, und dabei seine eigene Gesundheit ruiniert. Sie hatte ihre Tochter und beinahe auch ihren Mann verloren. Was würde wohl aus ihm werden, fragte sie sich, wenn Bobby Nauss freigesprochen wurde?

Frank Landes Befragung dauerte beinahe zwei Stunden. Als er beschrieb, wie Liz eine kranke Katze aus dem Tierheim geholt und gesund gepflegt hatte, wandte er sich im Plauderton direkt an die Geschworenen. Er erzählte von einer von Beginn an liebevollen Beziehung zu seiner Tochter. »Wir haben viel gelacht«, sagte er, und seine Augen leuchteten bei der Erinnerung. »Wir haben ferngesehen, waren im Kino und hatten oft Freunde zu Besuch.«

Als er von der Beziehung seiner Tochter zu Bobby sprach, richtete Frank Lande den Blick auf den Angeklagten. Er sagte, Bobby hätte einmal eine Kugel durch ihr Schlafzimmerfenster geschossen. Und er sagte, er hätte während all der Jahre seit ihrem Verschwinden persönlich Ermittlungen angestellt und Bobby von Anfang an in Verdacht gehabt.

»Er hörte von einem Tag auf den anderen auf, anzurufen«, sagte er, wobei er sich mit plötzlich gepreßter Stimme und einem traurigen Ausdruck in seinen Augen erneut direkt an die Jury wandte. »Und er hat auch auf unsere Anrufe nicht reagiert.«

Frank Lande wurde erst weit nach einundzwanzig Uhr aus dem Zeugenstand entlassen, und das Gericht vertagte sich. Das war genau das melancholische Bild, von dem Jim DelBello sich gewünscht hatte, daß die Geschworenen es mit in ihre Motelzimmer nahmen und es beim Einschlafen vor Augen hatten.

Frances Lande wurde am zweiten Verhandlungstag, am 1. Dezember, einem Donnerstag, als erste in den Zeugenstand gerufen. Sie trug ein schwarzes Kleid und wirkte, wie sie neben Richter Toals gewaltigem Mahagonitisch so dasaß, winzig und zerbrechlich. Die Hände hatte sie im Schoß gefaltet.

»Liz hatte sich nie von mir abgenabelt«, sagte sie mit einer Stimme, die jeden Augenblick zu versagen drohte. »Wenn Liz ausging, blieb sie ständig mit mir in Kontakt, egal ob Tag oder Nacht. Die Anrufe waren ihr Sicherheitsnetz.« Frances vermied es, Bobby anzusehen, als sie den Geschworenen erzählte, daß, wie innig die Beziehung zu ihrer Tochter auch gewesen war, es auch stürmische Augenblick gegeben habe. »Aber«, sagte sie, »hinterher hat es Liz immer leid getan, und sie hat sich bei mir entschuldigt.«

»Mrs. Lande«, fragte Jim DelBello, »wann haben Sie Ihre Tochter das letzte Mal gesehen?«

»Als sie mit raus zum Wagen kam, um uns am elften Dezember einundsiebzig zu verabschieden.«

Terri Leventhal und Juan Pacheco waren die nächsten Zeugen.

Einer nach dem anderen stellten sie sich als Freunde von Liz vor und erzählten dieselbe Geschichte: Sie hätten Liz am Abend des elften Dezember einundsiebzig bei den Landes zu Hause besucht. Sie hätten ferngesehen, als das Telefon klingelte. Sie hätten dem Gespräch entnommen, daß Liz mit Bobby Nauss sprach. Nachdem sie eingehängt hatte, habe Liz gesagt, sie würde noch ausgehen. Sie hätten versucht, es ihr auszureden, aber sie wäre fest entschlossen gewesen. Daraufhin seien sie nach Hause gegangen und hätten sie nie wiedergesehen.

Raleigh Witcher und Phil Formicola sagten als nächste aus.

Sie berichteten der Jury von den Bemühungen des Philadelphia Police Departments, Liz Lande ausfindig zu machen. Beide Beamten fügten hinzu, daß sie Bobby Nauss in der Vergangenheit bereits vernommen und gezielt zu ihrem Verschwinden befragt hätten. Beide sagten übereinstimmend aus, daß Bobby jedesmal behauptet habe, nicht zu wissen, wo sie wäre.

Als nächstes rief Jim DelBello George Foreacre in den Zeugenstand, der sich als ehemaliger Bekannter von Bobby Nauss vorstellte.

»Kehren wir zurück zum Sommer einundsiebzig«, forderte DelBello den Zeugen auf. »Sehen Sie sich bitte das Foto an, das als Beweisstück drei der Anklage markiert ist.« Er reichte dem Zeugen die Fotografie. George Foreacre warf einen kurzen Blick darauf, dann fragte DelBello: »Können Sie uns sagen, was auf diesem Foto zu sehen ist?«

»Es ist ein Foto von einer Werkstatt.«

»Sind Sie im Sommer neunzehnhunderteinundsiebzig je in dieser Werkstatt gewesen?«

»Ja.«

»Mit wem sind Sie in dieser Werkstatt gewesen?«

»Mit Bobby Nauss und Elizabeth Lande.«

»Haben Sie gesehen, daß Elizabeth Lande etwas zugestoßen ist?«

»Bobby und Liz gingen in die Werkstatt«, entgegnete Foreacre. »Bobby sagte, ich solle draußen warten, und sie gingen rein. Ein paar Minuten später kam Liz wieder raus. Ihr Gesicht war blutig. Sie weinte und sah ganz verängstigt aus. Sie sagte, Bobby hätte ihr mit einem Vorhängeschloß eines der Werkstattstore ins Gesicht geschlagen.«

»Kam der Angeklagte hiernach aus der Werkstatt?«

»Ja.«

»Was hat der Angeklagte zu Ihnen gesagt – sofern er überhaupt etwas sagte?«

»Er sagte, er hätte ihr mit einem Vorhängeschloß ins Gesicht geschlagen. Er sagte, Liz könne man nicht freundlich behandeln, sie brauchte es, herumgeschubst und verprügelt zu werden.«

Ed Savastio erhob sich, um den Zeugen ins Kreuzverhör zu nehmen. Allein durch die Art, wie er dastand und den Zeugen musterte, strahlte er Zuversicht aus. Er hatte sich beim Kreuzverhör von Liz Landes Eltern bewußt zurückgehalten, und an den Aussagen von Liz' beiden Freunden und denen der beiden Polizeibeamten war nichts zu beanstanden gewesen. Jetzt trat er jedoch vor, um soviel wie möglich aus einem starken Zeugen der Anklage herauszuholen.

»Sie wissen, was ein Masochist ist?« begann er.

»Ja.«

»Wie würden Sie einen Masochisten definieren?«

»Das ist ein Mensch, der sich gern mißhandeln läßt. Der es mag, wenn man grob mit ihm umspringt.«

»Das gefällt ihm also?«

»Richtig.«

»Hat Mr. Nauss Ihnen gesagt, daß Liz Lande Masochistin wäre?«

»Ja.«

»Sie sagten, Bobby und Liz wären in die Werkstatt gegangen«, fuhr Ed Savastio fort. »Warum gingen sie in die Werkstatt?«

»Um Sex zu machen.«

Auf der Heimfahrt wandte Frances Lande sich im Wagen ihrem Mann zu und sagte: »Es war entsetzlich, einfach entsetzlich. Es hat mich ganz krank gemacht.« Ihr kam es so vor, als stünde nicht Bobby Nauss vor Gericht, sondern ihre Tochter.

»Es wird noch schlimmer werden«, warnte Frank sie.

Am dritten Tag, an dem die Zeugen der Anklage gehört wurden, war Frances Lande nicht im Gerichtssaal. Frank saß allein in der vordersten Reihe hinter dem Tisch der Staatsanwaltschaft.

Den ganzen Tag wurden die beiden Psychiater gehört, bei denen Liz in den anderthalb Jahren vor ihrem Tod in Behandlung gewesen war. Sie gewährten tiefen Einblick in das Seelenleben und die Krankengeschichte der Toten und teilten dem Gericht ihre psychiatrische Beurteilung von Liz Lande mit.

Als erster sagte Clancey McKenzie aus. Er sagte, er habe Liz Lande als stark beeinflußbar eingestuft und eine paranoide Schizophrenie diagnostiziert.

»Doktor«, fragte Jim DelBello, »würden Sie aufgrund Ihrer Behandlung von Miss Lande und der medizinischen Wahrscheinlichkeit meinen, daß sie selbstmordgefährdet war?«

»Sie war nicht suizidgefährdet.«

»Ihr Zeuge«, wandte DelBello sich an Savastio, nachdem er deutlich gemacht hatte, was er sich immer und immer wieder bemühen würde, deutlich zu machen: Daß Liz Lande nicht Selbstmord begangen hatte.

Ed Savastio stellte Dr. McKenzies Beurteilung in Frage. Er wies auf den Vorfall im Juli 1970 hin, bei dem sie sich im Badezimmer eingeschlossen und gedroht hatte, sich umzubringen. Hatte nicht eben dieser Vorfall dazu geführt, daß sie für sechs Wochen in eine psychiatrische Anstalt eingewiesen und von ihm behandelt wurde?

»Genau das ist der Punkt«, entgegnete Dr. McKenzie. »Alles, was sie tat, war darauf ausgerichtet, ihre Eltern zu verletzen, nicht sich selbst. Wenn sie vorgehabt hätte, sich das Leben zu nehmen, hätte sie es vor den Augen ihrer Eltern getan oder irgendwo, wo sie sie ganz sicher finden würden. Um *ihnen* weh zu tun.«

Howard Rosen trat als nächster in den Zeugenstand. Er hatte Liz während der letzten sechs Monate vor ihrem Tod behandelt. Tatsächlich war sie erst zwei Tage vor ihrem Verschwinden das letzte Mal bei ihm gewesen.

DelBello bat ihn, Liz' Stimmung während der letzten Wochen ihres Lebens zu beschreiben.

»Ich weiß, daß sie ganz versessen darauf war, sich von ihrer Familie zu lösen, selbständiger zu werden«, sagte er. »Sie reagierte sehr empfindlich auf Anspielungen darauf, daß sie anormal sei. Sie versuchte, diesen Abschnitt ihres Lebens zu vergessen.

Ich persönlich hielt sie nicht für suizidgefährdet. Im Gegenteil. Mir schien es, als befände sie sich in einer Phase ihres Lebens, in der sie das Gefühl hatte, sich positiv zu entwickeln. Es wäre völlig widersinnig gewesen, wenn sie ausgerechnet, als sich alles zum Guten zu wenden schien, versucht hätte, sich umzubringen.«

Beim Kreuzverhör versuchte Ed Savastio, Dr. Rosen dazu zu bringen, einzuräumen, daß zumindest die Möglichkeit bestand, daß Liz Lande suizidale Tendenzen gehabt habe. Er hatte keinen Erfolg.

Um sechzehn Uhr zwanzig rief Jim DelBello seinen Starzeugen auf.

Als Bill Standen den Gerichtssaal betrat, erreichte die Dramatik des Prozesses ihren bisherigen Höhepunkt.

Frank Hazel hatte Standen seit der Anhörung fünf Monate zuvor versteckt gehalten. Für den Prozeß hatte er Standen extra das Haar schneiden lassen und ihn neu eingekleidet. An die eins neunzig groß und einhundertsechzig Kilo schwer, in einem weißen Hemd und mit Krawatte machte Bill Standen einen gepflegten, vertrauenswürdigen Eindruck.

Als er von der Tür zum Gerichtssaal aus den Mittelgang zum Zeugenstand hinunterging, ließ Bobby Nauss ihn keine Sekunde aus den Augen. Während Standen vereidigt wurde, funkelte Bobby ihn böse an. Noch während der Vereidigung sah Bill Standen auf und begegnete Bobbys zornigem Blick. Er erwiderte ihn ruhig. Der Blickwechsel entging keinem der Geschworenen.

Auf Jim DelBello machte Bill Standen einen gefaßten Eindruck. Er hoffte, daß Standen bis zum Ende seiner Zeugenaussage Ruhe bewahren würde.

»Was geschah, als Sie in der Nacht des zwölften Dezember neunzehnhunderteinundsiebzig in Ihre Wohnung zurückkehrten?« fragte DelBello ihn.

»Als meine Frau und ich nach Hause kamen«, entgegnete Bill Standen, »waren Bobby und Liz dort. Sie saßen auf der Veranda. Es muß so zwischen zehn und elf Uhr abends gewesen sein. Liz saß einfach nur da. Sie war sehr still und sagte nicht viel.«

Standen sagte, seine Frau wäre müde gewesen und sofort ins Bett gegangen. Er wäre mit Bobby in die Küche gegangen, und dort hätte Bobby ihm gesagt, Liz hätte ihm einen Heidenschreck eingejagt. Bobby sagte, sie wären oben auf dem Speicher gewesen, und er hätte ihr mit einem Baseballschläger über den Kopf geschlagen. Dann wären sie zu seiner Wohnung gegangen und hätten sich weiter gestritten, so daß er angefangen habe, sie zu würgen. Er sagte, er hätte sie so lange gewürgt, bis ihre Augen zufielen und sie das Bewußtsein verloren habe.

Bobby erzählte, sie habe gut eine Viertelstunde reglos auf dem Sofa gelegen. Er habe geglaubt, sie sei tot. Dann habe sie plötzlich die Augen aufgeschlagen und etwas gesagt, und er (Bobby) sei so erschrocken, daß er richtig zusammengefahren sei.

Bill Standen erklärte, Bobby hätte ihm in der Vergangenheit schon mehrmals erzählt, daß er Liz verprügelt und geohrfeigt habe. Zwei- oder dreimal habe Bobby sogar gesagt, sie wäre ihm derart auf die Nerven gegangen, daß er sie hätte umbringen können. Aber so etwas sagte jeder einmal, und er habe darauf nur den Kopf geschüttelt. Er wußte nicht, ob Bobby ihm die Wahrheit sagte oder das alles nur erfand.

Bill Standen sagte, er wäre an diesem Abend sehr müde gewesen. Er habe gute Nacht gesagt und sei zu Bett gegangen. Er wäre sofort eingeschlafen. Aber etwas später habe ihn Lärm aus dem Wohnzimmer geweckt, und er sei aufgestanden, um nachzusehen, was der Radau zu bedeuten habe.

›Was ist los?‹ habe er Bobby in dieser Nacht gefragt.

›Ich weiß nicht‹, habe Bobby geantwortet.

›Wo zum Teufel ist Liz?‹

›Im Bad.‹

›Was macht sie da drin?‹

›Vielleicht bringt sie sich um‹, habe Bobby entgegnet.

›Ich will, daß sie verdammt noch mal da raus kommt‹, habe Standen erwidert und sei den Flur entlang zum Badezimmer gegangen. Die Tür wäre abgeschlossen gewesen. Er habe geklopft und Liz gesagt, sie solle aufmachen. Sie habe sich geweigert, und daraufhin habe er die Tür eingetreten.

Liz durchwühlte den Medizinschrank und warf Tablettenröhrchen ins Waschbecken. Sie konnte kaum stehen und taumelte von einer Wand an die andere. Er habe sie bei den Schultern gepackt und sie ins Wohnzimmer zurückgebracht.

›Schaff sie verdammt noch mal raus aus meinem Haus‹, habe er Bobby gesagt.

Bobby und Liz seien daraufhin gegangen.

Bill Standen und seine Frau, die von dem Lärm ebenfalls wach geworden war, hätten im Bad aufgeräumt und sich dann wieder hingelegt.

Standen berichtete dem Gericht, daß Bobby jedoch mitten in der Nacht zurückgekommen wäre und ihn erneut geweckt hätte. Diesmal habe Bobby ihn aufgefordert, sich mit ihm in der Werkstatt zu treffen, und er sei hingegangen.

»Als ich hinauf auf den Speicher stieg«, sagte er, »sah ich eine nackte Leiche von einem der Dachbalken baumeln.«

Jim DelBello legte eine kurze Pause ein, ehe er die nächste Frage stellte. Im Gerichtssaal war es mucksmäuschenstill. Er warf einen Blick auf die Geschworenen und fragte: »Wessen Leiche baumelte von dem Dachbalken?«

»Elizabeth Landes.«

»Sie behaupten, sie wäre nackt gewesen. Ist Ihnen vielleicht sonst noch etwas an ihr aufgefallen?«

»Sie war weiß wie ein Laken«, entgegnete Bill Standen. »Und ihr Kopf hing schräg herab. Sie hatte eine Schlinge um den Hals. Ihre Zunge hing heraus, und Speichel rann aus ihrem Mund. Es war ein grauenhafter Anblick. Ich war wie betäubt, aber Bobby hat nur gegrinst. Er lächelte und sagte: ›Stanley, sieh nur, was ich getan habe. Ich habe sie getötet. Ich habe sie gehängt. Jetzt wird sie mich endlich in Frieden lassen.‹«

Standen sagte, er wäre in seine Wohnung zurückgekehrt und sei rastlos auf und ab gegangen. Er habe versucht, sich hinzusetzen, habe sich dann wieder ins Bett gelegt, aber vor Angst nicht wieder einschlafen können.

»Ein paar Stunden vergingen«, fuhr er fort, »und irgendwann muß ich doch eingeschlafen sein. Ich lag im Bett, und Bobby schüttelte mich. Es war noch sehr früh am Morgen. Ich weiß nicht einmal mehr, wie er hereingekommen ist, ob er geklopft oder einen Ersatzschlüssel benutzt hat oder so was. Vielleicht hatte ich ja sogar die Tür offengelassen. Jedenfalls saß ich, ehe ich mich versah, mit Bobby in der Küche.«

Er sagte, Bobby habe ihn aufgefordert, mit ihm zur Werkstatt zu gehen, um ihm zu helfen, die Leiche fortzuschaffen, weil er es allein nicht schaffe.

›Du bist ja irre‹, habe Standen erwidert. ›Ich will nichts damit zu tun haben.‹

›Rufst du die Bullen?‹ habe Bobby gefragt.

›Natürlich nicht.‹

Daraufhin habe Bobby gesagt, da er nicht beabsichtige, die Polizei zu verständigen, wäre er als Mitwisser bereits in die Sache verwickelt.

Er habe also gar keine andere Wahl, als ihm bei der Beseitigung der Leiche zu helfen.

›Niemals‹, habe Standen erwidert.

›Stanley‹, habe Bobby gesagt, ›du weißt doch, mit was für Leuten ich herumhänge. Dir könnte etwas zustoßen. Dein Wagen könnte von der Straße abkommen und in Flammen aufgehen. Oder dein Haus könnte mitten in der Nacht abbrennen. Oder deiner Lady könnte etwas zustoßen, wenn sie das nächste Mal in der Mall einkaufen geht.‹

Bill Standen sagte, das habe ihm genügt. Er sei rausgegangen, in seinen Wagen gestiegen und rückwärts bis zur Werkstatt gefahren.

»Die Leiche lag auf dem Boden«, erzählte er den Geschworenen. »Es war nur ein Lehmboden, und sie war in ein Laken gewickelt. Ihr Kopf war verdeckt, und nur ein Stück ihrer Beine und ihre Füße schauten heraus. Ich packte sie an den Füßen, und Bobby nahm ihren Kopf. Wir trugen sie raus und legten sie in den Kofferraum. Ihre Beine waren ganz steif und ihre Knie angewinkelt. Ich stieg in den Wagen, und Bobby schlug den Kofferraumdeckel mehrmals zu, bis das Schloß endlich zuschnappte.«

So gegen sechs Uhr früh, erzählte Standen, sei er mit seinem weißen Bonnewille Cabrio von seinem Wohnblock weg die Chester Pike hinuntergefahren. Von dort aus wären sie bei Bobbys Eltern vorbeigefahren, wo Bobby zwei Schaufeln aus der Garage geholt habe. Gegen sieben hätten sie an der Werkstatt von Jackie Weirs Onkel in Yeadon halt gemacht und Liz' Kleider verbrannt. Dann wären sie wieder in den Wagen gestiegen und weitergefahren.

Bobby habe gesagt, er wollte sie in New Jersey begraben, kenne sich dort aber nicht so gut aus. Also habe er Standen aufgefordert, ihm zu helfen, eine geeignete Stelle zu finden. Bill Standen sagte, er wäre über die Walt Whitman Bridge nach New Jersey gefahren. Er sei der Route zweihundertfünfundneunzig gefolgt und dann der White Horse Pike bis in die Gegend von Atco. Dann sei er von der Hauptstraße abgebogen und weitergefahren, bis sie an eine unbefestigte Straße gelangt wären, die ausgesehen habe, als würde sie nur selten befahren. Er sei in den Wald gefahren, bis er eine Stelle gefunden habe, die sich für ein Grab eignete. Dort seien sie beide ausgestiegen und hätten angefangen zu graben.

Der Boden war weich, und sie hätten schon nach kurzer Zeit ein recht großes Loch ausgehoben, etwa einszwanzig bis einsfünfzig lang, sechzig Zentimeter breit und einen knappen Meter tief. Aber plötzlich habe er, Standen, einen Wagen bremsen hören. Er habe aufgeblickt und auf der Hauptstraße einen grünen Jeep stehen sehen. Für ihn habe es ganz nach einem Forstbeamten ausgesehen. Er habe in der Gegend viel gejagt, und um diese Jahreszeit konnte ein Forstbeamter durchaus annehmen, daß sie ein Reh gewildert hätten und die Überreste vergruben.

›Wir müssen sofort verschwinden‹, habe er Bobby angeschrien.

Sie hätten die Schaufeln in den Wagen geworfen und seien losgefahren. Erst wäre er tiefer in den Wald hineingefahren, um kehrtzumachen. Auf der Fahrt zurück zur asphaltierten Straße wäre ihnen der Jeep entgegengekommen. Die Fahrzeuge seien aneinander vorbeigefahren. Im Rückspiegel habe Standen beobachtet, wie der Jeep an der Stelle angehalten habe, an der sie zuvor gegraben hatten. Ein Mann sei ausgestiegen und habe sich die Grube angesehen.

Inzwischen hätte er die befestigte Straße erreicht, sei nach links abgebogen und so schnell wie möglich davongefahren.

Er sei zehn oder fünfzehn Minuten gerast, ehe er das Tempo verlangsamt habe. Da habe er einen anderen unbefestigten Seitenweg entdeckt, in den er eingebogen sei. Diesmal wäre er eine gute halbe Meile in den Wald hineingefahren, bevor er erneut angehalten habe.

Sie seien ausgestiegen und hätten eine flache Grube ausgehoben, die Leiche aus dem Kofferraum geholt und in das Loch geworfen. Während Bobby das Loch zugeschaufelt habe, sei er, Standen, wieder in den Wagen gestiegen und habe den Motor angelassen.

›Laß uns von hier verschwinden‹, habe er gerufen.

Bobby habe die Schaufeln in den Wagen geworfen, und sie hätten sich schnellstens aus dem Staub gemacht. »Ich wußte gar nicht, wo wir überhaupt waren, bis wir wieder auf die Mautstraße stießen«, schloß Standen. »Dann sind wir zurück in Richtung Philadelphia gefahren.«

»Ihr Zeuge«, sagte Jim DelBello.

Richter Toal warf einen Blick auf die Uhr. Es war bereits nach sieben, und er wollte, daß die Geschworenen das Kreuzverhör ausgeruht und an einem Stück hörten. Also schloß er die Verhandlung für den Tag.

Aber, verkündete er, da die Geschworenen isoliert würden und Weihnachten rasch näher rückte, wolle er die Zeit, die die Geschworenen von ihren Familien getrennt waren, auf ein Minimum reduzieren. Darum beschloß er, die Verhandlung am nächsten Tag, einem Samstag, fortzusetzen, was nur in Ausnahmefällen geschah.

Als der Prozeß am nächsten Morgen fortgesetzt wurde, kehrte Bill Standen zurück in den Zeugenstand.

Ed Savastios Taktik bestand aus drei Etappen: Er wollte Standen als zwielichtige Gestalt hinstellen, den Eindruck erwecken, daß er nur aussagte, um seine eigene Haut zu retten, und ihn in Widersprüche verwickeln.

»Lassen Sie mich Ihnen eine Frage vorlesen«, begann Savastio – er trug einen grauen Anzug, eine strenge Krawatte und sprach in freundlichem Tonfall –, »die die Polizei Ihnen in der Nacht Ihrer Verhaftung gestellt hat. Seite eins, erste Frage am zweiundzwanzigsten Juli neunzehnhundertsiebenundsiebzig um zwölf Uhr dreißig. Frage: ›Wie lange leben Sie schon in Florida?‹ Antwort: ›Seit Ende einundsiebzig‹. Jetzt frage ich Sie, hat man Ihnen diese Frage gestellt?«

»Ja«, entgegnete Bill Standen ausdruckslos.

»Bill, haben Sie den Polizeibeamten hierauf die Antwort gegeben, die ich soeben vorgelesen habe?«

»Ja, das habe ich.«

»Sind Sie gegen Ende neunzehnhunderteinundsiebzig nach Florida gegangen?«

»Nein, das bin ich nicht.«

»Nein, das sind Sie nicht«, wiederholte Ed Savastio und gab sich überrascht. Sein Tonfall veränderte sich. Er klang nun nicht mehr freundlich und harmlos. »Das verstehe ich nicht. Warum haben Sie das dann behauptet?«

»Ich habe die Daten durcheinandergebracht.«

»Wann sind Sie denn nach Florida gegangen?«

»In den ersten zwei Monaten des Jahres.«

»Welchen Jahres?«

»Neunzehnhundertzweiundsiebzig.«

»Haben Sie seitdem in Florida gelebt?«

»Ja, das habe ich.«

»Sie haben bei Ihrer Zeugenbefragung durch die Staatsanwaltschaft gesagt, daß ein Teil der Zugeständnisse, die Ihnen im Austausch gegen Ihre Aussage gemacht wurden, darin besteht, daß die Anklagen, die in New Jersey gegen Sie bestehen, fallengelassen werden. Ist das richtig?«

»Nein, so wurde mir das nicht gesagt.«

»Und wie wurde es Ihnen gesagt?« fragte Savastio mit einem Anflug von Sarkasmus.

»Sie sagten mir, gegen mich läge in New Jersey immer noch etwas vor.«

»Und?«

»Ich habe den Bezirksstaatsanwalt gefragt, ob er mir raten

könne, wie ich mein Problem lösen solle. Er sagte, er würde sich darum kümmern.«

»Würden Sie uns die Art der Anschuldigungen beschreiben, die seit einundsiebzig in New Jersey gegen Sie erhoben werden?«

»Ich soll einen Wagen gestohlen haben.«

»Und mit wem sollen Sie diesen Wagen gestohlen haben?«

»Mit Jackie Weir.«

»Wurde aufgrund dieser Anschuldigung nicht im Dezember einundsiebzig ein Haftbefehl gegen Sie erlassen?«

»Das weiß ich nicht.«

»Das wissen Sie nicht?«

Ed Savastios Tonfall wandelte sich von sarkastisch zu herablassend. »Reden wir darüber. Wurden Sie in New Jersey verhaftet?«

»Ja, wurde ich.«

»Haben Sie in New Jersey an einer Voranhörung teilgenommen?«

»Ja, das ist richtig.«

»Wurde in New Jersey eine Kaution festgesetzt?«

»Ich glaube schon.«

»Und wie hoch war diese Kaution?«

»Ich glaube, sie belief sich auf fünfhundert Dollar.«

»Sind Sie je nach New Jersey zurückgekehrt, um sich bezüglich dieser Anschuldigung der Justiz zu stellen?«

Standen antwortete nicht.

»Versuchen Sie, sich zu erinnern?« fragte Ed Savastio.

»Ja.«

»Mal sehen, ob Sie sich erinnern, ob Sie je nach New Jersey zurückgekehrt sind.«

»Ich glaube nicht.«

»Sie *glauben* nicht? Wäre es denn möglich, daß Sie zurückgekehrt sind und sich nicht mehr erinnern können?«

»Nein, wohl nicht.«

Ed Savastio schlug mit der Faust auf den Tisch der Verteidigung.

»Sie wissen verdammt gut, daß Sie nicht dort gewesen sind, habe ich recht?«

»Ich glaube nicht, daß ich dort gewesen bin«, entgegnete Bill Standen, der trotz Savastios herausforderndem Auftreten erstaunlich ruhig blieb.

»Und stimmt es nicht, Mr. Standen, daß Sie am siebzehnten Dezember neunzehnhunderteinundsiebzig in Folcroft wegen vorsätzlicher Körperverletzung mit einer Schußwaffe und Mordversuchs verhaftet wurden?«

»Ja, dessen wurde ich beschuldigt.«

»Und basierte die Anklage nicht darauf, daß Sie einen gewissen R. Goldy mit einer Schrotflinte niedergeschossen haben?«

»Ja, aber es war Notwehr.«

»Notwehr? Wann haben Sie in dieser Sache vor Gericht gestanden?«

»Gar nicht.«

»Gar nicht?« wiederholte Savastio und gab sich erneut überrascht. »Sie meinen, die Anklage besteht noch?«

»Nein, ich habe mich privat, außergerichtlich mit Mr. Goldy geeinigt.«

Diesmal war Ed Savastios Überraschung echt. »Wann?«

»Dienstag.«

»Vergangenen Dienstag?«

»Ja, am Dienstag.«

»Wieviel haben Sie ihm gezahlt?«

»Tausend Dollar.«

»Wie praktisch«, sagte Savastio nun wieder herablassend. »Gestern haben Sie ausgesagt, der Angeklagte habe Miss Lande mißhandelt und gewürgt, aber den ersten drei Polizeibeamten gegenüber haben Sie kein Wort davon erwähnt. Haben Sie der Bezirksstaatsanwaltschaft davon erzählt, als Sie im Juli verhaftet wurden?«

»Nein, das habe ich nicht.«

»Und warum nicht?«

»Ich habe mich erst vergangenen Samstag oder Sonntag wieder daran erinnert.«

»Ist es nicht so, daß Sie bei der Bezirksstaatsanwaltschaft ausgesagt haben: ›Ich erinnere mich, daß er etwas von einem Baseballschläger sagte‹?«

»Das hatte er mir erzählt. Das mit dem Baseballschläger war, als er mir erzählte, er hätte sie oben auf dem Speicher verprügelt. Ich erinnere mich deshalb daran, weil sie ihm sagte, sie habe Kopfschmerzen, und er das spaßig fand.«

»Aber Sie haben kein Blut an ihr gesehen, richtig?«

»Nein, Blut habe ich keins gesehen.«

Über zwei Stunden lang nahm Ed Savastio Bill Standens Aussage vom Vortag unter Beschuß, vorwärts und rückwärts, bemüht, ihn dazu zu bringen, sich in einen Widerspruch zu dem zu verstricken, was er unter Eid ausgesagt hatte. Savastio brachte Standen dazu, einzuräumen, daß einige der Daten und Zeitangaben vielleicht nicht hundertprozentig stimmten, aber er schwor, daß er die Wahrheit sagte.

Es war beinahe zwölf Uhr mittags, als Bill Standen den Zeugenstand verließ. Er blieb ein starker Zeuge der Anklage.

Nach dem Mittagessen rief Jim DelBello erneut Frank Lande in den Zeugenstand.

»Mr. Lande«, begann er, »wie stand es um Elizabeth' körperlichen Gesundheitszustand, als Sie sie das letzte Mal gesehen haben?«

»Sie war damals bei bester Gesundheit.«

»Kreuzverhör«, sagte DelBello.

»Einen Augenblick bitte«, sagte Ed Savastio, erhob sich und begann in den Notizen zu wühlen, die den Tisch der Verteidigung bedeckten. Dann fand er, wonach er suchte. »Mr. Lande, wußten Sie, daß Elizabeth am sechsten Dezember einundsiebzig, also weniger als eine Woche vor ihrem Verschwinden, bei Dr. Edward Emanuel war und einen Abstrich machen ließ?«

»Nein, das wußte ich nicht.«

»Aber Sie wußten, daß sie zum Gynäkologen gegangen war, richtig?«

»An einem anderen Tag, ja. Am dritten November.«

»Wußten Sie von der Tatsache, daß am siebten November einundsiebzig die Laborergebnisse des Abstriches eintrafen, der zuvor an ihrer Tochter vorgenommen worden war, und der Befund auf Neisser-Diplokokkus lautete? Wußten Sie das?« (Neisser-Diplokokkus: Eine Form der Gonorrhöe, auch Tripper genannt. Anm. des Übers.)

»Nein.«

»Keine weitere Frage.«

Halbert Fillinger war der nächste Zeuge der Anklage. Dr. Fillinger hatte in Heidelberg und an der University of Wisconsin studiert und war stellvertretender ärztlicher Leichenbeschauer der Stadt Philadelphia. Er war bundesweit anerkannter Experte auf dem Gebiet der forensischen Pathologie und Dozent für Kriminologie an der Temple University.

Er war eine stämmige Erscheinung mit weißem Haar und Brille, achtundvierzig Jahre alt, und sprach in einer sachlichen Weise, die medizinische Terminologie sogar dem Laien weitgehend verständlich machte. Sein Fachwissen und der Umstand, daß er bereits über hundertmal als Sachverständiger bei Mordprozessen von New York bis Kalifornien ausgesagt hatte, machten ihn zu einem eindrucksvollen Zeugen.

Jim DelBello verschaffte ihm den entsprechenden Rahmen. »Rein hypothetisch gesprochen«, sagte er zu Dr. Fillinger, »nehmen wir einmal an, Sie würden die Leiche einer kürzlich verstorbenen jungen Frau an einem Strick baumelnd vorfinden. Sie ist nackt, weiß wie ein Laken, ihr Kopf hängt in unnatürlichem Winkel schräg herab, und aus ihrem Mund rinnt Speichel. Was würden Sie daraus schließen?«

»All diese Faktoren würden darauf schließen, daß in diesem Fall die Todesursache auf Ersticken durch Erhängen lautet«, erklärte Dr. Fillinger.

»Doktor«, begann Ed Savastio sein Kreuzverhör in respektvollem Tonfall. »Wären Sie in einem solchen Fall nicht an der seelischen Verfassung der Toten interessiert?«

»Nun«, entgegnete Dr. Fillinger, »die seelische Verfassung macht keinen großen Unterschied, wenn jemand an einem Strick baumelt. Ich habe im Laufe der Jahre geistig gesunde und kranke erhängte Menschen gesehen.«

»Möchten Sie nicht die Krankengeschichte der betreffenden Person kennen, bevor Sie sich ein Urteil bilden?«

»Der Geisteszustand hat nichts mit der Todesursache zu tun, da Geisteskrankheit an sich selten tödlich ist.«

»Doktor, ist es in Anbetracht der Umstände nicht zumindest möglich, daß Liz Lande Selbstmord begangen haben könnte?«

»Was in hohem Maße gegen einen Selbstmord spricht«, entgegnete Dr. Fillinger, »ist der Umstand, daß die Tote unbekleidet war. Es kommt nur höchst selten vor, daß Frauen sich nackt erhängen.«

»Doktor, wäre es in Ihren Augen bedeutsam zu wissen, ob die Verstorbene masochistisch veranlagt war?«

»Nichts an der Beschreibung der Leiche hat auch nur im entferntesten etwas mit weiblichem Masochismus zu tun, und es gibt in der Weltliteratur nur drei bekannte Fälle von autoerotischem Tod von Frauen. Und keine dieser Frauen war masochistisch veranlagt.«

»Handelt es sich beim unnatürlichen Tod dieser weiblichen Masochisten gewöhnlich um Unfälle beim Sex, sei es mit sich selbst oder mit anderen?«

»Nicht mit anderen«, erklärte Dr. Fillinger. »Wenn eine zweite Person im Spiel ist, handelt es sich um Sadomasochismus.«

»Sind diese Todesfälle allgemein auf Unfall oder Selbstmord zurückzuführen?«

»Nicht auf Selbstmord. Entweder handelt es sich um einen Unfall oder um Mord. Wenn bei masochistisch veranlagten Frauen der Tod durch Ersticken eintritt, dann unter völlig anderen Umständen als den in dieser Hypothese angeführten.«

»Aber«, beharrte Ed Savastio, »wäre es von Bedeutung, ihren Geistes- oder Seelenzustand zu kennen, um zu bestimmen, ob dieser spezielle hypothetische Fall in den Bereich masochistischer Asphixie fällt?«

»Ich würde den Geisteszustand nicht berücksichtigen.«

»Auch wenn Sie wüßten, daß die Tote Medikamente einnahm, erst einige Stunden zuvor gedroht hatte, sich das Leben zu nehmen, und soeben erfahren hatte, daß sie an Gonorrhöe litt?«

»Herr Verteidiger«, entgegnete Dr. Fillinger, »die Umstände, die Sie bislang angeführt haben, haben an keinem Punkt das Feld des Masochismus berührt. Wir reden hier von zwei völlig verschiedenen Dingen. Sie fragen nach der geistigen oder seelischen Verfassung, und ich spreche von der Todesursache.«

Ed Savastio ging die Munition aus, und bislang hatte seine Befragung von Fillinger nichts gebracht.

»Wäre in einem Fall von Ersticken durch Erhängen der Körper nicht eher gerötet als weiß?«

»Nicht unbedingt«, erwiderte Dr. Fillinger und begann mit medizinischen Ausführungen über Zimmertemperaturen und verschiedene Grade von Sauerstoffmangel.

[redacted]

Am Montag morgen kam zum erstenmal seit Prozeßbeginn die Sonne hervor. Es war der 5. Dezember.

Die Geschworenen waren nach dem freien Tag ausgeruht. Einige hatten am Sonntag morgen am Gottesdienst teilgenommen und sich am Nachmittag ›Krieg der Sterne‹ angesehen. Andere hatten den Tag auf ihrem Zimmer verbracht und sich im Fernsehen Footballspiele angesehen.

Jim DelBello stand am Tisch der Staatsanwaltschaft. Er blickte auf die handgeschriebene Zeugenliste auf seinem gelben Notizblock und sagte: »Die Anklage ruft als nächsten Zeugen John Weir.«

Jackie Weir und Bill Standen waren seit elf Jahren befreundet. Er und Bobby Nauss waren weniger lange befreundet. Er war siebenundzwanzig Jahre alt, schlank, hatte dunkle Augen, trug einen Anzug, und Frank Hazel hatte dafür gesorgt, daß er sich das Haar auf akzeptable Länge schneiden ließ. Sofern er nervös war, war ihm davon nichts anzumerken.

Er betrat den Gerichtssaal und marschierte entschlossenen Schrittes zum Zeugenstand. Nachdem er vereidigt worden war, blickte er zu Bobby hinüber und grinste verächtlich, als dieser versuchte, ihn mit durchdringenden Blicken einzuschüchtern.

»Mr. Weir«, sagte DelBello, als er sich dem Zeugen näherte. »Erzählen Sie doch bitte den Geschworenen, was sich am Anfang neunzehnhunderteinundsiebzig in der Kostick's Bar in Upper Darby zwischen Mr. Nauss und Liz Lande abgespielt hat.«

»Es war das erste- oder zweite Mal, daß ich Liz begegnete«, begann Jackie Weir, den Blick auf Bobby geheftet. Seine Stimme klang völlig ruhig. »Sie stritten, und Bobby schlug ihr mit dem Handrücken ins Gesicht. Ich meine, er schlug sie vom Barhocker. Liz flog nach hinten und landete mit dem Hintern auf dem Boden.«

»Kommen wir jetzt auf den Sommer einundsiebzig zu sprechen. Haben Sie, gemeinsam mit dem Angeklagten, nachts das Haus der Landes betreten?«

Weir nickte.

»Bobby hatte sie vom Overbrook Shopping Center in der City Line Avenue aus angerufen«, entgegnete Jackier Weir. »Von da aus sind wir dann zu ihr gefahren.«

»War außer Ihnen und dem Angeklagten noch jemand dabei?«

»Nein.«

»Wie sind Sie zum Einkaufszentrum gekommen?«

»In meinem Wagen. Ich bin gefahren.«

»Was passierte, als Sie bei den Landes eintrafen?«

»Bobby feuerte von der Gasse hinter dem Haus aus durch das Beifahrerfenster einen Schuß auf ihr Schlafzimmerfenster ab.«

»Wissen Sie, aus welcher Art Waffe der Angeklagte den Schuß abgefeuert hat?«

»Aus einer zweiunddreißiger Automatik.«

»Hat der Angeklagte irgend etwas gesagt, um den Schuß zu erklären?«

»Er sagte, er wäre sauer auf sie.«

»Sauer auf sie?« wiederholte DelBello verachtungsvoll und wandte sich den Geschworenen zu. Er zuckte mit den Schultern und drehte die Handflächen nach oben. Dann drehte er sich wieder dem Zeugen zu.

Auf DelBellos Fragen hin erzählte Jackie Weir, daß Bobby ihn am späten Nachmittag des zwölften Dezember einundsiebzig angerufen habe.

Weir sagte, Bobby hätte ihm erzählt, daß Liz das Wochenende mit ihm verbringen würde, und ihn aufgefordert, rüberzukommen. Aber er hätte erwidert, er hätte andere Pläne.

»Wenden wir uns jetzt dem dreizehnten Dezember einundsiebzig zu«, sagte Jim DelBello und kam auf den Morgen des Mordes zu sprechen. »Haben Sie den Angeklagten an diesem Tag gesehen?«

»Ja, habe ich, gegen halb neun morgens.«

»Was ist passiert?«

»Bobby erzählte mir, er hätte Liz Lande in der vergangenen Nacht erhängt«, erwiderte Jackie Weir. »Er fragte, ob ich Liz' Kleider verschwinden lassen könne. Ich sagte okay, und Bobby ging zurück zum Wagen, holte die Kleider und brachte sie mir.«

»Worin befanden sich die Kleider?«

»In einer braunen Papiertüte«, entgegnete er und fügte hinzu, er habe alles – einen braunen Mantel mit dunkelbraunem Fellbesatz, eine braune Wildledertasche, ein Paar Jeans und einige andere Gegenstände, an die er sich nicht mehr erinnern könne, in ein leeres Fünfundfünfzig-Gallonen-Faß gesteckt. Dann habe er Lack in den Behälter gegeben und das Ganze mit einem Streichholz angezündet. Das Feuer habe gute zwei Stunden gebrannt, und hinterher wäre nur noch Asche übrig gewesen.

Daraufhin habe Bobby ihn gefragt, wo er die Leiche hinschaffen solle, und er habe das Kiefernödland vorgeschlagen. Bobby haben ihn aufgefordert, ihn zu begleiten, aber er habe abgelehnt und gemeint, sein Onkel könnte mißtrauisch werden, wenn er seinen Arbeitsplatz verließ.

»Was hat der Angeklagte Ihnen bezüglich einer Weihnachtskarte gesagt – sofern er sie Ihnen gegenüber überhaupt erwähnt hat?« fragte Jim DelBello.

»Ein paar Tage später kam Bobby wieder zur Werkstatt. Ich ging raus zu seinem Wagen, und er zeigte mir die Karte.«

»Wie war sie unterzeichnet?«

»In Liebe, Liz.«

»Hat der Angeklagte irgend etwas zu der Karte gesagt?«

»Er sagte: ›Ist irgendwie komisch. Liz ist schon tot, und ich bekomme noch eine Karte von ihr.‹ Dann hat er gelacht.«

Ed Savastio hatte hundert Fragen an Jackie Weir. Als erstes fragte er ihn, ob er die Leiche je gesehen habe.

Weir schüttelte den Kopf und verneinte.

»Hat der Angeklagte Ihnen gesagt, wo die Leiche sich befände?«

»Er sagte, sie wäre im Kofferraum.«

»Erinnern Sie sich daran, was für ein Wagen gegen halb neun bei Ihnen auf der Arbeit vorgefahren ist?«

»Von dort aus, wo ich stand, war mir der Blick auf den Wagen durch einige Garagen verstellt.«

Auf diese Antwort war Savastio nicht vorbereitet gewesen.

»Würden Sie das noch einmal wiederholen, bitte?« nutzte er die Chance. »Heißt das, Sie konnten den Wagen gar nicht sehen?«

»Das ist richtig.«

Das konnte sich als gute Gelegenheit erweisen, Jackie Weirs Zeugenaussage in Frage zu stellen. Er begann, in dem Wust von Notizen und Unterlagen auf dem Tisch der Verteidigung zu wühlen. Er nahm eine Kopie eines Polizeiberichtes zur Hand und überflog sie eilig. »Erinnern Sie sich an die Frage Seite drei: ›Wie sind sie zu Weirs Werkstatt gekommen?‹ Erinnern Sie sich daran, daß diese Frage Ihnen gestellt wurde?«

»Ja.«

»Antwort: ›Bobby fuhr damals einen schwarzen Cadillac, und in dem sind er und Stanley an diesem Tag vorgefahren. Ich habe den Wagen von der Werkstatt aus gesehen‹. Haben Sie das bei der Polizei ausgesagt?«

»Ja, das habe ich.«

»War das eine Lüge?«

»Nein, das war eine falsche Annahme meinerseits.«

»Heißt das, Sie haben bei der Polizei Dinge ausgesagt, die Sie nur angenommen haben?«

»Nein, sein Wagen stand auch dort, aber an einer anderen Stelle. Sie waren mit Stanleys Wagen gekommen, den ich von der Werkstatt aus nicht sehen konnte. Das war mir nur nicht klar. Das ist sechs Jahre her.«

»Und jetzt erinnern Sie sich an etwas anderes?« fragte Savastio sarkastisch.

»Ich erinnere mich nicht an etwas anderes«, konterte Jackie Weir. »Es ist jetzt lediglich klarer.«

»Woher wollen Sie dann wissen, daß sie in Stanleys Wagen gekommen sind, wenn Sie den Wagen gar nicht gesehen haben und irrtümlich annahmen, sie wären mit dem schwarzen Cadillac unterwegs?«

»Stanley erzählte mir später, sie hätten seinen Wagen genommen.«

»Ich verstehe«, sagte Ed Savastio, aber sein Tonfall drückte genau das Gegenteil aus. »Befand sich in der Tüte auch ein Strick?«

»Nein.«

Savastio setzte sich an den Tisch der Verteidigung und überflog erneut den Polizeibericht.

»Wie ich sehe, haben Sie ihnen vorgeschlagen, Löschkalk mitzunehmen«, sagte er.

»Ja, das ist richtig.«

»Haben Sie ihnen Löschkalk mitgegeben?«

»Nein, habe ich nicht.«

»Haben Sie schon einmal eine Leiche begraben?«

Jim DelBello erhob Einspruch, und der Richter gab dem statt.

»Was hat Sie veranlaßt, Löschkalk vorzuschlagen?« fuhr Ed Savastio mit der Befragung fort.

»Löschkalk zersetzt eine Leiche.«

»Woher wissen Sie das?«

»Das habe ich irgendwo gelesen«, entgegnete Jackie Weir schroff.

»Haben Sie – Seite fünf des Polizeiberichts – der Staatsanwaltschaft gegenüber ausgesagt, Mr. Nauss hätte Ihnen erzählt, er habe die Leiche mit Löschkalk bedeckt?«

»Ja.«

»Stimmte das, oder war es gelogen?«

»Er sitzt doch direkt neben Ihnen«, entgegnete Weir schnippisch. »Fragen Sie ihn.«

Gelächter erhob sich im Saal, und Richter Toal mußte mit Hilfe seines Hammers die Ordnung wiederherstellen.
Ed Savastio funkelte Jackie Weir zornig an.

»Ich würde vorschlagen, daß Sie mir sagen, ob er die Leiche mit Löschkalk bedeckt hat oder nicht«, wandte Savastio sich herausfordernd an den Zeugen. »Was hat er Ihnen gesagt?«

»Er sagte, er hätte es getan.«

Jim DelBello rief Frank Lande ein weiteres Mal in den Zeugenstand und befragte ihn zu der Kugel, die er aus der Decke von Liz' Schlafzimmer geholt hatte.

Frank Lande sagte, er habe sie in einen braunen Umschlag gesteckt, den er folgendermaßen beschriftet habe: ›Am dreißigsten Januar neunzehnhundertdreiundsiebzig im Haus von Frank Lande sichergestellt‹. Er sagte, er habe den Umschlag dem Polizeichef von Darby Township übergeben, der ihn wiederum an die Bezirksstaatsanwaltschaft weitergereicht habe. Dort habe ein Ballistikexperte des CID-Labors die Kugel als eine Patrone des Kalibers zweiunddreißig identifiziert, was mit Jackie Weirs Aussage bezüglich der Art Waffe übereinstimmte, mit der Bobby durch Liz' Schlafzimmerfenster geschossen habe.

DelBello rief als nächstes die Polizeibeamten in den Zeugenstand, denen die Kugel übergeben worden war, sowie den Techniker, der sie analysiert hatte. Sie bestätigten Frank Landes Aussage.

Als nächstes kamen Bill Davis und George Ellis.

Davis erzählte dem Gericht, daß er den Speicher in Folcroft vermessen habe. Das wichtigste Maß waren die sieben Fuß neundreiviertel Inches (etwa zwei Meter siebzig, Anm. des Übers.) von den Dachbalken bis zum Fußboden. Nahm man Liz Landes Körpergröße plus ein Stück Seil und den Abstand von fünfundvierzig bis sechzig Zentimetern, der laut Bill Standens Aussage zwischen Liz' Zehen und dem Boden bestanden habe, passe alles zusammen.

George Ellis beschrieb die erfolglose Suche nach Liz Landes Überresten im Kiefernödland von New Jersey.

Dann war es Zeit für den letzten Zeugen der Anklage.

Mike Raffa war ein Warlock, der im Staatsgefängnis eine fünfzehnjährige Haftstrafe wegen Vergewaltigung verbüßte. So wie er sich vor Gericht präsentierte, gekleidet wie ein Gentleman, hätte niemand so etwas vermutet.

Seine Aussage würde für die sensationellsten Schlagzeilen des gesamten Prozesses sorgen.

»Ich möchte Ihre Aufmerksamkeit auf die Zeit lenken, da es im Jahre neunzehnhundertzweiundsiebzig wärmer wurde«, begann Jim DelBello. »Hatten Sie damals eine Unterhaltung mit Mr. Nauss?«

»Ja.«

»Erzählen Sie den Geschworenen von dieser Unterhaltung.«

»Wir kamen von einem Run zurück, und ich parkte gerade mein Motorrad, als Nauss zu mir kam«, begann Raffa.

»Sie kamen wovon zurück?« fragte Richter Toal.

»Von einem Run«, wiederholte Mike Raffa. »Einer Spritztour auf unseren Motorrädern.« Der Richter nickte, und Raffa fuhr fort. »Ich klappte gerade den Ständer an meiner Maschine runter, als Nauss kam und sagte: ›Mike, ich habe Liz umgebracht‹. Und ich sagte ›Welche Liz?‹«

»Was entgegnete Mr. Nauss darauf?« fragte Jim DelBello.

»Er sagte: ›Du weißt schon, die, die ich zum ›Training‹ auf das Gelände hinter dem Flughafen gebracht habe. Ich habe sie erwürgt. Ich habe ihr alle Zähne gezogen und ihr Hände und Füße abgehackt. Dann habe ich zwei Säcke Löschkalk über ihr ausgekippt, als ich sie begraben habe‹.«

Im Gerichtssaal breitete sich schockierte Stille aus. Mit Ausnahme von Frank Lande, der zu Boden starrte und mühsam gegen die aufsteigenden Tränen ankämpfte, waren alle wie vor den Kopf geschlagen von Raffas unerwarteter Aussage. »Und während er mir das erzählt hat«, fuhr Mike Raffa fort, »hat er die Bewegungen dazu gemacht.« Er demonstrierte, was er meinte, indem er tat, als hacke er sich mit der linken Hand die rechte ab.

Ed Savastio war sichtlich geschockt von Mike Raffas Aussage. Er und Bobby flüsterten eine gute Minute miteinander, und Bobby schüttelte immer wieder den Kopf. Dann erhob sich Savastio.

»Er hat gesagt, er hätte das getan, bevor er die Leiche begraben hat?«

»Erst«, entgegnete Mike Raffa, »sagte er, er hätte sie erwürgt, dann sagte er, er hätte ihr die Zähne gezogen und ihr Hände und Füße abgehackt. Dann sagte er, er habe zwei Säcke Löschkalk über ihr ausgekippt, als er sie begraben habe – damit die Leiche, falls sie eines Tages gefunden würde, nicht identifiziert werden könne.«

Ed Savastio trat einen Schritt zurück.

»Wenn ich nicht irre«, fragte er und klang ehrlich verwirrt, »haben Sie ausgesagt, daß Sie den Ständer Ihres Motorrades heruntergeklappt hätten und Mr. Nauss aus heiterem Himmel an Sie herangetreten sei und gesagt habe ›Ich habe Liz umgebracht‹. Und dann ist er einfach davonmarschiert? Und seinen Worten, er habe Liz umgebracht, ist nichts vorausgegangen?«

»Nein.«

Savastio kehrte kopfschüttelnd zurück an den Tisch der Verteidigung und warf einen Blick auf seine Notizen. Dann wandte er sich wieder Mike Raffa zu.

»Sie sagten, Sie hätten Liz gekannt. Stimmt das?«

»Ja.«

»Ist es richtig, daß Sie ausgesagt haben, sie wäre diejenige gewesen, die er zum ›Training‹ auf das Gelände hinter dem Flughafen gebracht hätte?«

»Das ist richtig.«

»Was verstehen Sie darunter?«

»Das bedeutet, daß eine Gruppe von Kerlen sich zusammengetan und sie gebumst hat, vergewaltigt, wenn Sie so wollen.«

»Habe ich das richtig verstanden, daß Sie an diesem ›Training‹ von Elizabeth Lande teilgehabt haben?«

»Ja.«

»Und das bedeutet«, sagte Ed Savastio sarkastisch, »daß mehrere Gentlemen hintereinander Geschlechtsverkehr mit ihr hatten. Ist das richtig?«

»Es waren zwanzig oder fünfundzwanzig von uns daran beteiligt«, entgegnete Raffa nüchtern.

Stimmengemurmel erhob sich im Saal, und Frank Lande starrte erneut zu Boden.

»Warum sagen Sie jetzt aus, nachdem Sie es all die Jahre für sich behalten haben«, fragte Ed Savastio den Zeugen giftig.

»Ich wollte das alles mal loswerden. Mein Gewissen erleichtern, wenn Sie so wollen.«

Auf Fragen von Savastio hin erzählte Mike Raffa den Geschworenen, daß er derzeit eine Gefängnisstrafe wegen Vergewaltigung verbüße. Er gab zu, daß die Staatsanwaltschaft ihm als Gegenleistung für seine Aussage für den Rest seiner Strafe statt verschärfter Haft Freigang zugesichert habe.

Sobald die Verhandlung für den Tag geschlossen wurde, stürmten die Reporter aus dem Saal, um ihre Stories an ihre Redaktionen weiterzugeben.

Die Schlagzeile der *Daily Times* lautete: ›Ermordete Frau verstümmelt; Sexorgie beschrieben‹. Obwohl die Geschworenen die Zeitungen nicht zu sehen bekamen, kann man sich nur schwerlich vorstellen, daß Mike Raffas Aussage sie nicht ebenso betroffen gemacht hatte wie die Presse.

Derweil besprach sich Richter Toal in seinem Richterzimmer hinter dem Gerichtssaal Drei mit Bobby Nauss, Ed Savastio, Roy DeCaro und Jim DelBello. Er hörte sich Anträge zu den drei Anklagepunkten an, die dem Angeklagten zur Last gelegt wurden: Mord ersten Grades, Totschlag im Affekt und fahrlässige Tötung.

»Euer Ehren«, sagte Savastio, »ich möchte Rechtseinwand gegen den Vorwurf der fahrlässigen Tötung erheben.«

»Kein Problem«, entgegnete Jim DelBello, und Richter Toal strich diesen Anklagepunkt.

»Jim«, fragte Ed Savastio, »wie stehen Sie zu Totschlag im Affekt?«

»Die Staatsanwaltschaft ist der Ansicht, daß Affekt nicht auszuschließen ist«, entgegnete DelBello. Er scheute sich rundheraus zuzugeben, daß er den Geschworenen neben einem Schuldspruch wegen Mordes ersten Grades noch eine zweite Möglichkeit offenhalten wollte. Er wußte, daß sein Fall nicht wasserdicht war. Wenn nur einer der Geschworenen Skrupel hatte, einen so jungen Mann für den Rest seines Lebens hinter Gitter zu schicken, war Totschlag im Affekt ein akzeptabler Kompromiß. Bobby konnte zu einem geringerem Strafmaß verurteilt werden, eine Haftstrafe verbüßen und noch den Großteil seines Erwachsenenlebens in Freiheit vor sich haben, nachdem er für seine Schuld gebüßt hatte. Jim DelBello wollte der Jury diese Möglichkeit offenhalten.

Ed Savastio und Roy DeCaro war von Anfang an klar gewesen, daß es sich um einen klassischen Fall von ›Aussage gegen Aussage‹ handeln würde. Das Wort des einen gegen das des anderen.

»Ich habe meinen Klienten darüber aufgeklärt, daß, wenn das Gericht meinen Antrag auf Streichung der Anklage wegen Totschlags im Affekt stattgibt«, teilte Ed Savastio Richter Toal mit, »er sich in einer Alles-oder-Nichts-Position befindet. Entweder Mord oder Freispruch. Das ist unser Stand.«

»Mr. Nauss«, wandte Richter Toal sich an Bobby, »haben Sie verstanden, was Ihr Verteidiger gesagt hat?«

»Ja, Euer Ehren, ich habe es verstanden«, entgegnete Bobby.

»Ich werde Ihnen meine Entscheidung morgen mitteilen.«

Zwischen Cookie Nauss und Frank Lande hatte sich eine eigenartige Kameraderie entwickelt.

Während zahlreicher Verhandlungspausen gesellte Cookie sich draußen auf dem Flur vor dem Gerichtssaal zu Frank. Sie rauchten und unterhielten sich über Banalitäten.

Frank Lande verstand ihre Motivation nicht. War es Mitgefühl für ihn, weil er seine Tochter verloren hatte? Oder wollte sie ihm Gesellschaft leisten, da seine Frau seit ihrer Aussage dem Gericht fernblieb? Vielleicht spürte sie, daß es schlecht um Bobby stand, und glaubte, daß, wenn sie sich in Franks Nähe aufhielt, etwas von seiner Kraft auf sie abfärben würde. Oder waren es Schuldgefühle, weil sie die ganze Zeit über gewußt hatte, daß Bobby Liz ermordet hatte?

Was immer der Grund auch sein mochte, als das Gericht sich an diesem Tag vertagte, begleitete Cookie Frank zu seinem Wagen und unterhielt sich auf dem Weg mit ihm. Bevor Frank in seinen Wagen stieg, um nach Hause zu fahren, legte sie ihm eine Hand auf den Arm und drückte ihn sanft.

Als er davonfuhr, weinten sie beide.

Kapitel 22

Vor Beginn der Verhandlung am sechsten Prozeßtag lehnte Richter Toal Ed Savastios Antrag ab, die Anklage wegen Totschlags im Affekt fallenzulassen.

Dann rief Bobbys Anwalt den ersten Zeugen der Verteidigung auf: Edward Emanuel, Liz Landes ehemaligen Gynäkologen.

»Unter welchen Beschwerden litt Ihre Patientin zur Zeit ihrer Behandlung?« fragte ihn Savastio.

»Sie litt an einer Geschlechtskrankheit«, entgegnete Dr. Emanuel und erklärte, daß Liz' Tests auf Diplokokken – er buchstabierte das Wort für die Reporter – positiv ausgefallen wäre. »Das spricht für Gonorrhöe, die ich mit dem Antibiotikum Terramycin behandelt habe, vier Gramm, intramuskulär.«

»Das bedeutet, glaube ich, daß Sie ihr eine Spritze gegeben haben«, sagte Ed Savastio. »Sie wird also gewußt haben, daß sie Gonorrhöe hatte, richtig?«

»Das nehme ich an.«

»Keine weiteren Fragen«, sagte der Verteidiger. »Ihr Zeuge, Mr. DelBello.«

»Nun, Doktor«, sagte DelBello und stellte sich vor dem Gynäkologen dumm. »Warum haben Sie sie nicht in ein Krankenhaus eingewiesen?«

»Dazu bestand keine Veranlassung.«

»Dann wird diese Krankheit also nicht stationär behandelt?«

»Nein.«

»Kann eine Person ambulant von dieser Krankheit geheilt werden?« fragte DelBello, wobei er klang, als kenne er die Antwort hierauf nicht bereits.

»Ja.«

»War sie in Lebensgefahr?«

»Meiner Einschätzung nach keinesfalls, nein«, entgegnete der Arzt.

Jim DelBellos Kreuzverhör war ebenso knapp wie erfolgreich verlaufen.

Raymond DiGiuseppe trat als nächster in den Zeugenstand. Er war Psychologe mit eigener Praxis in Long Island, und Ed Savastio fragte ihn nach der Art seiner Arbeit.

»Ich diene vor allem als Vermittler in Krisenfällen, wenn jemand an uns überwiesen wird, den wir als möglicherweise selbstmordgefährdet einstufen.«

»Doktor«, fragte Savastio, »haben Sie eine umfassende

Analyse der Faktoren erstellt, die für eine Selbstmordgefährdung sprechen?«

»Das habe ich«, entgegnete der Experte und führte dann Impulsivität, zwanghaftes Verhalten, Drogenmißbrauch, Alkoholmißbrauch, Schizophrenie, jegliche Art depressiver Störungen, vorangegangene Suizidversuche, eine gescheiterte vorangegangene therapeutische Behandlung und ein chronisch instabiles Familienleben auf.

Ed Savastio ging Liz Landes emotionale Störungen in allen Einzelheiten durch und fragte dann: »Doktor, können Sie mit angemessener fachlicher Überzeugung sagen, ob sie suizidgefährdet war oder nicht?«

»Meiner Ansicht nach war sie hochgradig suizidgefährdet.«

Für alle, die den ›Spielstand‹ verfolgten, stand es zwei zu eins für die Staatsanwaltschaft. Dr. McKenzie und Dr. Rosen hatten zugunsten der Staatsanwaltschaft ausgesagt und Liz Lande als ›nicht suizidgefährdet‹ bezeichnet. Dr. DiGiuseppe, Zeuge der Verteidigung, behauptete nun genau das Gegenteil.

Als die Verhandlung nach der Mittagspause fortgeführt wurde, trat Dr. DiGiuseppe wieder in den Zeugenstand. Jim DelBello erhob sich und trat dicht vor ihn.

»Haben Sie in Ihrer eigenen Praxis jemals einen Selbstmordpatienten gehabt?« fragte er knapp, aber höflich.

Dr. DiGiuseppe bejahte.

»Hatten Sie jemals einen Patienten, der tatsächlich Selbstmord begangen hat?«

»Das einzige Mal, daß einer meiner Patienten sich das Leben genommen hat, war ich noch Assistenzarzt.«

»War es ein Mann oder eine Frau?« Jim DelBello hatte seine Hausaufgaben gemacht. Er stand jetzt den Geschworenen zugewandt, dem Psychologen den Rücken zugekehrt, und wartete auf die Antwort, die er bereits kannte.

»Ein Mann.«

»Auf welche Weise hat er sich getötet?«

»Er hat sich vor einen Lastwagen gestürzt.«

»Vollständig bekleidet?«

»Ja, Sir.«

Jim DelBello kehrte an seinen Platz am Tisch der Staatsanwaltschaft zurück und setzte sich. Wieder war es ihm gelungen, bei der Jury Punkte zu machen.

Kapitel 23

Der Moment, auf den alle gewartet hatten, trat um sechzehn Uhr sechsundzwanzig an diesem Nachmittag ein.

»Ich rufe Robert Nauss Junior in den Zeugenstand«, sagte Ed Savastio, und der gepflegte, gutgekleidete, gutaussehende junge Mann, der des Mordes angeklagt war, erhob sich. Während die Zuschauer im vollbesetzten Gerichtssaal verstummten, trat Bobby in den Zeugenstand und hob die rechte Hand.

Während seiner diversen Prozesse hatte Bobby sich stets standhaft geweigert, irgendeinem Vertreter der Nachrichtenmedien ein Interview zu geben. Hieraus ergab sich, daß er sich jetzt einem Publikum gegenübersah, das schon lange darauf wartete, seine Version der Geschichte zu hören. Was würde er zu seiner Beziehung zu Liz sagen? Zu ihrem Tod? Warum hatte er, wenn sie tatsächlich Selbstmord begangen hatte, wie sein Anwalt behauptete, all die Jahre geschwiegen?«

Bobby nahm im Zeugenstand Platz. Er wußte, daß dies der wichtigste Augenblick in seinem Leben war. Wenn er freigesprochen werden wollte, mußte er die Geschworenen hier und jetzt überzeugen. Seine Anwälte hatten ihn auf seine Aussage vorbereitet, und er hatte das vorgefaßte Skript auswendig gelernt. Aber nicht nur seine Worte allein würden die Jury beeinflussen. Ob er schuldig oder nicht schuldig gesprochen wurde, hing davon ab, wie er das Gesagte vortrug. Würden die Geschworenen ihm glauben?

Bobby blickte zu seiner Mutter hinüber, dann zu Cookie. Er war angewiesen worden, zu den Geschworenen hinüberzusehen, und das tat er. Dann trat sein Anwalt auf ihn zu.

»Wann sind Sie Elizabeth Lande das erste Mal begegnet?« fragte ihn Ed Savastio.

Bobby beschrieb, wie er Liz aufgelesen hatte, als sie im Februar 1971 allein vor der Bowlero Bowling Alley am Straßenrand gesessen hatte. Er sagte, er wäre mit ihr zu einer Bar gefahren, wo sie bis Feierabend geblieben und etwas getrunken hätten. Anschließend wären sie gemeinsam gegangen.

»Wohin sind Sie gegangen, nachdem Sie die Bar verlassen hatten?«

»Wir gingen zu mir«, entgegnete Bobby mit ausdrucksloser, monotoner Stimme. Noch saß er völlig reglos da. »Nicht zu der Wohnung, die Stanley später in Folcroft gemietet hat, sondern zu der Wohnung, in der er vorher gelebt hat, in Fernwood. Er hatte eine Wohnung mit zwei Schlafzimmern, und ich bewohnte das eine zur Untermiete.«

»Hat sie die Nacht mit Ihnen verbracht?«

»Ja«, entgegnete Bobby, den Blick auf den Anwalt geheftet.

»Haben Sie in dieser Nacht mit ihr geschlafen?«

»Ja. Am nächsten Morgen habe ich sie dann nach Hause gefahren?«

»Haben Sie Elizabeth Lande zwischen Februar einundsiebzig und Dezember einundsiebzig gesehen?«

»Jedes Wochenende.«

»Die ganzen Monate über?«

»Nein, ich machte Ende Mai mit ihr Schluß.«

Ed Savastio forderte Bobby auf, zu beschreiben, wie sie ihre Wochenenden zwischen Februar und Mai verbracht hatten.

»Jedesmal, wenn wir ausgingen, verbrachte ich die Nacht

mit ihr«, sagte er. »Manchmal gingen wir für eine Nacht aus, manchmal auch das ganze Wochenende.«

»Welcher Art war Ihre Beziehung im Mai?«

»Ich zog in eine Wohnung in Yeadon. Parkview Court. Mitte des Monats kam sie eines Nachts rüber, nachdem sie sich mit ihrer Mutter gestritten hatte. Ich ging raus zu ihrem Taxi, holte ihre Sachen und brachte sie ins Haus.«

»Wie lange hat sie bei Ihnen gewohnt?«

»Etwa zwei Wochen.«

»Und was ist nach diesen zwei Wochen geschehen?«

»Dadurch, daß wir tagein, tagaus zusammen gewesen waren, lernte ich sie besser kennen, und sie ...« Bobby rutschte unruhig auf dem Stuhl hin und her. »Ich ging ihr den ganzen Sommer bis zum September aus dem Weg.«

»Wissen Sie, mit wem sie nach Ihnen ausgegangen ist?«

»Im Juni war sie mit William Standen zusammen.«

Ed Savastio beabsichtigte, eine sexuelle Beziehung zwischen Bill Standen und Liz Lande glaubhaft zu machen, und legte eine kurze Pause ein, damit der Samen keimen konnte.

»Wie oft haben Sie William Standen und Elizabeth Lande zusammen gesehen?«

»Ich habe sie einmal – nein zweimal – zusammen gesehen.«

»Und wann haben Sie die Beziehung zu ihr wieder aufgenommen?«

»Wir haben uns nie mehr regelmäßig gesehen«, entgegnete Bobby, die Stimme immer noch völlig ausdruckslos. »Aber nach September habe ich mich ein paarmal mit ihr getroffen – um mit ihr zu schlafen. Sie war in diesem Jahr eine völlig neue Erfahrung für mich und wohl die beste Sexpartnerin, die ich in meinem Leben gehabt hatte.«

»Waren Sie in sie verliebt?«

Bobby blickte starr geradeaus und antwortete laut und deutlich. Nein, er sei nicht in sie verliebt gewesen.

Ed Savastio legte erneut eine Pause ein, um das Gesagte wirken zu lassen: Bobby hatte Liz allein zur Befriedigung seiner sexuellen Bedürfnisse benutzt, eine gefühlsmäßige

Bindung hatte von seiner Seite nicht bestanden. Er legte großen Wert darauf, dies deutlich zu machen. Alles, was Bobby bislang gesagt hatte, beschrieb eine lieblose, rein sexuelle Beziehung – mehr nicht –, der Geschlechtsverkehr in jener ersten Nacht, in der sie sich kennengelernt hatten, ihre gemeinsamen Nächte während der folgenden Wochenenden, ihr Einzug, ihr Rauswurf, die Monate der Trennung, in denen sie ihm nicht im mindesten gefehlt hatte, dann die Wiederaufnahme ihrer Beziehung, aber nur weil sie seine Bedürfnisse besser befriedigte als jede andere Frau, die er gehabt hatte. Keine Liebe. Kein Gefühl. Wenn er sie nicht geliebt hatte, was sollte Bobby dann für ein Motiv für ein Verbrechen aus Leidenschaft gehabt haben?

Cookie und Pauline Nauss hingen an seinen Lippen.

Frank Lande sah zu, ohne mit der Wimper zu zucken.

Ed Savastio wollte, daß Bobby einige Behauptungen anderer Zeugen leugnete, und dorthin steuerte er jetzt.

»Sie haben die Zeugenaussagen von Jackie Weir zu einem Vorfall gehört, der sich angeblich in Kostick's Bar ereignet hat? Daß Sie sie ins Gesicht geschlagen haben?«

»Ja, das habe ich gehört«, entgegnete Bobby nickend.

»Hat dieser Vorfall stattgefunden?«

»Ich bin mir nicht sicher. Möglich, aber ich weiß es nicht genau.«

»Sie haben gehört, daß Mr. Foreacre einen Vorfall beschrieben hat, wonach Sie ein Vorhängeschloß nach Elizabeth geworfen hätten. Können Sie uns den Vorfall beschreiben?«

»Ich hatte sie eine Weile nicht mehr gesehen und arbeitete eines Morgens in meiner Werkstatt an einem Motorrad. ›Was machst du mit diesem Clown?‹ fragte ich sie.« Zum erstenmal lag eine gewisse Regung in Bobbys Stimme. Er erklärte, daß er Foreacre nicht habe leiden können. Es wäre zum Streit gekommen, und er hätte Liz gesagt, sie solle verschwinden. Eins führte zum anderen. Er habe die Beherrschung verloren und das Schloß nach ihr geworfen.

»Es traf sie am Mund?« fragte Savastio.

»Nein, gegen die Zähne«, entgegnete Bobby und deutete auf sein eigenes Gebiß. »Auf der linken Seite, etwa hier. Es hat sie nur gestreift.«

Darauf fragte Ed Savastio Bobby nach dem Schuß, den er auf Liz Landes Schlafzimmerfenster abgefeuert haben sollte.

»Es wurde ausgesagt«, sagte Savastio, »Sie hätten sie zu Hause angerufen und wären anschließend mit Mr. Weir zu ihr nach Hause gefahren. Ist das richtig?«

»Nein«, erwiderte Bobby, »das stimmt nicht.« Darauf lehnte er sich zurück.

»Bob, Mr. Weir hat außerdem ausgesagt, Sie hätten ihn am zwölften Dezember einundsiebzig spätnachmittags angerufen und gebeten, rüberzukommen. Hat es diesen Anruf je gegeben?«

»Nein, ich habe ihn nicht angerufen.«

»Hatten Sie an diesem Tag einen Wagen zu Ihrer Verfügung?«

»Ich hatte das ganze Wochenende über keinen Wagen.«

»Haben Sie Elizabeth an diesem Abend angerufen?«

Bobby verneinte.

»Hat sie Sie angerufen?«

Bobby sagte, sie habe ihn gegen Mitternacht angerufen und gesagt, sie käme rüber. Als sie eingetroffen war, hätten sie eine Weile rumgesessen und wären dann ins Bett gegangen. Sie hätten fast die ganze Nacht bis in die frühen Morgenstunden Sex gemacht. Am nächsten Tag wären sie erst spät aufgestanden. Liz hätte etwas zu essen gekocht, und dann hätten sie den ganzen Nachmittag ferngesehen. Sie wären in Stanleys Wohnung gewesen, weil Stanley und seine Frau über das Wochenende weggefahren seien und Stanley ihn gebeten hätte, auf das Haus zu achten.

»Mr. Standen hat ausgesagt, daß Sie ihm, als er zurückgekommen ist, von einem Vorfall berichtet hätten, demzufolge Sie Miss Lande gewürgt hätten. Haben Sie sie gewürgt?«

»Nein, habe ich nicht.«

»Was ist passiert?«

»Sie hatte an diesem Tag mehrere Pillen geschluckt«, entgegnete Bobby. »Eine Mischung aus Aufputsch- und Beruhigungsmitteln.«

»War das bei ihr ungewöhnlich?«

»Im Gegenteil«, entgegnete Bobby angewidert. »Wir haben uns ständig wegen der Pillen gestritten. Das war eigentlich der Grund für all unsere Auseinandersetzungen. Sie schluckte so viel von dem Zeug, daß sie regelmäßig ausflippte.«

»Was meinen Sie damit?«

»Nun, sie führte sich auf wie eine Wahnsinnige«, entgegnete Bobby verächtlich. »Sie wurde so aufgedreht von den Aufputschmitteln, daß sie Beruhigungstabletten schluckte. Das ging mehrmals soweit, daß ich mich geschämt habe, mit ihr gesehen zu werden. Sie war dann so down, daß sie ständig umgekippt ist.«

Bobby erklärte, daß sie gegen achtzehn Uhr aneinandergeraten wären und sich angeschrien hätten. Dann habe Liz ein Bad genommen und wäre eine gute Stunde später völlig ruhig wieder aus dem Badezimmer gekommen. Die nächsten Stunden hätten sie auf der Veranda hinter dem Haus gesessen und Musik gehört.

Bobby lehnte sich in seinem Stuhl vor. Er wirkte entspannt. Seine Stimme klang inzwischen viel natürlicher, weniger gekünstelt und lebhafter.

Er sagte, Stanley und seine Frau wären gegen zweiundzwanzig Uhr durch die Hintertür ins Haus gekommen. Stanleys Frau wäre schnurstracks ins Schlafzimmer gegangen. Stanley sei ihr gefolgt, aber sie habe ihm die Tür vor der Nase zugeschlagen und sie abgeschlossen. Stanley habe mit der Faust gegen die Tür gehämmert, aber als sie ihn nicht reinlassen wollte, sei er zu ihm und Liz auf die Veranda gekommen.

Stanley habe ihn gefragt, ob sie trotzdem später am Abend losziehen und einen Wagen klauen sollten. Er, Bobby, habe zugestimmt.

›Wir gehen in ein paar Stunden‹, habe Stanley gesagt, ›ich

will erst sehen, ob ich die Sache mit ihr bereinigen kann.‹ Darauf wäre Stanley zurück ins Haus gegangen, um mit seiner Frau zu sprechen.

Liz habe nur dagesessen, ganz benommen von den Pillen, die sie genommen hatte. Bobby habe ihr gesagt, sie sähe zum Kotzen aus und es wäre an der Zeit, daß sie sich zusammenreiße, was zu einem neuen Streit führte.

›Von den Pillen fühle ich mich gut‹, habe Liz ihn angeschrien. ›Sie schaden mir nicht, und mein Arzt hat gesagt, sie wären okay.‹

Bobby habe zurückgeschrien, geflucht und sie beschimpft. Liz sei ins Badezimmer gerannt und habe die Tür hinter sich zugeschlagen. Der Lärm, den sie veranstaltet hätten, müsse Stanley beunruhigt haben, denn er sei aus dem Schlafzimmer gekommen.

›Was ist hier los?‹ habe ihn Stanley gefragt.

›Sie ist ins Bad gelaufen und hat sich eingeschlossen‹, habe er entgegnet. ›Sie schluckt schon wieder diese Pillen.‹

›Ich will, daß sie von hier verschwindet‹, habe Stanley gesagt.

Also wäre er, Bobby, zum Bad gegangen, habe an die Tür gehämmert und ihr gesagt, sie solle rauskommen.

›Laß mich in Frieden‹, habe Liz gerufen, und Bobby zufolge habe es geklungen, als weine sie. ›Ich verstehe nicht, warum mich niemand mag. Niemand liebt mich. Ich komme mir so wertlos vor.‹

Stanley habe die Badezimmertür eingetreten und zwischen Bobby und Liz gestanden. Das Medizinschränkchen habe offen gestanden, und im Waschbecken hätten allerlei Tabletten gelegen.

»Ich weiß nicht, ob sie sie vor Schreck hat fallen lassen, als ... als Stanley die Tür eingetreten hat«, fuhr Bobby fort, »oder ob sie gerade dabei war, welche zu schlucken. Es waren Thorazin-Tabletten.

Ich konnte Stanley ansehen, daß er ziemlich sauer war, nicht zuletzt, weil sie nach ihrem Bad nicht aufgeräumt hatte. Überall lagen Handtücher und Schminksachen herum.

Ich sagte zu Stanley: ›Ich bringe sie nach Hause, leih mir deinen Wagen‹. Aber sie wollte nicht nach Hause, sie wollte bei mir bleiben. Ich sagte ihr, ich müsse noch mal los, aber sie sagte, das wäre ihr egal, sie würde auf mich warten. Sie war völlig high, ist rumgetorkelt, und Stanley war mir keine große Hilfe. Er hat sie gepackt und auf mich zugeschleudert. Ich habe ihr die Arme um die Taille gelegt, sie legte mir einen Arm um die Schultern, und so gingen wir durch die Küche und das Hinterzimmer. Ich habe mir im Vorbeigehen ihren Mantel und ihre Handtasche gepackt, und wir sind aus dem Haus zur Werkstatt und auf den Speicher hinauf gegangen.«

An diesem Punkt unterbrach Ed Savastio Bobbys Aussage und bat ihn, den Speicher zu beschreiben.

»Da oben stand ein relativ breites Bett. Ich würde sagen ein Doppelbett, mit einem Eisengestell, einer Matratze, Laken und Decken. Daneben stand ein Nachttisch, das heißt, genaugenommen war es eine Milchkiste, eine orangefarbene Milchkiste.«

»Was befand sich noch dort oben?«

»Es lagen etwa zehn von diesen Kästen dort«, entgegnete Bobby. »Wir benutzten sie als Stühle und bewahrten in ihnen Autoersatzteile auf. Außerdem waren da einige Reifenpumpen, Wagentüren, Windschutzscheiben – halt diverse Ersatzteile –, Vergaser, Benzinpumpen und Ähnliches, und in einigen Kästen war einfach Schrott.«

»War dort oben Licht?«

»Es gab elektrisches Licht, aber ich glaube, ich habe es nicht eingeschaltet. Ich bin nicht sicher. Ich schaltete das Radio und den elektrischen Heizlüfter ein und zündete eine Kerze an. Dann redeten wir. Ich wollte sie beruhigen. Sie war total high. Es schien, als würden wir uns im Anschluß an einen solchen Streit immer versöhnen.

So auch in dieser Nacht. Wir gingen ins Bett und hatten Sex. Hinterher, als wir einfach so dalagen, kam Stanley rauf und sagte …«

»Unangekündigt?« unterbrach ihn Savastio.

»Ja«, entgegnete Bobby. »Stanley kam einfach ohne Vorwarnung rauf, und ich sagte: ›Ich komme gleich runter‹. Er ging wieder nach unten, und ich stieg aus dem Bett, zog mich an und folgte ihm. Stanley fragte mich, wie die Chancen stünden, daß er ...« Bobby verstummte, als wäre es ihm unangenehm, den Satz zu Ende zu sprechen.

»Sprechen Sie weiter«, ermutigte ihn sein Anwalt. »Sagen Sie es.«

»Also, er fragte, wie seine Chancen stünden, auch mal ranzukommen?«

»Was meinen Sie mit ›auch mal rankommen‹?«

»Er wollte Sex mit Liz.«

»Was haben Sie darauf geantwortet?«

Bobby sagte, er habe Stanley geantwortet, das wäre keine gute Idee, weil Liz noch ziemlich sauer wäre. Aber Stanley sah das anders.

›Ich wüßte nicht, was das für eine Rolle spielen sollte‹, habe Stanley gesagt. ›Sie hat es schon mal getan und wird es wieder tun.‹

›Wenn du raufgehen willst, bitte‹, habe Bobby erwidert, ›aber ich will nicht, daß du sie zu irgend etwas zwingst.‹

Während Stanley nach oben auf den Speicher gegangen wäre, erzählte Bobby dem Gericht, habe er angefangen, einen VW auseinanderzunehmen.

Etwa zwanzig, dreißig Minuten später wäre Stanley wieder heruntergekommen.

»Hat es Sie denn nicht gestört«, fragte Ed Savastio Bobby, »daß jemand direkt über ihnen mit einer Frau schlief, mit der Sie selbst gerade erst geschlafen hatten?«

»Nein, das war bei ihr nichts Ungewöhnliches.«

»Haben Sie mit Mr. Standen gesprochen, als er herunterkam?«

»Ich habe gefragt, wie es gelaufen sei.«

›Mann‹, habe Stanley erwidert, ›die ist völlig daneben. Ich glaube, sie hat gar nicht gemerkt, daß jemand anders zu ihr ins Bett gestiegen ist.‹

Bobby sagte, er und Stanley hätten die Werkstatt verlassen

und wären in Stanleys weißem Pontiac Cabrio weggefahren. Das wäre so gegen ein Uhr früh gewesen.

Alle im Saal lauschten aufmerksam jedem seiner Worte. Aber es war unmöglich zu sagen, ob der eine oder andere der Geschworenen ihm seine Geschichte abkaufte oder nicht.

Savastio, der die Gelegenheit voll ausschöpfen wollte, fragte: »Wo wollten Sie hin?«

»Wir waren auf der Suche nach einem roten Cabrio Baujahr siebzig, einem Cadillac.«

»Nach einem bestimmten Modell oder irgendeinem roten Cadillac Cabrio?«

»Es mußte Feuerwehrrot sein.«

»Um wieviel Uhr waren Sie zurück?«

»Ich glaube, das war so gegen sieben«, entgegnete Bobby. »Es wurde gerade hell. Wir parkten vor Stanleys Haus an der Chester Pike, stiegen aus dem Wagen und gingen die Zufahrtsstraße hinauf. Stanley ging ins Haus, und ich ging weiter zur Werkstatt und rauf auf den Dachboden.«

»Haben Sie dort etwas Ungewöhnliches gesehen?«

»Ja.«

»Was haben Sie gesehen?« fragte Savastio. Er warf einen Blick auf die Geschworenen und stellte fest, daß sie aufmerksam zuhörten.

»Als ich oben an der Treppe anlangte«, sagte Bobby und zögerte. Er seufzte. »Ich sah Liz an einem Strick von der Decke baumeln, einen Milchkasten unter den Füßen.«

»Was haben Sie getan?« fragte Ed Savastio in gedämpftem, theatralischen Tonfall.

»Eine Minute lang war ich wie erstarrt«, entgegnete Bobby und blickte sich im Gerichtssaal um, als wolle er das Entsetzen, das er in diesem Augenblick empfunden hatte, mit allen teilen. »Dann habe ich angefangen zu zittern.«

Ed Savastio gönnte Bobby eine kurze Pause. Dann fragte er ihn, was als nächstes passiert wäre.

Bobby sagte, er wäre aus der Werkstatt und zu Stanleys Wohnung gelaufen. Stanley hätte in der Küche gesessen und gefrühstückt.

›Stanley‹, habe er, Bobby, gesagt, ›Liz ist tot. Sie hat sich erhängt.‹

›Verschwinde‹, habe Stanley gesagt.

›Ich meine es ernst. Komm mit und sieh selbst.‹

Sie wären zur Werkstatt gegangen und auf den Dachboden gestiegen. Stanley wäre vorangegangen. Als er oben angelangt sei, sei er abrupt stehengeblieben.

›Herrgott noch mal!‹ habe Stanley gerufen. ›Mußte das ausgerechnet hier sein?‹

Sie wären zu ihr gegangen.

›Stanley‹, hätte er gefragt, ›glaubst du, sie ist tot?‹

Stanley habe sie geschüttelt.

›Ja‹, habe er dann erwidert. ›Sie ist hinüber.‹

›Was sollen wir jetzt tun?‹ habe Bobby gefragt.

›Also eins ist mal sicher, wir müssen sie schnellstens von hier wegbringen.‹

Bobby habe das Laken vom Bett genommen, den Milchkasten unter ihr weggetreten und das Laken auf dem Boden ausgebreitet. Liz habe mit dem Gesicht zur Straße gehangen, und er sei hinter sie getreten, habe die Arme um sie gelegt und sie hochgehoben. Plötzlich sei Liz gefallen, und er habe ihr Gewicht nicht halten können. Sie wäre zu Boden gestürzt und auf dem Laken gelandet. Bobby habe sie in das Laken gewickelt, und dann hätten er und Stanley sie nach unten getragen.

›Was sollen wir tun?‹ habe Bobby Stanley gefragt.

›Ich kenne einen Ort, wo wir sie hinbringen können‹, habe Stanley entgegnet. ›Dort wird sie niemand finden.‹

Bobbys Anwalt unterbrach ihn und fragte: »Warum haben Sie nicht die Polizei verständigt, Bobby?«

»Unten in der Werkstatt standen mehrere halb auseinandergenommene Wagen«, entgegnete er. »Wagen ohne Seriennummern.«

»Waren die Wagen gestohlen?«

»Ja«, entgegnete Bobby, aber plötzlich klang seine Stimme wieder hölzern, als habe er seine Antworten auswendig gelernt. »Und wir hätten die Werkstatt niemals rechtzeitig leerräumen können. Außerdem hätte ich damit Stanley verraten, auf den in New Jersey ein Haftbefehl ausgestellt war.«

Bobby fuhr fort. Er sagte, inzwischen wäre es hell gewesen, so zwischen sieben und acht. Stanley habe vorgeschlagen, Jackie Weir anzurufen.

›Wozu?‹ habe Bobby gefragt.

›Also erstens können wir ihre Kleider bei seinem Onkel in der Werkstatt in einer leeren Tonne verbrennen. Zweitens kennt Jackie sich in New Jersey um einiges besser aus als ich.‹

Bobby habe Liz' Kleider eingesammelt, und Stanley habe ihm ihren Mantel und den Strick gereicht. Er habe alles in eine Einkaufstüte gestopft. Dann hätten sie Liz' Leiche im Kofferraum von Bobbys altem schwarzen Cadillac verstaut, der in der Werkstatt parkte. Er habe sich in den Pontiac gesetzt und gewartet, während Stanley zurück in seine Wohnung gegangen sei, um Jackie Weir anzurufen.

Als sie in der Werkstatt von Jackies Onkel in Yeadon eingetroffen waren, hätte Jackie draußen neben der Fünfundfünfzig-Gallonen-Tonne gestanden, in der bereits ein Feuer brannte. Bobby habe Jackie die braune Papiertüte gereicht, und er habe sie mit dem gesamten Inhalt in die Flammen geworfen.

Dann wären Bobby und Stanley zurück nach Folcroft gefahren, um Liz' Leiche zu holen, hätten es sich jedoch bald anders überlegt. Sie wären übereingekommen, daß es keine so gute Idee wäre, mit einer Leiche im Kofferraum herumzufahren.

Also wären sie zuerst nach Jersey ins Kiefernödland gefahren, um eine geeignete Stelle zu suchen, an der sie Liz begraben konnten. Dann wären sie nach Folcroft zurückgekehrt und hätten Liz' Leiche von Bobbys Cadillac in Stanleys Pontiac umgeladen.

»Ich glaube, Mr. Standen erwähnte Schwierigkeiten beim Schließen des Kofferraums«, sagte Ed Savastio. »Hatten Sie Schwierigkeiten beim Schließen des Kofferraums?«

»Nein«, entgegnete Bobby. »Der Pontiac hat wohl unter allen Modellen den größten Kofferraum, und bis auf die Schaufeln und den Ersatzreifen war er leer.«

Einer der Geschworenen mußte einmal einen Pontiac Bonneville besessen haben. In seine Augen trat ein Schimmer des Erkennens, und er nickte kaum merklich.

Als sie jedoch an die Stelle zurückgefahren wären, die sie sich ausgesucht hätten, fuhr Bobby fort, hätte ein roter Jeep auf dem unbefestigten Weg gestanden, und zwei Mitarbeiter der Straßenwacht wären dort herumgelaufen. Also wären er und Stanley weggefahren, um eine andere Stelle für Liz' Grab zu suchen. Diesmal hätten sie eine flache Grube ausgehoben, die Leiche hineingeworfen, das Loch zugeschaufelt und das Grab mit Kiefernnadeln bedeckt.

An diesem Punkt kehrte Ed Savastio Bobby den Rücken zu und kehrte langsam an den Tisch der Verteidigung zurück. Er wollte, daß im Saal längere Zeit Schweigen herrschte. Er brauchte nur einen Geschworenen, der an der Version des Staatsanwaltes zweifelte, und er wollte, daß die Jury alles, was Bobby bislang gesagt hatte, auf sich wirken ließ. Er beschäftigte sich eine Weile mit seinen Notizen. Er war beinahe fertig mit Bobby – es gab nur noch einige wenige Punkte zu widerlegen. Dann stellte er seine nächste Frage.

»Bob, Sie haben Mike Raffas Aussage gehört, nicht wahr?«

»Ja, das habe ich.«

»Haben Sie jemals diese Unterhaltung mit ihm geführt?«

»Nein«, entgegnete er in seinem bislang energischsten Tonfall.

Ed Savastio wechselte das Thema. Er wußte, daß Jim DelBello darauf hinweisen würde, daß Bobby zuweilen nicht die Wahrheit sagte. Und so meinte er, es läge in Bobbys Interesse, wenn die Geschworenen es zuerst von Bobby selbst hörten.

»Bob, als Sie den Polizeibeamten bei verschiedenen Gelegenheiten sagte, daß Sie nicht wüßten, wo Liz wäre«, fragte der Verteidiger, »haben Sie da gelogen?«

»Ja, das habe ich.«

Und jetzt war der Augenblick gekommen, zu leugnen und abermals zu leugnen.

»Bob, hatten Sie irgend etwas mit dem Tod von Elizabeth Lande zu tun?«

»Nein, das hatte ich nicht.«

»Haben Sie sie erhängt?«

»Nein, das habe ich nicht.«

»Haben Sie sie auf irgendeine andere Art getötet?«

»Nein, das habe ich nicht.«

»Wer hat Ihrem Wissen nach Elizabeth Lande als letzter lebend gesehen?«

»Stanley«, entgegnete er.

Als Bobby um halb sieben an diesem Abend aus dem Zeugenstand entlassen wurde, schloß Richter Toal die Verhandlung für diesen Tag.

Kapitel 24

Um zehn Uhr am nächsten Vormittag, dem 7. Dezember, einem Mittwoch, wurde Bobby von Jim DelBello ins Kreuzverhör genommen. Der Staatsanwalt warf einen letzten Blick auf seine Notizen und trat dann vor den Zeugenstand. Bobby war in seinem feingestreiften weißen Hemd, der seriösen, blauen Krawatte und dem dunkelblauen Anzug gekleidet wie ein Geschäftsmann. Seine Hände ruhten auf seinen Schenkeln. So wie während des gesamten Prozesses war er auffällig blaß. Die Reporter beschrieben ihn als bleich.

»Erinnern Sie sich, daß Detective Raleigh Witcher zu Bemerkungen, die Sie ihm gegenüber gemacht haben, ausgesagt hat?« fragte DelBello.

»Ja, ich erinnere mich«, entgegnete Bobby mit ruhiger,

fester Stimme und hielt DelBellos eindringlichem Blick, ohne mit der Wimper zu zucken, stand.

»Erinnern Sie sich, daß Detective Witcher ausgesagt hat, daß Sie ihm erzählt haben, Sie wären im Sommer mit Liz Lande zum Clubhaus gefahren?«

»Nein«, entgegnete Bobby kopfschüttelnd. »Mag sein, daß ich das gesagt habe, aber alles, was ich ihm erzählt habe, war gelogen.«

»Alles?« fragte Jim DelBello höflich.

»Alles«, entgegnete Bobby nachdrücklich.

»Dann war es auch gelogen, als Sie ihm sagten, Sie hätten eine Weihnachtskarte von Elizabeth Lande bekommen?« köderte der Staatsanwalt Bobby.

»Das habe nicht ich Detective Witcher erzählt«, erwiderte Bobby gereizt. »Das hat meine Mutter ihm erzählt.«

»Warum haben Sie ihn angelogen?« fragte Jim DelBello, wandte sich vom Zeugenstand ab und trat vor die Geschworenen.

»Ich dachte, anstatt ihm gar nichts zu sagen, wäre es besser, ihm ein wenig von allem zu erzählen – ob wahr oder unwahr –, damit er zumindest einen Teil von dem glaubte, was ich sagte«, entgegnete Bobby selbstsicher.

»Heißt das, Sie haben ihm gegenüber einen Teil der Wahrheit mit Lügen vermischt?« hakte DelBello nach.

»Ja.«

»Halten Sie es jetzt genauso?« fragte Jim DelBello leise, aber doch laut genug, daß die Geschworenen ihn verstehen konnten.

Als Ed Savastio Einspruch erhob, zog DelBello seine Frage zurück, noch ehe der Richter dem Einspruch stattgeben konnte. Aber DelBello hatte seinen Standpunkt klargemacht.

»Hat Jackie Weir« fuhr DelBello fort und kam auf den nächsten Punkt auf seiner Liste zu sprechen, wobei er wieder vor den Zeugenstand trat, »Sie im Sommer einundsiebzig je zu den Landes gefahren?« Er betonte das Wort ›je‹.

»Nein«, entgegnete Bobby knapp.

»Sie behaupten also, Jackie Weir hätte Sie nie zum Haus der Landes gefahren, ist das richtig?« Diesmal lag die Betonung auf ›nie‹.

»Das ist richtig«, erwiderte Bobby und lehnte sich vor.

»Jackie Weir hat ausgesagt, Sie hätten Elizabeth Lande in Kostick's Bar geschlagen, und Sie selbst haben zugegeben, daß das möglich wäre. Warum haben Sie das gesagt?«

»Ich erinnere mich, sie geschlagen zu haben«, entgegnete Bobby beinahe entschuldigend. »Ich kann mich nur nicht erinnern, ob ich sie in einer Bar geschlagen habe oder nicht.«

»Haben Sie sie jemals gewürgt?« fragte Jim DelBello.

»Nein«, entgegnete Bobby kopfschüttelnd.

»Haben Sie sie je mit einem Gegenstand geschlagen?«

»Was meinen Sie damit?« fragte Bobby.

»Mit einem Knüppel«, sagte DelBello, »oder einem Baseballschläger.«

»Nein.«

»Mit irgendeinem anderen Gegenstand?«

Bobby schüttelte erneut den Kopf. »Mit einem Vorhängeschloß«, platzte er dann abrupt heraus. Kein überraschendes Geständnis, da er diesen Vorfall bereits am Vortag bestätigt hatte.

»Sie haben ausgesagt, Mr. Standen wäre im Sommer einundsiebzig, zwischen Juni und September, mit Liz befreundet gewesen, ist das richtig?« fragte Jim DelBello, und seine Stimme klang wieder völlig harmlos.

»Das ist richtig.«

»Wann und wo haben Sie die beiden zusammen gesehen?«

»Das erstemal aus dem Wagen«, entgegnete Bobby. »Ich weiß nicht mehr, wo.«

»Und wann war das?« fragte DelBello wie aus der Pistole geschossen.

»Kurze Zeit nachdem ich mit ihr Schluß gemacht hatte.«

»Wo haben Sie sie gesehen?« Wieder hatte er seine Frage sehr schnell gestellt.

»Ich weiß es nicht mehr genau.«

»Mal sehen, ob ich Sie richtig verstanden habe«, sagte DelBello in ungläubigen Tonfall und blickte lächelnd und kopfschüttelnd zu den Geschworenen hinüber. »Sie sind zufällig irgendwo vorbeigefahren und haben sie zusammen gesehen. Ist es das, was Sie den Geschworenen erzählen wollen?«

Als Bobby bejahte, verdrehte DelBello die Augen.

»Okay«, sagte der Staatsanwalt, und es klang, als wolle er das Thema wechseln. Er ging zum Tisch der Anklagevertretung, als wolle er etwas in seinen Notizen überprüfen, aber er wußte sehr genau, wie seine nächste Frage lauten würde. »Wann haben Sie sie das zweitemal gesehen?«

»Das zweitemal«, sagte Bobby mit leichtem Zögern, »als er in der Nacht, in der sie starb, mit ihr zusammen war.«

»Einen Augenblick«, sagte Jim DelBello, und ein leises Lächeln umspielte seine Lippen. »Ich dachte, Sie hätten gesagt, Sie hätten sie zwischen Juni und September zweimal zusammen gesehen. Und jetzt sagen Sie, das zweitemal hätten Sie sie im Dezember zusammen gesehen.« Der Staatsanwalt zuckte mit den Schultern und hob beide Arme mit den Handflächen nach oben in Bobbys Richtung. »Was stimmt denn nun?«

»Ich habe den zeitlichen Rahmen nicht berücksichtigt«, entgegnete Bobby, und sein Mund blieb offen stehen, bis er hinzufügte: »Aber ich habe sie zweimal zusammen gesehen.«

»Und wann genau haben Sie Mr. Standen und Elizabeth Lande in der Nacht ihres Todes zusammen gesehen?« fragte Jim DelBello Bobby rundheraus.

»Ich habe sie nicht zusammen *gesehen*, aber er war bei ihr.«

»Ich frage Sie, was Sie *gesehen* haben.«

»Ich habe nichts gesehen«, räumte Bobby ein.

Daraufhin änderte Jim DelBello die Art seiner Fragestellung. Und wieder sprach er in völlig ruhigem Tonfall.

»Sie haben einige Begriffe verwendet, die einigen von uns

vielleicht nicht geläufig sind. Sagten Sie, sie wäre ausgeflippt?«

»Manchmal benahm sie sich völlig ausgeflippt«, stellte Bobby richtig.

»Erklären Sie der Jury, was Sie unter ausgeflippt verstehen.«

»Daß sich jemand aufführt wie ein Irrer«, entgegnete er und lachte gezwungen.

»Sie sagten außerdem, sie wäre ›down‹ gewesen. Erklären Sie der Jury, was das bedeutet.«

»Wenn jemand down ist, meine ich damit, daß er in einem Zustand ist, als wäre er volltrunken. Wenn er sich nicht wach halten kann und so was in der Art.«

»Woher kennen Sie diese Begriffe?« fragte DelBello.

»Ich hatte in den letzten vier, fünf Jahren mit Drogen zu tun«, entgegnete Bobby, den Blick nun zu Boden gerichtet. »Ich habe selbst welche genommen.«

»Ich verstehe«, sagte Jim DelBello und tat überrascht. »Haben Sie William Standen gegenüber jemals gesagt, daß Sie Elizabeth Lande umbringen könnten?« Dies war DelBellos erste Bezugnahme auf Bobbys Drohungen, Liz zu töten. Es sollte nicht seine letzte sein.

»Nein, das habe ich nicht«, leugnete Bobby hitzig.

Jim DelBello trat vor den Zeugenstand und legte direkt vor Bobby beide Hände auf das Geländer. Als er die nächste Frage stellte, beugte er sich vor und starrte Bobby unverwandt in die Augen. »Sind Sie ganz sicher?«

»Absolut!« entgegnete Bobby.

»Haben Sie jemals irgend jemandem gegenüber verlauten lassen, daß Sie sie umbringen könnten?« weitete Jim DelBello seine Frage aus.

»Nein, das habe ich nicht«, sagte Bobby erneut.

DelBello trat in die Mitte des Saals.

»Wie oft sind Sie bei den Landes gewesen?« fragte er.

»Sechsmal vielleicht.«

»Sind Sie jemals mit jemandem zusammen hingefahren, um Liz abzuholen?«

»Nein.«

»Heißt das, Sie waren immer allein, als Sie Elizabeth abgeholt haben?«

»Ja.«

»Weir war kein einziges Mal dabei?«

»Nein.«

»Haben Sie jemals irgend jemandem gegenüber behauptet, Elizabeth Lande getötet zu haben?« fragte DelBello. Inzwischen war deutlich, daß er versuchte, Bobby in die Enge zu treiben.

Bobby sah zu seinem Anwalt hinüber und sagte dann, er habe niemals irgend jemandem gegenüber behauptet, sie getötet zu haben.

»Sind Sie sich da absolut sicher?«

In Jim DelBellos Stimme schwang Endgültigkeit mit, als er das Wort ›absolut‹ betonte.

»Absolut.«

»Keine weiteren Fragen.«

Ed Savastio stellte seinem Klienten nur noch eine weitere Frage.

»Warum haben Sie nie jemandem erzählt, daß Sie Elizabeth Lande getötet hätten?«

»Weil ich Elizabeth Lande nicht getötet habe«, entgegnete Bobby.

Drei Namen waren auf Jim DelBellos gelbem Notizblock als Zeugen, die er erneut aufzurufen gedachte, vermerkt. Er rief als ersten Jackie Weir.

»Mr. Weir«, begann DelBello langsam, »Sie haben im früheren Verlauf dieses Prozesses ausgesagt, Sie wären im Sommer einundsiebzig zum Haus der Landes gefahren. Lassen wir das einmal beiseite. Wie oft sind Sie in etwa dorthin gefahren?«

»Vier- oder fünfmal«, entgegnete der Zeuge.

»Wer war bei diesen vier- oder fünfmal bei Ihnen?«
»Robert Nauss.«

Bill Standen wurde als zweiter in den Zeugenstand gerufen.

»Sind Sie zwischen Ihrer Heimkehr mit Ihrer Frau am Sonntag abend«, begann Jim DelBello, sich auf die Mordnacht beziehend, »und dem Augenblick, als Sie die Leiche in den Kofferraum Ihres Wagens luden, mit dem Angeklagten auf der Suche nach einem feuerwehrroten Cadillac herumgefahren, den Sie stehlen wollten?«

»Nein, das bin ich nicht«, entgegnete Bill Standen entschieden.

»Haben Sie je mit Elizabeth Lande geschlafen?«

»Nein, das habe ich nicht«, erwiderte er überzeugend.

Als dritter Zeuge wurde eine blonde Frau etwa in Bobbys Alter aufgerufen.

Sie stellte sich als Kathy Gardner vor und war eine ehemalige Freundin von Steve DeMarco.

»Kennen Sie Robert Nauss?« fragte Jim DelBello.

»Klar«, entgegnete sie. Ihr Tonfall und ihre ganze Art waren lässig.

»Schauen Sie sich im Gerichtssaal um und sagen Sie mir, ob Sie ihn hier irgendwo sehen«, forderte er sie ermutigend auf.

»Klar«, sagte sie und nickte.

»Würden Sie bitte auf ihn zeigen?«

»Da drüben«, entgegnete sie und zeigte auf den Tisch der Verteidigung, wo Bobby zwischen Ed Savastio und Roy DeCaro saß.

Jim DelBello fragte sie, ob sie kurz vor Weihnachten 1971 Robert Nauss getroffen hätte. Sie antwortete, sie hätte vor ihrem Zuhause in Glenolden in ihrem Wagen gesessen, als Bobby vorbeigekommen wäre.

»Wer war bei Ihnen?« fragte DelBello.

»Steve DeMarco.«

»Hat Mr. Nauss bei dieser Begegnung etwas zu Ihnen gesagt?« fragte DelBello.

Im Gerichtssaal war es still geworden. Bislang wußte noch keiner der Anwesenden, wer diese Frau war und was für eine Rolle sie in diesem Fall spielte.

Da sie jedoch erst so spät in den Zeugenstand gerufen worden war, nahmen alle an, daß sie etwas Wichtiges zu sagen hatte.

»Ich habe ihn gefragt, wo seine Freundin wäre«, sagte Kathy Gardner. »Und er sagte, er hätte sie umgebracht.«

Stimmengemurmel erhob sich im Saal. Darauf hatte DelBello bei Bobbys Kreuzverhör hinausgewollt. Richter Toal bat um Ruhe. Als der Lärm sich gelegt hatte, fuhr Jim DelBello fort.

»Sind Sie zu einem späteren Zeitpunkt mit Steve DeMarco in einer fremden Wohnung gewesen?« fragte er.

»Ja, ein paar Monate später. Wir waren auf einer Party.«

»Haben Sie auf dieser Party die Stimme von Bobby Nauss gehört?«

»Ja.«

»Haben Sie ihn gesehen?«

»Also, ich war nicht im selben Zimmer«, entgegnete sie klar und deutlich, »aber ich hatte ihn auf der Party gesehen, bevor ich ins Nebenzimmer gegangen war.«

»War Mr. Nauss' Stimme Ihnen schon, bevor Sie diese Stimme an jenem Abend hörten, vertraut?« fragte der Staatsanwalt.

Ja, die hätte sie gut gekannt.

»Und gehörte die Stimme, die Sie im Nebenzimmer dieser Wohnung hörten, zu Mr. Nauss?« fragte DelBello.

»Ja.«

»Was hat er gesagt?«

Wieder senkte sich Stille herab.

»Es waren noch andere Leute im Zimmer«, sagte sie ungezwungen, »und er sagte: ›Sie hat mich wahnsinnig gemacht. Ich konnte sie einfach nicht mehr ertragen. Ich habe ihr die

Hände um den Hals gelegt und sie gewürgt, und dabei bin ich wohl etwas zu weit gegangen.‹«

Ed Savastio rief Bobby erneut in den Zeugenstand, damit er sich hierzu äußern konnte.

Savastio fragte Bobby, ob er Kathy Gardners Aussage gehört habe. Er bejahte.

»Haben Sie ihr gegenüber je so etwas gesagt?«

»Ganz bestimmt nicht«, entgegnete er und schüttelte nachdrücklich den Kopf.

»Irgendwann, irgendwo?«

»Niemals«, sagte Bobby entschieden.

Abgesehen von den Schlußplädoyers und dem Spruch der Geschworenen war der Prozeß beendet.

Kapitel 25

Am Morgen des 8. Dezember, einem Donnerstag, zeigte Frances Lande sich wieder im Gerichtssaal.

Sie hatte es nicht über sich gebracht, mit anzuhören, wie die Zeugen ihre Tochter verunglimpften. Jetzt, wo die Zeugenaussagen abgeschlossen waren, fürchtete sie sich nicht mehr davor, wieder im Gerichtssaal zu sitzen. Vor allem wollte sie dabeisein, wenn Bobby Nauss schuldig gesprochen wurde.

Während sie und Frank in der ersten Reihe hinter dem Tisch der Staatsanwaltschaft Platz nahmen, saßen Ed Savastio, Roy DeCaro, Jim DelBello und Bobby noch im Richterzimmer, vor Richter Toals riesigem Mahagonischreibtisch.

»Mr. Nauss«, sagte Richter Toal, »ich spreche Sie des

Totschlags im Affekt für nicht schuldig.« Im Klartext bedeutete das, daß es doch auf den Antrag ›alles oder nichts‹, den Savastio zu Beginn des Prozesses gestellt hatte, hinauslief: Bobby wurde entweder des Mordes für schuldig befunden oder freigesprochen. Es würde also keine mindere Strafe geben, auf die die Geschworenen zurückgreifen konnten.

Dann verließen alle bis auf Richter Toal das Richterzimmer. Die Anwälte schritten angespannt durch eine hölzerne Schwingtür, um ihre Plätze an ihren jeweiligen Tischen wieder einzunehmen. Etwas langsamer führten die Deputies Bobby zu seinem Stuhl am Tisch der Verteidigung. Bevor er sich setzte, sah Bobby zu seinen Angehörigen hinüber; Frank und Frances Lande würdigte er keinen Blickes. Sein Gesicht war völlig ausdruckslos.

Als Richter Toal kurz darauf erschien, erklärte der Gerichtsdiener die Verhandlung für eröffnet.

Ed Savastio hielt sein Schlußplädoyer.

Er trat vor die Geschworenen, dankte ihnen für ihre Aufmerksamkeit und Geduld während des Prozesses, den er als lang und schwierig bezeichnete. Er lobte sie dafür, daß sie es auf sich genommen hatten, zeitweilig auf den Komfort ihres Zuhauses und die Gesellschaft ihrer Familie zu verzichten. Dann kam er zur Sache.

»Meine Damen und Herren Geschworenen«, sagte er laut und ernst. »Die Last dieses Prozesses wird jetzt an Sie weitergegeben.«

Langsam entfernte er sich von der Jury, durchquerte den Saal, bis er hinter dem Tisch der Verteidigung stand, unmittelbar hinter Bobby. Der Verteidiger legte seinem Mandanten die Hände auf die Schultern. »Dies ist die letzte Gelegenheit, bei der irgend jemand für Robert Nauss sprechen kann, und manchmal haben Geschworene falsche Vorstellungen von ihrer Aufgabe. Sie glauben, daß, wenn sie einen Fehler machen, jemand anderer das wieder in Ordnung bringen wird. Aber so ist das hier nicht. Wenn Sie einen Fehler machen, wird das niemand wieder in Ordnung bringen.« Er nahm die Hände von Bobbys Schultern und streckte sie den Geschworenen entgegen, womit er symbolisch das Schicksal seines Klienten in ihre Hände legte. »Die Last ruht nun auf Ihren Schultern.«

Ed Savastio näherte sich der Jury gemessenen Schrittes. Als er wieder sprach, war seine Stimme emotionsgeladen, und sein Blick glitt von einem Geschworenen zum nächsten. Schritt für Schritt ließ er die Beweise noch einmal Revue passieren. Eine nach der anderen ging er die Zeugenaussagen noch einmal durch. Punkt für Punkt zählte er Liz Landes emotionale Probleme und ihre Drohungen, sich das Leben zu nehmen, auf. Er nannte sie eine wandelnde, suizidgefährdete Zeitbombe. Dann erinnerte er die Jury daran, daß Bobby unschuldig sei, bis die Staatsanwaltschaft seine Schuld zweifelsfrei bewiesen habe.

»Eine Geschichte ist entweder wahr oder unwahr«, sagte er. »Elizabeth Lande ist etwas zugestoßen. Daran besteht kein Zweifel. Aber die Frage ist, hat Bob Nauss sie kaltblütig, vorsätzlich und in Tötungsabsicht erhängt?

Das ist es, worüber Sie hier zu entscheiden haben.

Sprechen wir von den Zeugen – Foreacre, Standen, Weir und Raffa –, sie sind die Stützen der Anklage. Wenn Sie diesen vier Personen jedoch keinen Glauben schenken, stürzt das Gebäude der Anklage ein.

Mr. DelBello hat darauf gepocht, daß Mr. Nauss die Polizei angelogen hat. Aber was ist mit seinen vier Hauptzeugen Foreacre, Standen, Weir und Raffa? Haben sie die Polizei je belogen? Wie oft haben sie bei ihren Geschichten die Unwahrheit gesagt?«

Er legte eine Pause ein, um die Spannung zu steigern.

»Vielleicht war es ein Unfall«, sagte er rhetorisch, »vielleicht war es Selbstmord. Aber fragen Sie sich nur das eine: War es Mord?

Ich möchte, daß Sie unter Berücksichtigung sämtlicher Beweise die Möglichkeit ausschließen, die schlichtweg unhaltbar ist. Und wenn Sie das tun, haben Sie keine andere Wahl, als Bob Nauss nicht schuldig zu sprechen.«

Während Ed Savastios emotionsgeladener Ansprache hielt Bobby den Kopf gesenkt, den Blick auf den Tisch der Verteidigung geheftet. Die meisten seiner Angehörigen weinten oder kämpften mit den Tränen.

Jim DelBello hatte sein Schlußplädoyer seit Juli geprobt, seit ihm klar gewesen war, daß er eine Mordanklage ohne Corpus delicti durchbringen mußte, gezwungen, auf eine Reihe zwielichtiger Personen als Zeugen zurückzugreifen. Er wollte mit gedämpfter Stimme zu den Geschworenen sprechen, aber dennoch voller Vehemenz. Er würde Fakten mit Vernunft verbinden und bei jeder sich bietenden Gelegenheit Emotion mit einfließen lassen.

»Sprechen wir von den Widersprüchen bei den Aussagen, auf die Mr. Savastio so nachdrücklich hingewiesen hat«, begann DelBello und untermauerte seine Worte mit beredten Gesten. »Befand sich Mr. Standen im Schlafzimmer, als Mr. Nauss herüberkam und ihn weckte? Oder war er in der Küche beim Frühstück? Als sie die Leiche begruben, wurden sie da von einem grünen Jeep gestört, oder war bei ihrem Eintreffen vor Ort bereits ein roter Jeep dort?«

Jim DelBello stand vor den Geschworenen, mal an einem Ende der Bank, mal in der Mitte, mal am anderen Ende. Er sprach flüssig und ließ die Geschworenen den ganzen Prozeß noch einmal durchleben, wobei er sich seiner Augen, seiner Hände und seines Tonfalls bediente, seine Botschaft rüberzubringen.

Er wies darauf hin, daß seit Liz' Landes Tod sechs Jahre vergangen seien und daß die Zeit auch das beste Erinnerungsvermögen beeinträchtige. Er deutete an, daß Bobby die Einzelheiten absichtlich abgeändert hatte, um bei ihnen Zweifel zu wecken.

Dann führte er ein erfundenes Beispiel an, seine Überzeugung zu veranschaulichen.

Einmal, erzählte er den Geschworenen, wäre er mit einigen Freunden zu einem Footballspiel gegangen. Er habe gerade an einem Stand Hot dogs geholt, als einem der Spieler ein Touchdown gelungen sei. Als er an seinen Platz zurückkehrte, fragte er seine Freunde, wer den Punkt gemacht hatte. Anstatt den Namen des Spielers zu nennen, der den Punkt gemacht hatte, hätten seine Freunde sich darüber gestritten, wer die Blockade geschmissen habe. Er wollte nur wissen, wem der Touchdown gelungen war, aber das habe ihm niemand sagen können. Also habe er ihnen gesagt, sie sollten beim nächsten Mal den Ball im Auge behalten.

»Meine Damen und Herren Geschworenen«, sagte DelBello, die zu Fäusten geballten Hände gegen die Brust gedrückt, »es spielt keine Rolle, ob Mr. Nauss und Mr. Standen beim ersten Versuch, Miss Lande zu begraben, von einem Forstbeamten oder der Straßenwacht gestört wurden. Das einzige, was zählt, ist, daß sie dort waren, um Liz Lande zu begraben, die Bobby Nauss erhängt hatte.«

Jim DelBello streckte nun in einer päpstlichen Geste beide Hände aus.

»Es ist wie bei einem Footballspiel«, sagte er. »Verlieren Sie den Ball nicht aus den Augen.«

Als er sich dem Ende seines Schlußplädoyers näherte, sagte er: »Die Verteidigung hat einen Zeugen aufgerufen, der ausgesagt hat, Miss Lande habe an einer Geschlechtskrankheit gelitten.« Er sprach nun mit tiefer, grollender Stimme. »Unterschiedliche Fakten und unterschiedliche Faktoren wurden immer und immer wieder angeführt, um Sie glauben zu machen, Elizabeth Lande wäre ein Stück Dreck gewesen.

Und was ist Dreck?

Erde.

Vor mehreren hundert Jahren hat der Dichter John Donne geschrieben: ›Mit jedem Klumpen Erde, der vom Meer fortgewaschen wird, wird Europa weniger. Der Tod eines jeden Menschen beraubt mich eines Teils von mir, weil ich ein Teil der Menschheit bin. Drum frage nie, wem die Stunde schlägt; die Stunde schlägt dir.‹

Unabhängig von allem, was hier über Elizabeth Lande gesagt wurde, war diese junge Frau ein menschliches Wesen. Wenn Sie der Beweisführung der Staatsanwaltschaft folgen, werden Sie zu dem Schluß gelangen, daß diese Frau … diese Person … unabhängig von ihrer Vergangenheit oder von dem, was sie getan haben mag … gelebt hat … ein menschliches Wesen war. Das Gesetz schützt sie so wie jeden anderen Menschen.

Meine Damen und Herren Geschworenen, verlieren Sie nicht die wirklich wichtigen Fakten dieses Falles aus den Augen.«

Jim DelBello benutzte seine Stimme wie ein Musikinstrument, und nun kündigte sich ein volltönendes Crescendo an. »Meine Damen und Herren Geschworenen, in eben dieser Sekunde schlägt in diesem Gerichtssaal jemandem die Stunde. Und sie schlägt aufgrund der Beweise in diesem Fall. Und aufgrund dieser Beweise bitte ich Sie, den Angeklagten des Mordes ersten Grades schuldig zu sprechen!

Verlieren Sie den Ball nicht aus den Augen!«

Als die Geschworenen den Gerichtssaal verließen, um sich zu beraten, ob Bobby Nauss den Rest seines Lebens hinter Gittern verbringen würde oder nicht, verließ kaum einer der Prozeßbeobachter das Gericht.

Sie bevölkerten die Flure, unterhielten sich über Nichtigkeiten und rauchten. Aber zwei Stunden vergingen, ohne daß die Geschworenen zu einer Einigung gekommen wären. Schließlich, um halb elf am Abend, vertagte Richter Toal die Verhandlung auf den nächsten Tag und schickte die Geschworenen ein letztes Mal zurück in ihre Motelzimmer.

Am Morgen des 9. Dezember war es empfindlich kalt. Der Winter kündigte sich an.

Lange vor Sonnenaufgang gingen im Haus der Nauss' in Darby die Lichter an. Cookie, Pauline, Tommy, Bob Sr. und der Rest des Clans waren dabei aufzustehen, zu duschen, sich anzuziehen oder zu frühstücken. Drei Meilen entfernt, in Overbrook Park, taten Frank und Frances Lande das gleiche. Frank wählte ein beigefarbenes Sportsakko und braune Hosen. Frances zog dasselbe schwarze Kleid an, das sie bereits im Zeugenstand getragen hatte, dasselbe, das sie auf Liz' Beerdigung getragen hätte – hätte es eine gegeben.

In seiner winzigen Zelle zog Bobby Nauss sich ebenfalls an. Er hatte während der Nacht kaum ein Auge zugetan. In wenigen Stunden würden zwölf Personen über sein Schicksal entscheiden. Gut, er war bereits wegen Drogenhandels und Vergewaltigung verurteilt worden, aber diese Haftstrafen waren zeitlich begrenzt. Wenn ihm eine gewisse Zeit wegen guter Führung erlassen wurde, würde er an einem bestimmten Punkt in der Zukunft wieder draußen sein. Aber in diesem Fall war es durchaus möglich, daß er zu lebenslanger Haft verurteilt wurde, und bei diesem Gedanken wurde ihm ganz flau im Magen.

Die Geschworenen berieten sich den ganzen Vormittag.

Gegen zwölf Uhr mittags überreichte der Obmann der Geschworenen Richter Toal eine Nachricht, die lautete:

Richter Toal –
wir sind zu einer Einigung gelangt

Kurz nach zwölf war der Gerichtssaal Drei brechend voll, und es herrschte ein Heidenlärm.

Zu den neun oder zehn Reportern, die die Story von Beginn an verfolgt hatten, waren von beinahe allen sechs Fernsehsendern der Umgebung Filmteams geschickt worden, die festhalten sollten, wie der Geschworenenspruch verlesen wurde.

An allen Eingängen waren Metalldetektoren installiert

worden, und Sheriff Deputies überprüften jeden, der hereinkam. Auf Frank Hazels Wunsch hin waren sämtliche Beamte des Sonderdezernats anwesend sowie ein Extrakontingent bewaffneten Sicherheitspersonals.

Bobby wurde hereingeführt. Er blickte erst auf, nachdem er zum letztenmal am Tisch der Verteidigung Platz genommen hatte. Er klopfte dreimal mit der linken Faust auf den Tisch. Dann wandte er sich seinen Angehörigen zu und hob beide Hände, die abgespreizten Daumen nach unten.

Das Warten auf Richter Toal kam allen Anwesenden endlos vor. Als seine Tür sich schließlich öffnete, und er hereinkam, senkte sich Stille herab.

Um zwölf Uhr dreißig erhob sich der Obmann der Geschworenen.

Bobby saß reglos da. Seine Angehörigen hielten die Luft an. Frank und Frances Lande hielten sich bei den Händen. Frank senkte den Kopf und kniff die Augen zu. Seine Frau starrte an die Zimmerdecke.

In der Stille des Gerichtssaals verlas der Obmann den Spruch der Geschworenen, und das Wort, das die einen sich erhofft und die anderen gefürchtet hatten, erklang: ›Schuldig‹.

»Nein! O nein!« riefen Bobbys Angehörige aus, als sie den Schuldspruch vernahmen. Sie weinten bitterlich, schockiert und enttäuscht.

Bobby saß da wie erstarrt und zeigte keinerlei Gefühlsregung.

Frances Lande schlang ihrem Mann die Arme um den Hals, und sie schluchzten hemmungslos.

»Ich danke Gott«, sagte Frank Lande zu den versammelten Journalisten, als er den Saal verließ. Tränen liefen über sein Gesicht. »Es war ein langer Kampf, beinahe sechs Jahre sind seit dem Tod unserer Tochter vergangen, aber ich fühle mich außerstande, jetzt darüber zu sprechen.«

»Er hat ein so weiches Herz«, sagte Frances Lande den Journalisten, die ihnen aus dem Gerichtssaal folgten. »Wir sind erleichtert, aber nicht glücklich. Die Tränen meines

Mannes gelten allen Betroffenen – unserer Tochter, Bobby Nauss' Frau, seinem Sohn und seinen Eltern. Die Last ist von unseren Schultern genommen worden und ruht jetzt auf denen seiner Angehörigen, und wir wissen, was sie für den Rest ihres Lebens fühlen werden.«

TEIL 3

Das nächste Kapitel

Dezember 1977–Dezember 1990

Kapitel 26

Es dauerte beinahe zwei Jahre, Bobby Nauss für seine Verbrechen zu verurteilen. Während dieses Zeitraums wurde er vom Delware County Prison in das Huntingdon Correctional Institute, ein Staatsgefängnis, verlegt, wo er ein anonymer Insasse war.

Als erstes kam die Verurteilung wegen Drogenhandels. Da es sich um einen Verstoß gegen ein Bundesgesetz handelte, wurde es mit drei Jahren Haft und drei weiteren Jahren auf Bewährung bestraft. Die Haftzeit sollte im Anschluß an die Strafe abgesessen werden, die für den Mord an Liz Lande über Bobby verhängt werden würde. Wie bei all seinen Verurteilungen war Bobby in Berufung gegangen, und die Revision kämpfte sich langsam durch die verschiedenen Instanzen des Rechtssystems. Seine Berufung war bis vor das Oberste Berufungsgericht gegangen.

Zwei Monate nach Beendigung des Mordprozesses verurteile ein Richter in Chester County Bobby zu einer Geldstrafe von eintausend Dollar und zu einer Gefängnisstrafe von sechs bis dreiundzwanzig Monaten und fünf Jahren Bewährung wegen Verstoßes gegen die Bewährungsauflagen aus seiner Verurteilung wegen bewaffneten Raubes 1974.

Über anderthalb Jahre später kehrte Bobby zur Urteilverkündung in beiden noch ausstehenden Fällen – Vergewaltigung und Mord – zurück ins Gerichtsgebäude von Media. Es war der 3. August 1979.

Um acht Uhr dreißig am Morgen beantragte Malcolm Berkowitz eine Vertagung der Urteilsverkündung im Vergewaltigungsfall. Er wollte, daß Bobby vor der Urteilsverkündung einem psychologischen Test unterzogen wurde. Der Richter vertagte die Urteilsverkündung um sechzig Tage und ordnete ein psychologisches Gutachten an.

Um vierzehn Uhr zweiunddreißig dieses Tages betraten

Bob und Pauline Nauss, Cookie und Tommy, Bobbys Schwestern Nancy und Sharon, eine Schwägerin, eine Handvoll Freunde und Pater Vincent Gallagher, der Bobby getauft hatte und seit fünfundzwanzig Jahren Gemeindepriester der Familie war, den Gerichtssaal Drei, um ihre Solidarität zu bekunden.

Bobbys Haar war gewachsen. Es verdeckte seine Ohren und reichte ihm bis zum Hemdkragen. Er hatte sich einen Schnauzer wachsen lassen, und in seine Wangen war etwas Farbe zurückgekehrt.

»Euer Ehren«, richtete Roy DeCaro das Wort an Richter Toal. »Mr. Nauss' Vater hat im Laufe der Jahre fünf Herzinfarkte erlitten, davon einen, als sein Sohn im Mordprozeß schuldig gesprochen wurde. Auch seine Mutter ist bei schlechter Gesundheit; seine Frau hat seit dem Schuldspruch zwei Nervenzusammenbrüche erlitten, und sein sechsjähriger Sohn ist in der Schule deswegen gehänselt und geschnitten worden.

Ich hoffe, daß Sie zum Wohle seiner Familie anordnen werden, daß er seine Haftstrafe in der näheren Umgebung verbüßt, vorzugsweise im Graterford-Gefängnis.«

Der Vertreter vom Büro der Bezirksstaatsanwaltschaft zeigte sich verwirrt.

»Euer Ehren«, sagte er, »heute morgen haben Mr. Nauss' Mutter und seine Frau vor einem anderen Gericht in einem gefühlsbetonten und herzerweichenden Antrag darum gebeten, daß er vor der Urteilsverkündung neuropsychologisch untersucht wird. Und jetzt, nur zweieinhalb Stunden später, ist von einem solchen Antrag keine Rede.«

Roy DeCaro erhob sich.

»Wir stellen in dieser Sache keinen Antrag auf ein psychiatrisches Gutachten«, sagte er.

»Sie wünschen also, daß das Urteil verkündet wird?« fragte Richter Toal.

»Ja«, entgegnete DeCaro.

»Ist das richtig, Mr. Nauss?«

Bobby bejahte.

»Ihnen ist doch bewußt«, sagte der Staatsanwalt, »daß dieses Gutachten Ihnen möglicherweise von Nutzen sein könnte?«

»Das ist mir bewußt«, entgegnete Bobby. »Aber ich vertraue auf das Oberste Gericht und Mr. DeCaro.« Bobby bezog sich auch die Berufung, die DeCaro bereits eingeleitet hatte.

Richter Toal verurteilte Bobby zu lebenslänglich.

Die kalten grauen Steinmauern ragen beinahe siebeneinhalb Meter in den Himmel auf. Die Vollzugsanstalt Graterford ist ein Hochsicherheitsgefängnis etwa fünfzehn Meilen nordöstlich von Philadelphia, auf einem eintausendsiebenhundert Acres großen ländlich gelegenen Areal in Montgomery County.

Im Gefängnisjargon wurde Bobby am 22. August 1979 in Graterford ›empfangen‹. In der Amtssprache wurde er Häftling AM 2456.

Schon am Tag nach seiner Einlieferung begann ein gefängniseigener psychologischer Berater, mit Bobby zu arbeiten. Er führte mit ihm den Standardintelligenztest der Strafvollzugsbehörde durch und bescheinigte ihm eine ›normale Intelligenz‹. Die meisten Punkte machte er beim Lesen, die wenigsten auf dem Gebiet der Mathematik. Sein akademisches Potential stand bereits fest: Junior College Niveau. Der Berater empfahl Bobby einen Mathekurs. Falls Bobby in diesem Kurs bestand, solle er seinem Empfinden nach Collegekurse belegen. Außerdem prüfte der Berater Bobbys berufliche Eignung. Bobbys berufliches Potential lag auf technischem Gebiet.

Bei ihrer ersten Begegnung forderte der Berater Bobby auf, ihm von sich selbst und von seinem familiären Hintergrund zu erzählen. Bobby fing bei seinen Eltern an. Er beschrieb sie als gebildet. Seine Mutter habe ihm erzählt, Schwangerschaft und Geburt wären bei ihm völlig problemlos gewesen. Er sagte, er hätte in seiner Kindheit und frühen

Jugend von beiden Elternteilen Liebe, Disziplin, Führung und Aufsicht erfahren. Er habe sogar dreizehn Jahre lang in der Autowerkstatt seines Vaters gearbeitete und betrachte sich als verdammt guten Mechaniker.

Im Verlauf weiterer Begegnungen zeigte Bobby sich kooperativ und interessiert an einer Resozialisierung. Er sagte, mit Autos zu arbeiten mache ihm wirklich Spaß, und er interessiere sich ein wenig für Sport. Er wäre im katholischen Glauben erzogen worden, praktiziere jedoch schon lange nicht mehr.

Er erzählte von der Geburt seines Sohnes, Tommy, und wie sehr er ihn liebte. Er sprach von seiner Ehe mit Cookie, sagte jedoch, daß ihre Beziehung sich seit seiner Verhaftung stetig verschlechtert habe.

Bobby sagte seinem Berater, daß er keine Schwierigkeiten mit seinen ehemaligen Partnern bei den Warlocks erwarte, die ebenfalls in Graterford inhaftiert waren, er jedoch nicht im selben Gefängnis wie Mike Raffa sitzen wolle.

Als Bobby aufgefordert wurde, die Gründe für seine Haftverbüßung aufzuschreiben, schrieb er:

Ich wurde beschuldigt, am 12. oder 13. Dezember 1971 Elizabeth Lande umgebracht zu haben. Ich wurde am 15. Juli 1971 verhaftet. William Standen sagte aus, daß ich ihm gegenüber behauptet hätte, das Mädchen getötet zu haben. Aber sie hat Selbstmord begangen, und ich habe zugegeben, sie vergraben zu haben, um Fragen durch die Polizei aus dem Weg zu gehen. Ich bedaure den Verlauf des Falles. Das Mädchen wurde nie gefunden. Niemand sonst wurde angeklagt.

In seiner offiziellen Beurteilung von Bobby schrieb der psychologische Berater:

Robert Nauss ist ein deprimierter, ängstlicher Insasse, der in der Vergangenheit drogen- und alkoholabhängig gewesen ist. Belastet hat ihn außerdem seine frühere Zugehörigkeit zur Warlock-Motorradgang. Als Bandenmitglied war er ständiger Gewalt ausgesetzt und lebte in einem antisozialen Umfeld. Hinzu kommt, daß er keine Reue für sein früheres Verhalten zeigt. Statt dessen versucht er, den Eindruck zu erwecken, er wäre ein Opfer der Umstände. Obwohl der Häftling sich passiv gibt, ist er von starker unterschwelliger Feindseligkeit geprägt. Aufgrund der Möglichkeit, daß er in einer Streßsituation die Kontrolle verliert, scheint er ein potentielles Verhaltensrisiko darzustellen.

Ich empfehle seine Teilnahme an einer Drogen- und Alkoholentzugstherapie sowie an einem Programm für Sexualtäter.

Der Gefängnispsychologe übernahm dort, wo der Berater aufgehört hatte. Er begann die Psychoanalyse mit der Frage, ob Bobby irgendein bestimmtes Erlebnis als Wendepunkt in seinem Leben anführen könne.

Als er achtzehn gewesen sei, entgegnete Bobby rundheraus, habe seine High-School-Liebe ihn fallenlassen, und daraufhin wäre er monatelang deprimiert gewesen. Er habe angefangen zu trinken und ›Stoff‹ zu nehmen. Dann habe er sich den Warlocks angeschlossen. Um sich den Gepflogenheiten innerhalb der Gang anzupassen, habe er Autos gestohlen. Eins habe zum anderen geführt.

Für den Psychologen war dies eine drastische Vereinfachung eines komplexen psychologischen Tatbestandes. Aber er drängte Bobby nicht. Er hatte bereits durchschaut, daß Bobby versuchte, ihn durch Winkelzüge zu beeindrucken und sich als redegewandt und intelligent zu präsentieren, während er in Wahrheit sehr verängstigst und extrem angespannt war.

Schließlich kam Bobby auf den Drogenhandel zu sprechen und erwähnte auch seine Verurteilung wegen Vergewaltigung. Er beschrieb in allen Einzelheiten, wie Liz Lande sich das Leben genommen habe. An diesem Punkt erhielt der Psychologe einen tiefen Eindruck in Bobbys Psyche und kam zu dem Schluß, daß er es mit einem extrem ichbezogenen

Individuum zu tun hatte. Alles, was Bobby dem Psychologen über seine Verbrechen anvertraut hatte, waren hochdetaillierte Phantasiegebilde. In jedem einzelnen Fall machte Bobby jemand anderen für sein Pech verantwortlich. Er selbst hatte nie schuld.

Als nächstes beschrieb Bobby seine Jahre auf der High-School. Hierbei rutschten ihm einige Einzelheiten heraus. Er störte sich an seiner Größe. Er fühlte sich zu klein. Er hatte das Gefühl, daß man ihm nie genügend Aufmerksamkeit geschenkt hatte und es ihm an einem starken männlichen Vorbild gefehlt habe. Einfach ausgedrückt, er hatte es im Leben zu nichts gebracht und litt an Minderwertigkeitskomplexen. Der erfahrene Psychologe erkannte, daß Bobbys emotionale Wunden tief reichten.

Der Psychologe theoretisierte, daß Bobby glaubte, in den Augen seines Vaters ein Versager zu sein. Er hielt sich selbst nicht für einen richtigen Mann. An diesem Punkt kam die Motorradgang ins Spiel. Sie wurde zur Ersatzfamilie. Dort fühlte er sich akzeptiert und erwünscht. Zum erstenmal in seinem Leben hatte er das Gefühl, dazuzugehören.

Und ein Leben voller Verbrechen hatte andere Lücken gefüllt. Sie hatten Bobby Zufriedenheit und das Gefühl vermittelt, etwas zu leisten. Die Belohnung erfolgte sofort. Im Biker-Umfeld konnte er größere Kontrolle ausüben und eine höhere Stellung einnehmen als im ›normalen‹ Leben. In gewisser Weise zeigte er hiermit seinem Vater, daß er auf einem Gebiet erfolgreich sein konnte, während er sich selbst bewies, wie stark und mutig er war.

Ironischerweise brachte ihm seine Verhaftung die Aufmerksamkeit ein, nach der er sich immer gesehnt hatte. Von einem tiefergreifenden psychologischen Standpunkt aus minderten die Verbrechen, die er beging, bei Bobby die unbewußten Schuldgefühle, die ihn so wie jeden Menschen plagten. Er wußte, daß das, was er tat, unrecht war, und so gab ihm das einen konkreten Grund, sich schuldig zu fühlen. Das Tragen einer Waffe unterstrich das Macho-Image, das Bobby so gern bei andern erwecken wollte.

Außerdem unterzog der Psychologe Bobby einer Reihe psychometrischer und projektiver Tests. Die Resultate stimmten mit dem überein, was der Psychologe bereits vorab beobachtet hatte. Sie förderten Bobbys Minderwertigkeitskomplexe und sein Gefühl der Wertlosigkeit zutage. Sie zeigten, daß Bobby, um diese Gefühle zu kompensieren, nach einer Perfektion strebte, die aus sich heraus schon zum Scheitern verurteilt war. Wenn seine Bemühungen um Perfektion fehlschlugen, was unweigerlich der Fall war, litt sein Ego nur um so mehr. Er wurde feindselig und zornig. Seine Impulskontrolle war schwach. Sein Denken wurde zur Besessenheit, sein Handeln zwanghaft. Paranoia trübte seinen Realitätssinn. Alkohol und Drogen führten dazu, daß er vollends die Kontrolle über sich verlor. Aus all diesen Faktoren ergab sich, daß Bobby aus seiner Frustration heraus fähig war, beinahe alles zu sagen oder zu tun. Und hinterher machte er dann jemand anderen für das verantwortlich, was er getan hatte.

Zusammenfassend empfahl der Psychologe eine Psychotherapie, um die Neurosen zu behandeln, die Bobbys Alkohol- und Drogenmißbrauch zugrunde lagen.

Am 5. Oktober 1979 erschien Bobby erneut vor Gericht, diesmal zur Verkündung des Strafmaßes wegen der Vergewaltigung.

Der Richter teilte Bobby mit, daß er die Niederträchtigkeit seines Handels weder übersehen noch entschuldigen könne. Aus diesem Grund verurteilte er Bobby zu zehn bis zwölf Jahren Haft wegen der Vergewaltigung an Charlotte Illingsworth, sowie zu weiteren zehn bis zwölf Jahren wegen Nötigung zur Durchführung abartiger Sexpraktiken. Die Haftstrafen würden nacheinander verbüßt werden und erst beginnen, wenn Bobby die lebenslängliche Haftstrafe wegen des Mordes an Liz Lande verbüßt habe.

Malcolm Berkowitz protestierte, die Strafe wäre zu hart. Es liefe darauf hinaus, daß sein Mandant den Rest seines

Lebens im Gefängnis verbringen würde – und noch vierzig Jahre dazu. Bobbys einzige Chance auf Freiheit schien von erfolgreichen Berufungsverfahren abzuhängen.

Zelle dreihundertsiebzehn wurde Bobbys neues Zuhause. Sie war zwei Meter mal zwei Meter achtzig groß. Sie befand sich im Zellentrakt B und war mit einer Pritsche, einer Toilette und einem Waschbecken ausgestattet. Wenn Bobby duschen wollte, mußte er die Gemeinschaftswaschräume benutzen. Er hatte sein eigenes Radio und seinen eigenen Fernseher. Die Zelle wurde jeden Abend um elf Uhr abgesperrt. Zur selben Zeit wurde das Licht ausgeschaltet. Am nächsten Morgen um sieben wurde wieder aufgesperrt. Es war ihm gestattet, zu telefonieren, Post zu bekommen und zu verschicken und Besucher zu empfangen.

Bei einem ihrer ersten Besuche war Cookie Nauss überrascht davon, wie gut Bobby sich in das Gefängnisleben einfügte. Vor seiner Verlegung nach Graterford hatte Bobby vor der Urteilsverkündung anderthalb Jahre im Huntington Correctional Institute abgebüßt, das sich etwa im Zentrum des Staates befand, in der finstersten Provinz von Pennsylvania. Er hatte die Vollzugsanstalt gehaßt. Er hatte wenig gegessen, keine Freundschaften geschlossen, und die Entfernung von zu Hause hatte nur sporadische Besuche ermöglicht.

In Graterford sei alles anders, erzählte er Cookie. Er trainierte Gewichtheben und wäre der Schreinerei zugeteilt worden, wo er zum Schreiner ausgebildet würde. Außerdem, erzählte er Cookie, habe er die Prozeßakten gelesen, in der Gefängnisbibliothek recherchiert und an diverse Stellen geschrieben, um eine Beschleunigung seiner Berufungsverfahren zu erreichen. Und er habe sich eine Akustikgitarre gekauft und nehme Unterricht.

»Ace ist hier«, sagte er. »Russian und ein ganzer Haufen Jungs aus dem Klub.«

Darüber hinaus erwähnte Bobby, daß er einen neuen Freund gefunden habe.

Hans Vorhauer saß im Graterford-Gefängnis, weil er sich 1970 eines Nachts als Sicherheitsbeamter verkleidet – mit Uniform, Dienstwaffe, Schlagstock und Handschellen – und Saugnäpfe unter seine Schuhsohlen geklebt hatte und in das Woolco-Warenhaus in der MacDade Mall eingebrochen war. Als die Polizei auf den lautlosen Alarm reagierte, hatte Hans Vorhauer bereits den Safe gesprengt und Juwelen im Wert von neununddreißigtausend Dollar gestohlen. Das einzige Problem war, daß die Polizei eintraf, ehe er sich vom Tatort entfernen konnte.

Er hatte knapp die Hälfte seiner dreiundzwanzig bis siebenundzwanzig Jahre währenden Haftstrafe verbüßt, und seine Frau und seine Kinder fehlten ihm schrecklich.

Er war in Deutschland als Sohn eines Künstlers und einer Krankenschwester geboren und hatte einen IQ von einhundertneunzehn. In Deutschland hatte er eine Schule besucht, die auf Chemie spezialisiert gewesen war. Nachdem seine Eltern sich hatten scheiden lassen, hatte seine Mutter ihn in die Staaten mitgenommen.

In den USA war seine Mutter häufig umgezogen – sie hatten in New York, New Jersey, New Hampshire, Florida, Pennsylvania und Delaware gelebt. Obwohl er so oft die Schule gewechselt hatte und sich an eine fremde Kultur hatte anpassen müssen, hatte er die Mt. Pleasant High School in Wilmington mit einer glatten Zwei absolviert. Er war weder ein Faulenzer noch ein Nichtsnutz.

Und doch wurde er mit zweiundzwanzig wegen Einbruchs in New Jersey verhaftet und saß drei Jahre im Trenton-Staatsgefängnis. Nach seiner Entlassung 1967 war er entschlossen, ein ehrliches Leben zu führen. Er wurde Manager einer Bar und verliebte sich in eine Frau namens Phyllis. Sie war damals noch verheiratet und Mutter zweier kleiner Töchter, aber ihr Mann hatte sie verlassen.

Hans und Phyllis zogen zusammen. Schließlich heirateten sie und bekamen zusammen zwei Söhne. 1970 fanden sie ihr Traumhaus und beantragten eine Hypothek, die jedoch aufgrund seiner Vorstrafe abgelehnt wurde. Da hatte er beschlossen, ins Woolco-Warenhaus einzubrechen.

Im Graterford-Gefängnis lebte er im Zellentrakt B, in der Zelle dreihundertsiebenundzwanzig, also nur wenige Türen von Bobby entfernt. Auch er arbeitete in der Schreinerwerkstatt.

Und er sprach ständig davon auszubrechen. Aber Bobby war überzeugt, daß seine Berufungsverfahren positiv ausfallen würden.

Bobby nahm das Gitarrespielen sehr ernst. Er lernte schnell, einige Akkorde zu spielen. Als er gut genug war, kaufte er sich eine elektrische Gitarre und einen Verstärker. Beinahe täglich saß er in seiner Zelle, spielte und sang dazu. Er interpretierte Lieder von Crosby, Stills, Nash and Young, Lynyrd Skynyrd und sogar den Stones.

Drei Jahre vergingen. Bobby war inzwischen in etwas verwickelt, worauf er sich bestens verstand: Den Handel mit Methamphetaminen. Freunde bei den Warlocks stellten die Droge in Laboratorien in den Pocono-Bergen im Nordosten von Pennsylvania her. Boten – häufig alte Freundinnen – versteckten mit Meth gefüllte Ballons in verschiedenen Körperöffnungen und schmuggelten sie zu ihm herein. Manchmal waren auch größere Mengen zwischen Materialien versteckt, die an die Schreinerwerkstatt geliefert wurden. War das Meth erst in seiner Hand, verteilte Bobby es an ein Netz von Pushern, die es an die Häftlinge weiterverkauften.

Am 9. August 1982, beinahe fünf Jahre nachdem er des Mordes an Liz Lande für schuldig befunden worden war, bestätigte der Oberste Gerichtshof das Urteil. Verzweifelt und nicht gewillt, den Rest seines Lebens hinter Gittern zu verbringen, hörte Bobby sich Hans Vorhauers Fluchtpläne nun aufmerksam an.

Kapitel 27

Am späten Nachmittag des 17. November 1983 winkte ein Insasse einen Wärter heran.

»Ich habe gehört, wie zwei weiße Typen gesagt haben, jemand hätte die Fliege gemacht«, flüsterte der Insasse dem Wärter zu.

Der Wärter rief sofort im Kontrollturm an.

»Sind alle da?« fragte er den diensthabenden Sergeant, der die Information an seinen Vorgesetzten weitergab, der unverzüglich eine Zählung anordnete.

Der Gefängnisdirektor war auf dem Weg zu einer Konferenz im Huntingdon-Gefängnis, so daß sein Stellvertreter sich des Problems annehmen mußte. Er erinnert sich immer noch gut daran, wie der Commander ihm mitteilte, daß einer der Häftlinge fehle.

»Name?« fragte er.

»Hans Vorhauer«, entgegnete der Commander.

»Lassen Sie sämtliche Zellen durchsuchen und erstatten Sie mir dann Bericht«, befahl der stellvertretende Direktor. Einem Verwaltungsangestellten sagte er: »Holen Sie Mr. Hart ans Telefon.«

Robert Hart war der Leiter der Schreinerwerkstatt. Um zehn nach fünf am Nachmittag nahm er bei sich zu Hause den Hörer ab.

»Hat Vorhauer heute gearbeitet?« fragte ihn der stellvertretende Direktor.

»Hans hatte Besuch«, entgegnete Mr. Hart.

»Wann haben Sie ihn das letzte Mal gesehen?«

»Er hat seinen Arbeitsplatz zwischen halb neun und neun heute morgen verlassen«, entgegnete Hart. »Er ging mit Robert Nauss.«

»Ist Ihnen vielleicht irgend etwas Ungewöhnliches aufgefallen? Hat er sich eigenartig benommen oder etwas Ungewöhnliches gesagt?«

»Nicht, daß ich wüßte«, entgegnete Mr. Hart. »Nur, daß sie beide gemeinsam gegangen sind und ich beiden Passierscheine ausgestellt habe, weil ich dachte, sie bekämen beide Besuch.«

Obwohl ihm das nicht gleich auffiel, wurde dem stellvertretenden Direktor später bewußt, daß Mr. Hart nicht sonderlich überrascht geklungen hatte, zu erfahren, daß einer der Häftlinge ausgebrochen war.

Zwei Wärter inspizierten den Zellenblock B. Nicht nur Hans Vorhauer war verschwunden, sondern Bobby Nauss ebenfalls.

Die Wärter wurden in Gruppen losgeschickt, die Schreinerei, das Eingangstor, die unterirdischen Gängen, die Dächer, die anderen gefängniseigenen Werkstätten, das Gewächshaus und die Außenmauer von innen und von außen abzusuchen – jeden Winkel.

Einstweilen hatte der stellvertretende Direktor einige Anrufe zu tätigen: Die Staatspolizei, der diensthabende Officer im Bureau of Corrections im Regierungsgebäude von Harrisburg und die Medien mußten informiert werden. Er gab dem Verwaltungspersonal Anweisung, ihm die Akten der zwei Häftlinge zu bringen und Flugblätter zu drucken – die vorgeschriebene Routine bei Ausbrüchen –, während er zwischenzeitlich immer wieder versuchte, den Direktor zu erreichen.

Wärter suchten auf beiden Seiten der Mauer nach Spuren für einen Ausbruch. Sie fanden keine, was bedeutete, daß Vorhauer und Nauss sich möglicherweise irgendwo auf dem Gelände versteckt hielten. Suchtrupps wurden zusammengestellt, und es wurde erneut alles abgesucht. Die Wächter in den Türmen wurden angewiesen, wachsam zu bleiben und nach den beiden Männern Ausschau zu halten. Um achtzehn Uhr ertönte die Gefängnissirene. Die Jagd auf Hans Vorhauer und Bobby Nauss war damit offiziell eröffnet.

Mr. Hart wurde erneut angerufen und nach einer genauen Beschreibung der Flüchtigen gefragt. Er sagte, beide Männer wären glatt rasiert und trügen Gefängniskleidung – wenngleich er sich erinnere, daß Nauss eine hellblaue Trainingsjacke über der Uniform getragen habe.

Beamte der Staatspolizei trafen um achtzehn Uhr fünfunddreißig in Graterford ein und übernahmen sofort das Kommando.

Suchmeldungen gingen an sämtliche Polizeidienststellen der Umgebung. Darin wurden Hans Vorhauer als siebenunddreißigjähriger Weißer, eins achtzig groß, einhundertfünfzig Pfund schwer, schlank, mit braunen Augen, schütterem rotem Haar und einem fehlenden Schneidezahn beschrieben. Die Beschreibung von Bobby lautete einunddreißig Jahre alter Weißer, eins achtzig groß, einhundertfünfundneunzig Pfund schwer, schlank, mit braunem Haar und braunen Augen und gesunder Gesichtsfarbe. Beide Flüchtige wurden als gefährlich eingestuft.

Um neunzehn Uhr klingelten die Telefone Sturm. Polizeidienststellen, Zeitungen und Fernsehsender verlangten Informationen zum Ausbruch der beiden Insassen. Aber es gab keine: Die Häftlinge waren gegen neun Uhr das letzte Mal von Mr. Hart, dem Leiter der Schreinerei, gesehen worden. Und das war's.

Kurz nach Mitternacht wurden Hans Vorhauer und Bobby Nauss des Ausbruchs und der Verabredung zur Verübung einer Straftat angeklagt. Daraufhin wurden ihre Namen in die Computer des NCIC und des WIN eingegeben.

Kapitel 28

Die Schlagzeile in der *Daily Times* am darauffolgenden Tag lautete: ›Brutaler Killer aus den Reihen der Warlocks aus Graterford ausgebrochen‹. Der Artikel wurde noch gesetzt, als die Beamten der Sonderkommission Bill Davis und Paul Schneider bei den Nauss' in Darby an die Tür klopften.

Bobbys Mutter öffnete. Seine Frau saß am Küchentisch. Die beiden Frauen hatte gerade zusammen Kaffee getrunken, als die Beamten eintrafen. Pauline Nauss bot den Polizisten eine Tasse an, aber sie lehnten dankend ab. Statt dessen kamen sie sofort zur Sache. Ob sie wüßten, wo Bobby wäre?

»Ich habe keine Ahnung«, sagte Pauline. Sie war verständlicherweise durcheinander, aber ihr Verhalten schien unter den gegebenen Umständen angemessen. »Das letzte Mal habe ich ihn vor etwa einer Woche gesehen, und er hat kein Wort davon gesagt, daß er vorhabe auszubrechen.«

»Hat er Sie angerufen?« fragte Bill Davis und musterte sie eindringlich. Bislang hatte Pauline keinen Hinweis darauf gegeben, daß sie log. Sie war ein wenig nervös, aber mehr nicht.

»Nein«, entgegnete sie im selben Tonfall.

»Wenn er es tut«, sagte Davis, dem auffiel, daß Cookie Nauss Strähnen ihres blonden Haars um den Zeigefinger wickelte, »hoffe ich, daß Sie ihm zureden, sich zu stellen.«

Pauline versprach, genau das zu tun.

Bill Davis blickte Cookie unverwandt in die Augen und bluffte. »Ich weiß, daß Bobby Sie angerufen hat.«

Hierauf folgte ein angespanntes Schweigen.

Schließlich hielt Cookie dem Druck nicht länger stand.

»Okay«, sagte sie. »Ich war gestern bei einer Freundin, und Bobby hat gegen zwölf dort angerufen. Ich dachte, er riefe aus Graterford an – ich schwöre es. Bobby fragte, wie es Tommy ginge. Dann fragte er, ob ich wisse, wo Stanley und

Jackie Weir wären. Aber ich hatte wirklich keine Ahnung, daß er ausgebrochen war.«

Keiner der Beamten glaubte ihr, aber sie beließen es dabei.

Bobbys Spur war eiskalt, als State Trooper (Beamter der Staatspolizei, Anm. des Übers.) Bobby Kline kurz vor zwölf im Graterford-Gefängnis eintraf. Während Teams von Beamten das Gelände absuchten, um festzustellen, wie Vorhauer und Nauss geflohen waren, ging Bobby Kline auf direktem Wege zum Sicherheitsbüro, wo Mr. Hart und einige Häftlinge darauf warteten, vernommen zu werden.

Kline stellte sich vor und sagte, er wäre als Untersuchungsbeamter mit dem Ausbruch betraut und müsse ihnen allen einige Fragen stellen. Nach fünfzehn Dienstjahren als Trooper wußte er, was er tat, und das sah man. Er teilte den Anwesenden mit, daß er als erstes Mr. Hart vernehmen würde, woraufhin er den Leiter der Schreinerei in einen Besprechungssaal führte.

»Kurz nach sieben Uhr«, sagte Mr Hart mit unsicherer Stimme, die sofort das Mißtrauen des Beamten weckte, »kam Robert Nauss mit Hans Vorhauer an meinen Schreibtisch. Er sagte, er würde zurück in den Block gehen, um sich auf einen Besuch vorzubereiten, und Robert Nauss meinte, er wolle ebenfalls zurück in seine Zelle. Also habe ich den beiden Passierscheine ausgestellt.«

Mr. Hart erklärte, Vorhauer habe sich jeden Morgen um sieben in der Schreinerei eingefunden. Er sagte, Vorhauer wäre ein zuverlässiger Arbeiter und würde nur fehlen, wenn er Besuch bekäme. An den Tagen, an denen er Besuch bekommen hätte, hätte er die Schreinerei immer gegen neun verlassen.

Mr. Harts Haltung erschien Bobby Kline verdächtig. Der Trooper sagte sich, daß Mr. Hart etwas verschwieg.

Nachdem er mit Mr. Hart fertig war, befragte der Beamte der Staatspolizei nacheinander die Häftlinge. Die ersten beiden arbeiteten in der Schreinerei. Sie erinnerten sich beide,

Nauss und Vorhauer ganz früh am Donnerstag morgen in der Schreinerei gesehen zu haben, aber hinterher nicht mehr. Die nächsten vier Insassen arbeiteten im Lagerraum, der gleich an die Schreinerei angrenzte. Sie erwiesen sich als ebenso wertlose Zeugen. Wie ein Mann schworen alle sechs Häftlinge, daß ihnen an diesem Tag nichts Ungewöhnliches aufgefallen wäre. Niemand wußte etwas von dem Ausbruch – ganz so, wie Bobby Kline es erwartet hatte.

Und so ging das den ganzen Tag.

Die Durchsuchung des Gefängnisgeländes setzte sich das ganze Wochenende über fort, ohne daß Bobby Nauss oder Hans Vorhauer wieder auftauchten oder ein Hinweis darauf gefunden wurde, wie ihnen die Flucht gelungen war.

Trooper Kline kehrte am Montagmorgen nach Graterford zurück, um mit der Befragung des Gefängnispersonals zu beginnen.

»Das ist wirklich peinlich«, sagte der Gefängnisverwalter, »aber wie sich herausgestellt hat, hat am Tag des Ausbruchs ein Möbelstück das Gefängnis verlassen.« Er erklärte Bobby Kline, daß die Schreinerei Möbel auf Bestellung von draußen anfertige. Der Gewinn aus diesen Verkäufen wurde in einen Sozialfonds für die Insassen eingezahlt.

Kline forderte ihn auf, ihm das Verfahren zu erklären.

»Genau das ist der Punkt«, entgegnete der Verwalter errötend. »Es gibt keine offiziellen Unterlagen über die Verkäufe.«

»Sie wollen mich wohl auf den Arm nehmen!«

Der Verwalter versicherte Kline, daß das nicht der Fall wäre.

»Alle Bestellungen laufen über Mr. Hart«, fuhr er fort. »Er bestellt das Material und überwacht die Anfertigung. Wenn eine Bestellung fertig ist, arrangiert er die Lieferung und kassiert. Wenn Mr. Hart das Geld während der normalen Arbeitsstunden kassiert, bringt er es für gewöhnlich ins Verwaltungsbüro und erhält eine Quittung. Wenn er nach Feierabend kassiert, steckt er das Geld in einen Umschlag, schreibt den Namen des Kunden drauf und wirft den Umschlag in einen Briefkasten neben der Tür zum Verwaltungsbüro. Am Morgen nach dem Ausbruch fand unser Sekretär diesen Umschlag im Kasten.«

Der Verwalter reichte Bobby Kline einen Umschlag, der folgendermaßen beschriftet war: MR. THOMPSON, $ 240, SCHRANK. Im Inneren des Umschlages befanden sich zwölf Zwanzig-Dollar- Scheine.

»Mr. Hart sagte, er hätte es am Donnerstag einfach vergessen«, sagte der Manager, Klines nächste Frage vorausahnend. »Also habe er den Umschlag sofort am Freitag morgen eingeworfen. So gegen halb sieben.«

Der Trooper stellte eine Quittung für das Geld aus und sagte einem Sicherheitsbeamten, er solle diesen Hart herbeischaffen, und zwar dalli. Mr. Hart erschien wenige Minuten später und setzte sich.

»Ich habe gerade einiges erfahren, worüber ich gern mit Ihnen sprechen würde«, sagte Bobby Kline zu Mr. Hart. Er sprach in nüchternem Tonfall und ließ sich den Zorn von vorhin nicht anmerken. »Es handelt sich um den Schrank, der am vergangenen Donnerstag ausgeliefert wurde.«

»Ein Mr. Thompson hat mich in der letzten Juli- oder der ersten August-Woche angerufen«, begann Mr. Hart. Er schien diese Frage erwartet zu haben. »Er sagte, er hätte eine unserer Möbelausstellungen in der Plymouth Mall gesehen und wolle einen Schrank bestellen. Ein paar Tage später schickte er mir die Pläne. Ich erstellte einen Kostenvoranschlag und rief ihn etwa eine Woche später zurück, um ihm den Preis zu nennen. Er stimmte zu und fragte, ob ich dafür sorgen könne, daß er noch vor Weihnachten fertig wäre.

Ich habe Hans Vorbauer mit dem Auftrag betraut, und er hat den Schrank am neunten November fertiggestellt, woraufhin ich Mr. Thompson angerufen und ihm Bescheid gegeben habe. Er sagte, er würde arrangieren, daß das Möbelstück abgeholt würde, und sich wieder mit mir in Verbindung setzen.«

»Und was passierte dann?« fragte Kline.

»Nichts«, entgegnete Mr. Hart. »Er hat sich nicht mehr gemeldet. Aber am vergangenen Donnerstag wurde ich vom Empfang angerufen, und man teilte mir mit, Mr. und Mrs. Thompson wären da, um ein Möbelstück abzuholen. Und so schickte ich zwei Häftlinge, um den Schrank zur Fahrzeugschleuse zu bringen.«

»Wen haben Sie geschickt?«

»Funny Monroe und Ralph Blount.«

Bobby Kline notierte sich die Namen.

»Was geschah dann?«

»Nun, ich bin mit ihnen rübergegangen«, entgegnete Mr. Hart mit einer Stimme, die um vieles fester klang als zuvor. »Wir haben etwa eine Viertelstunde nur rumgestanden und gewartet.«

»Wie das?«

»In der Fahrzeugschleuse war irgendein Aufruhr. Jedenfalls, während wir gewartet haben, riefen die Wärter durch das Fenster und wollten wissen, was auf dem Handkarren wäre.«

»Welche Wärter?«

»Die einzige, die ich erkannt habe, war die große Blonde«, erwiderte Mr. Hart. »Aber ich erinnere mich nicht an ihren Namen. Jedenfalls öffnete ich die Schranktür und ließ sie hineinsehen.«

»Ich hätte gern Mr. Thompsons Telefonnummer«, sagte Kline.

»Die habe ich nicht.«

»Was soll das heißen, Sie haben sie nicht?«

»Ich hatte sie nur auf der Bauzeichnung notiert, und die habe ich bei der Auslieferung in den Schrank gepackt«, erklärte Mr. Hart.

»Natürlich«, brummte Kline verärgert.

»Aber ich erinnere mich an das Amt: Vier sechs vier.«

»Sie haben also gewartet, bis der Tumult sich gelegt hatte«, fuhr Kline fort.

»Und was dann?«

»Also, dann bin ich in die Lobby gegangen und habe Mr. und Mrs. Thompson begrüßt.«

»Wie haben sie ausgesehen?«

»Mr. Thompson war ein Weißer«, entgegnete Mr. Hart. »Mitte Dreißig. Er war eins achtzig bis eins fünfundachtzig groß und etwa hundertfünfundvierzig Pfund schwer.«

»Haare?« fragte Kline, der sich weiter Notizen machte, ohne aufzublicken.

»Also, er hatte kurzes, dunkles Haar und war glatt rasiert.«

»Und Mrs. Thompson?«

»Um die Wahrheit zu sagen«, sagte Mr. Hart und lachte gezwungen, »habe ich nicht weiter auf sie geachtet.«

Kline forderte ihn auf, den Schrank zu beschreiben.

»Der Boden war aus eineinviertel Zoll dicker Eiche, die Seitenwände und Regalböden aus dreiviertel Zoll dicker weißer Kiefer, und die Rückwand war aus einem viertel Zoll dicken Preßspan. Das fertige Möbelstück war dunkelbraun lasiert und wog an die zweihundert Pfund. Wir halfen Mr. Thompson, den Schrank in einen Transporter zu laden, und gingen dann wieder rein.«

Bobby Kline musterte Mr. Hart eindringlich. Er hatte eine Begabung dafür, andere zu beurteilen und ihre Gedanken zu lesen, und er hatte den starken Verdacht, daß Mr. Hart in den Ausbruch verwickelt war. Es war unglaublich, daß zwei Gefangene am hellichten Tage in einem Möbelstück versteckt, das sie selbst in der gefängniseigenen Schreinerei gefertigt hatten, vor den Augen der Wärter aus einem Hochsicherheitsgefängnis herausgekarrt wurden. So unglaublich, daß es wahr sein mußte, sagte sich Kline.

Trooper Bobby Kline vernahm jetzt die drei Wachen, die am Tag des Ausbruchs in der Fahrzeugschleuse Dienst gehabt hatten.

Der erste Wärter sagte, einige Deputies vom Bucks County Sheriffs Office hätten kurz nach zehn einen Gefangenen abgeliefert. Als sie die Handschellen hätten abnehmen wollen, hätten diese geklemmt, woraufhin der Gefangene angefangen habe, zu schreien und um sich zu treten. Also, sagte der Wärter, habe er selbst die Schleuse betreten, um zu helfen, aber ihm wäre es auch nicht gelungen, dem Mann die Handschellen abzunehmen. Daraufhin wäre ein zweiter Wärter hinzugekommen. Der Zwischenfall wäre um zwanzig nach zehn beendet gewesen. Da habe er auch Mr. Hart mit einem Möbelstück vor dem Schleusentor warten sehen. Aber der Wärter habe ein Aufnahmeformular auszufüllen gehabt. Als er damit fertig gewesen und wieder aus dem Büro gekommen wäre, seien Mr. Hart und das Möbelstück nicht mehr dagewesen.

Der zweite Wärter erzählte Bobby Kline, daß er Mr. Hart mit einem Schrank oder so was gesehen habe, er selbst wäre jedoch gegangen, um den neuen Insassen in die Aufnahme zu bringen.

Der dritte Wärter sagte, er wäre angewiesen worden, die Einlieferungsunterlagen des neuen Häftlings in die Aufnahme zu bringen. Er habe weder Mr. Hart noch irgendein Möbelstück gesehen, aber einen Häftling bemerkt, der im Hof zwischen dem Schleusentor und der Treppe zum Hauptflur gestanden habe.

Der Name des Häftlings?

Marty Riley.

Hiermit hatte Kline alle befragt, die auf seiner Liste für den heutigen Tag gestanden hatten. Ein Wärter überreichte ihm einen versiegelten Umschlag mit einer Nachricht. Ein Häftling teilte ihm mit, daß er mit ihm sprechen wolle, sofern Kline ihm absolute Geheimhaltung garantieren könne.

Unter extremen Sicherheitsvorkehrungen traf der Staatspolizist den Häftling in einem anderen Raum.

»Ich war draußen vor der Fahrzeugschleuse«, sagte der Mann, wobei er Kline unverwandt in die Augen sah, »und habe durch einen Spion gesehen.« Er sagte, er habe sehr genau hingesehen, weil er wissen wollte, ob die Wärter den Häftling mißhandelten.

Bobby Kline sagte, daß er verstehe.

»Als die Wärter ihn rausbrachten«, fuhr der Häftling fort, »betrat Mr. Hart mit zwei Handkarren die Schleuse. Auf jedem befand sich ein Möbelstück. Dann ging die Vordertür auf. Mr. Hart forderte mich auf, einen der Karren zu ziehen, während er den anderen zog. An diesem Punkt habe ich Verdacht geschöpft.«

»Warum denn das?«

»Weil das Ding verdammt schwer war«, entgegnete der Häftling. »Und keiner der Wärter machte sich die Mühe, einen Blick hineinzuwerfen oder die Möbel anzuheben, um ihr Gewicht zu prüfen. Aber ich hatte Angst, irgend etwas zu sagen.«

Kline nickte. Er war mit dem Gefängniskodex vertraut.

»Sie sagten, es wären zwei Teile gewesen«, sagte Kline.

»Richtig. Zwei.«

»Wie groß waren sie?«

»Das eine Teil war etwa eins zwanzig mal eins achtzig mal eins zwanzig. Das andere war kleiner, aber ...«

»Aber was?«

»Das größere der beiden Teile«, fuhr der Häftling langsam fort, »war groß genug, daß zwei Mann sich darin verstecken konnten.«

»Sie und Mr. Hart haben also die beiden Möbelstücke auf den Karren transportiert«, führte Kline den Häftling zurück zu dem Punkt, an dem er seinen Bericht des Tathergangs unterbrochen hatte. »Was geschah dann?«

»Wir stellten die Karren an der Treppe zur Haupteingangshalle ab, und Mr. Hart ging rein. Ein paar Minuten später kam er mit einem Mann und einer Frau zurück.«

»Wie hat sie ausgesehen?« fragte der Trooper, den Kugelschreiber parat, um ihre Beschreibung zu notieren.

»Sie war etwa einsfünfundsechzig groß«, entgegnete der Häftling, »und hundertfünfzehn Pfund schwer. Blond. Sie hatte ein blaues Kattunkleid an.«

»Was ist mit ihm?«

»Er sah aus wie ein Biker«, entgegnete der Häftling, woraufhin er und Bobby Kline einen wissenden Blick tauschten. »Er trug Jeans, eine schwarze Lederjacke und Stiefel und hatte eine lange, silberne Kette an seinem Gürtel.«

Bill Davis erhielt später an diesem Tag einen Anruf von einem geheimen Informanten. Der Informant erzählte ihm, William ›Worm‹ Walhower hätte ihn am 11. November angerufen – also sechs Tage vor dem Ausbruch. Der Spitzel sagte, Walhower hätte ihn um einen Gefallen gebeten.

»Was war das für ein Gefallen?«

»Er fragte, ob ich nach Graterford rausfahren und zwei Möbelstücke für Bobby Nauss abholen und ausliefern könne«, entgegnete der Spitzel. »Er bot mir zwölfhundert Dollar dafür.«

Bill Davis pfiff anerkennend. »Was geschah dann?«

»Ich sagte ihm, ich würde es tun, wenn es das nächste Mal regnete«, entgegnete der Spitzel. »Er solle mich wieder anrufen.«

»Und?«

»Er hat erst am Tag des Ausbruchs wieder angerufen, und dann auch nur, um zu fragen, ob ich schon gehört hätte, daß Bobby an diesem Tag ausgebrochen wäre.«

Im Anschluß an dieses Gespräch rief Bill Davis sofort Bobby Kline an, um ihm mitzuteilen, was er gerade erfahren hatte. Als die beiden Beamten ihre Notizen verglichen, stimmte alles überein. Klines Beschreibung von Mr. Thompson paßte auf Worm Walhower. Er sagte Kline, daß er ihm so bald wie möglich einige Fotos von ihm zukommen lassen würde.

Am darauffolgenden Morgen war Bobby Kline wieder in Graterfort und führte weitere Vernehmungen durch.

Als erstes war die blonde Wärterin an der Reihe. Sie sagte, sie habe zwei Häftlinge beobachtet, die zwei große Möbelstücke auf Handkarren transportierten.

»Ich rief aus dem Fenster und fragte, worum es sich handle«, erzählte sie Kline. »Einer von ihnen antwortete, es wäre ein Schlafzimmerschrank und öffnete die Türen, so daß ich einen Blick hineinwerfen konnte.«

»Und?«

»Nichts und. Er war leer.«

Anschließend vernahm Kline nacheinander Ralph Blount und Funny Monroe. Sie erzählten Kline das gleiche: Mr. Hart hätte ihnen aufgetragen, die Möbel zu holen, die bereits auf Karren geladen waren. Blount habe das größere Stück geschoben, Monroe das kleinere. Sie hätten beide Teile zur Fahrzeugschleuse gebracht und wären dann in die Schreinerei zurückgegangen.

Gleich nach dem Mittagessen überprüfte Bobby Kline die Anrufe, die Mr. Hart über die Gefängniszentrale getätigt hatte.

Er überprüfte alle Anrufe bis Juli, aber es war keine Nummer mit der Vorwahl vier sechs vier darunter. Als Kline ins Sicherheitsbüro zurückkehrte, wartete dort ein Häftling auf ihn. Marty Riley.

»Ich bin kurz nach sieben in die Schreinerei gekommen«, sagte Riley, Klines Blick ausweichend. »Vorhauer war bereits dort. Nauss kam um acht, und sie sind beide kurze Zeit später gegangen.«

»Was wissen Sie über die Möbel, die an diesem Morgen abgeholt wurden?«

»Später kam ein Anruf, und Mr. Hart wies mich an, die Möbel zur Auslieferung fertig zu machen«, entgegnete der Häftling.

»Und was bedeutete das genau?«

»Ich mußte sie auf Karren laden.«

»Wer hat Ihnen dabei geholfen?«

»Niemand«, erwiderte Marty Riley mit gesenktem Blick.

»Waren die Teile denn nicht sehr schwer?«

»Nicht besonders.«

»Und was wissen Sie über den Ausbruch?«

»Gegen sechs Uhr abends«, antwortete Riley aufblickend,

»hat ein Mithäftling mir davon erzählt. Da habe ich das erstemal davon gehört.«

Bevor Bobby Kline an diesem Abend nach Hause fuhr, rief er Mr. Hart an und fragte ihn, ob es ihm etwas ausmachen würde, zu einer offiziellen Aussage ins Hauptquartier zu kommen.

Mr. Hart willigte ein.

Es war beinahe vier Uhr am folgenden Nachmittag, als Robert Hart im Hauptquartier der Staatspolizei in Limerick eintraf. Es war Mittwoch, der 23. November. Unmittelbar vor Beginn des Verhörs schaltete Bobby Kline den Kassettenrecorder ein und sagte: »Ich habe eine Frage.«

Mr. Hart sah ihn fragend an.

»Von wie vielen Möbelstücken sprechen wir hier eigentlich?«

»Der Schrank bestand aus zwei Teilen«, entgegnete Mr. Hart.

»Ich dachte, Sie hätten gesagt, es wäre ein Teil gewesen?«

»Ich habe es als solches bezeichnet, weil der Schrank zusammengesetzt ein Ganzes bildet. Ich habe mich da falsch ausgedrückt«, erklärte Mr. Hart.

Der Rest seiner Aussage entsprach im großen und ganzen dem, was er Kline schon zuvor im Gefängnis gesagt hatte.

Bobby Kline wußte sehr wohl, daß Lügendetektorergebnisse vor Gericht nicht als Beweis zulässig waren. Aber er wußte auch, daß häufig allein die Erwähnung des Polygraphen Leute nervös machte, die etwas verbargen.

»Sie sind in keiner Weise dazu verpflichtet«, erklärte Kline Mr. Hart, »aber ich würde Sie gerne einem Lügendetektortest unterziehen.«

»Nun«, erwiderte Mr. Hart, »ich habe Gutes und Schlechtes über den Polygraphen gehört. Wenn Sie nichts dagegen haben, würde ich gern mit meinem Anwalt sprechen, bevor ich mich entscheide.«

»Haben Sie einen Anwalt?« fragte Bobby Kline.

»Nein«, entgegnete Mr. Hart. »Aber ich habe vor, mir einen zu besorgen.«

Als Trooper Kline nach Graterford zurückkehrte, um Mr. Hart erneut zu vernehmen, brach Bobby Nauss' dritte Woche in Freiheit an. Es war Freitag, der zweite Dezember.

Kline legte ein Foto von Worm Walhower auf den Tisch.

»Haben Sie diesen Mann schon einmal gesehen?« fragte er.

Mr. Hart nahm das Foto in die Hand und betrachtete es eingehend. Dann schüttelte er den Kopf.

»Nicht, daß ich wüßte.«

»Dann ist das nicht Mr. Thompson?«

»Der sah ganz anders aus.«

»Haben Sie sich inzwischen einen Anwalt besorgt?« fragte Kline, das Thema wechselnd.

»Ja, das habe ich.«

»Und was hat er Ihnen bezüglich eines Lügendektortortests geraten?«

»Um die Wahrheit zu sagen«, entgegnete Mr. Hart errötend, »habe ich vergessen, ihn darauf anzusprechen. Aber er sagte, ich solle keine weiteren Aussagen machen, und diesen Rat möchte ich von jetzt an befolgen.«

An Weihnachten waren die Ermittlungen der Staatspolizei im Sande verlaufen.

Nach über einem Monat gab es noch keinen greifbaren Hinweis. Worm Walhower hatte sich als Sackgasse erwiesen. Die Thompsons waren nicht identifiziert worden. Der Transporter war ebensowenig gefunden worden. Das FBI-Labor konnte keinen einzigen Fingerabdruck auf den Zwanzig-Dollar-Scheinen finden, mit denen der Schrank bezahlt worden war. Wenngleich er verdächtigt wurde, in den Ausbruch verwickelt zu sein, konnte Mr. Hart nichts nachgewiesen werden. Das gleiche galt für Marty Riley. Und die Flüchtigen hatten keinerlei Spuren hinterlassen.

Kapitel 29

»Das war ein Scheißfall«, sagte der Mann, der Bobby Nauss der gerechten Strafe zuführen sollte.

Sein Name war Tom Rapone, und er war in Drexel Hill aufgewachsen, etwa eine Meile entfernt von Bobbys Zuhause in Darby. Da jede Strähne seines dunklen Haars stets exakt so lag, wie sie liegen sollte, wurde er von seinen Klassenkameraden auf der St. Bernadette's Grade School ›Rughead‹ genannt (Perücke, Anm. des Übers.).

So wie Bobby Nauss und Bezirksstaatsanwalt Frank Hazel hatte er – zwei Jahre vor Bobby – die Monsignor Bonner High School absolviert, wenngleich er behauptete, Bobby auf der High-School nicht gekannt zu haben. Die Schule wäre zu groß gewesen. Allerdings freundete er sich in jenen jungen Jahren mit Rick Martinson an, der später verdächtigt wurde, Anführer der Warlocks zu sein. Nach der High-School schlug er eine völlig andere Richtung ein als Bobby Nauss und Rick Martinson. Während letztere sich innerhalb der Warlock-Gang nach oben arbeiteten, machte Rapone seinen Abschluß an der Philadelphia School of Textile and Sciences. Anschließend belegte er Kurse in Kriminologie an der West Chester State University. Er heiratete, gründete eine Familie und nahm dann eine Stelle als psychologischer Berater im County-Gefängnis von Delaware an. Seine Aufgabe bestand darin, sich mit den Häftlingen vertraut zu machen, mit ihnen zu arbeiten und zu versuchen, sie zu resozialisieren. In dieser Eigenschaft begegnete er Bobby Nauss und lernte ihn mit der Zeit gut kennen.

Als Bobby im Sommer 1977 wegen Mordes an Liz Lande verhaftet wurde, war Tom Rapone inzwischen zum Gefängnisdirektor befördert worden. Er war somit für Bobbys Wohlbefinden während der sechs Monate zuständig, die die U-Haft und der Prozeß dauerten. Dann, kurz nach Ende des

Prozesses, war es Rapone, der aus Sicherheitsgründen riet, Bobby ins Huntington-Gefängnis zu verlegen. Und das war das letzte, was er von Bobby Nauss hörte – oder zumindest hatte Rapone das geglaubt.

Sechs Jahre später schlug ihrer beider Leben eine Richtung ein, die sie auf Kollisionskurs brachte. Erst sieben Wochen vor Bobbys Flucht aus dem Graterford-Gefängnis hatte Präsident Ronald Reagan Rapone zum United States Marshal für den östlichen Bezirk Pennsylvanias ernannt.

Anfang des neunzehnten Jahrhunderts von George Washington ins Leben gerufen, ist der Marshals Service die älteste und vielseitigste Polizeibehörde der Welt. Sie ist für die Sicherheit in Gerichten zuständig, für den Zeugenschutz, die Sicherstellung von Beweisen und die Verfolgung von flüchtigen Straftätern. Allerdings müssen diese Flüchtlinge in eine von drei Kategorien fallen: Sie müssen aus einer Bundes-Strafvollzugsanstalt ausgebrochen sein, aus einer staatlichen Strafvollzugsanstalt ausgebrochen sein, in der sie eine Haftstrafe wegen eines Bundesvergehens verbüßt haben, oder sich dem Gewahrsam von Beamten der Bundespolizei entzogen haben.

Von Bobbys Verbrechen galt nur der Drogenhandel als Bundesvergehen – wofür er zu einer Haftstrafe von drei Jahren verurteilt worden war. Da er vor seinem Ausbruch bereits sechs Jahre im Gefängnis verbracht hatte, gingen die Behörden davon aus, daß er das Bundesvergehen abgebüßt habe. Soweit bekannt, war er ein Strafgefangener, der aus einem *Staatsgefängnis* ausgebrochen war, in dem er *nicht* wegen eines *Bundesvergehens* eingesessen hatte. Und so übernahm die Staatspolizei, als Bobby ausbrach, die Rolle des Hauptermittlers und behielt diese auch während der folgenden Monate bei – wenngleich ihre Chancen, ihn je zu fassen, gleich Null waren.

»Um Bobby Nauss zu fassen, braucht man Zeit und entsprechende Mittel«, klagte Tom Rapone. »Man braucht genügend Männer und den Apparat einer bundesweiten Vollstreckungsbehörde. Man muß in der Lage sein, von einer

Jurisdiktion zur nächsten zu wechseln, den Hörer abzunehmen und überall im Land anzurufen und zu sagen. ›Holen Sie mich morgen früh am Flughafen ab‹. Ohne bundesweite Vollstreckungsgewalt sind einem die Hände gebunden.«

Beinahe eineinhalb Jahre mußten Tom Rapone und die Bundesmarshals tatenlos zusehen.

Im März 1985 erhielt Tom Rapone einen anonymen Hinweis, demzufolge Bobby Nauss sich in der Umgebung von Raith, einer kleinen Stadt in Ontario, Kanada, versteckt hielte. Rapones Informant sagte, er lebe mit einer Frau namens Claudia zusammen, einer Weißen mit langem, dunklem Haar, in einem Haus an der Route 102, einige Meilen nordwestlich von Thunder Bay.

Rapone rief im Präsidium an und gab die Information an die Enforcement Division, die Vollstreckungsabteilung, weiter. Er schlug vor, daß die Royal Canadian Mounted Police, die berittene Polizei Kanadas, informiert und eine Observierung organisiert werden sollte, an der Deputy Marshals, Mounties und Troopers aus Pennsylvania beteiligt wären. Gleichzeitig begann er, sich eingehender mit dem Fall zu befassen. Mit achtundfünfzigtausend noch nicht abgeschlossenen Fällen ist der Marshals Service gezwungen, Prioritäten zu setzen. In bezug auf Bobby Nauss stand Rapones Name nicht einmal in der Akte. Aber dies gedachte Tom Rapone zu ändern. Er sandte Bob Leschoron, dem Leiter der Domestic Operations bei den Marshals folgendes Memo:

> Ich weise darauf hin, daß der Ausbruch von Nauss und seine Zugehörigkeit zur Warlock-Motorradgang, die verdächtigt wird, in eine Reihe ungelöster Morde verwickelt zu sein, große Aufmerksamkeit erregt haben.
> Die zu erwartende Beachtung durch die Presse, die dem United States Marshals Service zuteil werden wird, wenn er an einer Verhaftung dieser Art beteiligt

wäre, würde dem USMS und dem RCMP viel Publicity und Anerkennung einbringen.

Die Mounties klopften an die Tür des Verdächtigen. Eine langhaarige Brünette öffnete. Sie sagte, sie hieße Claudia, und der Verdächtigte sah Bobby Nauss verblüffend ähnlich. Aber es war nicht Bobby.

Trotz des Fehlschlages brachte der Vorfall Tom Rapones Adrenalin in Wallung. Aber es gab keinen bundesweiten Haftbefehl. Wieder war er gezwungen, aus der Ferne zuzusehen, als interessierter, aber unbeteiligter Zuschauer.

Weitere acht Monate vergingen, ohne daß bei den Ermittlungen Fortschritte gemacht wurden.

Am 23. Januar 1986 meldete sich ein anonymer Anrufer im Büro des Direktors der Strafvollzugsanstalt Graterford.

Eine Sekretärin nahm den Anruf entgegen.

»Ich habe Informationen zu einem Ausbruch von vor zwei Jahren«, sagte eine männliche Stimme.

»Bleiben Sie bitte dran«, sagte die Sekretärin und versuchte, jemanden zu erwischen, der den Anruf entgegennehmen konnte. Der Direktor war in einer Besprechung, und sein Stellvertreter war nicht in seinem Büro. Schließlich gelang es ihr, einen Assistenten des Direktors ans Telefon zu bekommen.

»Ich spreche von Robert Nauss und Hans Vorhauer«, sagte der Anrufer, sobald er durchgestellt worden war.

»Woher soll ich wissen, daß Sie nicht irgendein Spinner sind und sich das aus den Fingern saugen?«

»Hören Sie mir nur zu«, entgegnete der Anrufer und sprach in kurzen, abgehackten Sätzen. »Mithäftlinge haben die beiden in einem großen Möbelstück versteckt. Sie haben sie zu einem Transporter gekarrt. Sie haben einen Wärter namens Hart geschmiert. Es war eine einmalige Zahlung, die am Morgen des Ausbruchs erfolgte. Der Transporter war auf eine gewisse Adrian Mailers zugelassen. Das ist eine Firma in der Cherry Street 1233 in Philadelphia. Die Fahrerin war Cindy Lougee. Sie hat den Transporter von der Firma ihrer Mutter gemietet, ›Adrian Mailers‹. Ihr Freund hat sie begleitet. Er hat beim Auf- und Abladen geholfen.«

Der Assistent fragte, wo diese Cindy zu finden wäre.

»Sie hängt in Charlie's Bar rum. In Manayunk. Manchmal trifft Nauss sich am Wochenende dort mit ihr.«

Darauf hängte der Anrufer ein.

Tom Rapone bekam einige Tage später Wind von dem Anruf, woraufhin er sich mit dem Büro der Bundesstaatsanwaltschaft in Verbindung setzte und um eine Beurteilung des Falles bat.

Im Februar bekam er Antwort: Der Richter hatte angeordnet, daß Bobby seine Strafe wegen Drogenhandels im Anschluß an seine Haftstrafe wegen Mordes verbüßen sollte. Bobby Nauss schuldete der Bundesregierung noch drei Jahre.

Am 12. Februar 1986 wurde ein bundesweiter Haftbefehl auf Bobby Nauss Jr. ausgestellt. Von diesem Augenblick an hefteten sich zweitausendfünfhundert Deputy Marshals offiziell an Bobbys Fersen.

Darüber hinaus wurde bundesweit nach Hans Vorhauer gefahndet.

Am 12. Februar begann Hurley Trout seinen Arbeitstag damit, daß er neue Daten in die WIN- und NCIC-Computer eingab. Trout war der Deputy Marshal, dem Tom Rapone den Fall übertrug, der zum aufsehenerregendesten Fall werden sollte, mit dem das Präsidium in Philadelphia sich seit Jahren befaßt hatte.

Hurley Trout war ein schlanker Ermittlungsbeamter, mittelgroß und mit von grauen Strähnen durchzogenem Haar. Er besaß das Temperament und die Selbstbeherrschung eines Mannes, den scheinbar nichts aus der Ruhe bringen konnte.

Im Augenblick arbeitete er anhand einer langen Liste, die vor ihm lag: Neue Akten mußten angelegt, mit dem Fall in Zusammenhang stehende Akten ausfindig gemacht und Zeitabläufe und Verbindungen hergestellt und aufgelistet und Unterlagen geprüft werden. Es war alles Routine, und nach über zwanzig Dienstjahren hatte er so etwas schon mindestens tausendmal gemacht.

Im Vergleich zu den jüngeren Deputies, die häufig Jeans und Sportschuhe trugen, war Trout eher altmodisch. Nicht, daß er ausgesehen hätte wie aus einem Herrenmodemagazin, aber er trug immer Anzug und Krawatte.

»Er hat nie aufgegeben«, erinnerte sich Janet Doyle, ein weiblicher Deputy, der mehrere Fälle gemeinsam mit Trout bearbeitet hatte. »Wir nannten ihn ›Bluthund‹, weil Hurley, wenn er erst eine Fährte aufgenommen hatte, nicht locker ließ, bevor er den Betreffenden aufgespürt hatte.«

Hurley Trout zündete sich gerade eine Zigarette an, als Tom Rapone und Paul Schneider das Marshals Office betraten. Er drückte eine noch glühende Kippe im Aschenbecher aus und nahm einen tiefen Zug von der frisch angezündeten Zigarette.

Rapone lächelte wie ein Kater, der gerade den Kanarienvogel verspeist hat, und überreichte Trout einen riesigen Stapel Unterlagen, die er und der Beamte des Sonderdezernats aus Delaware County soeben aus dem Graterford-Gefängnis erhalten hatten: Besucherlisten, Telefonlisten sowie Nachweise ein- und ausgegangener Post.

»Viel Glück«, sagte Rapone und bat dann Paul Schneider, Trout ins Bild zu setzen.

»Cindy Jill Lougee«, sagte Schneider und reichte Trout einen braunen Ordner.

Trout schlug die Akte auf und betrachtete ihr Foto. Mausfarbenes Haar. Durchschnittliche Erscheinung.

»Zweiunddreißig«, fuhr Schneider fort. »Sie ist ein Junkie, und es ist allseits bekannt, daß sie jahrelang eine intime Beziehung mit Nauss hatte.«

»Sie steht als regelmäßige Besucherin auf der Liste«, bemerkte Tom Rapone.

»John Lougees Witwe«, fuhr Schneider fort. »Anführer einer Ortsgruppe einer Motorradgang, bis er vor zwei Jahren tot in der Wohnung von Buzzy Kirn aufgefunden wurde. Überdosis THC.«

»Hören Sie«, sagte Rapone zu Trout, »ich möchte, daß Sie folgendermaßen anfangen: Erstens sorgen Sie dafür, daß das Haus dieser Lougee observiert wird. Zweitens besorgen Sie sich ein Foto von ihrem Freund. Drittens lassen Sie Charlie's Bar in Manayunk beobachten, und viertens versuchen Sie so viel wie möglich über ›Adrian Mailers‹ in Erfahrung zu bringen.«

Hurley fuhr am Valentinstag nach Manayunk, um sich Charlie's Bar anzusehen. Er brauchte nicht lange, um jemanden zu finden, der ihn als erstes darauf hinwies, daß die Kneipe ursprünglich Uncle Charlie's Bar geheißen habe. Aber sie wäre kürzlich verkauft worden und hieße jetzt German Mike's. Der Mann sagte, sie befände sich Ecke Dawson und Cresson Streets.

Trout beobachtete zwei Tage lang den Parkplatz. Er notierte sich Autokennzeichen und machte unauffällig Fotos der Stammkunden, die dort ein und aus gingen. Viele von ihnen waren als Warlocks bekannt, aber weder Bobby Nauss noch Cindy Lougee ließen sich blicken.

Am darauffolgenden Wochenende, dem 21. und 22. Februar, verlegte Hurley Trout seinen Beobachtungsposten in die Fowler Street 4713, nur einen Katzensprung von German Mike's Bar entfernt, und postierte sich in der Nähe von Cindy Lougees zweistöckigem Reihenhaus.

In der ersten Nacht begann er damit, Autokennzeichen aufzuschreiben und Fotos zu schießen. Ein steter Strom von Rockern, die dort ein und aus gingen, sorgte mehrere Stunden lang für Beschäftigung. Für das geübte Auge war offensichtlich, daß Cindy Drogenhandel betrieb – aber auch diesmal bekam er Bobby Nauss nicht zu Gesicht.

Zwischen den Observierungen holte Hurley Trout in der

Stadt Erkundigungen über ›Adrian Mailers‹ ein. Er fand heraus, daß stapelweise Post abgeliefert wurde und die Firma Louise Parness, Cindy Lougees Mutter, gehörte und auch von ihr geleitet wurde.

Die Delaware County Major Crimes Task Force (Abteilung für Schwerverbrechen, Anm. des Übers.), die Staatspolizei von Pennsylvania und der United States Marshals Service arbeiteten nun hinsichtlich der Ergreifung von Bobby Nauss und Hans Vorhauer inoffiziell zusammen. Einer der größten Stolpersteine für die Ermittlungsbeamten war die Identifizierung der beiden Gesuchten. Vorhauers Foto aus der Gefängnisakte war schon zum Zeitpunkt des Ausbruchs dreizehn Jahre alt, und keiner der Untersuchungsbeamten, die an dem Fall arbeiteten, hatte ihn je von Angesicht zu Angesicht gesehen. Bobbys Gefängnisfotos waren zwar neueren Datums, doch hatte er zugenommen und sich äußerlich etwas verändert. Abgesehen von Tom Rapone und den Beamten des Sonderdezernats hatte ihn von den anderen Ermittlungsbeamten auch noch niemand zu Gesicht bekommen.

»Hier kam Frank Bender ins Spiel«, erklärte Rapone später. »Bender war forensischer Künstler und Bildhauer. Er arbeitete gerade an einem anderen Fall, erfuhr jedoch von unseren Ermittlungen. Er fing an, im Marshals Office herumzuhängen und über diesen und jenen Fall zu sprechen. Dann schlug er eine Präsentation vor.«

Rapone nahm ihn beim Wort. Er rief sämtliche an den Ermittlungen beteiligte Behörden an und lud Schlüsselpersonen ins Marshals-Präsidium ein, wo Frank Bender ihnen einen Vortag hielt – über die Rekonstruktion verwester Leichen und den Alterungsprozeß.

»Hinterher erbot sich Bender, uns zu helfen.«

»Okay«, sagte Tom Rapone zu ihm. »Sie arbeiten an dem Nauss-Vorhauer-Fall. Wir haben Fotos, die über zehn Jahre alt sind, mehr nicht.«

In den folgenden Tagen suchte Frank Bender die Ermittlungsbeamten auf, die Vorhauer und Nauss damals festgenommen hatten. Er frischte ihre Erinnerung auf und machte sich Skizzen, während sie berichteten, fügte hier etwas hinzu, nahm dort etwas fort und überarbeitete seine Zeichnungen, bis sie lebensecht und immer aktueller aussahen.

Glück spielt bei der Lösung eines Falles eine größere Rolle, als es Ermittlungsbeamte gern zugeben.

»Eines Morgens während der Rushhour«, erzählte ein Polizeibeamter aus Upper Darby, als er den ersten Durchbruch im Fall Nauss-Vorhauer beschrieb, »springt dieses Arschloch plötzlich auf die Marshall Road und hält den Verkehr auf, damit sein Freund mit seinem Wagen rückwärts aus der Ausfahrt fahren kann – und auf der Marshall Road kann der Verkehr während der Rushhour ziemlich stark sein.

Was der Kerl nicht weiß, ist, daß sich unter den Autofahrern, die er blockiert, ein Polizeibeamter auf dem Weg zur Arbeit befindet. Der Beamte erkennt den Kerl, überprüft ihn und erfährt, daß ein Haftbefehl auf ihn ausgestellt ist. Wie sich herausstellt, steht er mit den Warlocks in Verbindung.

Bis dahin wußten wir nicht, daß die Warlocks sich in diesem Haus niedergelassen hatten.«

Am 14. April begann die Observierung des Hauses Marshall Road 6710. Es wurde sorgfältig darüber Buch geführt, wer dort ein oder aus ging, und es wurden Videoaufnahmen gemacht. Später, im Präsidium der Marshals, betrachtete Frank Bender eines der Fotos, die anhand der Videoaufzeichnungen gemacht worden waren. Es war ziemlich verschwommen.

»Das ist Vorhauer«, sagte er schließlich und warf das Bild auf den Tisch, damit die anderen es sich ansehen konnten.

»Jeder, der auch nur im entferntesten mit dem Fall zu tun hatte«, erinnerte sich der Polizist aus Upper Darby, »wurde auf Anordung der Bundesregierung auf Vorhauer angesetzt. Tag und Nacht folgten wir Phyllis Vorhauer von zu Hause zur Arbeit, zum Einkaufen, wo immer sie hinging. Wir benutzten fünf oder sechs neutrale Fahrzeuge, um nicht aufzufallen.«

Frank Bender und Agenten des ATF und DEA schlossen sich am darauffolgenden Tag der Überwachungseinheit vor dem Haus in der Marshall Road an. Gegen zwölf Uhr mittags verließ der Verdächtige in Begleitung eines nicht identifizierten Weißen, der ganz offen eine Waffe trug, das Haus. Während Bender unter Zuhilfenahme eines Teleobjektivs Nahaufnahmen der beiden Männer machte, richtete der ATF-Beamte das Fernglas auf die Waffe.

»KG-99SS«, sagte der ATF-Beamte. »Neun-Millimeter-Halbautomatik-Pistole. Läßt sich leicht in eine vollautomatische Maschinenpistole umwandeln.«

Die Observierung wurde den ganzen Frühling und Sommer hindurch fortgesetzt.

»Wir gingen ruhig, überlegt und effizient an die Sache«, erklärte Paul Schneider später. »Und wir waren sicher, Vorhauer gesehen zu haben. Unsere Hauptpriorität war die, daß niemand verletzt werden sollte – auch nicht Hans Vorhauer.

»Wir bekamen ihn insgesamt dreimal zu sehen. Einmal spielten fünf oder sechs Kinder um ihn herum auf der Straße Ball. Also warteten wir.«

Kapitel 30

Phyllis Vorhauer fuhr am Abend des ersten Sonntags im September zum Quality Inn an der Sechsundzwanzigsten Straße und Penrose Avenue in Süd Philadelphia. Es war das Labor-Day-Wochenende, und ihr Mann hatte dort bereits unter falschem Namen ein Zimmer gemietet.

Sie klopfte zweimal, und die Tür wurde geöffnet.

Die Beamten der Upper Darby Polizei waren ihr von zu

Hause aus gefolgt, saßen in einem neutralen Fahrzeug auf dem Parkplatz und beobachteten das Ganze. Sie forderten Verstärkung an, und Deputy Marshals, Staatspolizisten, Beamte des Sonderdezernats sowie Beamte aus Upper Darby, Haverford und Springfield versammelten sich am Schauplatz des Geschehens.

Sie warteten die ganze Nacht.

Hans Vorhauer öffnete die Tür seines Motelzimmers um elf Uhr fünfzehn am nächsten Morgen, und er und Phyllis liefen geradewegs in die Falle. Völlig überrumpelt, leistete er keinen Widerstand. Seine Frau wurde ebenfalls verhaftet und der Behinderung polizeilicher Ermittlungen zur Ergreifung eines flüchtigen Straftäters angeklagt.

Es hatte beinahe drei Jahre gedauert, aber der Strafvollzug hatte Hans Vorhauer wieder.

Vorhauer weigerte sich zu reden.

Hurley Trout durchsuchte ihn. Er fand einen in Michigan ausgestellten Führerschein, Fahrzeugpapiere mehrerer in Michigan zugelassener Wagen, Visa- und Mastercards und den Rückflugabschnitt eines Hin- und Rückflugtickets von USAir Detroit-Philadelphia. Der Name auf allen beschlagnahmten Dokumenten lautete Elmer Colombo, die Adresse: 8939 Fargo Road, Yale, Michigan.

Zur gleichen Zeit durchsuchten Paul Schneider und ein Trupp Polizeibeamter aus Upper Darby Phyllis Vorhauers Wagen und ihr Haus in der Wellington Road 22. Sie fanden und beschlagnahmten Tagebücher mehrerer Jahre, in denen geheime Treffen zwischen Hans und Phyllis in aller Ausführlichkeit beschrieben waren. Schneider brachte alles zur Erfassung und Überprüfung ins Präsidium der Marshals.

Yale liegt etwa fünfundfünfzig Fahrminuten nordöstlich von Detroit. Als ein Deputy Marshal des Detroiter Präsidiums Hurley Trout am Flughafen abholte und in die Fargo Road

8939 brachte, waren bereits Beamte der St. Clair County Sheriff's Drug Task Force sowie Staatspolizisten aus Michigan vor Ort.

Trout stieg aus dem Wagen und starrte auf ein Stück Amerika, das aussah wie aus einem Gemälde von Norman Rockwell. Es war ein großes, steinernes Farmhaus, umgeben von Hektar über Hektar hochstehender grüner Weizenfelder. Hinter dem Haus befand sich eine verwitterte Scheune. Neben dem Wohnhaus stand ein Silo, dessen Dach fehlte. Aber im Inneren war Hans Vorhauers Meisterwerk verborgen: Die modernste Drogenküche, die die Ermittlungsbeamten je gesehen hatten.

Das DEA ließ einen Chemiker aus Chikago einfliegen. Er bezeichnete das Meth-Labor als ›Kalifornisches System‹, fotografierte es und machte sich dann daran, es auseinanderzunehmen.

Die Ermittlungsbeamten suchten zwei Tage lang das Gelände ab. Sie fanden siebenunddreißigtausend Dollar in bar und genügend Chemikalien, um zweiundneunzig Pfund Methamphetamine herzustellen, was einen damaligen Verkaufswert von beinahe vierhunderttausend Dollar darstellte. Außerdem fanden sie Unterlagen einer Firma, die sich Dathko Sales nannte. In den Büchern standen eine Adresse in Southfield, Michigan, sowie der Name des Einkaufsleiters: Joseph N. Dome. Im BMV-Computer war kein Joseph N. Dome registriert, und Adresse und Telefonnummer der Firma führten die Beamten zu einem Postfach und einem telefonischen Auftragsdienst.

Die letzte Eintragung in den Geschäftsbüchern lautete auf einhundert Kilo Ephedrinhydrochlorid, das im vergangenen Juni von der Graymore Chemical Company in Pine Brook, New Jersey, bezogen worden war. Den Transport hatte die R.C. Trucking Company in Philadelphia übernommen. Hurley Trout rief sein Büro an, und Tom Rapone schickte Beamte zu der angegebenen Adresse der R.C. Trucking Company. Aber sie kamen drei Monate zu spät. Sie fanden nur ein verlassenes Lagerhaus vor.

Die Ermittlungsbeamten fanden in dem Farmhaus in Yale außerdem beinahe dreißig Sätze falscher Papiere, die Hans Vorhauer anhand von Geburts- und Todesanzeigen in Michigan angefertigt hatte.

Von Bobby Nauss fanden sie keine Spur, aber Vorhauers Nachbarn identifizierten Bobby als einen Mann, der mehrfach auf einem Motorrad in der Nähe des Farmhauses gesehen worden war.

An seinem dritten Tag in Michigan betrat Hurley Trout ein Restaurant in der Nähe des Farmhauses und zeigte einer der Bedienungen ein Foto von Hans Vorhauer.

»Das ist Norton«, sagte sie und erklärte, er wäre ein Stammgast und alle würden ihn Norton nennen, weil er der Figur, die Art Carney in ›The Honeymooners‹ spielte, so ähnlich wäre. Sie erzählte Trout, daß sie sogar sein Lieblingsgetränk extra für ihn besorgten.

»Was wissen Sie über ihn?« fragte Trout.

»Nicht viel«, entgegnete sie. »Nur das, was er uns erzählt hat. Er ist Künstler und hat Kurse am Gemeindecollege belegt.«

»Haben Sie diesen Mann schon einmal gesehen?« fragte Trout und zeigte ihr ein Foto von Bobby.

»Ja, den habe ich schon mal gesehen«, entgegnete sie ohne zu zögern. »Er war im Sommer ein paarmal hier. Er war ausgesprochen unfreundlich und mit einem wirklich schäbigen Typen zusammen.«

Tom Rapone rief im Präsidium an. Er teilte Bob Leschoron mit, der Fall wäre zu bedeutend, über die üblichen Kanäle zu laufen. Was er von einer Sonderkommission hielte?

Leschoron ist kein typischer Bürokrat. Seinen Spitznamen ›Big Buck‹ verdankte er den beiden großen Leidenschaften seines Lebens: Der Rotwildjagd und der Jagd nach flüchtigen Straftätern. In den zwanzig Jahren, die er in den Straßen New York Citys Dienst getan hatte, hatte er einige der berühmtesten und raffiniertesten Fluchtspezialisten aufgespürt. Dem Kinofilm *Dog Day Afternoon* liegt ein Fall zugrunde, den zu lösen er beigetragen hat. Seine Erfahrung im Polizeidienst machte es ihm leicht, die Probleme und Logistik der Cops auf der Straße zu verstehen.

Er war besonders stolz auf die Tatsache, daß er der erste *gun-toter* (Waffenträger, im übertragenen Sinne einfacher Polizeibeamter, Anm. des Übers.) war, der es innerhalb des Marshals Service so weit gebracht hatte.

Er sagte Rapone, er werde sehen, was sich machen ließe.

Kapitel 31

Das Regierungsgebäude in Philadelphia ist ein Wolkenkratzer aus Beton und Glas in der Sechsten Straße und Market Street, nur zwei Blocks von der Independence Hall und der Liberty Hall entfernt, und das Marshals Office nimmt einen Großteil des zweiten Stockwerks ein. Der Boden ist mit dunkelblauer Teppichware ausgelegt, und Neonlampen sorgen für ständige Beleuchtung von oben. Aktenschränke und Computeranlagen nehmen die meiste Stellfläche an den Wänden ein. Es gibt Einzelbüros für Chief Deputies, Gemeinschaftsbüros, in denen Deputies in Gruppen arbeiten, kleine Besprechungszimmer, die auch als Verhörzimmer dienen, und einen Zellentrakt. Die Welt der Marshals dreht sich nur um flüchtige Straftäter, und Festnahmen sind ihr Lebensinhalt.

Hier kam, an einem milden Herbsttag, am 24. September 1986, einem Mittwoch, das Sonderdezernat der United States Marshals zum ersten Mal zusammen, beinahe drei Jahre nach Bobby Nauss' Ausbruch aus der Strafvollzugsanstalt Graterford. »Wir hatten Paul Schneider und einige Beamte hinzugezogen, die damals am Mordfall Liz Lande mitgearbeitet hatten – George Ellis und Bill Davis«, erklärte Tom Rapone später. Hinzu kamen Beamte der Police Departments von Upper Darby, Springfield und Philadelphia, des Sheriffs Office und der Warrant Squad, Mitarbeiter der Pennsylvania State Police und des Attorney General's Office, der New Jersey State Police Fugitive and Intelligence Units sowie der Büros der Bezirksstaatsanwaltschaft der Counties Gloucester und Cape May in New Jersey. Darüber hinaus würden Beamte des FBI, DEA, ATF und der Bundesstaatsanwaltschaft bei Bedarf zur Verfügung stehen. Nicht zu vergessen die Deputy Marshals selbst und Frank Bender, der sein neuestes Werk enthüllte: Eine farbige Büste des vierunddreißigjährigen Bobby Nauss in Originalgröße, mit kurzem Haar und glatt rasiert.

Die Aufgabe des Sonderdezernats bestand darin, Motorradgangmitglieder aufzuspüren und zu verhaften, die aus dem Gefängnis ausgebrochen waren. Auf Tom Rapones anfänglicher Liste standen drei Namen – Richard ›Wes‹ Hamilton, ein Warlock, der acht Jahr zuvor aus dem Delaware-County-Gefängnis ausgebrochen war, dem einzigen Ausbruch während Rapones Dienstzeit als Gefängnisdirektor; Sandy Basile, die Frau eines Warlocks und Mörderin, der ein Jahr zuvor die Flucht gelungen war; und Bobby Nauss. Aber Tom Rapone konzentrierte sich vor allem auf eine Person. Er wollte Bobby Nauss. Sofern die anderen ihn nicht zu ihm führen konnten, sollten sie sich zum Teufel scheren.

»Während der Zeit, als Nauss Vizepräsident der Warlocks war«, erklärte Rapone den Beamten des Sonderdezernats, »wurden in Delaware County vier junge Mädchen vergewaltigt und ermordet und die Leichen im Tinicum Marsh abgeladen. Mehrere Quellen aus Nauss' ehemaligem Umfeld haben übereinstimmend ausgesagt, er wäre für die Ermordung aller vier Mädchen verantwortlich, aber sie haben Angst, gegen ihn auszusagen.«

Rapone erzählte ihnen von Liz Lande, Charlotte Illingsworth, den Drogen, den Verhaftungen und Verurteilungen. Und von dem Ausbruch.

»Aus Angst«, spekulierte Rapone, »ist Bobby Nauss nach seinem Ausbruch untergetaucht. Er weiß, daß er gesucht wird, er weiß, daß er wegen Mordes dran ist, und er weiß, daß die Cops nicht lange fackeln werden, wenn sie ihn erst haben.

Er mußte sein Aussehen verändern, so gut es eben ging. Er hat mehrere Tätowierungen. Höchstwahrscheinlich trägt er lange Ärmel, aber es ist ebenfalls möglich, daß er die Tattoos verändert hat. Meiner Ansicht nach wird Bobby Nauss versuchen, in der Masse unterzutauchen. Er wird sich nach außen hin anständig benehmen und sich Image und Lebensstil eines Yuppies zulegen. Er wird seinen Namen ändern, eine liebeshungrige Frau finden und sich häuslich niederlassen.«

Die Ermittungsbeamten verbrachten den Rest der Woche damit, Akten anzulegen, bereits vorhandene Akten zu sichten und sich mit den bestehenden und geplanten Observierungsobjekten vertraut zu machen. Am darauffolgenden Montag übertrug Tom Rapone Hurley Trout und Paul Schneider die Leitung der Ermittlungen. Daraufhin besprachen sie ihre Strategie mit den anderen Beamten.

Trout sprach als erster. Er erwähnte, daß Bobby Nauss in der Nähe von Hans Vorhauers Drogenküche in Yale, Michigan, gesehen worden war, und sagte, das Marshals Office in Detroit würde parallel ermitteln, um zu versuchen, Nauss in ihrem Zuständigkeitsbereich ausfindig zu machen. Außerdem würden Suchplakate gedruckt und an die kanadische Grenzpolizei, die Flughafenpolizei von Detroit und Philadelphia sowie an die Detroit Crime Stoppers Organization geschickt werden.

Als Paul Schneider das Wort ergriff, sprach er über Personen, die möglicherweise mit Bobby in Verbindung stünden. Als erstes nannte er drei Frauen – Cindy Lougee, Marijane Dolhancryk und Cookie Nauss. Lougee wäre verdächtig, in Nauss' Ausbruch verwickelt gewesen zu sein, und führe ein Drogenhaus. Marijane Dolhancryk stamme aus Darby. Sie wäre mit einem Warlock verheiratet gewesen, habe sich von ihm scheiden lassen und einen zweiten geheiratet. Es werde gemunkelt, sie wäre ebenfalls eine Geliebte von Bobby gewesen. Tatsächlich habe sie ihn als letzte vor seinem Ausbruch in Graterford besucht. Cookie Nauss wäre Bobbys Frau – oder besser Ex-Frau. Sie habe sich im vergangenen Sommer in Atlantic City, New Jersey, von Bobby scheiden lassen und lebe mit ihrem zweiten Mann, Sammy Golding, an der Küste von Jersey.

Schneider erzählte seinen Männern außerdem, Bobbys und Cookies gemeinsamer Sohn, der vierzehnjährige Tommy, lebe bei Bobbys Eltern. Bobby habe immer sehr an seinem Sohn gehangen, und seinem Vater ginge es derzeit gesundheitlich sehr schlecht. Darum würde Bobby jeglichen Kontakt zu dem Jungen vermutlich meiden. Es wäre jedoch nicht auszuschließen, daß er versuchen würde, sich mit seinen Geschwistern in Verbindung zu setzen.

Schließlich erwähnte er Bobbys engste Freunde bei den Warlocks. Steve DeMarco und Bobby Marconi waren im Gefängnis, aber Tony ›Mudbone‹ Merkle und Rick Martinson liefen immer noch frei herum. Martinson braute wahrscheinlich irgendwo oben in den Pocono Mountains Meth mit Chris ›Chopper‹ Rigler. Es bestand die leise Möglichkeit, daß Bobby in Zusammenarbeit mit ihnen Meth herstellte und vertrieb, und das führte zu der Schlußfolgerung, daß sowohl Martinson als auch Rigler wußten, wo Bobby sich versteckte.

Paul Schneider erläuterte die weitere Vorgehensweise. Es galt, die Überwachung von Cindy Lougees Haus, German Mike's Bar und des Meth-Labors an der Marshall Road in Upper Darby fortzusetzen; weiter Observierungen von so vielen der vorgenannten Beteiligten wie möglich zu veranlassen; Telefonats-Mitschnitte zu beschlagnahmen; bekannte Warlocks bei jeder Gelegenheit festzunehmen; weiter nach den fehlenden Einzelheiten des Ausbruchs zu suchen; verfügbare Informanten auszuquetschen und neue anzuwerben. Und dieser letzte Punkt war der Schlüssel zur Lösung der meisten Fälle: Jemanden zu finden, der irgendwie darin verwickelt war und bereit war, für Geld oder rechtliche Vergünstigungen Informationen preiszugeben.

Am Freitag, dem 3. Oktober 1986, rief einer der Ermittler aus New Jersey Tom Rapone an und berichtete, er habe gerade von einem geheimen Spitzel ein paar Informationen erhalten.

»Vergangenen Sommer«, sagte der Ermittler zu Rapone, »hat mein Informant Bobby und Cookie zweimal zusammen in Bally's Casino in Atlantic City gesehen. Und er behauptet, er habe sie ein weiteres Mal im August gesehen, im Tri-State Mall.«

Das Tri-State Mall liegt an der I-95, in der Nähe des Hauses, in dem Bobby und Cookie in Aston wohnten, bevor er verhaftet wurde.

Wäre das nicht ein Ding, spottete Rapone, wenn Cookies neuer Ehemann, dieser Sammy Soundso, in Wirklichkeit Nauss wäre.

Marmora liegt eine Stunde östlich von Philadelphia. Zehn Meilen südlich von Atlantic City, gleich hinter der Ausfahrt 25 vom Garden State Parkway. Zwei Meilen vom Atlantik entfernt.

»Sieht nicht aus, als ob hier jemand wohnt«, sagte Hurley Trout, als er am nächsten Morgen in einem neutralen Wagen langsam an dem Haus 209 Seaside Avenue vorbeifuhr. Dieses Haus hatten Sammy und Cookie Golding für sechshundert Dollar monatlich gemietet. Von dort aus fuhr Trout weiter nach Avalon, einer der kleinen Städte, die an der langen, schmalen Küste von Jersey liegen.

Von einem Informanten erfuhr Hurley Trout, daß Sammy Golding Mitte Dreißig war, eins fünfundsiebzig bis eins achtzig groß, gutgebaut. Er trug einen Fu-Manchu-Schnauzer und einen Spitzbart und hatte reichlich Tätowierungen. Er war einer der Typen, die alles mit Hundertdollarnoten bezahlten. Seine Frau Cookie hatte gerade ein Baby bekommen.

Um sechs Uhr am nächsten Morgen parkte ein Lieferwagen in der Seaside Avenue, einen halben Block vom Haus der Goldings entfernt. Ein Ford-Wohnmobil stand einen halben Block weiter südlich auf der anderen Straßenseite. In beiden Fahrzeugen verbargen sich Beamte des Sonderdezernats und warteten.

Als Sammy Golding aus der Tür kam, blickte Frank Bender auf die Uhr. Es war sieben Uhr dreißig. Golding trug Jeans und eine Jeansjacke, stieg in einen gelben El Camino und fuhr davon.

Als der El Camino an dem Lieferwagen vorbeifuhr, versuchte Bender ein Foto von Sammy Golding zu schießen, aber er bekam ihn nicht richtig ins Bild.

Golding fuhr den Garden State Parkway nach Süden. Beide Observierungsfahrzeuge folgten ihm, wobei sie genügend Abstand hielten, um nicht bemerkt zu werden. An der Ausfahrt 11 nahm Sammy Golding die Route 663 nach Norden, bis er an eine Baustelle einige Meilen weiter gelangte. Als er auf das Baugelände abbog, fuhren die Ermittlungsbeamten weiter geradeaus und kehrten nach Philadelphia zurück.

Zwei Tage später, um fünfzehn Uhr dreißig, kehrte das Wohnmobil der Regierungsbeamten zurück zur Baustelle und fand in der Nähe von Sammy Goldings gelbem El Campino einen Parkplatz. Frank Bender legte sich mit einer Kamera bewaffnet auf die Lauer.

Nach Feierabend strömten die Bauarbeiter in Massen von der Baustelle. Sammy Golding ging schnurstracks auf das Wohnmobil zu. Frank Bender hätte sich keine besseren Bedingungen wünschen können. Die Sonne schien Golding ins Gesicht. Das Licht war perfekt zum Fotografieren und blendete so sehr, daß Golding Bender nicht sehen konnte.

Das war die gute Neuigkeit. Die schlechte war, daß

Sammy Golding Bobby Nauss zwar sehr ähnlich sah, aber eben nicht Bobby Nauss war.

Die Angelegenheit Sammy Golding war typisch für den Verlauf der Ermittlungen. Selten verging eine Woche, ohne daß gemeldet wurde, Bobby Nauss wäre in einem der drei Staaten gesehen worden. Jeder Hinweis wurde überprüft, und die Beamten stellten bald eins fest: Es gab eine überraschende Anzahl von Leuten, die Bobby Nauss ähnlich sahen.

Inzwischen waren die Fahndungsunterlagen fertig. Sie enthielten Suchplakate, auf denen eine Belohnung ausgeschrieben war, Frank Benders neueste Zeichnungen von Bobby Nauss mit verschiedenen Frisuren, Haarfarben und Bärten sowie die wichtigsten Informationen über den Fall. Hurley Trout schickte die Unterlagen an Marshal-Präsidien in allen fünfzig Staaten, ins Ausland und in den Distrikt Columbia.

Er schickte Ermittlungsbeamte zum Delaware County Courthouse. Beim Katasteramt verschafften sie sich Unterlagen über Immobilienbesitz bekannter Warlocks, und diese Immobilien wurden bald unter Beobachtung gestellt. Auf der Suche nach Haftbefehlen, die auf bekannte Warlocks ausgestellt waren, stießen sie auf einen Tony ›Mudbone‹ Merkle.

Paul Schneider tätigte einige Anrufe und erfuhr, daß Merkle zusammen mit einer Weißen namens Cathy in einem Wohnwagen im Hafen von Tinicum Township lebte. Er schickte zwei Beamte nach Tinicum, die die Stellplätze überprüfen sollten.

Sie fanden drei Wohnanhänger, aber alle waren verlassen.

Gleichzeitig setzten mehrere Ermittlerteams sich mit Bobbys Eltern und Geschwistern in Verbindung. Ein Team fuhr auf den Parkplatz des Veteran's-Stadions in South Philadelphia und suchte das Büro der ›Phillies‹ auf, um mit Vinnie

Nauss zu sprechen. Er hatte an der University of Miami studiert und arbeitete in der PR-Abteilung des Teams.

Sichtlich erregt. äußerte Vinnie Nauss den Beamten gegenüber, daß er es als Unverschämtheit betrachte, daß sie ihn an seinem Arbeitsplatz aufsuchten.

»Ich habe meinen Bruder das letzte Mal Weihnachten vor seinem Ausbruch in Graterford getroffen«, sagte er hitzig. »Seither habe ich ihn weder gesehen noch etwas von ihm gehört.«

Er sagte, er reise mit den ›Phillies‹ durch das ganze Land. Bobby könnte ihn mühelos erreichen. Aber Bobby hätte ihn nicht ein einziges Mal angerufen. Außerdem lebe er in einem Anbau seines Elternhauses. Er sähe täglich andere Familienmitglieder. Nicht ein Mal habe irgendeiner von ihnen auch nur einen einzigen Kontakt mit Bobby erwähnt. Sein Vater wäre sehr krank, und der kürzliche Presserummel nach Vorhauers Festnahme wäre seiner Gesundheit nicht eben förderlich gewesen.

»Warum können Sie uns nicht endlich in Frieden lassen?«

Hurley Trout und Paul Schneider zerbrachen sich am 15. Oktober 1986 im Marshals Office wieder einmal den Kopf über den Fall, als ein Biker hereinkam. Er sagte, er habe vor einigen Monaten wegen des Nauss-Vorhauer-Ausbruchs im Graterford-Gefängnis angerufen.

Trout und Schneider wechselten einen Blick. Konnte der Typ wirklich echt sein?

Sie stellten ihm einige Schlüsselfragen, um sicherzugehen, daß sie keinen Spinner vor sich hatten.

Als er sämtliche Fragen korrekt beantwortete, führten sie ihn in ein Verhörzimmer und fragten, wo er diese Informationen herhabe.

»Ich habe bei Cindy Lougee ein Telefongespräch mitgehört«, begann er. »Cindy sagte, sie und ihr damaliger Freund hätten in der Firma ihrer Mutter einen Lieferwagen gemietet.«

»Wer war ihr Freund?«

»Sein Name ist Frank. Der Nachname ist, glaube ich, Brute – oder so ähnlich. Ein paar Häftlinge, einschließlich dem, der jetzt mit ihr zusammenlebt, haben diese Typen in den Möbeln rausgeschmuggelt.«

»Der Typ, der jetzt mit ihr zusammenlebt«, fragte Hurles Trout, »wissen Sie, wie der aussieht?«

»Ja.«

Trout legte ein Foto vor ihn auf den Tisch. »Ist das der Kerl?«

»Ja, aber er trägt das Haar anders.«

»Wie wär's damit?« fragte Trout und legte ein zweites Foto auf den Tisch, das kürzlich erst während der Observierung vor Cindy Lougees Haus gemacht worden war.

»Ja, das ist er.«

»Wie heißt er?«

»Ich bin ziemlich sicher, daß sein Name ganz ähnlich klingt wie Nauss. News oder so was in der Art. Sein Spitzname ist Jocko.«

»Hat Nauss ihr Geld gegeben? Hat die Gang das Geld zur Verfügung gestellt?«

»Das Geld wurde nicht direkt an sie geschickt, sondern an die Firma ihrer Mutter. Ich bin ziemlich sicher, daß sie sagte, er habe es per Zahlschein überwiesen oder wie auch immer man aus dem Knast heraus zahlt.«

»Ist sie Meth-Konsumentin?«

»O ja. Und wie.«

»Woher bekommt sie ihr Meth?«

»Von Nauss und noch jemand anderem.«

»Wann haben Sie ihn das letzte Mal gesehen?«

»Ich? Gar nicht.«

»Erzählen Sie uns etwas von dem Ausbruch.«

»Jocko und einige andere Häftlinge haben sie in Möbelstücken versteckt, und der diensthabende Wärter war geschmiert, so daß sie sie in den Transporter laden konnten.«

»Ist das alles? Nur ein Wärter?«

»Das war der einzige, den sie erwähnt hat. Ich weiß seinen Namen, aber er fällt mir nicht mehr ein. Ich weiß, daß er inzwischen pensioniert ist.«

»Woher wissen Sie das?«

»Cindy sprach eines Tages davon, daß die Verjährungsfrist bald abgelaufen sei (Hier wird Bezug auf das prozessuale Verjährungsgesetz genommen, demzufolge eine Anzeige nach Ablauf einer bestimmten Frist – im allgemeinen sechs Jahre – nicht mehr statthaft ist, Anm. des Übers.). Sie sagte: ›Jetzt, wo der Wärter pensioniert ist, brauchen wir uns keine Sorgen mehr zu machen.‹«

»Was passierte, nachdem sie mit dem Lieferwagen zu Cindy gefahren waren? Wie sind sie untergetaucht?«

»Sie sind zu Fuß weggegangen.«

»Und das war's? Sie hatte hinterher keinen Kontakt mehr zu ihm?«

»Sie ist ein paarmal in Uncle Charlie's Bar gewesen und hat sich dort mit ihm getroffen. Und ich weiß, daß er sie einmal angerufen hat und sie sich im Burger King in Norrisown getroffen haben.«

Hurley Trout rief in der Strafvollzugsanstalt Graterford an und erkundigte sich nach Mr. Harts derzeitigem Arbeitsverhältnis. Er war nicht überrascht, als man ihm mitteilte, Mr. Hart wäre inzwischen pensioniert.

Als nächstes schickte Trout zwei Ermittlungsbeamte nach Graterford, die die Überweisungsunterlagen von Häftlingen überprüfen sollten, die vor Bobby Nauss' Ausbruch inhaftiert worden waren. Es war keine leichte Arbeit, und sie erforderte einige Tage, aber schließlich stellte sich heraus, daß von Ende 1982 an und fast das ganze Jahr 1983 hindurch mehr als ein Dutzend Insassen Schecks an ›Adrian Mailers‹ geschickt oder Geld dorthin überwiesen hatten. Die Beträge rangierten von vierzig bis neunzig Dollar und beliefen sich insgesamt auf mehrere tausend Dollar. Einigen waren Weihnachtskarten beigelegt worden, andere waren von kurzen Briefen wie folgendem begleitet gewesen:

1. Februar 1983
Liebe Louise,
Bei mir ist alles in Ordnung, und ich hoffe, daß es dir und den Deinen ebenfalls gut geht.
Anbei schicke ich dir einen (1) Scheck über fünfzig Dollar.

Die Nachricht war von einem der Häftlinge unterschrieben.

Kurz darauf wurde angeordnet, die geschäftliche und private Post von Louise Parness abzufangen und zu überprüfen.

Am 21. Oktober 1986 unternahmen Paul Schneider und George Ellis eine Fahrt durch die reizvolle Hügellandschaft im Zentrum Pennsylvanias. Das farbenfrohe Herbstlaub bot einen prächtigen Anblick, aber sie waren nicht gekommen, sich an der Natur zu erfreuen. Ihr Ziel war das Huntingdon-Gefängnis, und sie wollten herausfinden, was Hans Vorhauer über Bobbys Verbleib wußte.

Vorhauer weigerte sich zu reden.

In einem Versuch, ihn zur Mitarbeit zu bewegen, zeigten sie ihm eine Kopie des Haftbefehls für seine Frau und machten darauf aufmerksam, daß sie bald vor Gericht erscheinen würde. Vielleicht ließe sich da etwas machen, vorausgesetzt …

»Ihr könnt mich mal«, entgegnete er.

Die Ermittlungsbeamten bemühten sich mehrere Wochen lang, Frank Brute ausfindig zu machen. Sie gaben verschiedene Schreibweisen seines Nachnamens in den Computer des BWV ein, aber ohne Erfolg. Endlich, am 28. Oktober, tippte jemand b-o-r-u-t-a ein und landete einen Volltreffer.

Frank Boruta war in Pennsylvania und New Jersey vorbestraft, und in Montgomery County, Pennsylvania, war ein Haftbefehl auf ihn ausgestellt.

Hurley Trout schickte drei Beamte los, ihn zu suchen.

Am 1. November 1986 rief Tom Rapone Bob Leschoron an, um ihn zu bitten, Bobby Nauss auf die Liste der Top-Fünfzehn zu setzen.

Ähnlich wie das FBI eine Liste der zehn meistgesuchten Verbrecher unterhielt, gab es beim Marshals Service eine Liste der fünfzehn meistgesuchten Flüchtigen. In diese Kategorie fiel die Elite der Verbrecher erster Klasse. Die Fälle werden nach folgenden Kriterien auf die Liste gesetzt: Komplexität, Klarheit der Sachlage und Wahrscheinlichkeit, den Flüchtigen zu fassen.

Auf Staats- und County-Ebene galt Bobby Nauss als überführter Vergewaltiger und Mörder, der zu lebenslänglich plus vierzig Jahren Gefängnis verurteilt worden war, aber auf Bundesebene hatte er nur eine dreijährige Haftstrafe wegen Drogenhandels abzusitzen. Im Marshal-Präsidium galt er als kleiner Fisch. Darüber hinaus hatte er seine Verbrechen in einer Zeit begangen, in der die Medien nicht annähernd das gewesen waren, was sie heute sind. Es gab weder Kabelfernsehen noch die CNN, die Bobbys Namen so weit verbreitet hätten wie die Namen Jeffrey Dahmer und Amy Fisher.

Und genau das sagte Bob Leschoron auch Tom Rapone.

»Dieser Mistkerl ist ein kaltblütiger Killer«, brüllte Rapone leidenschaftlich ins Telefon. »Es ist aus vielen Gründen wichtig, daß wir Bobby Nauss erwischen. Die Tatsache, daß ihm die Flucht aus einem Hochsicherheitsgefängnis gelungen ist – und er immer noch frei herumläuft –, unterminiert die gottverdammte Grundlage unseres Rechtssystems. Nachdem sie so viel Zeit und Geld darauf verwandt haben, ihn hinter Gitter zu bringen, ist es wichtig, hören Sie, WICHTIG, daß er auch dort bleibt. Er hat ein verabscheuungswürdiges Verbrechen begangen, wurde verurteilt, und das Urteil wurde vom Berufungsgericht bestätigt. Das System ist dafür verantwortlich, ihn zu fassen, anzuklagen und ins Gefängnis zu stecken. Und wir haben dafür zu sorgen, daß er die ihm auferlegte Strafe auch verbüßt.

Und wenn wir uns nicht an seine Fersen heften, tut es niemand. Dann wird dieser Schweinehund davonkommen.«

»Tommy«, entgegnete Leschoron begütigend, »ich werde den Fall vortragen. Aber machen Sie sich keine zu großen Hoffnungen.«

Nachmittags kam ein weiterer Hinweis aus New Jersey.

Einem Ermittlungsbeamten zufolge habe Bobby Nauss sich in den Bergen von Virginia in einem Bikerversteck, das unter dem Namen ›Onkel Toms Hütte‹ bekannt war, verborgen gehalten. Durch Hans Vorhauers Verhaftung wäre er jedoch aufgeschreckt worden und mit Chopper Rigler in die Pocono Mountains im Nordosten Pennsylvanias umgesiedelt.

Zwei Tage später, am 3. November 1986, schickte Tom Rapone einen Trupp von zwölf Ermittlungsbeamten in die Pocono Mountains bei Scranton. Sie richteten am Arrowhead Lake in einer Skihütte einen Kommandoposten ein.

Es waren Schlafquartiere, eine Funkstation, elektronische Überwachungsgeräte und ein ganzes Arsenal von Handfeuerwaffen, Schrotflinten und Gewehren vorhanden – und natürlich Dossiers über Bobby Nauss und Chopper Rigler. Rigler war achtunddreißig Jahre alt und ehemaliger Ortsgruppenleiter der Warlocks. Er war untersetzt, stämmig und rothaarig und in der Vergangenheit unter anderem wegen Verstoßes gegen das Betäubungsmittelgesetz und Besitzes von Diebesgut verhaftet worden. Ein Jahr zuvor hatte er für achtzigtausend Dollar den Enterprise Tackle Shop gekauft. Hierbei handelte es sich um eine Mischung aus Anglerzubehörladen und einer Werkstatt, die auf Autokühler spezialisiert war. Darüber hinaus hatte er sich in einem kürzlich erst erschlossenen Wohngebiet mit Namen Mountain Top Estates, in einer Sackgasse am Ende der Hawk Lane, ein Haus gebaut.

Donnerstag, den 4. November, fuhren zwei der Ermittlungsbeamten zu Riglers Werkstatt. Ein Mechaniker kam heraus und begrüßte sie. Er war Mitte Dreißig, etwa eins siebzig groß, hatte dunkles Haar und dunkle Augen, Schnauzer und Spitzbart. Er sah Frank Benders letzter Zeichnung von Bobby Nauss ähnlich und stellte sich als Bob vor.

»Wir campen hier in der Gegend«, sagte einer der Deputies, »aber der verdammte Kühler ist übergekocht. Haben Sie vielleicht Zeit, ihn sich anzusehen?«

»Im Augenblick bin ich sehr beschäftigt«, entgegnete der Mechaniker, »aber ich kann ihn mir morgen früh ansehen. Wie wär's mit halb elf?«

»Klingt gut«, entgegnete der Deputy.

Sobald sie wieder in der Skihütte waren, rief einer der Beamten Tom Rapone an.

Um vier Uhr am darauffolgenden Morgen traten Rapone, Paul Schneider und George Ellis die dreistündige Fahrt nach Arrowhead Lake an.

Um neun Uhr dreißig gab Tom Rapone letzte Anweisungen. Da sie früher schon mit Bobby Nauss zu tun gehabt hatten, würden Rapone, Schneider und Ellis hinten im Wohnmobil bleiben, damit Nauss sie nicht sah. Die beiden Ermittlungsbeamten, die den ersten Kontakt mit dem Mechaniker hergestellt hatten, würden vorn sitzen. Die anderen würden sich an strategischen Punkten um die Werkstatt herum postieren, so nah wie möglich, ohne gesehen zu werden.

»Wenn die Identifizierung positiv ausfällt«, sagte Rapone, »schnappen wir ihn uns. Denken Sie daran, daß wir es mit einem Mörder zu tun haben. Er ist bewaffnet und gefährlich. Vermutlich trägt er eine Neun-Millimeter. Seien Sie also vorsichtig. Nachdem wir ihn in Gewahrsam genommen haben, sichern wir das Gebäude und führen eine Durchsuchung und Beschlagnahmung durch.

Noch Fragen?

Dann los.«

Punkt halb elf erreichten sie die Werkstatt.

Der Mechaniker kam heraus, öffnete die Motorhaube und schraubte vorsichtig die Kühlerhaube ab.

»Zeigt der Thermostat immer noch Überhitzung an?« fragte er, während er arbeitete.

»Eigentlich nicht«, entgegnete der Deputy, »ich wollte nur sichergehen, bevor ich die Heimreise antrete.«

Im Inneren des Wohnmobils bemühten sich Rapone, Schneider und Ellis um eine günstige Position, aus der heraus sie den Mechaniker gut sehen konnten. Schließlich kamen sie überein, daß er ein Zwillingsbruder von Nauss sein könnte, aber nicht Bobby Nauss war.

Am 13. November 1986 erhielt Tom Rapone einen Anruf von Bob Leschoron.

»Gute Nachrichten«, sagte er. »Nauss wurde gerade auf die Liste der Top-Fünfzehn gesetzt.«

Rapone lächelte. Der Marshals Service hatte eine Belohnung von viertausend Dollar für sachdienliche Hinweise ausgesetzt, die zu Bobby Nauss' Ergreifung führten. Zusammen mit den tausend Dollar der Pennsylvania Crime Stopper belief sich die Belohnung, die auf Bobbys ausgesetzt war, auf fünftausend Dollar.

Ein Jahr verging, ohne daß große Fortschritte gemacht wurden.

Die Ermittlungsbeamten fuhren fort, Telefonnummern zu notieren und zu überprüfen, die täglich von Überwachungsapparaten festgehalten wurden, die sie an den Telefonen der meisten verdächtigen Schlüsselfiguren angebracht hatten und die die angewählten Nummern registrierten.

Es war eine ermüdende und langweilige Arbeit. Sie trug nicht dazu bei, Bobbys Aufenthaltsort zu ermitteln, förderte jedoch einen überstaatlichen Drogenring zutage, der bislang nicht bekannt gewesen war.

Kapitel 32

Die ›Joan Rivers Show‹ wurde im Herbst 1986 zum ersten Mal von einem neuen Fernsehkanal ausgestrahlt, der sich Fox nannte und zu Beginn auf nur sieben ›O & O‹ (owned and operated – dem Sender gehörigen und von ihm betriebenen) Stationen sendete.

1987 nahm Fox ein paar weitere Shows auf. Darunter auch ›verheiratet … mit Kindern‹, was sonntags zur besten Sendezeit ausgestrahlt wurde. Es wurde sofort ein großer Erfolg.

Als der Sender mehr und mehr von den Zuschauern akzeptiert wurde, engagierte Fox-Intendant Barry Diller den einunddreißigjährigen Stephen Chao, damit dieser neue Ideen entwickelte, Pilotsendungen drehte und diese am Publikum testete. Chao, Harvard MBA (Master of Business Administration – Diplom-Verwaltungsmanager) konnte in seinem Lebenslauf unter anderem eine Anstellung beim *National Enquirer* vorweisen sowie Rupert Murdoch als ehemaligen Arbeitgeber. Die Instruktionen von Diller lauteten, sich auf Shows zu konzentrieren, die sich mit geringem Kostenaufwand realisieren ließen und ein geringes Risiko bargen.

Auf dem Kongreß der National Association of Television Programming Executives – des Nationalen Verbandes der Fernsehprogrammchefs – in New Orleans im Oktober traf Chao auf Jim Platt, seinen Nachfolger in Rupert Murdochs News Corporation of Amerika. Bei ein paar Drinks begann Chao seinen alten Freund und Kollegen etwas auszufragen.

Platt erzählte Chao, daß er auf einer Europareise eine Fernsehsendung gesehen habe, in der Verbrechen nachgestellt würden, um in Zusammenarbeit mit diversen Polizeibehörden ungelöste Fälle aufzuklären. Vielleicht, meinte Platt zu Chao, sollte er bei Fox das gleiche versuchen.

Am 6. Januar 1988 wurde Frank Boruta in einer Karosseriewerkstatt in Philadelphia festgenommen. Er leistete keinen Widerstand. Später sprach Hurley Trout in einem Verhörzimmer des Montgomery-County-Gefängnisses mit ihm.

»Ich möchte, daß Sie mir sagen, was Sie über den Ausbruch wissen«, begann Trout.

»Ich weiß gar nix«, entgegnete Boruta.

»Das ist Quatsch«, entgegnete Trout. »Ich weiß von Ihnen, Cindy Lougee und dem gemieteten Transporter. Vielleicht sollte ich Sie mit Mr. Thompson ansprechen. Also verarschen Sie mich nicht.«

»Cindy hat mich reingelegt«, sagte Boruta. »Sie sagte, wir würden Möbel abholen. Ich schwöre, daß ich keine Ahnung hatte, daß mehr dahintersteckte. Ich wußte von keinem Ausbruch.«

Der Rest war leicht.

»Als wir wieder bei Cindy waren, hörte ich hinten im Wagen ein Klopfen. Ich machte die Tür auf und hätte mir beinahe in die Hose gemacht. Diese zwei Typen, die ich noch nie zuvor gesehen hatte, sprangen heraus. Erst als ich später im Fernsehen davon hörte, wußte ich, wer sie gewesen sein mußten.«

»Wohin sind sie gegangen?«

»Sie sind einfach zu Fuß weggegangen, und ich habe sie nicht wiedergesehen.«

Hurley Trout und Bill Davis klopften drei Tage später an Cindy Lougees Tür. Sie ließ sie herein. Jocko Nuss, der im Wohnzimmer gegessen hatte, rannte nach oben, sobald er die Ermittlungsbeamten sah.

Um ihr Angst einzujagen, teilte Trout ihr mit, daß sie höchst wahrscheinlich wegen Beihilfe bei Bobby Nauss' Ausbruch aus Graterford verhaftet werden würde. Was sie zu den Vorwürfen zu sagen habe?

Bevor sie antworten konnte, kam Jocko Nuss wieder nach unten. Er sagte ihr, er habe ihren Anwalt angerufen und sie sollte keine Fragen beantworten und auch sonst kein Wort sagen.

Sobald Trout und Davis gegangen waren, nahm sie den Telefonhörer ab. Andere Ermittlungsbeamte hörten über eine Wanze zu, wie sie mit einem Freund über Bobby Nauss und den Ausbruch sprach.

Hurley Trout und Bill Davis versuchten es am nächsten Tag auf andere Weise. In einem Büro im Montgomery-County-Gefängnis überredeten sie Frank Boruta, Cindy Lougee anzurufen, während sie über eine andere Leitung mithörten.

Der Anruf führte zu einem hitzigen Wortgefecht zwischen Boruta, Cindy Lougee und Jocko Nuss. Es endete damit, daß Jocko Nuss Cindy anbrüllte, sie solle auflegen.

Sekunden später war Cindy Lougee wieder am Telefon.

»Das werde ich diesem Scheißkerl Boruta heimzahlen«, teilte sie einem Freund mit. »Ich lasse ihm von jemandem einen Goldenen Schuß Meth verpassen und bringe das Schwein unter die Erde.«

Einige Tage später erhielt Hurley Trout die richterliche Erlaubnis, Frank Boruta vorübergehend auf freien Fuß zu setzen. Boruta führte Trout zu einer Gulf-Tankstelle Ecke Ridge Avenue und Walnut Lane in Philadelphia. Er sagte, dort hätten sie den Transporter gemietet. Aber Trout sah auf dem Gelände keinen einzigen Transporter oder Anhänger.

Die Frau des Tankstellenpächters sagte Trout, sie hätten die U-Haul-Vermietung vor kurzem eingestellt. Sie habe sämtliche Unterlagen in die U-Haul-Zentrale in Phoenix, Arizona, geschickt.

Frank Boruta stimmte einem Lügendetektortest zu. Das Resultat deutete darauf hin, daß er im großen und ganzen die Wahrheit sagte. Die einzigen Lügen schienen sich auf sein Vorabwissen des Ausbruchs zu beziehen sowie darauf, ob er hierfür bezahlt worden war oder nicht. Wenig später schickte U-Haul die Kopie eines Mietvertrages an das Marshals Office. Er war vom 17. November 1983, dem Tag, an dem Bobby aus Graterford ausgebrochen war. Cindy Lougees Name und Adresse standen oben auf dem Formular, und darunter ihre Unterschrift. Aus den Unterlagen ging hervor, daß der Transporter insgesamt sechsundvierzig Meilen zurückgelegt hatte und siebenunddreißig Dollar fünfundachtzig Cent berechnet worden waren.

Bevor er seine Arbeit an dem Fall abschloß, fügte Hurley Trout dem Fluchtablauf noch zwei weitere Punkte hinzu. Eine weitere Komplizin hatte Bobby und Hans Vorhauer, nachdem sie sich zu Fuß von Cindy Lougees Haus entfernt hatten, mit dem Wagen aufgelesen und zu einem Treffen mit Rick Martinson und Mudbone Merkle gefahren, der die beiden Flüchtigen zu einem sicheren Versteck in Bucks County, einige Meilen nördlich der Stadt gebracht hatte.

Aber weiter ließ sich die Flucht nicht rekonstruieren.

Frank Boruta, Jocko Nuss, Cindy Lougee und Mr. Hart wurden alle einer Grand Jury vorgestellt, die sich mit dem Ausbruch befaßte. Nuss, Lougee und Mr. Hart beriefen sich auf ihr Recht der Aussageverweigerung.

Tom Rapone ging Kaffee trinkend in seinem Büro auf und ab. Dank des Massenversands der Suchplakate und des Umstands, daß der Fall auf die Liste der Top-Fünfzehn gesetzt worden war, trafen nun aus dem ganzen Land, von Küste zu Küste, Hinweise ein, denen zufolge Bobby Nauss gesehen worden war – aus Fort Lauderdale, Mobile, Knoxville Sacramento, Des Moines.

Buchstäblich Hunderte von Spuren wurden gemeldet, und jede einzelne davon – ganz gleich wie abenteuerlich oder nebulös – wurde überprüft. Aber Rapone war immer noch der festen Überzeugung, daß die Lösung des Rätsels über einen Verwandten Bobbys, einen Warlock oder jemanden, der mit der Motorradgang in Kontakt stand, erfolgen würde. Und so hielt er an den grundlegenden Informationen fest, die sie besaßen.

»Nauss und Cookie verband eine Haßliebe«, sagte er später. »Aber sie hielten zusammen. Und gewöhnlich ist es Sex, der diese Typen den Kopf kostet – so war es ja auch bei Vorhauer.«

Durch die Überprüfung der Post wußte er, daß Cookie Golding an einen Freund in Las Vegas, Nevada, schrieb. Durch die Überwachung ihres Telefons erfuhr er, daß sie regelmäßig bei einem Warlock anrief, der in Tucson, Arizona, lebte. Und so schickte er Observierungseinheiten in beide Städte.

Sie kehrten mit leeren Händen zurück.

Ebenfalls durch Postüberwachung erfuhr Tom Rapone, daß Cookie zu Karen Nauss' Hochzeit eingeladen war. Karen war Bobbys zweitjüngste Schwester, und die Trauung sollte in der Blessed Virgin Maria Kirche in Darby stattfinden.

Als Barmann und Ober verkleidet, mixten Deputy Marshals bei der anschließenden Feier Drinks und bedienten an den Tischen. Verkleidet als Flitterwöchner bestiegen ein männlicher und ein weiblicher Deputy mit den frisch Verheirateten eine Maschine der USAir und flogen nach Ixtapa, Mexico.

Aber kein Bobby.

»Wir überwachten seine Familie«, erklärte Tom Rapone, »wir hörten Telefone ab, installierten Wanzen und überprüften die Post. Nach einer Weile war ich überzeugt davon, daß er weder zu seinem Sohn noch zu seinem Vater Kontakt hatte. Es bestand die Chance, daß er sich mit einem seiner Brüder in Verbindung setzte, aber sonst mit niemandem.

Nauss hatte jeglichen Kontakt zu Cookie abgebrochen.

Das verrät einem einiges über den Mann. Er stammt aus einer guten, liebevollen Familie und bricht den Kontakt einfach ab.

Aber ich hatte die ganze Zeit über das Gefühl, daß Nauss von einigen Personen unterstützt wurde, die zum harten Kern der Warlocks gehörten – Rick Martinson, Tony Merkle,

Rigler und vielleicht noch ein, zwei andere. Sie können diese Typen an den Zähnen aufhängen oder ihnen bei lebendigem Leib die Haut abziehen, ohne daß sie auch nur ein Wort verraten würden.«

›America's Most Wanted‹ (vergleichbar mit unserem XY-ungelöst, Anm. des Übers.) wurde am 7. Februar 1988 zum ersten Mal ausgestrahlt, begleitet von Beten und Bangen seitens der Macher. Niemand bei Fox hatte auch nur die leiseste Ahnung, ob das Konzept einschlagen würde oder nicht.

Zu den letzten Entscheidungen der Produzenten hatte die Wahl des Moderators gehört. Sie zogen den Schauspieler Treat Williams und Chuck Robb, einen Politiker aus Virginia, in Betracht. Letztendlich entschieden sie sich für John Walsh, ein in Fernsehkreisen unbeschriebenes Blatt, der nur dadurch einen traurigen Ruhm erlangt hatte, daß sein sechsjähriger Sohn entführt und enthauptet worden war. Die Tragödie war für's Fernsehen verfilmt worden, und er setzte sich seither für vermißte Kinder ein. In den Augen der Produzenten kam Walsh als rechtschaffen und aufrichtig rüber, als jemand, mit dem die Zuschauer sich leicht identifizieren konnten.

Unglaublicherweise liefen die Studiotelefone gleich nach der ersten Sendung heiß. Dutzende von Anrufern behaupteten, den Gesuchten, der soeben vorgestellt worden war, gesehen zu haben oder zu wissen, wo er sich aufhielt.

Die Verhaftung erfolgte am darauffolgenden Tag in Staten Island, New York. Die Sendung war ein voller Erfolg gewesen. Aber konnten die Zuschauer auf Dauer begeistert werden?

Der Sender rief das FBI und das Marshals Office an. Ob von ihnen vielleicht irgendein Schwerverbrecher dringend gesucht würde?

Bob Leschoron schlug Bobby Nauss vor.

»Als Vater eines ermordeten Kindes«, sagte John Walsh später, »dachte ich bei mir, dieser Kerl ist ein richtiger Feigling. Ich verabscheue jeden, der Kindern etwas zuleide tut, und ebenso stößt mich Gewalt gegen Frauen ab. Ich meine, man muß schon ganz schön irre sein, um mit seiner Freundin zu schlafen und sie gleich anschließend umzubringen.

Ich bin nicht Mitglied einer Bürgerwehr, und ich bin auch ganz sicher kein rechts eingestellter Richter, der die Todesstrafe befürwortet. Das ist nicht meine Welt, glauben Sie mir.

Sind Sie je am Schauplatz eines Verbrechens gewesen? Haben Sie je eine Frau gesehen, die aufgeschlitzt wurde? Oder tote Kinder?

Den Anblick vergißt man niemals. Es dreht sich einem der Magen um. Und dann verfolgt es einen noch drei oder vier Jahre im Traum. Dann wird man zornig. Man fragt sich, warum? WARUM? Wer war bloß zu so etwas fähig?

Aber eins wußte ich: Der Mistkerl war irgendwo da draußen, und Menschen wie wir – die Polizei, die Staatsanwaltschaft und ich – mußten ihn fassen. Wir hielten Bobby Nauss für einen gefährlichen Schweinehund, den wir unbedingt aus dem Verkehr ziehen mußten.«

Da es erst die zweite Sendung war, bestand noch kein festes Gefüge. Die Produzenten experimentierten noch und versuchten, das Publikum für ein neues Konzept auf einem neuen Kanal zu begeistern. Hieraus ergab sich, daß die Sendung über Bobby, Folge zwei, die am 14. Februar 1988 ausgestrahlt wurde, länger und sensationeller aufgemacht war als die heutigen Sendungen. Plastischer. Kritiker bezeichneten sie als reißerisch. Den Zuschauern gefiel es, und die Telefone begannen noch vor Ende der Sendung zu klingeln.

Hunderte von Anrufen kamen herein. Aus Woonsocket, Rhode Island; Tarrytrown, New York; Aurora, Colorado; Glen Burnie, Maryland; Casper, Wyoming; Florence, South Carolina; Lexington, Kentucky; Jacksonville, Oregon, und so weiter. Ein Anruf kam sogar aus Venezuela und ein anderer aus Brisbane, Australien.

Sechsunddreißig Stunden nach der Ausstrahlung starb Jocko Nuss. Dicht neben der Leiche wurden auf dem Boden Spritzen mit Spuren von Methamphetaminen gefunden, aber der Gerichtsmediziner konnte keine frischen Einstiche feststellen.

Cindy Lougee identifizierte den Toten.

Seine Leiche wurde am 22. Februar eingeäschert.

Am 25. März 1987 sprach ein Richter Phyllis Vorhauer in sämtlichen Anklagepunkten wegen Begünstigung eines Ausbrechers frei.

»Eine Ehefrau ist nicht verpflichtet, der Polizei den Aufenthaltsort ihres gesuchten Ehemannes mitzuteilen«, erklärte der Richter zu seinem Urteilsspruch.

Derweil verwandten Deputy Marshals im ganzen Land Tausende von Stunden darauf, die Hinweise zu überprüfen, die nach der Ausstrahlung von ›America's Most Wanted‹ hereinkamen.

Aber als der Sommer 1988 anbrach, war Bobby Nauss immer noch auf freiem Fuß und sein Aufenthaltsort unbekannt.

Am 8. August strahlte ›America's Most Wanted‹ eine weitere Folge über Bobby aus. Inzwischen war die Sendung recht populär geworden, und der Sendebereich von Fox war erweitert worden. Folge siebenundzwanzig wurde von einhundertfünfundzwanzig Fernsehanstalten ausgestrahlt. Wieder läuteten die Telefone Sturm, und die Deputies hatten alle Hände voll zu tun, allen Hinweisen nachzugehen.

»Wir erhielten an die fünfzehn Hinweise täglich«, sagte Tom Rapone.

Aber die Publicity, die Bobbys Fall über die Sendung erhielt, war eher hinderlich als hilfreich. Die unzähligen Hinweise erwiesen sich einer nach dem anderen als falscher Alarm, Jagd nach einem Phantom oder Verwechslung.

Kapitel 33

Während er sich eine Zigarette anzündete, wählte Hurley Trout eine Nummer und sandte ein SOS ans Präsidium. Nach beinahe zwei Jahren der Mißerfolge war er ausgebrannt.

Bob Leschoron traf zwei Tage später in Philadelphia ein. Seine Haltung und seine ganze Art strahlten Kompetenz aus und weckten Vertrauen. Man sah ihm auf den ersten Blick an, daß er sehr genau wußte, was er tat.

»Fangen wir ganz von vorne an«, sagte er zu Trout.

Sie setzten sich und sahen die letzten vertraulichen Berichte durch. Sie stellten Listen von Übereinstimmungen und Verbindungen auf. Sie spekulierten. Sie forderten die örtlichen Polizeireserve auf, bekannte Warlocks im Rahmen allgemeiner Verkehrskontrollen und wegen Verstößen gegen die Straßenverkehrsordnung zu stoppen. Sie befragten jeden, der auch nur im entferntesten mit dem Fall zu tun hatte – unabhängig davon, wie oft der Betroffene bereits vernommen worden war. Sie postierten sich vor dem Clubhaus der Warlocks, notierten Kennzeichen und schossen Fotos. Sie gingen durch die Straßen, quetschten Informanten aus und durchsuchten die Wohnungen bekannter Warlocks.

Ein Ortsgruppenleiter war regelrecht schockiert, als er die Tür öffnete und Hurley Trout und Bob Leschoron auf seiner Schwelle stehen sah.

»Wo ist Nauss?« fragte Leschoron.

»Ich weiß nicht, wo der Hurensohn steckt«, herrschte der Warlock ihn an. »Aber wenn ich es wüßte, würde ich ihn euch auf einem Silbertablett servieren, nur damit endlich wieder Ruhe ist. Ihr Kerle macht uns fertig.« Aber die Mühe war vergebens.

»Ich half Hurley so gut ich konnte«, erklärte Leschoron. »wir bemühten uns zwei Monate lang, konnten aber nichts Neues in Erfahrung bringen.

Und Hurley starb, während er noch an diesem Fall arbeitete.

Janet Doyle, in Delaware County geboren und aufgewachsen, war eine attraktive Rothaarige und arbeitete im Sommer 1985 zum ersten Mal im Marshals Office. Damals wurde sie noch nicht dafür bezahlt, da sie nach ihrem ersten Jahr an der West Chester University ein Praktikum dort absolvierte. Sie studierte Kriminalrecht. Sie erhielt Anrechnungspunkte statt Geld (Anrechnungspunkte auf ein für den Erwerb eines akademischen Grades zu erfüllendes Pensum, Anm. des Übers.).

Im Anschluß an ihr Praktikum wurde sie bis zum Abschluß ihres Studiums als Teilzeitsekretärin eingestellt. Nach Studienabschluß bewarb sie sich beim Marshals Service als Deputy und wurde schließlich eingestellt. Im Oktober 1987, nach dreizehnwöchiger Ausbildung im Federal Law Enforcement Training Center in Glynco, Georgia – der ›Akademie‹ – wurde sie vereidigt und zum Deputy ernannt.

An einem Tag im Sommer 1989 stand Janet Doyle in einem Krankenhauszimmer. Hurley Trout war im Juli aus gesundheitlichen Gründen einige Tage nicht zur Arbeit erschienen und hatte sich zu diversen Tests in ein Krankenhaus begeben.

»Er sah schlecht aus«, sagte Janet Doyle später. »Hurley war nie kräftig gewesen, und inzwischen hatte er stark abgenommen. Er war Kettenraucher, und ich schätze, das hat ihn ins Grab gebracht.«

Hurley Trout starb im August 1989 an Krebs.

Steve Quinn machte gerade am Strand von Sea Isle City, New Jersey, Urlaub, als er davon erfuhr.

Quinn, der in Drexel Hill aufgewachsen war, war ein weiteres Mitglied der Bonner High Connection, das beide Seiten dieses Falles kannte. Kurz nach seinem Abschluß an der Monsignor Bonner High School im Jahre 1975 war er nach Vietnam geschickt worden. Als er ein Jahr später in die Heimat zurückkehrte, hatte er keine langfristigen Pläne. Er war jung, sah gut aus, liebte das Leben und war verzaubert von der Küste Jerseys. Für ihn war das Leben ganz einfach. Es beschränkte sich darauf, Bier zu trinken und Frauen anzumachen. Alles andere war zweitrangig.

In einer Sommernacht, er hatte zwei Drittel eines Sechserpacks intus, war er auf der Fahrt von zu Hause nach Margate, New Jersey. Er fuhr zwanzig Meilen schneller als erlaubt und wurde wegen Geschwindigkeitsüberschreitung gestoppt.

Der Polizist drückte ein Auge zu. Kein Bußgeld. Keine Anzeige.

Zwar wurde er nicht in dieser Sekunde erwachsen, aber der erste Schritt in diese Richtung war getan. Er gab das Trinken auf, trat in den Marshals Service ein und fing an, flüchtige Verbrecher zu jagen.

1988 war er damit betraut worden, einen verurteilten Bankräuber aufzuspüren, der aus einem Bundesgefängnis ausgebrochen war. Vor seiner Verhaftung hatte der Bankräuber über sechs Millionen Dollar gestohlen. Der Flüchtige scheuchte Quinn kreuz und quer durch das ganze Land, aber schließlich erwischte er ihn doch.

Als Belohnung wurde er nach dem Tod Hurley Trouts mit dem Fall Bobby Nauss betraut. Janet Doyle war sein neuer Partner. Während Hurley Trout ein altmodischer Schnüffler gewesen war, war Janet Doyle mit den modernsten technischen Errungenschaften vertraut. Quinn war eine perfekte Mischung aus beidem.

»Hier sind zwei Aktenschränke«, erklärte Tom Rapone Janet Doyle. »Sie gehören Ihnen.«

»Was?« stöhnte sie, als sie die Berge von Akten sah. Sie brauchte zwei Wochen, das ganze Material zu sichten.

»Mir drehte sich der Kopf allein von den vielen Namen und Beteiligten«, erinnerte sie sich. »An diesem Punkt hielten Steve und ich Bobby Nauss für einen Mythos. Wir hatten ihn nie gesehen. Er war ein Berufsverbrecher, und doch gab es keine Hinweise auf seine Verbrechen – keine Vergewaltigungen, keine Morde, die seine Handschrift trugen.

Das ergab einfach keinen Sinn. Darum glaubten wir wirklich, er wäre tot.«

»Wenn Nauss tot wäre, hätte ich es von den Warlocks erfahren«, versicherte Tom Rapone Steve Quinn und Janet Doyle. »Sie wollen uns loswerden.«

Steve Quinn konzentrierte sich auf Drogen.

»Marty Riley, Ace Kivlin, Hans Vorhauer und Bobby Nauss kontrollierten den Drogenhandel in Graterford«, erzählte ihm ein Ermittlungsbeamter. Das war sein Ausgangspunkt.

Quinn strich als erstes Ace Kivlins Namen von der Liste. Kivlin war auf Bewährung entlassen worden und im vergangenen Sommer an einer Überdosis gestorben. Deputies waren auf seiner Beerdigung gewesen, in der Hoffnung, Bobby Nauss würde seinem alten Freund die letzte Ehre erweisen. Mehrere vermummte Trauergäste waren erschienen, aber keiner von ihnen hatte von Größe und Statur her der Beschreibung von Bobby entsprochen.

Als nächstes besuchten Steve Quinn und Janet Doyle Hans Vorhauer im Gefängnis.

»Ich werde seine Augen niemals vergessen«, erinnerte sich Janet Doyle später. »Wie er uns durch die Scheibe angestarrt hat. Er sagte, wir sollten uns ›verpissen‹. Ich glaube, wenn wir nicht durch eine Glasscheibe getrennt gewesen wären, hätte er uns bei der ersten sich bietenden Gelegenheit umgebracht.« Nachdem Ace Kivlin gestrichen war und Hans Vorhauer jegliche Zusammenarbeit verweigerte, blieb Marty Riley.

George Ellis begann Anfang September, Marty Riley zu observieren. Es wäre nur eine Frage der Zeit gewesen, bis Riley gegen irgendein Gesetz verstieß, meinte Ellis dazu.

Am 23. September griff Marty Riley eine Frau tätlich an und terrorisierte sie. Sie zeigte ihn an. Ellis setzte sich sofort mit Tom Rapone in Verbindung, und Rapone war dabei, als Ellis Riley verhaftete.

»Hören Sie«, sagte Rapone zu Riley. »Ich könnte mich einen Dreck um *Sie* scheren. Aber ich möchte Ihnen einige Fragen stellen, und ich erwarte Antworten.«

Riley schüttelte den Kopf.

Für ihn war es nichts Besonderes, mit der Polizei zu tun zu haben. Er würde sich nicht weichklopfen lassen. Also ließ George Ellis ihn einsperren.

Zwei Wochen später, am 8. Oktober, überlegte Marty Riley es sich anders. Er willigte ein, mit Rapone zu sprechen, wenn sie sich auf einen Handel einigten. Sie einigten sich.

Der Ausbruch? Ja, er wußte über den Ausbruch Bescheid. Eigentlich hatte er schon einige Monate früher stattfinden sollen. Bobby hatte Jocko Nuss zweitausendsechshundert Dollar gegeben, um zwei Männer anzuheuern und einen Transporter zu mieten. Aber Jocko – das Arschloch – hatte die Kohle verbraten und damit alles verzögert.

Die Warlocks? Ja, die hätten Bobby bei der Flucht geholfen. Bevor Bobby ins Gefängnis gekommen war, sei er Chemiker gewesen. Koch, sie verstünden, was er meinte? Meth. Er habe immer Verbindungen nach Kanada gehabt. Darum hätten die Warlocks ihn gebraucht. Er habe ständig von Kanada gesprochen. Unmittelbar vor dem Ausbruch habe Bobby gesagt, daß er dreieinhalb Stunden nach der Flucht aus dem Knast außer Landes sein würde. In Kanada.

»Wissen Sie, wo er sich aufhält?« fragte Rapone.

Nein. Das wüßte nur Rick Martinson.

Riley redete weiter. Er sagte, Bobby habe sich in Graterford eine Hernie zugezogen, es jedoch geheimgehalten, weil er nicht wollte, daß es auf seiner Krankenakte vermerkt wurde.

»Bobby und Vorhauer haben zusammengearbeitet, bis Sie Vorhauer geschnappt und das Labor dichtgemacht haben«, sagte Riley. »Niemals arbeitet er als Mechaniker in einer Werkstatt oder spielt Gitarre in einem Klub. Er stellt Meth her.«

Einmal war Janet Doyle sicher, Bobby Nauss auf der Spur zu sein.

»Zu den ersten Dingen, die ein Warlock tut, wenn er untertaucht«, erklärte sie, »gehört, daß er seinen Namen ändert. Gewöhnlich benutzt er den Namen eines anderen Warlocks, den er kennt. Weil er Geld braucht, begeht er Verbrechen, und manchmal wird er dabei erwischt.«

Janet Doyle begann, im NCIC-Computer nach Namen bekannter Warlocks zu suchen.

»Ich suchte nach Verhaftungen in anderen Staaten in der Zeit nach dem Ausbruch«, erklärte sie.

Sie begann mit bekannten Warlocks, deren Nachnamen mit A begannen, und arbeitete sich durch das Alphabet, bis sie zum Buchstaben W gelangte und auf Joseph Wescott stieß. Joe ›Fatty‹ Wescott war ein Warlock aus Delaware County. Laut Computer war er 1985 wegen bewaffneten Raubüberfalls in San Antonio, Texas, verhaftet worden. Die Sozialversicherungsnummer stimmte überein.

Janet Doyle hielt Rücksprache mit George Ellis, der bestätigte, daß der echte Joe Wescott sich zu der Zeit, als der Falsche in Texas verhaftet worden war, in Delaware County aufgehalten habe.

»Das nächste, was ein Warlock auf der Flucht tut«, fuhr Doyle fort, »ist zu heiraten, sich irgendwo niederzulassen und eine Familie zu gründen.«

Janet Doyle jagte Fatty Wescotts Sozialversicherungsnummer durch den Computer der Sozialversicherungszentrale in Baltimore, in der Hoffnung, auf ein regelmäßiges Einkommen zu stoßen, das seinen derzeitigen Aufenthaltsort verriet. Statt dessen stieß sie auf eine Rente, die seit 1986 an seine Witwe ausgezahlt wurde.

Wieder hielt sie mit George Ellis Rücksprache, der ihr versicherte, daß der echte Wescott noch lebe.

Der miese Schweinehund ist tatsächlich tot, war ihr nächster Gedanke.

Janet Doyle verfolgte die Rentenzahlungen bis zu einer Witwe in Colorado zurück. Sie war Anfang Zwanzig und sagte, ihr Mann wäre am 17. November 1985 in Orange County, Kalifornien, gestorben – das war exakt zwei Jahre nach Bobbys Ausbruch aus dem Gefängnis. War das Zufall? Oder hatte Bobby gefeiert und sich dabei ungewollt eine Überdosis verpaßt?

Janet Doyle fragte nach.

Die Witwe sagte, sie habe ihren Mann vor der Heirat nur kurz gekannt. Sie wisse nicht viel über ihn. Sie hätten ein gemeinsames Kind. Er habe eine Schwäche für Motorräder gehabt und sei mehrfach tätowiert gewesen. Er sei an einer Überdosis gestorben. Das war in etwa alles, was sie wußte.

Janet Doyle setzte sich mit dem Büro des Coroners in Orange County, Kalifornien, in Verbindung und erfuhr, daß dieser Joseph Wescott kurz nach seinem Tod eingeäschert worden war. Sie bat den Coroner, ihr den Toten zu beschreiben. Was wäre mit den Tätowierungen?

Der Coroner holte die Akte und begann, ihr am Telefon Auszüge vorzulesen. »Mal sehen, da waren ein Hakenkreuz … und eine nackte Frau … und der Spruch BORN TO LOSE …«

Was war mit dem verfluchten Papagei?

Der Coroner beschrieb noch einige weitere Tätowierungen.

»Hatte er einen großen, blauen Papagei auf dem rechten Oberarm?« fragte Janet Doyle.

»Einen blauen Papagei?« fragte der Coroner, woraufhin er den Autopsiebericht noch einmal durchlas. »Kein Papagei.«

Scheiße.

Janet Doyle legte auf und ging dann die Akten durch, um die Tätowierungen, die der Coroner ihr beschrieben hatte, einem der Polizei bekannten Warlock zuzuordnen. Sie brauchte nicht lange, um den Mann zu finden. Zwar hatte sie nicht Bobby Nauss gefunden, aber der Suche nach einem der Flüchtigen auf Tom Rapones Liste ein Ende gemacht: Richard ›Wes‹ Hamilton.

Hierauf wurde ein Tiefpunkt bei den Ermittlungen erreicht.

Da Wes Hamilton tot war, waren möglicherweise auch die Spekulationen Bobby betreffend richtig. Vielleicht lebte auch er schon längst nicht mehr.

»Wir verhafteten im Laufe der Ermittlungen viele, viele Warlocks«, erklärte Tom Rapone später. »Wegen der verschiedensten Vergehen. Meist wegen Verstoßes gegen das Betäubungsmittelgesetz. Wir hoben Bewährungen und offenen Vollzug auf und schalteten die Presse ein. Wir observierten offen und verdeckt und machten Bandaufnahmen. Wir ermittelten, vernahmen, brachten Verdächtige vor eine Grand Jury. Viele Leute wurden im Rahmen unserer Suche nach Bobby Nauss ins Gefängnis gebracht – verdammt viele –, und noch mehr werden aufgrund unserer Ermittlungsergebnisse folgen.

Aber nach einer Weile glaubten alle, er wäre tot. Das ist eine bequeme Ausrede für alle, die nicht über genügend Mittel verfügen oder einfach zu faul sind, die anfallende Arbeit zu tun.

Aber ich selbst habe keine Sekunde daran gezweifelt, daß Bobby noch lebte und es sich gutgehen ließ.«

Kapitel 34

Es war unheimlich. Bobby stand in einem kleinen Supermarkt in Luna Pier, Michigan, in der Schlange an der Kasse. Es war der 9. Februar 1988. Er wollte nur ein Päckchen Kaugummi. Er trug das Haar kurz und glatt rasiert. Angezogen war er wie immer: lange Hosen, Arbeitsstiefel und ein langärmliges Holzfällerhemd aus Flanell. Dieses war gelb und schwarz.

Während er wartete, nahm er eine Fernsehzeitschrift zur Hand und blätterte darin. Plötzlich las er über sich selbst. Es war ein Schock. Seine Verbrechen würden am kommenden Sonntag abend auf den Kanälen sechsunddreißig und fünfzig in einer neuen Fernsehsendung namens ›America's Most Wanted‹ gezeigt werden.

Wie war das möglich? Würden sie sein Foto zeigen? Wie viele Leute würden die Sendung sehen? Würde ihn jemand wiedererkennen?

Er stellte sich die ganze Woche über immer und immer wieder dieselben Fragen.

Luna Pier ist auf den meisten Landkarten nicht einmal eingezeichnet. Es ist nicht mehr als eine kleine Ansammlung von Häusern in einem Feriengebiet am Westufer des Lake Erie in der untersten rechten Ecke Michigans. Einwohner: Eintausendvierhundertachtzig. Luna Pier, vierzig Meilen südlich von Detroit gelegen und keine zehn Meilen von Toledo, Ohio, entfernt, direkt an der I-75, war früher, während der Prohibition, ein beliebter Zufluchtsort für Al Capone und ›Pretty Boy‹ Floyd gewesen.

Die Schwarzbrenner und ihre Abnehmer tanzten zu den Bigbandklängen von Benny Goodman und Ted Weems in einem Open-air-Pavillon am Ende eines langen Holzpiers, der weit in den See hineinragte und dem der Ort seinen Namen verdankte. Der Pier brach in den fünfziger Jahren zusammen, und die Gangster verschwanden – bis Bobby Nauss sich dort niederließ.

Bobby wählte Luna Pier wegen seiner Lage und der friedlichen Atmosphäre. Er wollte am Wasser leben und glaubte, ein verschlafener Ort wie dieser wäre ein perfekter Mantel der Anonymität, der sein Geheimnis vor dem Rest der Gesellschaft verbergen würde. Aber jetzt fürchtete er, daß aufgrund dieser verfluchten Fernsehsendungen dem Frieden der vergangenen fünf Jahre ein Ende beschert war.

Bobby lernte 1984, kurz nach seinem Ausbruch aus Graterford, in Dearborn, Michigan, eine Frau kennen. Sie war perfekt für jemanden, der untertauchen mußte – Mitte Dreißig, unverheiratet und kinderlos, und sie besaß im Süden Detroits ein eigenes Haus. Ihre biologische Uhr war beinahe abgelaufen, und sie hatte sich so gut wie damit abgefunden, daß sie nie heiraten und Kinder kriegen würde. Sie war weder groß noch sonderlich attraktiv. Sie hatte glanzloses Haar und war übergewichtig. Aber das Adjektiv, das sie wohl am besten beschrieb, war ›naiv‹. Dicht gefolgt von ›vertrauensselig‹. Und als sie Bobby kennenlernte, kam noch ›verliebt‹ hinzu. Sie konnte einfach nicht glauben, daß dieses gutaussehende, maskuline Prachtexemplar von einem Mann sich tatsächlich für sie interessierte und war entschlossen, nichts zu tun, was ihre Chancen bei ihm beeinträchtigen könnte.

Bobby stellte sich ihr als Rick vor und sagte, er wäre Waise. Er wäre gerade erst aus Delaware hergezogen. Eine häßliche Scheidungsgeschichte. Er wäre nach Michigan gekommen, um sein Leben neu zu ordnen, und wolle seine Vergangenheit ruhen lassen.

»Wenn ich Glück habe«, sagte er, »finde ich die richtige Frau, heirate und gründe eine Familie.«

Bobby feierte den ersten Jahrestag seines Ausbruchs damit, daß er in Toledo heiratete. Das war am 16. November 1984. Der Name auf dem Trauschein lautete Richard Ferrer, und als Geburtsort war South Carolina angegeben.

Sie zogen in das Haus seiner frisch Angetrauten, und sie brachte in den ersten zwei Jahren ihrer Ehe zwei Söhne zur Welt: Steven und Nick.

Ihr Mann hatte immer Geld. Sie wußte nicht, wo es herkam. Arbeiten tat er nie. Hin und wieder ging er auf Geschäftsreise und war zwei oder drei Tage fort. Immobiliengeschäfte, die sie nicht so ganz verstand. Aber es fehlte ihnen an nichts. Als sie andeutete, daß sie jetzt, wo sie zwei Kinder hatten, einen größeren Wagen brauchten, zog er gleich los und kaufte ihr einen GMC Kombi. Unmittelbar nach dem Labor Day 1986 (also zu der Zeit, da Hans Vorhauer verhaftet wurde) hatte er mehr Geld, als sie je zuvor auf einem Haufen gesehen hatte.

Er schleppte die ganze Familie auf einer sechsstündigen Fahrt etwa zweihundertfünfzig Meilen die I-75 hinauf zum Nordende der Halbinsel. Einfach so legte er fünfunddreißigtausend Dollar in bar für einen Campingplatz in Spitzenlage am Lake Superior auf den Tisch, in der winzigen Ortschaft Brimley, unmittelbar an der kanadischen Grenze. Er nannte den Platz Whiskey Bay Park und erwarb ihn unter ihrem Mädchennamen – sie verstand nicht so ganz, warum, als er es ihr jedoch erklärte, klang es ganz einleuchtend. Er sagte, er fürchte, seine Ex-Frau könne irgendwie Wind davon bekommen und versuchen, mehr Geld herauszuschlagen.

Als sie zum drittenmal schwanger wurde, legte er ihr nahe, ihre Arbeit aufzugeben. Er sagte, ihm wäre es lieber, wenn sie zu Hause wäre und sich um die Kinder kümmerte. Nach einundzwanzig Jahren als Sekretärin für das Wayne County erhielt sie eine monatliche Pension von eintausend Dollar, ihr einziges versteuertes Einkommen.

Im Juli 1987 zogen sie in einen Wohnwagen auf ihrem Campingplatz und boten ihr Haus zum Verkauf an. Auf dem Grundstück befanden sich zwei heruntergekommene Hütten und ein altes Cottage, und er machte sich gleich nach ihrem Umzug an die Renovierungsarbeiten.

Ihre Nachbarn in Brimley beschrieben die Ferrers als zurückhaltend und sagten, daß ›Rick‹ nicht gern über seine Vergangenheit sprach.

»Er sagte, er kaufe alte Häuser, die er dann renoviere und weiterverkaufe«, erinnerte sich Bobbys nächster Nachbar. »Er wurde manchmal mitten in der Nacht angerufen und sagte dann, er müsse sofort nach Detroit, weil er dort ein Haus verkaufe und sich ein Käufer gefunden habe. Wenn er dann eine Woche später wiederkam, hatte er die Taschen voller Geld.«

Und das ist es auch, was den Nachbarn, seine Frau betreffend, am meisten in Erinnerung geblieben ist. »Sie ging mit Hundert-Dollar-Scheinen einkaufen«, erinnerte sich eine Nachbarin. »Und sie kaufte nur in den Touristenläden im Feriendorf. Dort, wo alles das Doppelte kostet. Die Leute von hier kaufen in Sault St. Marie ein, aber sie nicht. Und sie holte sich immer Zahlungsanweisungen bei der Bank, um ihre Rechnungen zu bezahlen. Sie hatten kein Bankkonto.«

Der Frau des nächsten Nachbarn war Bobbys Kleidung aufgefallen.

»Wenn dreißig Grad waren und wir wegen der Hitze in Badesachen herumliefen, trug Rick seinen langärmligen Flanellmantel. Ich sagte zu meinem Mann, daß er tätowiert sein müsse oder so was.«

Als ihr dritter Sohn, Anthony, 1988 geboren wurde, sah Bobby sich nach einem geeigneteren Zuhause für seine wachsende Familie um. Im Mai fand er ein Doppelhaus auf einem zweihundert mal vierhundertfünfzig Meter großen Grundstück am Seeufer, Lakewood Avenue 10218 in Luna Pier. Der Verkehrswert war auf dreiundneunzigtausendfünfhundertsechsundsechzig Dollar festgelegt, aber sie kauften es bei einer Zwangsversteigerung für siebzigtausend. Bobby zahlte vierzehntausend Dollar in bar an, und sie nahmen bei der Security Bank in Monroe auf den Namen seiner Frau eine Hypothek in Höhe von sechsundfünfzigtausend Dollar auf. Sobald sie eingezogen waren, machte Bobby sich daran, das Doppelhaus in ein Einfamilienhaus umzubauen.

Da er gern Fisch aß, kaufte Bobby kurz nach ihrem Umzug nach Luna Pier ein Acht-Meter-Sport-Kajütboot für dreißigtausend Dollar in bar. Er erwarb für das Boot in der T-Patch-Marina, eine halbe Meile von seinem Haus entfernt, einen Liegeplatz. Er hielt das Boot in tadellosem Zustand und gab seine liebsten Fischgründe in den Bordcomputer der LORAN ein, so daß er nur einen Knopf zu drücken brauchte und das Boot selbständig zu den fischreichsten Stellen an seinem Ende des Lake Erie navigierte.

Bobby wollte die neue Fernsehsendung unbedingt allein sehen. Er entschied, daß es das beste wäre, wenn er am Sonntag abend mit dem Fernseher in der Garage verschwand. Dann beschloß seine Frau im letzten Augenblick, mit den Kindern einen Ausflug zu machen, so daß er allein im Haus war. Er setzte sich ins Wohnzimmer und schaltete den Fernseher ein. Es war der 14. Februar, Valentinstag.

In den darauffolgenden Monaten war er sehr nervös. Jedesmal, wenn er nachts ein Geräusch hörte, an die Tür geklopft wurde oder das Telefon klingelte, fuhr er zusammen. Als er gerade begann, sich wieder einigermaßen sicher zu fühlen und sich zu entspannen, strahlte ›America's Most Wanted‹ im August eine weitere Folge über ihn aus. Wieder saß er wochenlang auf glühenden Kohlen.

Anderthalb Jahre später, am 23. April 1990 quittierte Tom Rapone seinen Dienst beim Marshals Office. Seine Leidenschaft und Besessenheit, Bobby Nauss zu fassen, ging mit ihm.

Falls Bobby je gefaßt würde, dann ganz sachlich und emotionslos.

Als Bobby erfuhr, daß Tom Rapone nicht mehr beim Marshals Service war, atmete er auf. Die Sendung ›America's Most Wanted‹ hatte in den ersten zwei Jahren ihres Bestehens zur Ergreifung von über hundert Flüchtigen geführt, aber Bobby Nauss war nicht darunter.

John LeBlanc kannte Rick Ferrer seit zwei Jahren, genau seit dem Tag, als Bobby sein Boot in der T-Patch-Marina festgemacht hatte. ›Chief‹ – (Häuptling, Anm. des Übers.) den Spitznamen verdankte LeBlanc dem Umstand, daß er ein reinblütiger Chippewa-Indianer war – hatte sein eigenes Acht-Meter-Boot ebenfalls dort liegen. Bobby machte auf ihn den Eindruck eines ruhigen, liebevollen Vaters mit ausgeprägtem Beschützerinstinkt seinen Söhnen gegenüber. Chief, ein pensionierter Stahlarbeiter, fragte nie nach Bobbys Einkommensquelle – obwohl er wußte, daß Bobby die meiste Zeit angelte und keiner geregelten Arbeit nachging.

»Er erzählte jedem, daß er Mietshäuser besäße«, erinnerte sich Chief leBLanc. »Sechs oder sieben ältere Häuser in Detroit – ich nahm an, daß er sie irgendwann verkauft und wieder in Besitz genommen hatte, als die neuen Besitzer ihren Verpflichtungen nicht mehr hatten nachkommen können.«

Darüber hinaus hielt er Bobby für einen Vietnamveteranen, der eine Kriegsversehrtenrente bezog.

»Er klagte immer über Rückenschmerzen«, fuhr Chief LeBlanc fort. »Manchmal ging er ganz komisch, so als wäre sein Rücken völlig verkrümmt.«

Chiefs Frau Joan war examinierte Krankenschwester und wußte, daß Bobby gegen die Rückenschmerzen ein Muskelrelaxans verschrieben bekam.

»Aber ich glaube nicht, daß er auch nur Alkohol getrunken hat«, erinnerte sich Joan. »Und er sprach nur selten über seine Familie. Das wenige, das er erzählte, bezog sich auf den kranken Arm eines seiner Söhne. Bei seinem Ältesten war drei Jahre zuvor im Oberarm eine Knochenanomalie aufgetreten, deretwegen er sich Sorgen machte. Sie waren mit dem Jungen mehrfach in der Mayo Klinik und in der Uniklinik von Michigan in Ann Arbor.«

»Er kaute ständig Kaugummi«, übernahm Chief wieder das Wort. »Und er trug nie Kurzarmhemden. Karierte Flanellhemden im Winter und dünnere Langarmhemden im Sommer. Ich habe nie seine Arme gesehen.

Aber er war großartig. Er war so gut wie perfekt. Fragen Sie, wen Sie wollen, jeder wird Ihnen dasselbe sagen. Ich habe nicht ein einziges Mal gehört, daß jemand ein böses Wort zu ihm gesagt hätte, und ebensowenig habe ich gehört, daß er sich in irgendeiner Weise danebenbenommen hätte.«

In der Woche nach Tom Rapones Pensionierung half Bobby Chief LeBlanc, seinem Haus im nahe gelegenen LaSalle eine überdachte Holzterrasse anzubauen.

Chiefs Frau sah den Männern bei der Arbeit zu. Sie war beeindruckt von Bobbys methodischer Arbeitsweise. Als ihr Mann ins Haus ging, um Erfrischungen zu holen, stellte sie Bobby einige Fragen.

»War Ihr Vater Schreiner?«

»Nein.«

»Lebt Ihr Vater noch?«

»Nein«, entgegnete Bobby. »Mein Vater kam bei einem Autounfall ums Leben. Meine Mutter ebenfalls.«

Joan LeBlanc entschuldigte sich für ihre Neugier.

Bobbys zwei älteste Söhne sollten im Herbst eingeschult werden, und so fragte er Joan nach den Schulen der Umgebung.

»Es wäre vielleicht besser, wenn Ihre Jungen die Gemeindeschule besuchen würden«, entgegnete sie.

»Ich bin ein wenig besorgt«, sagte Bobby. »Ich möchte nicht, daß sie mit Drogen in Berührung kommen oder mit Halbstarken und Nichtsnutzen zusammenkommen. Sie wissen schon, mit einem Haufen Nigger.«

Als es September wurde, schickte Bobby seine zwei Söhne auf die öffentliche Schule. Steven kam in den Kindergarten, Nick in die Vorschule.

Bobby war inzwischen achtunddreißig Jahre alt. Sein Ausbruch aus Graterford lag beinahe sieben Jahre zurück, und seit fast sechs Jahren war er verheiratet. Er hatte drei Söhne, ein Haus am Wasser, ein Boot und einen Campingplatz – wenngleich er kürzlich angefangen hatte, das Gelände in Parzellen zu unterteilen, die er für fünftausend Dollar das Stück verkaufte. Die Arbeit war ihm zuviel geworden. Es machte ihm keinen Spaß mehr und hielt ihn vom Fischen ab, von seinem Boot und der Marina, die zum Mittelpunkt seines Lebens geworden war.

Außerdem hatte Bobby ins Auge gefaßt, sich ein neues, größeres Boot zu kaufen.

»Er kam ständig her«, sagte ein Bootshändler aus Toledo. »Ich war seit dem Labor Day zwei- oder dreimal mit ihm auf dem Wasser. Er hatte eine Neun-Meter-Black-Watch im Auge.«

Am 22. Oktober fuhr Bobby nach Toledo, um den Kauf perfekt zu machen.

»Er brachte mir einen von der Bank bestätigten Scheck über neuneinhalbtausend Dollar als Anzahlung«, erinnerte sich der Bootshändler. »Und er war bereit, insgesamt siebenundfünfzigtausend zu bezahlen.

Aber das war mir nicht genug. Das Boot war mehr wert.«

Kapitel 35

Während der beinahe sieben Jahre, die Bobby in Freiheit war, wurden Tausende von Hinweisen und Spuren überprüft. Das Marshals Office in Philadelphia besaß zwei Schränke und fünf Kartons voller Akten zu dem Fall.

Aber bislang waren alle Bemühungen vergeblich gewesen.

Die Ermittlungen stagnierten. Das Sonderdezernat existierte noch, aber die meisten Ermittlungsbeamten widmeten sich Fällen, deren Aufklärung ihnen wahrscheinlicher erschien. Wenn Bobby noch lebte – und was die Deputies betraf, war es ein großes Wenn –, schien es, als hätte er sich so tief im Biker-Untergrund vergraben, daß er auf ewig verschwunden war.

Am 30. Oktober 1990, etwa um die gleiche Zeit, als ein Kieferchirurg Janet Doyle in Philadelphia zwei Weisheitszähne zog, läutete in der Redaktion von ›America's Most Wanted‹ in Washington D.C. das Telefon. Bobby Nauss' Name war vor über zwei Jahren das letzte Mal in der Sendung gefallen, und doch gab die Anruferin einen Hinweis ihn betreffend.

»Er lebt mit einer Frau namens Toni Ruark zusammen«, sagte die Frau.

Der Hinweis wurde von der Redaktion an die Marshals-Zentrale in Arlington, Virginia, weitergeleitet und von dort an das Marshals Office in Grand Rapids, Michigan.

Zwei Deputies aus Grand Rapids trafen Toni Ruark nicht unter der Adresse an, die die anonyme Anruferin der Redaktion von ›America's Most Wanted‹ genannt hatte, aber sie bekamen die neue Adresse.

Grand Rapids rief kurz nach dreizehn Uhr dreißig in Detroit an.

Bobby Nauss lebt möglicherweise derzeit in Ihrem Bezirk,

wurde Ken Briggs mitgeteilt. Ein Chief Deputy gab den Schwarzen Peter an den nächsten weiter.

Ken Briggs, der seit zwanzig Jahren für den Marshals Service tätig war, kümmerte sich gern persönlich um Fälle, die auf der Liste der Top-Fünfzehn standen. Er behandelte den Hinweis, als wäre es der erste und nicht der hundertste, den er zu Bobby Nauss erhielt. Das Marshals Office in Detroit besaß eine eigene Akte über Doppelgänger, überprüfte Hinweise, Verbindungen und Übereinstimmungen bei den Ermittlungen im Fall Bobby Nauss. Sie war zehn Zentimeter dick.

Briggs beauftragte zwei Deputies, dem neuen Hinweis nachzugehen. Er gab ihnen die Adresse und wies sie an, das Haus zu observieren.

»Wieder ein Doppelgänger«, sagte einer der Deputies im Hinausgehen.

»Das will ich nicht gehört haben«, sagte Briggs scharf.

Die Fahrt von Detroit nach Luna Pier dauert fünfunddreißig bis vierzig Minuten. Während die Deputies unterwegs waren, überprüfte Ken Briggs die Adresse Lakewood Avenue 10218, die ihm aus Grand Rapids als Wohnsitz von Toni Ruark genannt worden war. Bald hatte er herausgefunden, daß die Rechnungen für Telefon, Strom, Wasser und Gas an eine Toni Ferrer, Postfach 34 in Brimley, geschickt wurden.

Um vierzehn Uhr dreißig meldeten die Deputies sich bei Briggs.

»Im Vorgarten spielen drei kleine weiße Jungen und ein kleines weißes Mädchen«, teilte ihm einer der Deputies mit. »Eben war noch eine weiße Frau dabei, um die Vierzig, aber sie ist gerade ins Haus gegangen.«

»Fahrzeuge?«

Einer der Deputies blickte über die Straße. Es war ein Tag vor Halloween, und Dutzende kleiner Kürbisse hingen an einem Baum im Vorgarten. An eins der vorderen Fenster war ein großes Papiergespenst geklebt. In der u-förmigen Auffahrt standen ein kleines Fischerboot, ein Anhänger, ein PKW und ein schwarz-grauer GMC Kombi.

»Zwei.«

»Kennzeichen?«

»Michigan ... 0-1-4 ... N-L-T. Michigan ...«

Die Kennzeichen wurden überprüft. Sie waren auf einen Richard Ferrer zugelassen.

»Ich habe Richard Ferrers Verkehrsakte geprüft«, erklärte Ken Briggs später. »Als sich herausstellte, daß er kürzlich einen Haufen Protokolle in Pennsylvania bekommen hatte, sagte ich mir, *da ist was im Busch.*«

Wie zum Teufel kam es, daß dieser Richard Ferrer sich in Philly so viele Protokolle eingehandelte hatte, wenn er in Luna Pier lebte?

Ken Briggs forderte das Führungszeugnis von Richard Ferrer an. Hieraus ergab sich, daß er einige Zeit im Gefängnis von Graterford eingesessen hatte. Daraufhin forderte Briggs Bobbys Vorstrafenregister an. Als es ihm vorlag, legte Briggs die beiden Vorstrafenregister nebeneinander und verglich sie miteinander. Richard Ferrer und Bobby Nauss waren zur gleichen Zeit in Graterford gewesen.

Briggs rief im Graterford-Gefängnis an.

»Als ich erfuhr, daß sie Zellengenossen gewesen waren«, erklärte er, »wußte ich, daß wir ihn endlich gefunden hatten.«

Ken Briggs rief das Marshals Office in Philadelphia an und bat darum zu prüfen, ob Richard Ferrer sich tatsächlich in Philadelphia aufhielt. Dann fuhr Briggs – mit weiteren drei Deputies, davon zwei Frauen – auf direktem Wege zum Präsidium der Staatspolizei in Erie, Michigan, das ganz in der Nähe von Luna Pier lag.

Bevor sie aufbrachen, instruierte Ken Briggs seine Deputies dahingehend, daß sie von diesem Zeitpunkt an niemandem mehr trauen konnten. Nicht der Staatspolizei und nicht der örtlichen Polizei. Niemandem. Wenn die Sache sich als Volltreffer erwies, würde er persönlich eventuell notwendige Verstärkung anfordern.

»Und noch etwas: Bis auf weiteres kein Funkkontakt. Der Hurensohn könnte den Polizeifunk abhören.«

Steve Quinn schickte zwei Deputies zum Haus des echten Richard Ferrer in Philadelphia. Dann rief er Janet Doyle unter ihrer Privatnummer an. Sie war vollgestopft mit Schmerzmitteln und ganz benommen, als sie sich meldete.

»Ich glaube, wir haben Nauss ausfindig gemacht«, teilte Quinn ihr mit.

»Natürlich«, entgegnete sie sarkastisch. »Wollen Sie mich auf den Arm nehmen?«

»Nein, im Ernst«, sagte Quinn. »Wir sind zu achtzig Prozent sicher. Sie sollten besser herkommen.«

Da sie nicht in der Lage war, selbst zu fahren, rief Janet Doyle eine Freundin an, die sie ins Büro brachte.

Um sechzehn Uhr klopften ein Mann und seine Frau an Bobbys Haustür. Die beiden Deputies, die in einem neutralen Chevy Lumina saßen, beobachteten die beiden aufmerksam von der gegenüberliegenden Straßenseite aus. Die Tür ging auf, und ein Weißer – glattrasiert mit kurzem, dunklem Haar, in hellgrünen Arbeitshosen und einem grün-schwarz karierten Hemd – ließ das Paar herein.

Zehn Minuten später kamen die beiden Besucher wieder heraus.

Aufgrund der ihnen auferlegten Funkstille waren die Deputies ganz auf sich gestellt. Sie versuchten ihr Glück, fuhren den halben Block hinunter und sprachen das Ehepaar an. Sie fragten, wer sie wären und was sie bei Ferrer gewollt hätten.

Der Mann erklärte, er kandidiere für das Amt eines Staatskommissars von Monroe County und werbe Wähler für die bevorstehenden Wahlen. Die Frau stellte sich als seine Ehefrau vor.

Einer der Deputies zeigte ihnen ein Foto.

»Kennen Sie diesen Mann?«

»Das ist Rick Ferrer«, entgegnete der Politiker. »Wir waren gerade bei ihm.«

Die Deputies fragten die beiden, was sie von ihm wüßten.

»Er ist vor zwei Jahren mit seiner Frau und den Kindern hierher gezogen«, sagte der Mann. »Scheinen nette Leute zu sein. Ich habe ihm letzten Sommer sogar meinen Wagen verkauft.«

»Rick ist ein ruhiger Mensch«, sagte seine Frau. »Und sehr umgänglich.«

»Sir«, sagte einer der Deputies, »es ist *überaus* wichtig, daß Sie und Ihre Frau niemandem gegenüber erwähnen, daß wir uns bei Ihnen nach Ferrer erkundigt haben. Haben Sie das verstanden?«

Der Politiker versicherte ihnen, daß sie sich auf ihn und seine Frau verlassen könnten.

Einerseits waren die Deputies jetzt sicher, daß es sich tatsächlich um Bobby Nauss handelte. Andererseits hatten sie die Observierung gefährdet. Wenn das Paar Bobby warnte oder ein Nachbar ihn anrief und beiläufig erwähnte, er habe beobachtet, wie zwei Fremde auf der Straße Leute ansprachen und ihnen Fragen stellten, wenn Bobby aus dem Fenster sah und sie entdeckte, bestand die Möglichkeit, daß er floh und erneut untertauchte.

Um sechzehn Uhr fünfzig verließen Bobby, Toni und ihre drei Söhne das Haus. Die Jungen waren ganz aufgeregt und redeten über die Kostüme, die sie am nächsten Abend tragen würden, wenn sie von Haus zu Haus gingen, um Süßigkeiten zu ergattern. Die Familie stieg in den Kombi und fuhr davon.

Die Deputies folgten ihnen in sicherer Entfernung. Als der GMC Kombi einige Minuten später auf das Gelände der Marina abbog, fuhren die Deputies weiter geradeaus.

Es war siebzehn Uhr.

In seiner Kindheit in Darby hatte Bobby Halloween die Nacht der Streiche genannt, anderer Leute Fenster mit Seife eingeschmiert und vorbeifahrende Autos mit Eiern beworfen. In Michigan sprach man von der Devil's Night, der Teufelsnacht. Für einen Bootsfahrer läutet die Nacht vor Halloween eine neue Jahreszeit ein. Der Herbst geht zu Ende, und der Winter steht vor der Tür. Die Temperaturen sinken, und es ist Zeit, die Boote auf die kalte Jahreszeit vorzubereiten.

Bobby hatte den Großteil der vergangenen zwei Wochen damit verbracht, Freunden zu helfen, ihre Boote aus dem Wasser zu holen. Und das führte ihn auch jetzt zur Marina. Er wollte einem Freund helfen, sein Boot für den Winter an Land zu holen.

Er sagte Toni, daß es etwa eine Stunde dauern werde.

Um siebzehn Uhr fünfunddreißig klopften zwei Deputies in Philadelphia an Richard Ferrers Tür.

Um siebzehn Uhr fünfzig wurde Ken Briggs von seiner Dienststelle im Präsidium der Staatspolizei in Erie angerufen.

»Richard Ferrer hält sich derzeit in Philadelphia auf.«

Um achtzehn Uhr traf Ken Briggs in Begleitung von fünf Deputy Marshals und vier Staatspolizisten auf dem Polizeirevier von Luna Pier ein.

Der diensthabende Beamte fiel aus allen Wolken. Er hatte keinen Schimmer, was vor sich ging, aber er schätzte, daß der Typ in Hemd und Krawatte der Einsatzleiter war.

Briggs erklärte ihm, er führe in Luna Pier eine Observierung durch, weil aufgrund eines anonymen Hinweises die Möglichkeit bestünde, daß es sich bei einem gewissen Richard Ferrer um einen Mann handle, der in Pennsylvania aus einem Gefängnis ausgebrochen war.

Bobbys Haus befand sich auf einer schmalen länglichen Halbinsel am südlichen Ende von Luna Pier, umgeben vom Lake Erie und Binnenflüssen. Bobbys Straße, die Lakewood Avenue, endete nur etwa zwanzig Meter hinter seinem Haus in einer Sackgasse. Es gab nur eine Möglichkeit dorthin zu gelangen oder es zu verlassen – auf dem Landweg.

Ken Briggs postierte zwei neutrale Wagen am Ende der Sackgasse.

Briggs' Astrovan, ein Wagen der Staatspolizei und ein Streifenwagen der Polizei von Luna Pier bezogen auf einem Parkplatz am Westende der Stadt Position, außer Sichtweite, zwischen Luna Pier und der I-75. Es war die einzige Straße, die aus dem Ort hinausführte.

Um achtzehn Uhr fünfundvierzig verließ Ferrers GMC die Marina. Als er an dem Parkplatz vorbeifuhr, auf dem Briggs sich versteckte, bog er nach rechts in Richtung Lakewood Avenue ab. Briggs fuhr los. Die Beamten der Staatspolizei folgten ihm, und der Deputy der Luna-Pier-Polizei schloß sich an.

Kurze Zeit später bog der GMC erneut nach rechts ab, in die Lakewood Avenue. Als er die Fünfzehnte Straße passierte, brach Briggs die Funkstille.

»Er fuhr geradewegs in die Falle«, erklärte Briggs später. »Einer der Wagen der Staatspolizei überholte Briggs und schaltete das Blaulicht ein. Das war das Signal für die Deputies, die am Ende der Sackgasse warteten, in Aktion zu treten. Wir nahmen ihn auf halber Höhe der Blocks in die Zange.«

»O Daddy«, sagte einer von Bobbys Söhnen aus dem Fond. »Wir sind nicht angeschnallt.«

Marshals erleben immer wieder, wie herzzerreißend es für Ehefrau und Kinder ist, mit anzusehen, wie ihr Mann und Vater verhaftet wird. Wann immer möglich, versuchen sie den Flüchtigen allein zu erwischen und zu vermeiden, ihn vor den Augen seiner Familie in Handschellen abzuführen. Und sie wissen auch, wie gefährlich es sein kann, das Fahrzeug eines Kriminellen zu stoppen. In diesem Fall hatten sie es mit einem Mann zu tun, der auf der Liste der fünfzehn meistgesuchten Verbrecher stand, mit einem entflohenen Mörder. Wie Ken Briggs später zugab, war Bobby Nauss der gefährlichste Flüchtige, mit dem er es in den zwanzig Jahren seiner Dienstzeit zu tun gehabt hatte, und er wollte kein Risiko eingehen.

Als der Kombi stehenblieb, näherten die Beamten sich dem Wagen mit gezogenen Waffen. Sie zerrten Bobby heraus, warfen ihn zu Boden und klopften ihn nach Waffen ab. Dann legten sie ihm Handschellen an, zogen ihn auf die Füße und rollten seinen linken Ärmel hoch, um sich seine Tätowierungen anzusehen. Kein Hakenkreuz, keine nackte Frau und kein BORN TO LOSE. Die Tätowierungen waren überarbeitet worden.

Und Bobby leugnete alles.

»An diesem Punkt rastete seine Frau aus«, erinnerte sich Briggs.

»Was tun Sie da mit meinem Mann!« kreischte sie hysterisch. »Was ist hier los? Das ist ein Irrtum! Er hat nichts getan!«

Toni Ferrer schrie wie von Sinnen.

Die weiblichen Deputy Marshals und State Troopers hatten alle Hände voll zu tun, sie zu beruhigen und sich gleichzeitig um die Kinder zu kümmern.

»Ziehen Sie ihm das Hemd aus«, befahl Ken Briggs, und einer der Deputies streifte Bobby das Hemd ab. Sobald Briggs den großen blauen Papagei auf Bobbys rechtem Oberarm sah, wußte er mit absoluter Sicherheit, daß er den richtigen Mann vor sich hatte.

»Ich versichere Ihnen, daß ich Ihnen gleich eine kleine Geschichte erzählen werde, die Sie davon überzeugen wird, daß hier durchaus kein Irrtum vorliegt«, sagte Ken Briggs zu Toni Ferrer.

Aber Toni Ferrer nahm Briggs' Worte gar nicht wahr.

Sie war ganz darin vertieft, sich immer wieder zu sagen, *das alles geschieht nicht wirklich. Meine Kinder machen das nicht wirklich durch.*

Dann kamen die ersten Nachbarn aus ihren Häusern, um zu sehen, was der Lärm zu bedeuten hatte.

Bobby Nauss, einer der fünfzehn meistgesuchten Verbrecher des Landes, entflohener Sträfling und seit sieben Jahren untergetaucht, saß in Handschellen im Fond eines Streifenwagens, der in zügigem Tempo das Präsidium ansteuerte.

»Er wußte sehr wohl, was er sagen sollte und was nicht«, erinnerte sich Briggs. »Er nahm die ganze Sache sehr gelassen und leugnete seine wahre Identität.«

Briggs wandte den Kopf und sah ihn an.

»Was ist mit Ihrer Frau? Mit Ihren Kindern?«

Bobby leugnete seine Identität, bis sie durch seine Fingerabdrücke eindeutig bewiesen worden war. Er weigerte sich immer noch, Ken Briggs irgendwelche Fragen zu beantworten, und sagte nur, daß seine Frau von alledem nichts gewußt habe.

Briggs befragte sie eine Stunde lang und kam zu dem Schluß, daß sie tatsächliche ahnungslos gewesen war. Er ließ Toni Ferrer laufen.

Sie willigte in eine Hausdurchsuchung ein und gestattete den Deputies, sie nach Hause zu begleiten. Die Beamten fanden weder Waffen noch Drogen oder einen größeren Geldbetrag. Aber in einer Schublade im Schlafzimmer fanden sie ein Blatt Papier mit dem Stammbaum von Richard Ferrer. Darüber hinaus besaß Bobby einen kompletten Satz falscher Papiere auf den Namen Ferrer.

Als Briggs später am Abend die Papiere begutachtete, bemerkte er: »Er weiß vermutlich mehr über Ferrers Familie als Sie und ich über unsere Geschwister.«

Kapitel 36

Geschockt. Das beschrieb Toni Ferrers Zustand wohl am besten.

Ungläubiges Staunen war die allgemeine Reaktion in Luna Pier.

Die Monroe *Evening News* sagten alles: ›Entflohener Mörder führte Doppelleben‹. Unter der Schlagzeile auf der ersten Seite, oben rechts, befand sich ein Foto des resigniert aussehenden Bobby Nauss, beide Hemdsärmel bis zu den Schultern aufgerollt, so daß die verräterische Tätowierung des blauen Papageien zu sehen war.

›Ist er ein brutaler Mörder, Vergewaltiger, ehemaliges Mitglied einer verbrecherischen Motorradgang und Drogenhändler?‹ hieß es im ersten Satz des Artikels. ›Oder ist er ein liebevoller Vater und Ehemann, freundlicher Nachbar und Freiluftfanatiker?‹

Am Morgen nach Bobbys Verhaftung stand eine Gruppe von Müttern an der Haltestelle des Schulbusses. Toni Ferrers Nachbarinnen. Sie redeten miteinander, wie Menschen es tun, die Zeugen einer Katastrophe geworden sind und nicht fassen können, was sie eben gesehen haben. Ein Reporter trat hinzu und stellte sich vor. Alle nickten.

Als er beginnen wollte, Fragen zu stellen, trat Toni Ferrer aus der Tür ihres Hauses. Ihre Augen waren gerötet. Ihre beiden älteren Söhnen in ihren Halloweenkostümen mußten laufen, um mit ihr Schritt zu halten. Ihre Kinder hatten am vergangenen Abend Schlimmes durchgemacht, und um ihretwillen wollte sie nicht, daß sie die Schulfeste versäumten, auf die sie sich die ganze Woche gefreut hatten.

Sie trat auf eine ihrer Nachbarinnen zu, und die beiden Frauen umarmten sich.

»Ich hatte keine Ahnung«, sagte Toni und begann, an die Schulter ihrer Freundin gelehnt, zu weinen.

Kurz darauf fuhr der Schulbus vor, und die Kinder stiegen ein. Toni Ferrer wandte sich ab, um ins Haus zurückzugehen, als der Reporter sie ansprach. Er bemühte sich, so taktvoll wie möglich zu fragen, wie es gewesen sei, all die Jahre mit einem entflohenen Mörder zu leben.

»Er hat mich niemals schlecht behandelt«, entgegnete Toni, dann versagte ihre Stimme. Sie konnte nicht aufhören zu weinen. »Es tut mir leid, aber ich habe ein sehr traumatisches Erlebnis hinter mir und kann jetzt nicht darüber sprechen.«

Darauf ging sie fort.

»Toni ist eine wunderbare Mutter«, sagte eine der Mütter, nachdem Toni Ferrer im Haus verschwunden war. »Sie wacht mit Argusaugen über die Jungen.«

»Und ich habe es gerade in ihren Augen gelesen. Sie hat nichts davon gewußt.«

Eine weitere Mutter meldete sich zu Wort.

»Er hat nie über seine Vergangenheit gesprochen«, sagte sie. »Er war nett. Nett zu seiner Frau. Nett zu seinem Babysitter. Nett zu den Kindern. Wenn er grausam gewesen wäre, hätte man es gemerkt. Und sie sind wirklich liebe Kinder.

Ich weiß nur, daß Toni mir von Herzen leid tut. Ich hoffe, sie wird damit fertig, ohne allzu viele Narben zurückzubehalten. Auch die Kinder tun mir leid.«

»Ich wachte an diesem Morgen um Viertel vor vier auf«, erzählte Chief LeBlanc einem anderen Reporter. »Ich weiß, daß man ihn ins Gefängnis stecken wird. Aber nachdem er all die Jahre als anständiger Bürger gelebt hat, sollte man ihn laufen lassen. Ihn auf freien Fuß setzen.

Besteht vielleicht die Möglichkeit, daß sie den Falschen verhaftet haben?«

Die meisten Leute in Luna Pier stellten die gleiche Frage. Vertreter der Medien fielen wie die Heuschrecken über den Ort her, und die meisten Familien waren willens, mit ihnen zu sprechen.

»Er sah nicht aus wie ein Verbrecher«, sagte ein Nachbar, der ein paar Häuser weiter wohnte. »Und er hat sich auch nicht versteckt. Wenn ich draußen im Garten war und den Rasen gemäht habe, und er fuhr vorbei, hat er angehalten und mit mir geplaudert. Wir waren beide leidenschaftliche Jäger und Angler, und so hatten wir immer Gesprächsstoff.«

Eine Frau, die nur wenige Häuser von der Ferrers entfernt lebte, war Zeugin der Verhaftung gewesen.

»Ich sagte noch spaßeshalber zu meinem Mann, daß wir Sie demnächst in ›America's Most Wanted‹ sehen würden«, erzählte sie einem Reporter. Wie sich herausstellte, geschah genau das. John Walsh kündigte an, daß die einhundertdreiundzwanzigste Verhaftung in der kommenden Sendung gezeigt werden würde.

»Luna Pier ist ein kleiner Ort, wo jeder jeden kennt«, fuhr die Nachbarin fort. »Man würde nicht annehmen, daß jemand auf der Flucht sich ausgerechnet hier niederlassen würde. Aber ich glaube, der Polizei ist irgendein Fehler unterlaufen. Er war ein liebenswürdiger Mann, der nie ein böses Wort von sich gegeben hat. Nie. Ich glaube, sie haben den Falschen verhaftet.«

Ein weiterer Nachbar sagte, der Mann, den er als Rick Ferrer gekannt habe, hätte das Leben eines braven Bürgers geführt.

Ein Polizeibeamter gestand, Bobby nur wenige Tage vor der Verhaftung vorgestellt worden zu sein. Sie hätten sich die Hand geschüttelt. Damals habe der Beamte Bobby noch gesagt, er müsse wirklich ein vorbildlicher Bürger sein, da sie sich noch nie begegnet wären.

Auch der Bürgermeister von Luna Pier hatte nur Gutes von Bobby zu berichten.

»Es ist wirklich ein Schock«, sagte er. »Der Mann, den ich gekannt habe, war ganz sicher nicht der Mann, über den ich gelesen habe. Ich hätte ihm blind den Stadtschlüssel übergeben.«

Am heftigsten waren die Reaktionen in der T-Patch Marina.

»Er war mit vielen gut befreundet«, sagte der Inhaber der Marina. »Wenn es windig war und jemand Hilfe brauchte, sein Boot aus dem Wasser zu holen, war er als erster zur Stelle.

Erst letzte Woche ist er mit einigen Rentnern zum Angeln rausgefahren. Es war eine völlig spontane Aktion. Sie saßen nur rum und haben gefachsimpelt, und er sagte einfach ›gehen wir fischen‹. So war er, und ich wünschte, sie hätten ihn nie erwischt.«

Der Sohn des Inhabers war ausnahmsweise mit seinem Vater einer Meinung. Er bezeichnete Rick Ferrer als großartigen Kerl und meinte, er litte vielleicht an einer Persönlichkeitsspaltung.

»Oder sie haben den Falschen erwischt«, sagte er.

Aber der Freund, den es am schwersten zu treffen schien, war Chief Le Blanc.

»Jesus«, sagte er, »ich wünschte, mir wären zehntausend wie er begegnet. Er war wirklich ein guter Kerl. Ich wäre morgen noch genauso zu ihm wie vor seiner Verhaftung. Aber wenn ich die Möglichkeit hätte, ihn im Gefängnis zu besuchen, würde ich nicht hingehen. Es würde mir das Herz brechen, ihn dort zu sehen.«

Toni Ferrer saß am Halloween-Abend draußen vor ihrem Haus. Ihre Eltern waren aus Cadillac, Michigan, herübergefahren, um moralischen Beistand zu leisten. Anthony schlief. Steven und Nick, die in mit Teenage Mutant Ninja Turtles bedruckten Schlafanzügen steckten, halfen Süßigkeiten an die Kinder zu verteilen.

»Sie können nicht verstehen, was das für mich bedeutet hat«, sagte sie bei ihrem ersten und einzigen Interview zu einem Reporter. »Es war ein großer Schock, es war wie im Film.« Sie verstummte. Toni Ferrer weinte und brauchte eine Weile, ehe sie sich wieder gefaßt hatte.

»Der Mann, von dem die Polizei mir erzählt, ist nicht der Mann, den ich geheiratet habe«, fuhr sie fort. »Er war meinen Kindern ein guter Vater, und mir war er ein guter Ehemann. Aber die Medien und die Leute werden ihre eigenen Schlüsse ziehen.

Er hat sich geändert. Er war ein guter Mensch. Er hat mich nie geschlagen. Er hat die Kinder nie geschlagen. Menschen ändern sich. Menschen machen Fehler. Sie geraten in schlechte Gesellschaft. Nehmen Drogen. Und das verleitet sie dazu, Dinge zu tun, die sie normalerweise niemals tun würden. Das war vor zwanzig Jahren. Er war damals noch ein Kind.

Ich weiß nichts von seiner Vergangenheit, und die Medien stellen es hin, als wären wir in einen Palast gezogen oder so etwas. Das hier ist ein ganz normales Haus. Es sieht groß aus, aber es macht auch viel Arbeit.

Aber hier wird nicht mit Drogen gehandelt. Hier sind keine Drogenverkäufe getätigt worden. In der ganzen Zeit, die ich ihn gekannt habe, hat er kein einziges Mal Drogen genommen, und hier ist nichts dergleichen geschehen. Ich würde meine Kinder niemals einer solchen Gefahr aussetzen.

Im Augenblick geht es meinen Kindern ganz gut. Wir halten zusammen, und die Nachbarn waren einfach großartig. Es war eine große Erleichterung für mich, daß sie zu uns gestanden haben.

Wenn es sich vermeiden läßt, möchte ich erst wieder arbeiten gehen, wenn die Kinder etwas älter sind. Ich möchte sie jetzt noch nicht allein lassen. Ich werde das Land in Brimley verkaufen müssen, das wird es mir ein wenig leichter machen. Ich habe keine Wahl. Ich habe nicht viel Geld. Wenn es mir gelingt, das Grundstück zu verkaufen, müßte ich über die Runden kommen. Vielleicht muß ich auch das Boot verkaufen.

Es wird nicht leicht werden. Es ist, als würde man aus einem Alptraum aufwachen. Meine Kinder haben keinen Vater mehr, und ich habe keine Ehemann mehr.«

Kapitel 37

Steve Quinn und Janet Doyle überführten Bobby am 2. November 1990 von Detroit nach Philadelphia. Der Charterflug dauerte zwei Stunden und verlief ohne Zwischenfälle.

»Ich glaube, er war ziemlich fertig«, sagte Janet Doyle hinterher. »Aber er war nicht sonderlich erregt oder so was in der Art. Er hat keinerlei Schwierigkeiten gemacht. Er war im Gegenteil sehr kooperativ.«

Das Flugzeug landete kurz vor dreizehn Uhr dreißig auf dem International Airport. Sechs Polizeifahrzeuge und zwölf Polizeibeamte – Deputy Marshals und State Troopers – erwarteten sie auf dem Flugfeld.

Hände und Füße aneinandergekettet, stieg Bobby aus dem Flugzeug. Er trug grüne Arbeitshosen, beigefarbene Stiefel, ein kariertes Holzfällerhemd und eine Baseballmütze, auf der ironischerweise ein Fisch am Haken abgebildet war. Die Deputies setzten ihn in einen vergitterten Kleinbus, und ein bewaffneter Konvoi brachte ihn zum Bundesgericht in der Sechsten Straße und Market Street.

Bei einer Anhörung um fünfzehn Uhr dreißig zog ein stellvertretender Bundesstaatsanwalt den Haftbefehl wegen Drogenhandels zurück, so daß Bobby wieder der staatlichen Jurisdiktion übergeben werden konnte, um seine Gefängnisstrafe wieder anzutreten und sich der Anklage wegen Ausbruchs zu stellen.

Nachdem Steve Quinn und Janet Doyle Bobby mehreren Sheriff Deputies und Gefängniswärtern übergeben hatten, kehrten sie zu Fuß zum Marshals Office zurück. Vor dem Nachrichtenbrett, an dem Suchplakate der fünfzehn meistgesuchten flüchtigen Verbrecher hingen, blieben sie stehen und versahen Bobbys Plakat mit dem Stempel: GEFASST.

Um sieben Uhr abends lieferten vier Gefängniswärter Bobby in einem Bezirksgericht fünf Minuten vom Graterford- Gefängnis entfernt ab. Ein fünfter Wächter nahm alles auf Video auf.

In denselben Kleidern, die er schon den ganzen Tag getragen hatte – nur die Baseballmütze fehlte –, betrat Bobby den Gerichtssaal.

Pauline Nauss schluchzte laut, als sie ihren Sohn nach sieben Jahren das erstemal wiedersah. Sie lief auf ihn zu und umarmte ihn.

»Ich liebe dich«, sagte sie unter Tränen. »Wir alle lieben dich.«

Bobby sah auf und blickte über die Schulter seiner Mutter. Weiter hinten im Gerichtssaal standen acht weitere Familienmitglieder beieinander. Brüder und Schwestern. Ein Neffe. Sein Sohn Tommy, inzwischen siebzehn Jahre alt und im letzten Jahr an der Bonner High School .

Bob Nauss Senior war nicht da. Ebensowenig wie Cookie und Toni Ferrer.

»Bist du Karen?« fragte Bobby, der versuchte, seine Geschwister wiederzuerkennen, die er seit seiner Flucht 1983 nicht mehr gesehen hatte. »Sharon?«

Pauline Nauss erzählte Bobby, daß sie Toni angerufen und sich ihr vorgestellt habe. Sie habe auch mit ihren neuen Enkelkindern gesprochen.

»Ich habe gerade einen Brief von den Jungen bekommen«, sagte Bobby. »Es waren Fotos von ihnen dabei. Der eine sieht aus wie Kevin, und der andere ist Steven wie aus dem Gesicht geschnitten.« Bobby bezog sich auf zwei seiner Neffen.

Der Richter betrat den Saal und machte der Familienzusammenkunft ein Ende. Er bestätigte die Anklage wegen Ausbruchs und krimineller Konspiration. Es würde also zum Prozeß kommen.

Als die vierzigminütige Anhörung beendet war, gestattete der Richter Bobby weitere zehn Minuten mit seiner Familie. Schließlich nahm Pauline Nauss von Bobby Abschied und tupfte sich mit einem Taschentuch die Tränen aus den Augen, als die Wärter ihren Sohn in Ketten aus dem Gerichtssaal führten.

Die Wärter brachten Bobby zurück nach Graterford, wo er in Einzelhaft gesteckt wurde. Einige Tage später wurde er in eine staatliche Strafvollzugsanstalt in der Nähe von Pittsburgh verlegt, wo er näher bei seiner Familie in Luna Pier war, während er auf seinen Prozeß wartete.

Zum Zeitpunkt von Bobbys Verhaftung war Tom Rapone Commissioner in Delaware County.

»Manchmal dauert es etwas länger«, sagte er, »aber auch dieser Fall wurde aufgeklärt. Im Grunde ist es eine sehr, sehr traurige Geschichte. Viele Menschen hatten wegen dieser Sache zu leiden. Das an sich ist schon ein Verbrechen.«

Vier Zeugen sagten zehn Monate später, im September 1991, gegen Bobby aus. Der Prozeß dauerte nur eine Viertelstunde.

Wie erwartet, verurteilte Richter Samuel Salus Bobby wegen des Ausbruchs aus dem Graterford-Gefängnis im Jahre 1983 – Bobby hatte sich gegen ein Schwurgericht ausgesprochen –, aber der Richter befand ihn der kriminellen Konspiration für nicht schuldig.

Vier Monate später, am 17. Januar 1992 kehrte Bobby zur Verkündung des Strafmaßes zurück in den Gerichtssaal. Bobbys Anwälte legten mehrere Briefe von Bürgern aus Luna Pier vor, die Bobby einen guten Leumund bescheinigten.

»Ich bin zu der Überzeugung gelangt«, teilte Richter Salus Bobby mit, nachdem ihm die Briefe vorgelesen worden waren, »daß Sie sich, aus welchen Gründen auch immer, ob aus Reife oder dadurch, daß Sie eine gute Frau geheiratet haben, trotz Ihrer verbrecherischen Vergangenheit geändert haben.

Gibt es irgend etwas, was Sie an dieser Stelle gerne sagen würden?«

»Mein Leben in Michigan«, sagte Bobby mit fester Stimme, »war die Art von Leben, wie ich es von Anfang an hätte führen müssen. Ich wünschte, ich könnte die Vergangenheit ungeschehen machen.«

Richter Salus verurteilte Bobby zu weiteren dreieinhalb Jahren Haft.

Nachwort

Am nächsten Tag, dem 18. Januar 1992, verspürte Bobby Marconi, als er über den Friedhof ging, um das Grab seiner Mutter zu besuchen, plötzlich Schmerzen in der Brust. Er war auf Wochenendurlaub vom Graterford-Gefängnis, wo er seit 1990 wegen Drogen- und Waffenbesitzes einsaß.

Ich bin Bobby Marconi über dreißig Jahre zuvor während der High-School-Zeit das erste Mal begegnet. Er ging auf die Bonner und ich auf die Clifton Hights. Einmal gingen wir beide mit demselben Mädchen aus. Schon damals galt er als zwielichtige Gestalt. Ich hatte seine Verbrecherlaufbahn über die Jahre verfolgt, ihn jedoch seit über einem Jahrzehnt nicht mehr gesehen.

Bobby Marconi starb später an diesem Tag an einem Herzinfarkt.

Weniger als einen Monat später suchte ich Steve Quinn im Marshals Office an der sechsten Straße und Market Street auf.

»Ich werde Ihnen einen kleinen Tip geben«, sagte er. »Ich glaube nicht, daß dieser Fall schon abgeschlossen ist. Ich glaube, es wird sich noch herausstellen, daß Nauss während seiner Zeit in Michigan in einen Haufen Scheiße verwickelt war.«

Eine Woche danach, am 21. Februar 1992, verhaftete ein Einsatzkommando aus Staats- und Bundesbeamten Chopper Rigler auf seiner Zwanzig-Hektar-Farm in Montrose, Pennsylvania, nördlich von Scranton, in der Nähe der Staatsgrenze zu New York. Er wurde der Herstellung von Methamphetaminen, deren Vertriebs und der Geldwäsche verdächtigt.

Die Beamten fanden 92 000 Dollar Bargeld und elf Pfund

Methamphetamine, die auf dem Grundstück vergraben waren.

Sie verhafteten sieben weitere Personen – drei davon ehemalige Warlocks – bei derselben Aktion. Die Verhaftungen waren das Ergebnis einer dreijährigen Untersuchung.

Dreizehn Tage später, am 15. März 1992 rief Tom Rapone in Boston an, wo er heute das Amt des Ministers für öffentliche Sicherheit im Staat Massachusetts innehat.

»Rick Martinson«, erzählte mir Rapone, »der immer noch im geheimen Anführer der Warlocks ist, hat meiner festen Überzeugung nach die ganze Zeit über gewußt, wo Bobby steckte, und für ihn Drogen verkauft. Ich glaube, daß er die ganze Zeit über – mit Hilfe einer Frau aus Ohio und in Zusammenarbeit mit den Warlocks – Drogen von Michigan nach Pennsylvania geschmuggelt hat.

Etwa eineinhalb Jahre vor Nauss' Verhaftung haben wir oben in den Pocono Mountains eine Telefonleitung angezapft. Eines Nachmittags hörten wir ein Gespräch ab. Leider war der Mann, der mithörte, als einziger nicht in allen Einzelheiten mit dem Fall vertraut und erkannte die Stimme nicht.

Wir glaubten, der Anrufer wäre Nauss gewesen und er käme, um sich mit Martinson und Rigler zu treffen. Wir waren mit einem großen Aufgebot vor Ort. Wir waren schon seit Wochen dort und glaubten, Nauss wäre auf dem Weg, sich zum Mittagessen mit ihnen auf dem Pine-Hollow-Golfplatz zu treffen. Als wir aber schließlich zuschlugen, war er nicht dort.

Es gibt drei Personen, die meiner Überzeugung nach die ganze Zeit über gewußt haben, wo Nauss sich versteckt hielt – Martinson, Rigler und Tony Merkle, vielleicht noch ein oder zwei mehr. Aber sie wären eher gestorben, als es zuzugeben.«

Drei Wochen später, am 27. März 1992, verhafteten Beamte des DEA Rick Martinson in einer Telefonzelle in New Tripoli, sechzehn Meilen nordwestlich von Allentown, Pennsylvania.

Später führten die Agenten bei Martinson eine Hausdurchsuchung und Beschlagnahmungsaktion durch. In einer Voliere, die an das Haus angebaut war, fanden sie eine große Anzahl exotischer Vögel – einige davon waren bis zu fünfzehntausend Dollar das Stück wert – die Martinson angeblich züchtete und verkaufte.

Darüber hinaus fanden sie Unterlagen, aus denen hervorging, daß Martinson beinahe sechshunderttausend Dollar auf diversen Konten bei verschiedenen Banken besaß. Außerdem wurden einhunderttausend Dollar in Goldmünzen und Silberbarren und einhunderttausend Dollar in bar sichergestellt. Hinzu kamen über vierundvierzigtausend Quadratmeter Immobilienfläche im Wert von über einer Million Dollar und hundertsechzigtausend Quadratmeter ländlicher Grundbesitz in West Virginia.

Die Beamten fanden fünfzehn falsche Ausweise, sechzehn Sozialversicherungskarten, Belege über fünf Postfächer in den Vereinigten Staaten und Kanada und mehrere Maschinengewehre.

Zum Zeitpunkt der Verhaftung bezeichneten die Behörden Martinson als Geldeintreiber der Warlocks und Lieferanten von falschen Papieren.

Wenngleich in einem Schließfach, das Martinson gehörte, nur elf Unzen Meth gefunden wurden, gelangten Bundesbeamte aufgrund von Informationen, die im Laufe der Ermittlungen zusammengetragen worden waren, zu der Überzeugung, daß Rigler, Martinson und Bobby Nauss – der ihrer Überzeugung nach ein Meth-Labor unterhielt, das er nach Hans Vorhauers Verhaftung 1986 eingerichtet hatte – gemeinsam zweimal jährlich einhundert Pfund Meth hergestellt hatten.

Sechs Wochen später, am 10. Mai 1992, am Muttertag, spielte Tony ›Mudbone‹ Merkle Russisches Roulett und verlor. Er starb an einer Schußverletzung am Kopf, die er sich selbst zugefügt hatte.

Sechs Wochen später unterhielt ich mich mit Janet Doyle. Es war der 25. Juni 1992.

Es ist noch nicht vorbei«, sagte sie mir. »Ich habe diesbezüglich nicht den geringsten Zweifel. Ich bin sicher, Steve (Quinn) hat Ihnen schon gesagt, daß Rick Martinson gerade verhaftet wurde. Wissen Sie, ich habe Steve von Anfang an gesagt: ›Martinson steckt hinter Nauss' Ausbruch‹. Niemand hat mir geglaubt, aber ich versichere Ihnen, wenn all dies vorüber ist, werden Sie feststellen, daß ich recht hatte.

Steve und ich haben letztens herumgealbert. Als Nauss in Michigan verhaftet wurde, fanden sie in seinem Besitz einen in Pennsylvania ausgestellten Führerschein auf den Namen Richard Ferrer, aber das Foto zeigte Martinson. Der Führerschein war 1986 ausgestellt worden. Als wir ihn fanden, sagte ich: ›Siehst du, habe ich es dir nicht gesagt? Wenn sie keinen Kontakt hatten, wie ist dann Nauss an einen Führerschein mit Martinsons Foto gekommen?‹

Und dann fand das Büro der Bundesstaatsanwaltschaft – über Durchsuchungsbeschlüsse, die im Anschluß an Martinsons Verhaftung ausgestellt worden waren – ein Gedicht, das seine Freundin, die mit ihm zusammenlebte, an Nauss geschrieben hatte. Witzige Reime, in denen es um Geld ging und in denen es hieß, welches Glück er habe, sechs Jahre nicht erwischt worden zu sein.

Für mich steht also zweifelsfrei fest, daß Nauss die ganze Zeit über mit Martinson zusammengearbeitet hat. Wir werden im kommenden Jahr so vieles in Erfahrung bringen, daß, wenn das Buch erscheint, Sie eine Fortsetzung schreiben müssen.

Das, was zwischen Martinson und Nauss abgelaufen ist, ist einfach unglaublich.«

Gegen Ende April 1992 erhielt ich einen Anruf von Bobby Nauss' Anwalt. Ich hatte den Anruf erwartet.

Ich hatte einige Tage in Luna Pier verbracht, um ein Gefühl für die Gemeinde zu bekommen. Ich hatte mit der Polizei und in der Marina mit Freunden von Bobby gesprochen, Briefe gelesen, die er nach seiner Verhaftung aus dem Gefängnis geschrieben hatte – naive Träume von Berufungen und seiner Haftentlassung – und meine Telefonnummer hinterlassen, in der Hoffnung, ein Treffen mit Bobby herbeiführen zu können.

Der Anwalt teilte mir mit, Bobby wäre gegen die Veröffentlichung des Buches und weigere sich, mit mir zu sprechen.

Ich war Bobby Nauss 1971 das erste Mal begegnet. Ich verkehrte in denselben Bars, war auf einigen Parties, auf denen er auch war, sah ihn und seine Kumpels von den Warlocks in Aktion. Einmal mußte ich auf allen vieren aus einer Kneipe kriechen, um nicht von verirrten Kugeln getroffen zu werden, als es plötzlich zu einer handfesten Auseinandersetzung kam. Mehr als einmal krampfte sich mein Magen vor Feigheit zusammen, wenn ich zusah, wie Warlocks ganz plötzlich und ohne ersichtlichen Grund irgendeinen Unbeteiligten aufs Korn nahmen und verprügelten. Ich hatte Angst, mich einzumischen, weil ich wußte, daß ich dann das nächste Opfer sein würde.

Sie waren gefährlich.

Nach allem, was ich über die Jahre beobachtet habe, ist Bobby Nauss ein krankhafter Lügner.

Er hat seine Eltern belogen, er hat seine Geschwister belogen, er hat Cookie belogen, er hat Tommy belogen, er hat die Polizei belogen, er hat die Geschworenen belogen, er hat die Psychiater und Psychologen belogen, er hat Toni Ruark belogen, er hat Steven, Nick und Anthony belogen, er hat Chief LeBlanc belogen, er hat ganz Luna Pier belogen – und er hat sich selbst belogen.

Sein ganzes Leben war eine einzige Lüge.

Wenn Bobby Nauss sagt, daß es ihm leid tut, meint er damit, daß es ihm leid tut, daß er geschnappt wurde.

Bobby Nauss war ein Dieb, ein Drogenhändler, ein Vergewaltiger und ein Mörder.

Wenn er nicht eins, einige oder sämtliche Mädchen getötet hat, deren Ermordung immer noch unaufgeklärt ist, weiß er zumindest, wer es getan hat. Debbie Deloziers Mutter ist vor zwei Jahren gestorben. Sie besuchte das Grab ihrer Tochter, ohne je zu erfahren, wer sie umgebracht hatte, ohne je zu erleben, daß der Gerechtigkeit Genüge getan wurde. Ich weiß nicht, wo Denise Seamans Mutter sich heute aufhält, aber ich wette, sie wüßte gern, wer ihre Tochter getötet hat. Ganz sicher sähe sie es gern, wenn diese Person bestraft würde.

»Solange der Fall nicht aufgeklärt ist«, sagte Mary Ann Lees Mutter 1992 zu einem Reporter, »läßt es einen einfach nicht los.«

»Ich hoffe, daß sie inzwischen vielleicht reifer geworden sind und ihr Schweigen brechen«, sagte Layne Spicers Mutter demselben Reporter.

Aber das wird wohl nie geschehen.

»Martinson und Nauss wissen über jeden einzelnen der ungelösten Mordfälle Bescheid«, sagte Tom Rapone mir im April 1992 in seinem Büro in Boston. »Und wenn sie keine Informationen aus erster Hand haben, dann solche aus zweiter Hand, über die die Polizei nicht verfügt.

Aber die Morde werden wohl niemals aufgeklärt werden.«

Frank Hazel, seit dreizehn Jahren Bezirksrichter von Delaware County, ist der gleichen Ansicht. Aber er hat eine philosophischere Einstellung zu den ungelösten Sumpf-Morden.

»Jene, die diese Morde gegangen haben, wurden bestraft«, sagte er mir. »Sie sind nicht mehr unter uns.«

Bei unserem letzten Gespräch Ende August 1993 teilte der stellvertretende Bundesstaatsanwalt Carl Lunkenheimer mir mit, daß Chris ›Chooper‹ Rigler im Dezember 1992 zu zwanzig Jahren Gefängnis verurteilt worden wäre und Rick Martinson sich im Januar 1993 schuldig bekannt habe und daraufhin zu zehn Jahren Haft verurteilt worden sei.

Bobby Nauss verbüßt derzeit im Western State Correctional Institute in der Nähe von Pittsburgh eine lebenslange Haftstrafe, weil er für schuldig befunden wurde, in einer Nacht im Dezember 1971 Liz Lande umgebracht zu haben, nachdem er Geschlechtsverkehr mit ihr hatte. Nach Ablauf dieser Haftstrafe hat er noch weitere wegen anderer Delikte zu verbüßen.

Der stellvertretende Bundesstaatsanwalt Carl Lunkenheimer teilte mir mit, daß Bobby Nauss wegen verschiedener Verurteilungen in Revision gegangen ist. Die Berufungsverfahren laufen noch.

ENDE

Dankbare Anerkennung

Millionenfacher Dank an Bob Leschoron. Ihm habe ich es zu verdanken, daß das US-Justizministerium und der United States Marshals Service mir Einblick in alle nicht geheimen Akten und Untersuchungsunterlagen gewährten. Zurückgehalten wurden lediglich die Namen verdeckt arbeitender Informanten. Darüber hinaus konnte ich Gespräche mit Ken Briggs, Steve Quinn und Janet Doyle führen. Ihnen danke ich für ihre weitreichende Mitarbeit.

Mein besonderer Dank gilt Tom Rapone für seine wertvollen Auskünfte und Frank Hazel für alle Einzelheiten über das Mammut-Unternehmen Delaware County Major Crimes Task Force. Dank auch an George Ellis und Raleigh Witcher. An Tony Truscello und Jimmy Flick. An Joe Washlick bei der Spezialeinheit der Polizeistation von Philadelphia. An Bob Snyder dafür, daß er mich mit Witcher zusammengebracht hat. An Karl Lunkenheimer. An Paul Schneider und Bobby Kline. An Jimmy DelBello.

Jeder dieser engagierten Polizeibeamten hatte wichtige Erinnerungen an die Ereignisse, die immer weitere Kreise zogen …

Ich danke auch John Walsh, Jack Breslin, Burk Stone und ›America's Most Wanted‹, Eliot Kaplan, Mike Mallowe und der Zeitschrift ›Philadelphia‹.

Besonderer Dank an Peggy Chance und Kim Reynolds im Archiv der Delaware County ›Daily Times‹, an die ›Daily Times‹, an Rose Quinn, an das Stadtarchiv in der Temple-Universität und an Gale Kaplan in der Ridley-Bibliothek, an Danielle Dean und die Mannschaft für Domestic Relations im Delaware-County-Gericht, an Lisa Gamler und Tom Duffy bei Cardinal Printing, an John Cappelletti – Gewinner der Heismann-, All-American- und All-Pro-Trophäen und Mitschüler von Bobby Nauss – für Einblicke in das Seelenleben männlicher Heranwachsender in den 60ern. An andere Mitschüler, die mir weitere Einzelheiten mitteilten. An Dick Rosenblum, Liz Landes Biologielehrer.

Ich danke auch allen Einwohnern von Luna Pier, deren Namen nicht genannt werden, sowie Connie Clausen, meiner Agentin, Mauro DiPetra, meinem Lektor bei Warner, Justine Elias, Rick Horgan, Rose Mandelsberg, Mike DeNoia, meinem Englischlehrer, Mentor und Vorbild, Larry Hofmeister, meinem Anwalt, der alles kostenlos gemacht hat – bis jetzt.

Zum Gedenken an meine Mutter, die mich zu diesem Projekt ermutigt hat, jede Seite vom ersten Siebenhundert-Seiten-Entwurf bis zum letzten Vierhundert-Seiten-Manuskript gelesen hat und dann vor einem Jahr starb, bevor sie das fertige Produkt sehen konnte.

Ohne die Unterstützung all dieser Menschen – und einiger weiterer, die ich vielleicht vergessen habe – wäre dieses Buch niemals geschrieben worden. Ein paar Abschnitte mußten zugunsten der besseren Verständlichkeit und Vermeidung von Konfusion geringfügig gekürzt oder komprimiert werden. Dennoch bleibt diese Geschichte über Bobby Nauss so wahrheitsgetreu wie möglich zu den veröffentlichten Berichten über die Ereignisse, die sich tatsächlich über mehr als zwanzig Jahre hinzogen.

Mein Mitgefühl gehört den Familien Nauss, Ferrer, Lande und den Familien der Opfer. Sie sind gute Menschen, von denen wir ohne die Missetaten eines einzigen Mannes vermutlich nie etwas gehört hätten.

Band 13 651

Peter Laufer

Sie hat es doch gewollt

Deutsche Erstveröffentlichung

Im Frühjahr 1993 erreichte ein Drama in den Gerichtssälen von Glen Ridge, New Jersey, seinen Höhepunkt, als die Richter ein geistig zurückgebliebenes Mädchen zur allein für ihr Schicksal verantwortlichen ›Verführerin‹ abstempelten, während sie in den vier jungen Männern, von denen das Mädchen sexuell mißbraucht wurde, lediglich ›ganz normale amerikanische Jungs‹ sahen.
Obgleich bekannt war, daß das Opfer aufgrund seiner geistigen Verfassung gar nicht in der Lage war, sich zu wehren, beharrten die Richter bis zum Schluß auf dem Argument, das die Vergewaltiger zu ihrer Verteidigung vorbrachten: ›Sie hat es doch gewollt‹.

BASTEI LÜBBE

Sie erhalten diesen Band im Buchhandel, bei Ihrem Zeitschriftenhändler sowie im Bahnhofsbuchhandel.

TRUE CRIME

Die einzigartige Taschenbuchreihe mit aufregenden wahren Kriminalfällen aus aller Welt

Joe McGinniss
Die Unschuld des Mörders
Wie ein Donnerschlag bricht das Unheil über eine amerikanische Familie herein. Eine schwangere Mutter und ihre beiden Kinder werden in ihrem Haus erstochen und erschlagen. Nur einer kommt mit Stichwunden und einem Schock davon: Jeffrey MacDonald, der Familienvater, der selbst die Polizei ruft.

Auch wenn viele Indizien gegen ihn sprechen – die Nachbarn, die Verwandten, der Gerichtspsychologe sind sich einig: Dr. Jeffrey Mac Donald –, Arzt und Angehöriger der Green Berets, kommt als Täter nicht in Frage. Er ist immer ein treusorgender Familienvater gewesen, tatkräftig, hilfsbereit und charmant dazu. Wie kein zweiter hat er den amerikanischen Traum gelebt. Warum sollte er selbst diesen Traum mit Blut besudelt haben?
Kein Verbrechen in den letzten Jahren hat Amerika mehr bewegt als dieses. Kein Buch hat die amerikanische Bestsellerliste länger angeführt als dieses.

Joan Barthel
Tod in Kalifornien
Stellen Sie sich vor, Sie sind einunddreißig Jahre alt, blond und atemberaubend hübsch. Sie sind die Verlobte eines erfolgreichen amerikanischen

Werbeagenten, bei dem die Schauspielerprominenz ein- und ausgeht. Sie verbringen mit ihm ein Wochenende auf dem Lande. Mitten in der Nacht werden Sie durch unheimliche Geräusche wach. Ihr Verlobter ist ermordet worden. Und der Mörder bedroht Sie. Später will er Ihr Liebhaber werden – und das Schlimmste von allem: Sie müssen sich eingestehen, daß er eine schreckliche Faszination auf Sie ausübt . . .
Ein Alptraum? Nur ein weiterer Kriminalroman? Leider nein. Es ist bittere Realität, was sich da abgespielt hat unter der Sonne Kaliforniens.

Shelley Sessions
Peter Meyer
Dunkle Begierde
Zwölf Millionen Frauen, so schätzt man, wurden allein in Amerika in ihrer Kindheit und Jugend von ihren Vätern sexuell belästigt und mißbraucht. Und auch in Deutschland liegt die Dunkelziffer gerade dieses Verbrechens alarmierend hoch. Denn nur wenige Töchter wagen es, das Schweigen über ihr Leiden zu brechen.

Die wahre Geschichte der Shelley Sessions ist für all diese Fälle ebenso exemplarisch wie ungewöhnlich. Aufgeweckt und allseits beliebt, lebt das texanische Mädchen eine scheinbar sorglose Kindheit. Ihr Stiefvater, ein steinreicher Unternehmer, hat Shelley seit jeher vergöttert. Doch seine Liebe schlägt um in sexuelle Forderungen, die immer gröber werden . . .

Ken Englade
Wo alles Mitleid endet
Werden manche Menschen als Mörder geboren? Darüber werden Sie lange nachdenken, wenn Sie den

eindringlichen Bericht über die Reise dieser beiden jungen Leute ins Böse gelesen haben.
Elzabeth Haysom und Jens Soering, Sohn eines deutschen Diplomaten, sind kein gewöhnliches Pärchen. Beide sind überdurchschnittlich intelligent, beide stammen sie aus bestem Haus, beide, besonders Jens, sind gefühlsmäßig stark gehemmt.
Was kann die beiden bewogen haben, den brutalen Mord an Elizabeths Eltern eiskalt vorzubereiten und durchzuführen? Das Verlangen, an das große Geld der Eltern heranzukommen? Dunkle Triebe? Blutrausch? Drogeneinfluß?

Barry Siegel
Die Stadt, die nicht vergessen konnte
Nach ihrer Heirat hatte Lois Jurgens nur noch einen Wunsch – Kinder in die Welt zu setzen und großzuziehen. Doch dieser Traum wurde ihr nicht erfüllt. Was lag näher, als ein Kind zu adoptieren? Und da Lois Wohlstand und gesicherte Verhältnisse bieten konnte, vertrauten die Sozialarbeiter ihr den kleinen Dennis an. Vier Jahre später war dieses Kind tot: eine schlimme Bauchfellentzündung, sagt der Leichenbeschauer. Aber es finden sich auch Spuren seltsamer Verletzungen an dem Jungen.
Dennoch durfte Lois Jurgens ein zweites Kind adoptieren. Erst fünfzehn Jahre später wird das Verfahren über den mysteriösen Tod des kleinen Dennis neu eröffnet. Und es kommen schreckliche Dinge ans Licht . . . über die neurotische Frau, die um jeden Preis Mutter sein wollte, über ihren teilnahmslos-passiven Ehemann, über leichtgläubige Verwandte, die die vielen dunklen Zeichen nicht sehen wollte . . .

Joe McGinniss
Quälende Zweifel
Bonnie von Stein ist eine Frau, die nie aufgibt. Nach dem Scheitern ihrer ersten Ehe zog sie ihre Kinder allein groß – bis sie in Lieth von Stein den idealen Ehemann fand: vermögend, fürsorglich und verläßlich. Aber ein brutaler Überfall ließ dieses späte Familienglück jäh zerschellen:

Bonnie kam mit schweren Verwundungen davon, ihr Ehemann jedoch erlag seinen Verletzungen. Wer war der Eindringling? Oder stammte der Täter aus dem Haus? Zwei Jahre lang ermittelte die Polizei. Gegen Bonnie selbst, gegen Angela, ihre scheinbar gefühlskalte Tochter, und schließlich gegen Chris, den Sohn, der sich in eine Ersatzwelt geflüchtet hat – eine Ersatzwelt aus abenteuerlichen Horrorspielen und Drogen. Als Bonnie von Stein niemandem mehr vertrauen konnte, weder der Polizei noch ihrer Familie, wandte sie sich an Joe McGinniss, Amerikas berühmtesten True-Crime-Autor *(Die Unschuld des Mörders)*. Und sie bat ihn, Licht in das Dunkel ihrer Familientragödie zu bringen.

Ann Rule
Wenn du mich wirklich liebhast

Detective Fred McLean hatte schon eine ganze Reihe von Mördern verhaftet. Aber dieses junge Mädchen, das seit mehreren Stunden in kalter Dunkelheit in ihrem eigenen Erbrochenen gelegen

hatte, war die bemitleidenswerteste mutmaßliche Täterin, der er jemals begegnet war. McLean entrollte den rosafarbenen Streifen aus Pappkarton, den Cinnamon in ihrer rechten Hand gehalten hatte. In dem schwachen Licht konnte er die Druckbuchstaben auf dem Karton entziffern: ›Lieber Gott, bitte verzeih mir, aber ich wollte sie nicht verletzen‹.

TRUE CRIME
Taschenbücher gibt es überall im Buchhandel

Jack Olsen
Wie unter einem stummen Zwang

Mac Smith ist ein Mann, der sich ganz von seinen sexuellen Fantasien beherrschen läßt. Seit seiner Pubertät schon träumt er von einer Frau, die er demütigen kann. Eines Tages liest er in einem Magazin, daß in den USA jede drei Minuten eine Frau vergewaltigt wird. Doch nur jeder zehnte Täter sieht je ein Gefängnis von innen. Mac Smith, der Geborgenheit nie gefunden hat, bereitet sich darauf vor, seine Vergewaltigungsträume auszuleben . . .
Jack Olsen, zweimaliger Preisträger des *Edgar-Award*, stellt mit diesem Buch auf beispielhafte Art die Entwicklungsgeschichte eines Sexualverbrechers dar.

Ken Englade
Schülerliebe

Die hübsche Pam Smart ist eine Frau mit vielen Gesichtern. An der Seite ihres karrierewilligen Mannes führt sie ein geselliges Leben, als ehrgeizige Pädagogin arbeitet sie in sozialen Brennpunkten. Gleichzeitig nennt sie sich stolz eine ›Heavy-Metal-Braut‹ und ertränkt all ihre Sehnsüchte und Jugendträume in schrillen Hard-Rock-Klängen.
Als sie Billy Flynn, den von ihr betreuten fünfzehnjährigen Schüler, mit einem aufregenden Striptease verführt, tobt im Hintergrund die rauhe Musik von Van Halen, und über die Mattscheibe flimmern die erotischen ›9 1/2 Wochen‹. Drei Monate nach dem Erwachen diese verbotenen Leidenschaft, es ist der 1. Mai 1990, wird Pams Ehemann von einer Kugel tödlich verwundet. Aber die Rolle der trauernden Witwe scheint Pam Smart nicht zu liegen.